U0513549

詩經

【宋】朱　熹　集传

上海古籍出版社

图书在版编目(CIP)数据

诗经/[宋]朱熹集传.—上海：上海古籍出版社，
2013.8(2017.5 重印)
(国学典藏)
ISBN 978-7-5325-6828-4

Ⅰ.①诗… Ⅱ.①朱… Ⅲ.①古体诗—诗集—
中国—春秋时代②《诗经》—注释 Ⅳ.①I222.2

中国版本图书馆 CIP 数据核字(2013)第 102046 号

国学典藏

诗经

[宋]朱熹 集传

上海世纪出版股份有限公司
上 海 古 籍 出 版 社 出版
(上海瑞金二路 272 号　邮政编码 200020)
(1)网址：www.guji.com.cn
(2)E-mail：guji1@guji.com.cn
(3)易文网网址：www.ewen.co
上海世纪出版股份有限公司发行中心发行经销
江阴金马印刷有限公司印刷
开本 890×1240　1/32　印张 15.375　插页 5　字数 423,000
2013 年 8 月第 1 版　2017 年 5 月第 6 次印刷
印数：16,501—23,600
ISBN 978-7-5325-6828-4
Ⅰ·2671　定价：38.00 元
如有质量问题，请与承印公司联系

前　言

朱杰人

　　《诗经》，在先秦只称作《诗》，"经"字是汉儒加上去的。从目录学上来说，称《诗》为经，始于《汉书·艺文志》。因为《汉书·艺文志》是以刘向、刘歆父子的《别录》、《七略》为蓝本的，所以，也可以说是始于《别录》、《七略》。

　　《诗经》是我国最早的一部诗歌总集。这些诗歌产生的时代，上自西周初期(公元前 11 世纪)，下至春秋中期(公元前 6 世纪)，历时五百多年。孔子曾经用《诗》作为教材。孔子说过："《诗》三百篇，一言以蔽之，思无邪。"(《论语·为政》)又教育他的儿子说："不学《诗》，无以言也。"(《论语·季氏》)意思是，不学《诗》，连话都说不好。

　　秦始皇的焚书，《诗》首当其冲。《史记·秦始皇本纪》记载："天下敢有藏《诗》、《书》、百家语者，悉诣守、尉杂烧之。有敢偶语《诗》、《书》者弃市。"

　　秦火之后，《诗》至西汉复传。据《史记》和《汉书》的《儒林传》以及《汉书·艺文志》，汉代的《诗经》学分今文学与古文学两派。《鲁诗》、《齐诗》、《韩诗》三家属于今文学。《鲁诗》的创始人是鲁人申培，《齐诗》的创始人是齐人辕固生，《韩诗》的创始人是燕人韩婴。三家皆先后立于学官。《诗经》古文学只有《毛诗》一家。现在一般认为《毛诗》的创始人为西汉人毛亨、毛苌。毛亨被称为"大毛公"，毛苌被称为"小毛公"。《汉志》有《毛诗故训传》三十卷,此书今存,只不过已经不是单行本,而是被散置于整个《诗经》的有关诗句下面了。《毛诗》没有被立于学官。东汉以后,古文学之《毛诗》逐渐盛行,当时的著名学者如郑众、贾逵、马融等,均治《毛诗》。郑玄所作《诗笺》,"宗毛为主";又作《诗谱》,贯彻《毛诗》"以史说诗"之解经观念,将三百篇贯串为一诗史系统,尤为今、古文盛衰的一大关键。魏时,王肃虽然攻郑,但亦宗《毛诗》。从此,《毛诗》盛行,《三家诗》趋于式微。《齐诗》亡于魏,《鲁诗》亡于西晋,《韩诗》至南宋亦亡。两汉今文学派的《诗经》学著作,唯有《韩诗外传》一书流传至今。而《毛诗》的处境却如旭日东升,方兴未艾。唐初,孔颖达奉诏撰定《五经正义》,其所作《毛诗正义》,即宗毛《传》、郑《笺》为说。《毛诗正义》是官方认定的标准教材,天下通行,遂造成其长盛不衰的局面。

《诗经》现存305篇(所以又名《三百篇》),分为《风》、《雅》、《颂》三大类。进一步细分,《风》又分为十五国风:《周南》、《召南》、《邶风》、《鄘风》、《卫风》、《王风》、《郑风》、《齐风》、《魏风》、《唐风》、《秦风》、《陈风》、《桧风》、《曹风》、《豳风》,共计160篇。《雅》又分为《小雅》、《大雅》。《小雅》共计74篇,10篇编为一卷,名之为"什",计有《鹿鸣》之什,《南有嘉鱼》之什,《鸿雁》之什,《节南山》之什,《谷风》之什,《甫田》之什,《鱼藻》之什14篇。旧说《小雅》又分《正雅》、《变雅》。所谓《正雅》,是指周王朝兴盛时期的作品;所谓《变雅》,是指周王朝衰败时期的作品。《小雅》从《鹿鸣》篇到《菁菁者莪》,凡16篇,是《正雅》;《六月》篇以下,都是《变雅》。《大雅》共计31篇,即:《文王》之什,《生民》之什,《荡》之什11篇。旧说《大雅》也分正变:从《文王》到《卷阿》,凡18篇,为正;《民劳》以下都是变。《颂》凡40篇,分为《周颂》(31篇)、《鲁颂》(4篇)、《商颂》(5篇)。

《诗经》不仅在中国文学史上占有极重要的地位,而且在上古史的研究方面,在上古音的研究方面,也都给我们提供了非常宝贵的资料。

　　人们习惯将儒家思想称为"孔孟之道",这当然不错。但是我想,如果我们把"孔孟之道"中的"孟"字换成"朱"字,成为"孔朱之道",恐怕更切合我国历史的实际。这样讲的根据何在呢？首先,钱穆《朱子学提纲》云:"在中国历史上,前古有孔子,近古有朱子,此两人,皆在中国学术思想史及中国文化史上发出莫大声光,留下莫大影响。旷观全史,恐无第三人堪与伦比。孔子集前古学术思想之大成,开创儒学,成为中国文化传统中一主要骨干。北宋理学兴起,乃儒学之重光。朱子崛起南宋,不仅能集北宋以来理学之大成,并亦可谓其乃集孔子以下学术思想之大成。此两人,先后矗立,皆能汇纳群流,归之一趋。自有朱子而后,孔子以下之儒学,乃重获新生机,发挥新精神,直迄于今。"笔者以为,这是不刊之论,反映了学者的观点。其次,让我们来看看元明清时期科举考试的情况,从中可以看出官方的态度。《元史·选举志》记载:"考试程序:蒙古、色目人第一场经问五条,《大学》、《论语》、《孟子》、《中庸》内设问,用朱氏《章句集注》。汉人、南人,第一场明经经疑二问,《大学》、《论语》、《孟子》、《中庸》内出题,并用朱氏《章句集注》;经义一道,各治一经,《诗》以朱氏为主,《尚书》以蔡氏为主,《周易》以程氏、朱氏为主。"(《明史·选举志》和《清史稿·选举志》中也有相同的记载,此不赘引)这里对上述引文稍微加一点解释。所谓"用朱氏《章句集注》",就是用朱子的《四书章句集注》作为考试《四书》的标准教材。所谓"《诗》以朱氏为主,《尚书》以蔡氏为主,《周易》以程氏、朱氏为主",意思是说,考试《诗经》时就用朱子的《诗集传》作为主要标准,考试《尚书》时就用朱子门人蔡沈编写的《书集传》作为主要标准,考试

《周易》时就用程颐《伊川易传》和朱子的《周易本义》作为主要标准。大家看,《四书》、《五经》考试用的标准教科书,差不多被朱子全包了去。这一包就包了将近六百年,直到清末废除科举为止。根据以上两点,我认为,用"孔朱之道"来代替"孔孟之道"的表述,谅无大差。

朱子,是人们对朱熹的尊称。朱熹,字元晦,又字仲晦,号晦庵、晦翁、云谷老人、遯翁等。祖籍徽州婺源(今属江西),宋高宗建炎四年(1130)出生于福建尤溪,宋宁宗庆元六年(1200)病逝于福建建阳。父名松,字乔年,号韦斋。朱子十四岁时,朱松病逝,临终托孤于籍溪胡宪、白水刘勉之、屏山刘子羽、刘子翚兄弟。绍兴十八年(1148),朱子登进士第。仕途并不发达,相反,其学术一度被当权的政敌斥为"伪学",承风趋旨者甚至还上书要求杀了他。在残酷的政治压力面前,朱子处变不惊,仍然坚持聚徒讲学,潜心著述。死后,追谥"文",故后人又尊称为朱文公。《宋史·道学传》有传。今人束景南撰有《朱子大传》和《朱子年谱长编》两书,对于我们了解和研究朱子其人很有帮助。朱子的一生,主要是学术研究和著书立说的一生。他著述弘富,据束景南《朱熹著述考略》统计,凡144种,涉及经史子集四部(此文见束景南《朱熹年谱长编》附录。此外,有朱杰人、严佐之、刘永翔主编的《朱子全书》,上海古籍出版社、安徽教育出版社,2002年版)。

《诗集传》这个书名,其中的"诗",是指《诗经》。请读者注意,千万不要把这个《诗》理解为《毛诗》。那样的话,我们就辜负了朱子命名的一片苦心了。其中的"集传",意思是"集解"、"集释"。"传"是注解的一种别名。所谓"集传",意味着书中的注解,并非都是出自朱子本人,而是汇纳百川,采众家之长。所谓"众家",上自汉儒,下至南宋的学者,不分门户,只要说解合理,就小大不捐,悉数吸收。这与孔颖达的《毛诗正义》大异其趣。我们知道,在朱子《诗集传》之前,官方认可的《诗经》标准读本是唐初孔颖达领衔编写的《毛诗正义》(又叫《毛诗注疏》)。《毛诗正义》就是一部坚守门户,排斥异己的注释之作。它是以《毛诗》文本为定本,以毛传、郑笺为权威注解,亦步亦趋,固守疏不破注的原则,搞得一部活泼泼的《诗经》了无生义,索然寡味。朱子的《诗集传》就是对《毛诗正义》的一个反动,集宋学《诗经》学之大成,成为宋学《诗经》学的代表作,开创了《诗经》研究的新纪元,被看作《诗经》学史上的一座丰碑。

《诗集传》的第一个特点是,思想解放,不迷信任何权威,包括孔子在内。举例来说,孔子说过:"《诗》三百篇,一言以蔽之,曰:思无邪。"(《论语·为政》)何谓"思无邪"?何晏《论语集解》引包咸注曰:"归于正。"汉人解《诗》,大体本此。据《汉书·儒林传》记载,有个叫王式的《诗经》学者,曾经当过昌邑王的老师。昌邑王被立为皇帝以后,由于肆行淫乱被废。当局要追究责任,认为昌邑王的淫乱,都怪昌邑王的臣子没有尽到劝谏之责,于是纷纷被下狱处死。王式也被抓进监狱,审问他的人说:"你作为昌邑王的老师,为什么没有谏书?"王式回答说:"臣以《诗》三百五篇朝夕授王,至于忠臣孝子之篇,未尝不为王反复诵之也;至于危亡失道之君,未尝不流涕为王深陈之也。臣以三百五篇谏,是以无谏书。"这就是说,一部《诗经》,就是一部谏书,无论是正面人物或反面人物,都有教育意义。当局认为王式说得有理,就减免了他的死罪。宋人对《诗经》的认识,就思想解放,与汉儒大不一样了。朱子在《诗集传·郑风》的末尾说:"郑、卫之乐,皆为淫声。然以诗考之,卫诗三十有九,而淫奔之诗才四之一;郑诗二十有一,而淫奔之诗已不啻七之五。卫犹为男悦女之词,而郑皆为女惑男之语;卫人犹多刺讥惩创之意,而郑人几于荡然无复羞愧悔悟之萌。是则郑声之淫,有甚于卫矣。"他认为《诗经》三百篇中的"情诗"着实不少,所以朱子说:"只是'思无邪'一句好,不是一部《诗》皆'思无邪'。"(《朱子语类》卷八十)显然有点是在和孔子唱反调的意思。这个看法在《诗经》学史上有里程碑的意义,正是朱子的这个反动,才使得后人对《诗经》的解释从诗教向着文本方面转向。开启风气之功,朱子当之无愧!

《诗集传》的第二个特点是,抛开了《大序》、《小序》这两个理解《诗经》的迷障,建立了从诗文本身求诗义的科学思路。《大序》、《小序》,合称《诗序》。今本《毛诗》列在各诗之前,具有解题性质,说明该诗主旨的文字,叫做《小序》。例如:

> 《关雎》,后妃之德也。风之始也,所以风天下而正夫妇也。
>
> 《东方未明》,刺无节也。朝廷兴居无节,号令不时,挈壶氏不能掌其职焉。
>
> 《清庙》,祀文王也。周公既成洛邑,朝诸侯,率以祀文王焉。

这就是《小序》。而位于《诗经》首篇《关雎》的《小序》之后,概论《诗经》全经宗旨的文字(据朱熹说,从"诗者,志之所至也"一句开始,至"是谓四始,诗之至也"止。说见《朱子语类》卷八十),叫做《大序》。

《诗序》的信奉者,将《大序》看作是正确理解整个《诗经》的钥匙,将《小序》看作是正确理解当篇诗的钥匙。实际上多是削足适履,穿凿附会,大失诗之本义。朱熹对于《诗序》的认识,有一个从尊《序》到反《序》的过程。他自己说:"今欲观《诗》,不若且置《小序》及旧说,只将元诗虚心熟读,徐徐玩味,候仿佛见个诗人本意,却从此推寻将去,方有感发。某向作《诗解》文字,初用《小序》,至解不行处,亦曲为之说。后来觉得不安,第二次解者,虽存小序,间为辨破,然终是不见诗人本意。后来方知只尽去《小序》，便自可通。于是尽涤旧说，《诗》意方活。"(《朱子语类》卷八十)又说："《诗》本易明，只被前面《序》作梗。《诗序》作，而观《诗》者不知《诗》意。"(同上)有鉴于此，《诗集传》就干净利索地全部删去了《诗序》。钱穆评价此事说："朱子为《诗集传》，又为《诗序辨说》，一主经文，而尽破毛、郑以来依据《小序》穿凿之说。此是朱子一种辨伪功夫，与其《易本义》主张《易》为卜筮书，同为千古创见。"(《朱子学提纲·朱子之经学》)话拐回来说，朱子尽管在《诗集传》中删去了《诗序》，但我们不能就此得出结论说，朱子对《诗序》的态度是，全盘否定，百无一是。不是的。朱子说："《小序》如《硕人》、《定之方中》等，见于《左传》者，自可无疑。"(《朱子语类》卷八十)可见，作为个案来处理，个别《小序》还是得到肯定的。

　　《诗集传》的第三个特点是由上述两个特点延伸出来的，即新意迭出，精义纷呈。例如《秦风·蒹葭》，全诗三章，其首章诗云："蒹葭苍苍，白露为霜。所谓伊人，在水一方。溯洄从之，道阻且长；溯游从之，宛在水中央。"这是多么美妙的一幅山水画呀，引人产生无限的遐思。笔者读高中时，读到了这首诗，留下了深刻的印象。到了读大学，读研究生，接触了孔颖达的《毛诗正义》，其《小序》说："《蒹葭》，刺襄公也。未能用周礼，将无以固其国焉。"搞得人一头雾水，兴味索然。而《诗集传》则另辟蹊径说："言秋水方盛之时，所谓彼人者，乃在水之一方，上下求之而皆不可得。然不知其何所指也。"就诗求义，给读者留出想象的空间。难怪王照圆《诗说》说："《蒹葭》一篇，最好之诗，却解作'刺襄公不用周礼'等语，此前儒之陋而《小序》误之也。自朱子《诗集传》出，朗吟一过，如游武夷、天台，引人入胜。乃知朱子翼经之功，不在孔子下。"(转引自洪湛侯《诗经学史》第四章第四节)尝鼎一脔，可知其余。

　　须要说明的是,《诗集传》之所以能够取得如此巨大的成就,为后学所赞仰,除了朱子本人的努力以外,时代学风的影响也不可低估。欧阳修的《诗本义》,苏辙的《诗集传》,郑樵的《诗辨妄》,对于朱子的《诗集传》来说,都是前驱者,朱子继承了他们的批判精神。

　　金无足赤,人无完人。没有缺点的书,自古未有。今人对《诗集传》的诟病主要集中在以下两点。第一点,《诗集传》尽管以其破旧立新取得了成功,赢得了喝彩,但仍然未脱经学之窠臼。换言之,《诗经》是文学,朱子尽管开始以纯文学的眼光审视《诗经》,但用经学的眼光去审视《诗经》者更多,所以,并没有把《诗经》从《经学》的樊篱中解放出来。在笔者看来,这是苛求古人了。道理就无须多讲了。第二点,朱子的"叶音"说。《诗经》是韵文,可是有些韵脚字我们后人读起来不押韵了。古人不明白这是由于古今语音的变化所致,于是采用叶音说,即为了求其押韵,认为某字应该临时改读为某音。"叶音"说,始于六朝,朱子不过是承其余风罢了。对此。我们也不为尊者讳,承认这确实是《诗集传》的一个缺点,并请读者引起足够的注意。

　　此次整理,将上海古籍出版社出版的《朱子全书》中的《诗集传》,以简体横排的形式重新排印,不出校记。

目 录

大　序

　　诗者,志之所之也。在心为志,发言为诗。情动于中,而行于言。言之不足,故嗟叹之。嗟叹之不足,故永歌之。永歌之不足,不知手之舞之,足之蹈之也。情发于声,声成文谓之音。治世之音安以乐,其政和;乱世之音怨以怒,其政乖;亡国之音哀以思,其民困。故正得失,动天地,感鬼神,莫近于诗。先王以是经夫妇,成孝敬,厚人伦,美教化,移风俗。故《诗》有六义焉:一曰风,二曰赋,三曰比,四曰兴,五曰雅,六曰颂。上以风化下,下以风刺上,主文而谲谏,言之者无罪,闻之者足以戒,故曰风。至于王道衰,礼义废,政教失,国异政,家殊俗,而变《风》变《雅》作矣。国史明乎得失之迹,伤人伦之废,哀刑政之苛,吟咏情性以风其上,达于事变而怀其旧俗者也。故变《风》发乎情,止乎礼义。发乎情,民之性也;止乎礼义,先王之泽也。是以一国之事,系一人之本,谓之《风》。言天下之事,形四方之风,谓之《雅》。雅者,正也,言王政之所由废兴也。政有大小,故有《小雅》焉,有《大雅》焉。《颂》者,美盛德之形容,以其成功告于神明者也。是谓"四始",诗之至也。

国　风

朱熹曰：国者，诸侯所封之域，而风者，民俗歌谣之诗也。谓之风者，以其被上之化以有言，而其言又足以感人，如物因风之动以有声，而其声又足以动物也。是以诸侯采之以贡于天子，天子受之而列于乐官，于以考其俗尚之美恶，而知其政治之得失焉。旧说《二南》为正风，所以用之闺门、乡党、邦国，而化天下也。十三国为变风，则亦领在乐官，以时存肄，备观省而垂监戒耳。合之凡十五国云。

图 片

周 南

　　周,国名。南,南方诸侯之国也。周国本在《禹贡》雍州境内岐山之阳。后稷十三世孙古公亶父始居其地,传子王季历,至孙文王昌,辟国浸广。于是徙都于丰,而分岐周故地以为周公旦、召公奭之采邑,且使周公为政于国中,而召公宣布于诸侯。于是德化大成于内,而南方诸侯之国,江、沱、汝、汉之间,莫不从化,盖三分天下而有其二焉。至子武王发,又迁于镐,遂克商而有天下。武王崩,子成王诵立。周公相之,制作礼乐,乃采文王之世风化所及民俗之诗,被之管弦,以为房中之乐,而又推之以及于乡党邦国。所以著明先王风俗之盛,而使天下后世之修身、齐家、治国、平天下者,皆得以取法焉。盖其得之国中者,杂以南国之诗,而谓之《周南》。言自天子之国而被于诸侯,不但国中而已也。其得之南国者,则直谓之《召南》。言自方伯之国被于南方,而不敢以系于天子也。岐周,在今凤翔府岐山县。丰在今京兆府鄠县终南山北。南方之国,即今兴元府、京西、湖北等路诸州。镐在丰东二十五里。小序曰:"《关雎》、《麟趾》之化,王者之风,故系之周公。南,言化自北而南也。《鹊巢》、《驺虞》之德,诸侯之风也,先王之所以教,故系之召公。"斯言得之矣。

关 雎

　　《诗序》:《关雎》,后妃之德也,风之始也,所以风天下而正夫妇也,故用之乡人焉,用之邦国焉。风,风也,教也。风以动之,教以化之。然则《关雎》、《麟趾》之化,王者之风,故系之周公。南,言化自北而南也。《鹊巢》、

《驺虞》之德，诸侯之风也，先王之所以教，故系之召公。《周南》、《召南》正始之道，王化之基，是以《关雎》乐得淑女以配君子，忧在进贤，不淫其色。哀窈窕，思贤才，而无伤善之心焉，是《关雎》之义也。

关关雎鸠，在河之洲；
窈窕淑女，君子好逑。[1]

参差荇菜，左右流之；
窈窕淑女，寤寐求之。

求之不得，寤寐思服；
悠哉悠哉，辗转反侧。[2]

参差荇菜，左右采之；
窈窕淑女，琴瑟友之。

参差荇菜，左右芼之；
窈窕淑女，钟鼓乐之。[3]

朱熹云：孔子曰："《关雎》，乐而不淫，哀而不伤。"愚谓此言为此诗者得其性情之正，声气之和也。盖德如雎鸠，挚而有别，则后妃性情之正固可以见其一端矣。至于寤寐反侧，琴瑟钟鼓，极其哀乐，而皆不过其则焉。则诗人性情之正，又可以见其全体也。独其声气之和，有不可得而闻者。虽若可恨，然学者姑即其词而玩其理以养心焉，则亦可以得学《诗》之本矣。康衡曰：妃匹之际，生民之始，万福之原。婚姻之礼正，然后品物遂而天命全。孔子论诗，以《关雎》为始。言太上者民之父母。后

4

夫人之行,不侔乎天地,则无以奉神灵之统,而理万物之宜。自上世以来,三代兴废,未有不由此者也。

[1]兴也。关关,雌雄相应之和声也。雎鸠,水鸟,一名王雎,状类凫鹥,今江、淮间有之。生有定偶而不相乱,偶常并游而不相狎,故《毛传》以为"挚而有别",《列女传》以为人未尝见其乘居而匹处者,盖其性然也。河,北方流水之通名。洲,水中可居之地也。窈窕,幽闲之意。淑,善也。女者,未嫁之称,盖指文王之妃大姒为处子时而言也。君子则指文王也。好,亦善也。逑,匹也。《毛传》云"挚"字与"至"通,言其情意深至也。○兴者,先言他物以引起所咏之词也。周之文王生有圣德,又得圣女姒氏以为之配,宫中之人于其始至,见其有幽闲贞静之德,故作是诗。言彼关关然之雎鸠,则相与和鸣于河洲之上矣。此窈窕之淑女,则岂非君子之善匹乎?言其相与和乐而恭敬,亦若雎鸠之情,挚而有别也。后凡言兴者,其文意皆放此云。汉康衡曰:"'窈窕淑女,君子好仇',言能致其贞淑,不贰其操,情欲之感无介乎容仪。宴私之意不形乎动静。夫然后可以配至尊而为宗庙主。此纲纪之首,王教之端也。"可谓善说《诗》矣。

[2]兴也。参差,长短不齐之貌。荇,接余也,根生水底,茎如钗股,上青下白,叶紫赤,圆径寸余,浮在水面。或左或右,言无方也。流,顺水之流而取之也。或寤或寐,言无时也。服,犹怀也。悠,长也。辗者,转之半。转者,辗之周。反者,辗之过。侧者,转之留。皆卧不安席之意。○此章本其未得而言。彼参差之荇菜,则当左右无方以流之矣。此窈窕之淑女,则当寤寐不忘以求之矣。盖此人此德,世不常有,求之不得,则无以配君子而成其内治之美,故其忧思之深,不能自已,至于如此也。

[3]兴也。采,取而择之也。芼,熟而荐之也。琴,五弦,或七弦。瑟,二十五弦。皆丝属,乐之小者也。友者,亲爱之意也。钟,金属。鼓,革属。乐之大者也。乐则和平之极也。○此章据今始得而言。彼参差之荇菜,既得之,则当采择而亨芼之矣。此窈窕之淑女,既得之,则当亲

爱而娱乐之矣。盖此人此德,世不常有,幸而得之,则有以配君子而成内治,故其喜乐尊奉之意,不能自已,又如此云。

葛 覃

《诗序》:《葛覃》,后妃之本也。后妃在父母家,则志在于女功之事,躬俭节用,服浣濯之衣,尊敬师傅,则可以归安父母,化天下以妇道也。

> 葛之覃兮,施于中谷;
> 维叶萋萋。黄鸟于飞,
> 集于灌木,其鸣喈喈。[1]

> 葛之覃兮,施于中谷,
> 维叶莫莫。是刈是濩,
> 为絺为绤,服之无斁。[2]

> 言告师氏,言告言归。
> 薄污我私,薄浣我衣。
> 害浣害否,归宁父母。[3]

朱熹云:此诗后妃所自作,故无赞美之辞。然于此可以见其已贵而能勤,已富而能俭,已长而敬不弛于师傅,已嫁而孝不衰于父母,是皆德之厚,而人所难也。《小序》以为后妃之本,庶几近之。

[1] 赋也。葛,草名,蔓生,可为絺绤者。覃,延。施,移也。中谷,

谷中也。萋萋,盛貌。黄鸟,鹂也。灌木,丛木也。喈喈,和声之远闻也。
〇赋者,敷陈其事而直言之者也。盖后妃既成絺绤,而赋其事,追叙初夏
之时,葛叶方盛,而有黄鸟鸣于其上也。后凡言赋者放此。

[2] 赋也。莫莫,茂密貌。刈,斩。濩,煮也。精曰絺,粗曰绤。斁,
厌也。〇此言盛夏之时,葛既成矣,于是治以为布,而服之无厌。盖亲执
其劳,而知其成之不易,所以心诚爱之,虽极垢弊,而不忍厌弃也。

[3] 赋也。言,辞也。师,女师也。薄,犹少也。污,烦撋之以去其
污,犹治乱而曰乱也。浣则濯之而已。私,燕服也。衣,礼服也。害,何
也。宁,安也,谓问安也。〇上章既成絺绤之服矣,此章遂告其师氏,使
告于君子以将归宁之意。且曰:盍治其私服之污,而浣其礼服之衣乎?
何者当浣,而何者可以未浣乎?我将服之以归宁于父母矣。

卷 耳

《诗序》:《卷耳》,后妃之志也。又当辅佐君子求贤审官,知臣下之勤
劳,内有进贤之志,而无险诐私谒之心,朝夕思念,至于忧勤也。

采采卷耳,不盈顷筐。
嗟我怀人,置彼周行。[1]

陟彼崔嵬,我马虺隤。
我姑酌彼金罍,维以不永怀。[2]

陟彼高冈,我马玄黄。
我姑酌彼兕觥,维以不永伤![3]

陟彼砠矣,我马瘏矣,
我仆痡矣,云何吁矣![4]

朱熹云:此亦后妃所自作,可以见其贞静专一之至矣。岂当文王朝会征伐之时,羑里拘幽之日而作欤?然不可考矣。

[1] 赋也。采采,非一采也。卷耳,枲耳,叶如鼠耳,丛生如盘。顷,欹也。筐,竹器。怀,思也。人,盖谓文王也。置,舍也。周行,大道也。〇后妃以君子不在而思念之,故赋此诗。托言方采卷耳,未满顷筐,而心适念其君子,故不能复采,而置之大道之旁也。

[2] 赋也。陟,升也。崔嵬,土山之戴石者。虺隤,马罢不能升高之病。姑,且也。罍,酒器,刻为云雷之象,以黄金饰之。永,长也。〇此又托言欲登此崔嵬之山,以望所怀之人而往从之,则马罢病而不能进。于是且酌金罍之酒,而欲其不至于长以为念也。

[3] 赋也。山脊曰冈。玄黄,玄马而黄,病极而变色也。兕,野牛,一角,青色,重千斤。觥,爵也,以兕角为爵也。

[4] 赋也。石山戴土曰砠。瘏,马病不能进也。痡,人病不能行也。吁,忧叹也。《尔雅注》引此作"盱,张目望远也",详见《何人斯》篇。

樛 木

《诗序》:《樛木》,后妃逮下也。言能逮下,而无嫉妒之心焉。

南有樛木,葛藟累之。
乐只君子,福履绥之![1]

南有樛木，葛藟荒之。
乐只君子，福履将之！[2]

南有樛木，葛藟萦之。
乐只君子，福履成之！[3]

[1] 兴也。南，南山也。木下曲曰樛。藟，葛类。累，犹系也。只，语助辞。君子，自众妾而指后妃，犹言小君内子也。履，禄。绥，安也。〇后妃能逮下而无嫉妒之心，故众妾乐其德而称愿之，曰："南有樛木，则葛藟累之矣。乐只君子，则福履绥之矣。"

[2] 兴也。荒，奄也。将，犹扶助也。

[3] 兴也。萦，旋。成，就也。

螽斯

《诗序》：《螽斯》，后妃子孙众多也。言若螽斯不妒忌，则子孙众多也。

螽斯羽，诜诜兮。
宜尔子孙，振振兮。[1]

螽斯羽，薨薨兮。
宜尔子孙，绳绳兮。[2]

螽斯羽，揖揖兮。
宜尔子孙，蛰蛰兮。[3]

[1]比也。螽斯,蝗属,长而青,角长股,能以股相切作声,一生九十九子。诜诜,和集貌。尔,指螽斯也。振振,盛貌。○比者,以彼物比此物也。后妃不妒忌而子孙众多,故众妾以螽斯之群处和集而子孙众多比之。言其有是德而宜有是福也。后凡言比者放此。

[2]比也。薨薨,群飞声。绳绳,不绝貌。

[3]比也。揖揖,会聚也。蛰蛰,亦多意。

桃 夭

《诗序》:《桃夭》,后妃之所致也。不妒忌,则男女以正,婚姻以时,国无鳏民也。

桃之夭夭,灼灼其华。
之子于归,宜其室家。[1]

桃之夭夭,有蕡其实。
之子于归,宜其家室。[2]

桃之夭夭,其叶蓁蓁。
之子于归,宜其家人。[3]

[1]兴也。桃,木名,华红,实可食。夭夭,少好之貌。灼灼,华之盛也。木少则华盛。之子,是子也。此指嫁者而言也。妇人谓嫁曰归。《周礼》"仲春令会男女",然则桃之有华,正婚姻之时也。宜者,和顺之意。室,谓夫妇所居。家,谓一门之内。○文王之化自家而国,男女以正,婚姻以时。故诗人因所见以起兴,而叹其女子之贤,知其必有以宜其室家也。

〔2〕兴也。蕡,实之盛也。家室,犹室家也。

〔3〕兴也。蓁蓁,叶之盛也。家人,一家之人也。

兔 罝

《诗序》:《兔罝》,后妃之化也。《关雎》之化行,则莫不好德,贤人众
多也。

> 肃肃兔罝,椓之丁丁。
> 赳赳武夫,公侯干城。[1]

> 肃肃兔罝,施于中逵。
> 赳赳武夫,公侯好仇。[2]

> 肃肃兔罝,施于中林。
> 赳赳武夫,公侯腹心。[3]

〔1〕兴也。肃肃,整饬貌。罝,罟也。丁丁,椓杙声也。赳赳,武貌。
干,盾也。干城,皆所以捍外而卫内者。○化行俗美,贤才众多,虽罝兔
之野人,而其才之可用犹如此,故诗人因其所事以起兴而美之,而文王德
化之盛因可见矣。

〔2〕兴也。逵,九达之道。仇与逑同。康衡引《关雎》亦作“仇”字。
公侯善匹,犹曰圣人之耦,则非特干城而已,叹美之无已也。下章放此。

〔3〕兴也。中林,林中。腹心,同心同德之谓,则又非特好仇而
已也。

芣 苢

《诗序》:《芣苢》,后妃之美也。和平则妇人乐有子矣。

采采芣苢,薄言采之。
采采芣苢,薄言有之。[1]

采采芣苢,薄言掇之。
采采芣苢,薄言捋之。[2]

采采芣苢,薄言袺之。
采采芣苢,薄言襭之。[3]

[1] 赋也。芣苢,车前也,大叶长穗,好生道旁。采,始求之也。有,既得之也。○化行俗美,家室和平,妇人无事,相与采此芣苢而赋其事以相乐也。采之未详何用,或曰其子治难产。

[2] 赋也。掇,拾也。捋,取其子也。

[3] 赋也。袺,以衣贮之而执其衽也。襭,以衣贮之而扱其衽于带间也。

汉 广

《诗序》:《汉广》,德广所及也。文王之道被于南国,美化行乎江、汉之域,无思犯礼,求而不可得也。

南有乔木,不可休思。
汉有游女,不可求思。
汉之广矣,不可泳思。
江之永矣,不可方思。[1]

翘翘错薪,言刈其楚。
之子于归,言秣其马。
汉之广矣,不可泳思。
江之永矣,不可方思。[2]

翘翘错薪,言刈其蒌。
之子于归,言秣其驹。
汉之广矣,不可泳思。
江之永矣,不可方思。[3]

[1]兴而比也。上竦无枝曰乔。思,语辞也,篇内同。汉水出兴元府嶓冢山,至汉阳军大别山入江。江、汉之俗,其女好游,汉、魏以后犹然,如《大堤》之曲可见也。泳,潜行也。江水出永康军岷山,东流与汉水合,东北入海。永,长也。方,桴也。○文王之化,自近而远,先及于江、汉之间,而有以变其淫乱之俗,故其出游之女,人望见之,而知其端庄静一,非复前日之可求矣。因以乔木起兴,江、汉为比,而反复咏叹之也。

[2]兴而比也。翘翘,秀起之貌。错,杂也。楚,木名,荆属。之子,指游女也。秣,饲也。○以错薪起兴而欲秣其马,则悦之至;以江、汉为比而叹其终不可求,则敬之深。

[3]兴而比也。蒌,蒌蒿也,叶似艾,青白色,长数寸,生水泽中。驹,马之小者。

汝 坟

《诗序》:《汝坟》,道化行也。文王之化行乎汝坟之国,妇人能闵其君子,犹勉之以正也。

遵彼汝坟,伐其条枚。
未见君子,怒如调饥。[1]

遵彼汝坟,伐其条肆。
既见君子,不我遐弃。[2]

鲂鱼赪尾,王室如毁。
虽则如毁,父母孔迩。[3]

[1] 赋也。遵,循也。汝水出汝州天息山,径蔡颍州入淮。坟,大防也。枝曰条,干曰枚。怒,饥意也。调,一作"辀",重也。○汝旁之国亦先被文王之化者,故妇人喜其君子行役而归,因记其未归之时思望之情如此,而追赋之也。

[2] 赋也。斩而复生曰肆。遐,远也。○伐其枚而又伐其肆,则逾年矣。至是乃见其君子之归,而喜其不远弃我也。

[3] 比也。鲂,鱼名,身广而薄,少力细鳞。赪,赤也。鱼劳则尾赤。鲂尾本白,而今赤,则劳甚矣。王室,指纣所都也。毁,焚也。父母,指文王也。孔,甚。迩,近也。○是时文王三分天下有其二,而率商之叛国以事纣,故汝坟之人犹以文王之命供纣之役。其家人见其勤苦,而劳之曰:"汝之劳既如此,而王室之政方酷烈而未已。虽其酷烈而未已,然文王之

德如父母然,望之甚近,亦可以忘其劳矣。"此《序》所谓"妇人能闵其君子,犹勉之以正"者,盖曰虽其别离之久、思念之深,而其所以相告语者,独有尊君亲上之意,而无情爱狎昵之私,则其德泽之深、风化之美,皆可见矣。一说父母甚近,不可以懈于王事而贻其忧,亦通。

麟 之 趾

《诗序》:《麟之趾》,《关雎》之应也。《关雎》之化行,则天下无犯非礼,虽衰世之公子,皆信厚如麟趾之时也。

麟之趾。
振振公子,于嗟麟兮![1]

麟之定。
振振公姓,于嗟麟兮![2]

麟之角。
振振公族,于嗟麟兮![3]

朱熹云:《序》以为《关雎》之应,得之。

[1] 兴也。麟,麕身,牛尾,马蹄,毛虫之长也。趾,足也。麟之足不践生草、不履生虫。振振,仁厚貌。于嗟,叹辞。○文王后妃德修于身,而子孙宗族皆化于善,故诗人以麟之趾兴公之子。言麟性仁厚,故其趾亦仁厚。文王后妃仁厚,故其子亦仁厚。然言之不足,故又嗟叹之。言是乃麟也,何必麕身、牛尾而马蹄,然后为王者之瑞哉?

[2]兴也。定,额也。麟之额未闻,或曰有额而不以抵也。公姓,公
孙也。姓之为言生也。

[3]兴也。麟一角,角端有肉。公族,公同高祖,祖庙未毁,有服
之亲。

召　南

朱熹云：召，地名，召公奭之采邑也。旧说扶风雍县南有召亭，即其地。今雍县析为岐山、天兴二县，未知召亭的在何县。余已见《周南》说。

鹊　巢

《诗序》：《鹊巢》，夫人之德也。国君积行累功以致爵位，夫人起家而居有之，德如鸤鸠，乃可以配焉。

维鹊有巢，维鸠居之。
之子于归，百两御之。[1]

维鹊有巢，维鸠方之。
之子于归，百两将之。[2]

维鹊有巢，维鸠盈之。
之子于归，百两成之。[3]

[1]兴也。鹊、鸠，皆鸟名。鹊善为巢，其巢最为完固。鸠性拙，不能为巢，或有居鹊之成巢者。之子，指夫人也。两，一车也。一车两轮，故谓之两。御，迎也。诸侯之子嫁于诸侯，送御皆百两也。○南国诸侯

17

被文王之化,能正心修身以齐其家,其女子亦被后妃之化,而有专静纯一之德,故嫁于诸侯,而其家人美之曰:"维鹊有巢,则鸠来居之,是以之子于归,而百两迎之也。"此诗之意,犹《周南》之有《关雎》也。

[2] 兴也。方,有之也。将,送也。

[3] 兴也。盈,满也,谓众媵侄娣之多。成,成其礼也。

采 蘩

《诗序》:《采蘩》,夫人不失职也。夫人可以奉祭祀,则不失职矣。

> 于以采蘩? 于沼于沚。
> 于以用之? 公侯之事。[1]

> 于以采蘩? 于涧之中。
> 于以用之? 公侯之宫。[2]

> 被之僮僮,夙夜在公。
> 被之祁祁,薄言还归。[3]

[1] 赋也。于,於也。蘩,白蒿也。沼,池也。沚,渚也。事,祭事也。〇南国被文王之化,诸侯夫人能尽诚敬以奉祭祀,而其家人叙其事以美之也。或曰蘩所以生蚕,盖古者后夫人有亲蚕之礼。此诗亦犹《周南》之有《葛覃》也。

[2] 赋也。山夹水曰涧。宫,庙也。或曰,即《记》所谓公桑蚕室也。

[3] 赋也。被,首饰也,编发为之。僮僮,竦敬也。夙,早也。公,公所也。祁祁,舒迟貌,去事有仪也。《祭义》曰:"及祭之后,陶陶遂遂,如

将复入然。"不欲遽去,爱敬之无已也。或曰:公,亦即所谓公桑也。

草 虫

《诗序》:《草虫》,大夫妻能以礼自防也。

> 喓喓草虫,趯趯阜螽。
> 未见君子,忧心忡忡。
> 亦既见止,亦既觏止,
> 我心则降。[1]

> 陟彼南山,言采其蕨。
> 未见君子,忧心惙惙。
> 亦既见止,亦既觏止,
> 我心则说。[2]

> 陟彼南山,言采其薇。
> 未见君子,我心伤悲。
> 亦既见止,亦既觏止,
> 我心则夷。[3]

[1] 赋也。喓喓,声也。草虫,蝗属,奇音,青色。趯趯,跃貌。阜螽,蠜也。忡忡,犹冲冲也。止,语辞。觏,遇。降,下也。○南国被文王之化,诸侯大夫行役在外,其妻独居,感时物之变而思其君子如此。亦若《周南》之《卷耳》也。

[2]赋也。登山盖托以望君子。蕨,鳖也,初生无叶时可食。亦感时物之变也。惙,忧貌。

[3]赋也。薇,似蕨而差大,有芒而味苦,山间人食之,谓之迷蕨。胡氏曰,疑即《庄子》所谓迷阳者。夷,平也。

采 蘋

《诗序》:《采蘋》,大夫妻能循法度也。能循法度,则可以承先祖,共祭祀矣。

于以采蘋? 南涧之滨。
于以采藻? 于彼行潦。[1]

于以盛之? 维筐及筥。
于以湘之? 维锜及釜。[2]

于以奠之? 宗室牖下。
谁其尸之? 有齐季女。[3]

[1]赋也。蘋,水上浮萍也。江东人谓之藏。滨,崖也。藻,聚藻也,生水底,茎如钗股,叶如蓬蒿。行潦,流潦也。○南国被文王之化,大夫妻能奉祭祀,而其家人叙其事以美之也。

[2]赋也。方曰筐,圆曰筥。湘,烹也。盖粗熟而淹以为菹也。锜,釜属。有足曰锜,无足曰釜。○此足以见其循序有常,严敬整饬之意。

[3]赋也。奠,置也。宗室,大宗之庙也。大夫士祭于宗室。牖下,室西南隅,所谓奥也。尸,主也。齐,敬貌。季,少也。祭祀之礼,主妇主

荐豆,实以菹醢。少而能敬,尤见其质之美,而化之所从来者远矣。

甘　棠

《诗序》:《甘棠》,美召伯也。召伯之教,明于南国。

> 蔽芾甘棠,勿剪勿伐,
> 召伯所茇。[1]

> 蔽芾甘棠,勿剪勿败,
> 召伯所憩。[2]

> 蔽芾甘棠,勿剪勿拜,
> 召伯所说。[3]

[1] 赋也。蔽芾,盛貌。甘棠,杜梨也,白者为棠,赤者为杜。剪,剪其枝叶也。伐,伐其条干也。伯,方伯也。茇,草舍也。○召伯循行南国,以布文王之政,或舍甘棠之下,其后人思其德,故爱其树而不忍伤也。

[2] 赋也。败,折。憩,息也。勿败,则非特勿伐而已,爱之愈久而愈深也。下章放此。

[3] 赋也。拜,屈。说,舍也。勿拜,则非特勿败而已。

行　露

《诗序》:《行露》,召伯听讼也。衰乱之俗微,贞信之教兴,强暴之男不

诗 经

能侵陵贞女也。

> 厌浥行露,岂不夙夜?
> 谓行多露![1]
>
> 谁谓雀无角,何以穿我屋?
> 谁谓女无家,何以速我狱?
> 虽速我狱,室家不足![2]
>
> 谁谓鼠无牙,何以穿我墉?
> 谁谓女无家,何以速我讼?
> 虽速我讼,亦不女从![3]

[1]赋也。厌浥,湿意。行,道。夙,早也。〇南国之人遵召伯之教,服文王之化,有以革其前日淫乱之俗,故女子有能以礼自守,而不为强暴所污者,自述己志,作此诗以绝其人。言道间之露方湿,我岂不欲早夜而行乎?畏多露之沾濡而不敢尔。盖以女子早夜独行,或有强暴侵陵之患,故托以行多露而畏其沾濡也。

[2]兴也。家,谓以媒聘求为室家之礼也。速,召致也。〇贞女之自守如此,然犹或见讼而召致于狱。因自诉而言,人皆谓雀有角,故能穿我屋,以兴人皆谓汝于我尝有求为室家之礼,故能致我于狱。然不知汝虽能致我于狱,而求为室家之礼初未尝备,如雀虽能穿屋,而实未尝有角也。

[3]兴也。牙,牡齿也。墉,墙也。〇言汝虽能致我于讼,然其求为室家之礼有所不足,则我亦终不汝从矣。

羔 羊

《诗序》:《羔羊》,鹊巢之功致也。《召南》之国化文王之政,在位皆节俭正直,德如羔羊也。

羔羊之皮,素丝五纶。
退食自公,委蛇委蛇。[1]

羔羊之革,素丝五緎。
委蛇委蛇,自公退食。[2]

羔羊之缝,素丝五总。
委蛇委蛇,退食自公。[3]

[1] 赋也。小曰羔,大曰羊。皮,所以为裘,大夫燕居之服。素,白也。纶,未详,盖以丝饰裘之名也。退食,退朝而食于家也。自公,从公门而出也。委蛇,自得之貌。○南国化文王之政,在位皆节俭正直,故诗人美其衣服有常,而从容自得如此也。

[2] 赋也。革,犹皮也。緎,裘之缝界也。

[3] 赋也。缝,缝皮合之以为裘也。总,亦未详。

殷 其 靁

《诗序》:《殷其靁》,劝以义也。《召南》之大夫远行从政,不遑宁处,其室家能闵其勤劳,劝以义也。

> 殷其靁,在南山之阳。
> 何斯违斯? 莫敢或遑。
> 振振君子,归哉归哉![1]

> 殷其靁,在南山之侧。
> 何斯违斯? 莫敢遑息。
> 振振君子,归哉归哉![2]

> 殷其靁,在南山之下。
> 何斯违斯? 莫或遑处。
> 振振君子,归哉归哉![3]

[1] 兴也。殷,雷声也。山南曰阳。何斯,斯此人也。违斯,斯此所也。遑,暇也。振振,信厚也。○南国被文王之化,妇人以其君子从役在外而思念之,故作此诗。言殷殷然雷声则在南山之阳矣,何此君子独去此而不敢少暇乎? 于是又美其德,且冀其早毕事而还归也。

[2] 兴也。息,止也。

[3] 兴也。

摽 有 梅

《诗序》:《摽有梅》,男女及时也。《召南》之国被文王之化,男女得以及时也。

摽有梅,其实七兮。
求我庶士,迨其吉兮。[1]

摽有梅,其实三兮。
求我庶士,迨其今兮。[2]

摽有梅,顷筐塈之。
求我庶士,迨其谓之。[3]

[1] 赋也。摽,落也。梅,木名,华白,实似杏而酢。庶,众。迨,及也。吉,吉日也。○南国被文王之化,女子知以贞信自守,惧其嫁不及时,而有强暴之辱也。故言梅落而在树者少,以见时过而太晚矣,求我之众士,其必有及此吉日而来者乎?

[2] 赋也。梅在树者三,则落者又多矣。今,今日也,盖不待吉矣。

[3] 赋也。塈,取也。顷筐取之,则落之尽矣。谓之,则但相告语,而约可定矣。

小 星

《诗序》:《小星》,惠及下也。夫人无妒忌之行,惠及贱妾,进御于君,知其命有贵贱,能尽其心矣。

嘒彼小星,三五在东。
肃肃宵征,夙夜在公。
寔命不同![1]

嘒彼小星,维参与昴。

肃肃宵征,抱衾与裯。

寔命不犹![2]

朱熹云:吕氏曰:夫人无妒忌之行,而贱妾安于其命,所谓上好仁,而下必好义者也。

[1]兴也。嘒,微貌。三五,言其稀,盖初昏或将旦时也。肃肃,齐遫貌。宵,夜。征,行也。寔与实同。命,谓天所赋之分也。○南国夫人承后妃之化,能不妒忌以惠其下,故其众妾美之如此。盖众妾进御于君,不敢当夕,见星而往,见星而还,故因所见以起兴。其于义无所取,特取"在东""在公"两字之相应耳。遂言其所以如此者,由其所赋之分不同于贵者,是以深以得御于君为夫人之惠,而不敢致怨于来往之勤也。

[2]兴也。参昴,西方二宿之名。衾,被也。裯,襌被也。兴亦取"与昴""与裯"二字相应。犹,亦同也。

江 有 汜

《诗序》:《江有汜》,美媵也。勤而无怨,嫡能悔过也。文王之时,江、沱之间,有嫡不以其媵备数,媵遇劳而无怨,嫡亦自悔也。

江有汜,之子归,

不我以。

不我以,其后也悔。[1]

江有渚,之子归,

不我与。

不我与,其后也处。[2]

江有沱,之子归,

不我过。

不我过,其啸也歌。[3]

朱熹云:陈氏曰:《小星》之夫人惠及媵妾,而媵妾尽其心。江、沱之
嫡惠不及媵妾,而媵妾不怨。盖父虽不慈,子不可以不孝,各尽其道而
已矣。

[1]兴也。水决复入为汜。今江陵、汉阳、安复之间盖多有之。之
子,媵妾指嫡妻而言也。妇人谓嫁曰归。我,媵自我也。能左右之曰以,
谓挟己而偕行也。○是时汜水之旁,媵有待年于国而嫡不与之偕行者,
其后嫡被后妃夫人之化,乃能自悔而迎之。故媵见江水之有汜,而因以
起兴,言江犹有汜,而之子之归乃不我以,虽不我以,然其后也亦悔矣。

[2]兴也。渚,小洲也。水岐成渚。与,犹"以"也。处,安也。得其
所安也。

[3]兴也。沱,江之别者。过,谓过我而与俱也。啸,蹙口出声以舒
愤懑之气,言其悔时也。歌,则得其所处而乐矣。

野有死麕

《诗序》:《野有死麕》,恶无礼也。天下大乱,强暴相陵,遂成淫风。被
文王之化,虽当乱世,犹恶无礼也。

野有死麕，白茅包之。
有女怀春，吉士诱之。[1]

林有朴樕，野有死鹿。
白茅纯束，有女如玉。[2]

"舒而脱脱兮！
无感我帨兮！
无使尨也吠！"[3]

[1]兴也。麕，獐也，鹿属，无角。怀春，当春而有怀也。吉士，犹美士也。○南国被文王之化，女子有贞洁自守，不为强暴所污者，故诗人因所见以兴其事而美之。或曰赋也。言美士以白茅包死麕而诱怀春之女也。

[2]兴也。朴樕，小木也。鹿，兽名，有角。纯束，犹包之也。如玉者，美其色也。上三句兴下一句也。或曰赋也。言以朴樕借死鹿，束以白茅，而诱此如玉之女也。

[3]赋也。舒，迟缓也。脱脱，舒缓貌。感，动。帨，巾。尨，犬也。○此章乃述女子拒之之辞。言姑徐徐而来，毋动我之帨，毋惊我之犬，以甚言其不能相及也。其凛然不可犯之意，盖可见矣。

何彼秾矣

《诗序》：《何彼秾矣》，美王姬也。虽则王姬，亦下嫁于诸侯，车服不系其夫，下王后一等，犹执妇道，以成肃雍之德也。

何彼秾矣？唐棣之华。
曷不肃雍？王姬之车。[1]

何彼秾矣？华如桃李。
平王之孙，齐侯之子。[2]

其钓维何？维丝伊缗。
齐侯之子，平王之孙。[3]

[1] 兴也。秾，盛也，犹曰戎戎也。唐棣，栘也，似白杨。肃，敬。雍，和也。周王之女姬姓，故曰王姬。○王姬下嫁于诸侯，车服之盛如此，而不敢挟贵以骄其夫家。故见其车者，知其能敬且和以执妇道，于是作诗美之曰：何彼戎戎而盛乎，乃唐棣之华也。此何不肃肃而敬，雍雍而和乎，乃王姬之车也。此乃武王以后之诗，不可的知其何王之世，然文王、太姒之教久而不衰，亦可见矣。

[2] 兴也。李，木名，华白，实可食。旧说，平，正也。武王女文王孙，适齐侯之子。或曰，平王即平王宜臼，齐侯即襄公诸儿。事见《春秋》，未知孰是。○以桃李二物兴男女二人也。

[3] 兴也。伊，亦维也。缗，纶也。丝之合而为纶，犹男女之合而为昏也。

驺　虞

《诗序》：《驺虞》，《鹊巢》之应也。《鹊巢》之化行，人伦既正，朝廷既治，天下纯被文王之化，则庶类蕃殖，搜田以时，仁如驺虞，则王道成也。

29

彼茁者葭,壹发五豝。
于嗟乎驺虞![1]

彼茁者蓬,壹发五豵。
于嗟乎驺虞![2]

朱熹云:文王之化,始于《关雎》而至于《麟趾》,则其化之入人者深矣。形于《鹊巢》而及于《驺虞》,则其泽之及物者广矣。盖意诚心正之功不息而久,则其熏烝透彻,融液周遍,自有不能已者,非智力之私所能及也。故《序》以《驺虞》为《鹊巢》之应,而见王道之成,其必有所传矣。

[1]赋也。茁,生出壮盛之貌。葭,芦也,亦名苇。发,发矢。豝,牝豕也。一发五豝,犹言中必叠双也。驺虞,兽名,白虎黑文,不食生物者也。〇南国诸侯承文王之化,修身齐家以治其国,而其仁民之余恩又有以及于庶类,故其春田之际,草木之茂,禽兽之多,至于如此。而诗人述其事以美之,且叹之曰:此其仁心自然,不由勉强,是即真所谓驺虞矣。
[2]赋也。蓬,草名。一岁曰豵,亦小豕也。

邶 风

朱熹云:邶、鄘、卫,三国名,在《禹贡》冀州,西阻太行,北逾衡漳,东南跨河,以及兖州桑土之野。及商之季,而纣都焉。武王克商,分自纣城,朝歌而北谓之邶,南谓之鄘,东谓之卫,以封诸侯。邶、鄘,不详其始封,卫则武王弟康叔之国也。卫本都河北,朝歌之东,淇水之北,百泉之南。其后不知何时并得邶、鄘之地。至懿公为狄所灭。戴公东徙渡河,野处漕邑。文公又徙居于楚丘。朝歌故城在今卫州卫县西二十二里,所谓殷墟。卫故都即今卫县。漕、楚丘皆在滑州,大抵今怀、卫、澶、相、滑、濮等州,开封、大名府界皆卫境也。但邶、鄘地既入卫,其诗皆为卫事,而犹系其故国之名,则不可晓。而旧说以此下十三国皆为变《风》焉。

柏 舟

《诗序》:《柏舟》,言仁而不遇也。卫顷公之时,仁人不遇,小人在侧。

泛彼柏舟,亦泛其流。
耿耿不寐,如有隐忧。
微我无酒,以敖以游。[1]

我心匪鉴,不可以茹。
亦有兄弟,不可以据。

薄言往诉,逢彼之怒。[2]

我心匪石,不可转也。
我心匪席,不可卷也。
威仪棣棣,不可选也。[3]

忧心悄悄,愠于群小。
觏闵既多,受侮不少。
静言思之,寤辟有摽。[4]

日居月诸! 胡迭而微?
心之忧矣,如匪浣衣。
静言思之,不能奋飞。[5]

[1]比也。泛,流貌。柏,木名。耿耿,小明,忧之貌也。隐,痛也。微,犹非也。○妇人不得于其夫,故以柏舟自比。言以柏为舟,坚致牢实,而不以乘载,无所依薄,但泛然于水中而已。故其隐忧之深如此,非为无酒可以遨游而解之也。《列女传》以此为妇人之诗。今考其辞气卑顺柔弱,且居变《风》之首,而与下篇相类,岂亦庄姜之诗也欤?

[2]赋也。鉴,镜。茹,度。据,依。诉,告也。○言我心既非鉴,而不能度物。虽有兄弟,而又不可依以为重,故往告之,而反遭其怒也。

[3]赋也。棣棣,富而闲习之貌。选,简择也。○言石可转,而我心不可转;席可卷,而我心不可卷。威仪无一不善,又不可得而简择取舍,皆自反而无阙之意。

[4]赋也。悄悄,忧貌。愠,怒意。群小,众妾也。言见怒于众妾也。觏,见。闵,病也。辟,拊心也。摽,拊心貌。

[5]比也。居,诸,语辞。迭,更。微,亏也。匪浣衣,谓垢污不濯之衣。奋飞,如鸟奋翼而飞去也。○言日当常明,月则有时而亏,犹正嫡当尊,众妾当卑。今众妾反胜正嫡,是日月更迭而亏,是以忧之,至于烦冤愦眊,如衣不浣之衣,恨其不能奋起而飞去也。

绿 衣

《诗序》:《绿衣》,卫庄姜伤己也。妾上僭,夫人失位而作是诗也。

> 绿兮衣兮,绿衣黄里。
> 心之忧矣,曷维其已![1]

> 绿兮衣兮,绿衣黄裳。
> 心之忧矣,曷维其亡![2]

> 绿兮丝兮,女所治兮。
> 我思古人,俾无訧兮。[3]

> 絺兮绤兮,凄其以风。
> 我思古人,实获我心。[4]

朱熹云:庄姜事见《春秋传》。此诗无所考,姑从《序》说。下三篇同。

[1]比也。绿,苍胜黄之间色。黄,中央土之正色。间色贱而以为衣,正色贵而以为里,言皆失其所也。已,止也。○庄公惑于嬖妾,夫人

庄姜贤而失位,故作此诗,言"绿衣黄里",以比贱妾尊显,而正嫡幽微,使我忧之,不能自已也。

　　[2]比也。上曰衣,下曰裳。《记》曰:"衣正色,裳间色。"今以绿为衣,而黄者自里转而为裳,其失所益甚矣。亡之为言忘也。

　　[3]比也。女,指其君子而言也。治,谓理而织之也。俾,使。訧,过也。○言绿方为丝,而女又治之,以比妾方少艾,而女又嬖之也。然则我将如之何哉?我思古人有尝遭此而善处之者以自厉焉。使不至于有过而已。

　　[4]比也。凄,寒风也。○絺绤而遇寒风,犹己之过时而见弃也。故思古人之善处此者,真能先得我心之所求也。

燕 燕

《诗序》:《燕燕》,卫庄姜送归妾也。

　　燕燕于飞,差池其羽。
　　之子于归,远送于野。
　　瞻望弗及,泣涕如雨![1]

　　燕燕于飞,颉之颃之。
　　之子于归,远于将之。
　　瞻望弗及,伫立以泣![2]

　　燕燕于飞,下上其音。
　　之子于归,远送于南。
　　瞻望弗及,实劳我心![3]

仲氏任只,其心塞渊。
终温且惠,淑慎其身。
"先君之思",以勖寡人![4]

[1] 兴也。燕,𪁗也。谓之"燕燕"者,重言之也。差池,不齐之貌。之子,指戴妫也。归,大归也。○庄姜无子,以陈女戴妫之子完为己子。庄公卒,完即位,嬖人之子州吁弑之,故戴妫大归于陈,而庄姜送之,作此诗也。

[2] 兴也。飞而上曰颉,飞而下曰颃。将,送也。伫立,久立也。

[3] 兴也。鸣而上曰上音,鸣而下曰下音。送于南者,陈在卫南。

[4] 赋也。仲氏,戴妫字也。以恩相信曰任。只,语辞。塞,实。渊,深。终,竟。温,和。惠,顺。淑,善也。先君,谓庄公也。勖,勉也。寡人,寡德之人,庄姜自称也。○言戴妫之贤如此,又以先君之思勉我,使我常念之,而不失其守也。杨氏曰:州吁之暴,桓公之死,戴妫之去,皆夫人失位,不见答于先君所致也。而戴妫犹以先君之思勉其夫人,真可谓温且惠矣。

日 月

《诗序》:《日月》,卫庄姜伤己也。遭州吁之难,伤己不见答于先君,以至困穷之诗也。

日居月诸!照临下土。
乃如之人兮,逝不古处。
胡能有定?宁不我顾?[1]

日居月诸!下土是冒。
乃如之人兮,逝不相好。

胡能有定？宁不我报？[2]

日居月诸！出自东方。
乃如之人兮，德音无良。
胡能有定？俾也可忘。[3]

日居月诸！东方自出。
父兮母兮！畜我不卒。
胡能有定？报我不述！[4]

朱熹云：此诗当在《燕燕》之前。下篇放此。

[1] 赋也。日居月诸，呼而诉之也。之人，指庄公也。逝，发语辞。古处，未详。或云，以古道相处也。胡、宁，皆何也。○庄姜不见答于庄公，故呼日月而诉之。言日月之照临下土久矣，今乃有如是之人，而不以古道相处，是其心志回惑，亦何能有定哉，而何为其独不我顾也。见弃如此，而犹有望之之意焉，此诗之所以为厚也。

[2] 赋也。冒，覆。报，答也。

[3] 赋也。日旦必出东方，月望亦出东方。德音，美其辞。无良，丑其实也。俾也可忘，言何独使我为可忘者邪。

[4] 赋也。畜，养。卒，终也。不得于夫，而叹父母养我之不终。盖忧患疾痛之极，必呼父母，人之至情也。述，循也。言不循义理也。

终　风

《诗序》：《终风》，卫庄姜伤己也。遭州吁之暴，见侮慢而不能正也。

终风且暴,顾我则笑。
谑浪笑敖,中心是悼![1]

终风且霾,惠然肯来?
莫往莫来,悠悠我思![2]

终风且曀,不日有曀。
寤言不寐,愿言则嚏。[3]

曀曀其阴,虺虺其雷。
寤言不寐,愿言则怀。[4]

朱熹云:说见上。

[1] 比也。终风,终日风也。暴,疾也。谑,戏言也。浪,放荡也。悼,伤也。○庄公之为人,狂荡暴疾。庄姜盖不忍斥言之,故但以"终风且暴"为比。言虽其狂暴如此,然亦有顾我而笑之时。但皆出于戏慢之意,而无爱敬之诚。则又使我不敢言,而心独伤之耳。盖庄公暴慢无常,而庄姜正静自守,所以忤其意而不见答也。

[2] 比也。霾,雨土蒙霜也。惠,顺也。悠悠,思之长也。○终风且霾,以比庄公之狂惑也。虽云狂惑,然亦或惠然而肯来。但又有莫往莫来之时,则使我悠悠而思之,望其君子之深厚之至也。

[3] 比也。阴而风曰曀。有,又也。不日有曀,言既曀矣,不旋日而又曀也。亦比人之狂惑暂开而复蔽也。愿,思也。嚏,鼽嚏也。人气感伤闭郁,又为风雾所袭,则有是疾也。

[4] 比也。曀曀,阴貌。虺虺,雷将发而未震之声。以比人之狂惑

愈深而未已也。怀,思也。

击 鼓

《诗序》:《击鼓》,怨州吁也。卫州吁用兵暴乱,使公孙文仲将而平陈与宋,国人怨其勇而无礼也。

> 击鼓其镗,踊跃用兵。
> 土国城漕,我独南行。[1]

> 从孙子仲,平陈与宋。
> 不我以归,忧心有忡![2]

> 爰居爰处? 爰丧其马?
> 于以求之? 于林之下。[3]

> "死生契阔",与子成说。
> 执子之手,与子偕老。[4]

> 于嗟阔兮,不我活兮!
> 于嗟洵兮,不我信兮![5]

[1] 赋也。镗,击鼓声也。踊跃,坐作击刺之状也。兵,谓戈戟之属。土,土功也。国,国中也。漕,卫邑名。○卫人从军者自言其所为,因言卫国之民或役土功于国,或筑城于漕,而我独南行,有锋镝死亡之

忧,危苦尤甚也。

[2]赋也。孙,氏。子仲,字。时军帅也。平,和也,合二国之好也。旧说以此为《春秋》隐公四年,州吁自立之时,宋、卫、陈、蔡伐郑之事,恐或然也。以,犹与也。言不我与而归也。

[3]赋也。爰,于也。于是居,于是处,于是丧其马,而求之于林下,见其失伍离次,无斗志也。

[4]赋也。契阔,隔远之意。成说,谓成其约誓之言。○从役者念其室家,因言始为室家之时,期以死生契阔,不相忘弃,又相与执手,而期以偕老也。

[5]赋也。于嗟,叹辞也。阔,契阔也。活,生。洵,信也。信与申同。○言昔者契阔之约如此,而今不得活。偕老之信如此,而今不得伸。意必死亡,不复得与其室家遂前约之信也。

凯 风

《诗序》:《凯风》,美孝子也。卫之淫风流行,虽有七子之母,犹不能安其室,故美七子能尽其孝道,以慰其母心,而成其志尔。

凯风自南,吹彼棘心。
棘心夭夭,母氏劬劳。[1]

凯风自南,吹彼棘薪。
母氏圣善,我无令人。[2]

爰有寒泉,在浚之下。
有子七人,母氏劳苦。[3]

睍睆黄鸟,载好其音。

有子七人,莫慰母心。[4]

[1] 比也。南风谓之凯风,长养万物者也。棘,小木,丛生,多刺,难长,而心又其稚弱而未成者也。夭夭,少好貌。劬劳,病苦也。○卫之淫风流行,虽有七子之母,犹不能安其室,故其子作此诗,以凯风比母,棘心比子之幼时。盖曰:母生众子,幼而育之,其劬劳甚矣。本其始而言,以起自责之端也。

[2] 兴也。圣,睿。令,善也。○棘可以为薪,则成矣。然非美材,故以兴子之壮大而无善也。复以圣善称其母,而自谓无令人,其自责也深矣。

[3] 兴也。浚,卫邑。○诸子自责,言寒泉在浚之下,犹能有所滋益于浚,而有子七人,反不能事母,而使母至于劳苦乎?于是乃若微指其事,而痛自刻责,以感动其母心也。母以淫风流行,不能自守,而诸子自责,但以不能事母,使母劳苦为词。婉词几谏,不显其亲之恶,可谓孝矣。下章放此。

[4] 兴也。睍睆,清和圆转之意。○言黄鸟犹能好其音以悦人,而我七子独不能慰悦母心哉!

雄 雉

《诗序》:《雄雉》,刺卫宣公也。淫乱不恤国事,军旅数起,大夫久役,男女怨旷,国人患之而作是诗。

雄雉于飞,泄泄其羽。

我之怀矣,自诒伊阻![1]

雄雉于飞,下上其音。
展矣君子,实劳我心![2]

瞻彼日月,悠悠我思!
道之云远,曷云能来?[3]

百尔君子,不知德行。
不忮不求,何用不臧?[4]

[1]兴也。雉,野鸡,雄者有冠,长尾,身有文采,善斗。泄泄,飞之缓也。怀,思。诒,遗。阻,隔也。○妇人以其君子从役于外,故言雄雉之飞舒缓自得如此,而我之所思者,乃从役于外,而自遗阻隔也。

[2]兴也。下上其音,言其飞鸣自得也。展,诚也。言诚又言实,所以甚言此君子之劳我心也。

[3]赋也。悠悠,思之长也。见日月之往来,而思其君子从役之久也。

[4]赋也。百,犹凡也。忮,害。求,贪。臧,善也。○言凡尔君子,岂不知德行乎?若能不忮害又不贪求,则何所为而不善哉!忧其远行之犯患,冀其善处而得全也。

匏有苦叶

《诗序》:《匏有苦叶》,刺卫宣公也。公与夫人并为淫乱。

匏有苦叶,济有深涉。
深则厉浅则揭。[1]

有弥济盈,有鷕雉鸣。
济盈不濡轨,雉鸣求其牡。[2]

雍雍鸣雁,旭日始旦。
士如归妻,迨冰未泮。[3]

招招舟子,人涉卬否。
人涉卬否,卬须我友。[4]

　　[1]比也。匏,瓠也。匏之苦者不可食,特可佩以渡水而已。然今尚有叶,则亦未可用之时也。济,渡处也。行渡水曰涉,以衣而涉曰厉,褰衣而涉曰揭。○此刺淫乱之诗。言匏未可用,而渡处方深,行者当量其深浅而后可渡,以比男女之际,亦当量度礼义而行也。

　　[2]比也。弥,水满貌。鷕,雌雉声。轨,车辙也。飞曰雌雄,走曰牝牡。○夫济盈必濡其辙,雉鸣当求其雄,此常理也。今济盈而曰不濡轨,雉鸣而反求其牡,以比淫乱之人不度礼义,非其配耦,而犯礼以相求也。

　　[3]赋也。雍雍,声之和也。雁,鸟名,似鹅,畏寒,秋南春北。旭,日初出貌。昏礼,纳采用雁。亲迎以昏,而纳采请期曰旦。归妻以冰泮,而纳采请期迨冰未泮之时。○言古人之于婚姻,其求之不暴,而节之以礼如此,以深刺淫乱之人也。

　　[4]比也。招招,号召之貌。舟子,舟人主济渡者。卬,我也。○舟人招人以渡,人皆从之。而我独否者,待我友之招而后从之也。以比男女必待其配耦而相从,而刺此人之不然也。

谷 风

　　《诗序》:《谷风》,刺夫妇失道也。卫人化其上,淫于新婚而弃其旧室,夫妇离绝,国俗伤败焉。

习习谷风,以阴以雨。
黾勉同心,不宜有怒。
采葑采菲,无以下体。
德音莫违:"及尔同死。"[1]

行道迟迟,中心有违。
不远伊迩,薄送我畿。
谁谓荼苦? 其甘如荠。
宴尔新昏,如兄如弟。[2]

泾以渭浊,湜湜其沚。
宴尔新昏,不我屑以。
毋逝我梁,毋发我笱。
我躬不阅,遑恤我后。[3]

就其深矣,方之舟之。
就其浅矣,泳之游之。
何有何亡,黾勉求之。
凡民有丧,匍匐救之。[4]

不我能慉,反以我为雠。
既阻我德,贾用不售。
昔育恐育鞫,及尔颠覆。

既生既育，比予于毒。[5]

我有旨蓄，亦以御冬。
宴尔新昏，以我御穷。
有洸有溃，既诒我肆。
不念昔者，伊余来塈！[6]

[1]比也。习习，和舒也。东风谓之谷风。葑，蔓菁也。菲，似葍，
茎粗，叶厚而长，有毛。下体，根也。葑、菲根茎皆可食，而其根则有时而
美恶。德音，美誉也。○妇人为夫所弃，故作此诗以叙其悲怨之情。言
阴阳和而后雨泽降，如夫妇和而后家道成。故为夫妇者，当黾勉以同心，
而不宜至于有怒。又言采葑菲者，不可以其根之恶而弃其茎之美，如为
夫妇者，不可以其颜色之衰，而弃其德音之善。但德音之不违，则可以与
尔同死矣。

[2]赋而比也。迟迟，舒行貌。违，相背也。畿，门内也。荼，苦菜，
蓼属也，详见《良耜》。荠，甘菜。宴，乐也。新昏，夫所更娶之妻也。
○言我之被弃，行于道路，迟迟不进，盖其足欲前，而心有所不忍，如相背
然。而故夫之送我，乃不远而甚迩，亦至其门内而止耳。又言荼虽甚苦，
反甘如荠，以比己之见弃，其苦有甚于荼，而其夫方且宴乐其新昏，如兄
如弟而不见恤。盖妇人从一而终，今虽见弃，犹有望夫之情，厚之至也。

[3]比也。泾、渭，二水名。泾水出今原州百泉县笄头山东南，至永
兴军高陵入渭。渭水出渭州渭源县鸟鼠山，至同州冯翊县入河。湜湜，
清貌。沚，水渚也。屑，洁。以，与。逝，之也。梁，堰石障水而空其中，
以通鱼之往来者也。笱，以竹为器，而承梁之空以取鱼者也。阅，容也。
○泾浊渭清，然泾未属渭之时，虽浊而未甚见，由二水既合而清浊益分。
然其别出之渚，流或稍缓，则犹有清处。妇人以自比其容貌之衰久矣，又
以新昏形之，益见憔悴。然其心则固犹有可取者，但以故夫之安于新昏，

故不以我为洁而与之耳。又言毋逝我之梁,毋发我之笱,以比欲戒新昏毋居我之处,毋行我之事。而又自思我身且不见容,何暇恤我已去之后哉。知不能禁,而绝意之辞也。

[4]兴也。方,桴。舟,船也。潜行曰泳,浮水曰游。匍匐,手足并行,急遽之甚也。○妇人自陈其治家勤劳之事。言我随事尽其心力而为之,深则方舟,浅则泳游,不计其有与亡,而强勉以求之。又周睦其邻里乡党,莫不尽其道也。

[5]赋也。慉,养。阻,却。鞫,穷也。○承上章言我于女家勤劳如此,而女既不我养,而反以我为仇雠。惟其心既拒却我之善,故虽勤劳如此而不见取,如贾之不见售也。因念其昔时相与为生,惟恐其生理穷尽,而及尔皆至于颠覆,今既遂其生矣,乃反比我于毒而弃之乎?张子曰:育恐,谓生于恐惧之中。育鞫,谓生于困穷之际。亦通。

[6]兴也。旨,美。蓄,聚。御,当也。洸,武貌。溃,怒色也。肄,劳。塈,息也。○又言我之所以蓄聚美菜者,盖欲以御冬月乏无之时,至于春夏,则不食之矣。今君子安于新昏而厌弃我,是但使我御其穷苦之时,至于安乐则弃之也。又言于我极其武怒,而尽遗我以勤劳之事,曾不念昔者我之来息时也。追言其始见君子之时接礼之厚,怨之深也。

式　微

《诗序》:《式微》,黎侯寓于卫,其臣劝以归也。

式微式微,胡不归?
微君之故,胡为乎中露?[1]

式微式微,胡不归?
微君之躬,胡为乎泥中?[2]

朱熹云：此无所考，姑从《序》说。

[1] 赋也。式，发语辞。微，犹衰也。再言之者，言衰之甚也。微，犹非也。中露，露中也。言有沾濡之辱，而无所芘覆也。〇旧说以为黎侯失国，而寓于卫，其臣劝之曰：衰微甚矣，何不归哉？我若非以君之故，则亦胡为而辱于此哉？

[2] 赋也。泥中，言有陷溺之难，而不见拯救也。

旄　丘

《诗序》：《旄丘》，责卫伯也。狄人迫逐黎侯，黎侯寓于卫。卫不能修方伯连率之职，黎之臣子以责于卫也。

> 旄丘之葛兮，何诞之节兮？
> 叔兮伯兮！何多日也？[1]

> 何其处也？必有与也。
> 何其久也？必有以也。[2]

> 狐裘蒙戎，匪车不东。
> 叔兮伯兮！靡所与同。[3]

> 琐兮尾兮！流离之子。
> 叔兮伯兮！褎如充耳。[4]

朱熹云:说同上篇。

[1]兴也。前高后下曰旄丘。诞,阔也。叔、伯,卫之诸臣也。○旧说黎之臣子自言久寓于卫,时物变矣,故登旄丘之上,见其葛长大而节疏阔,因托以起兴曰:"旄丘之葛,何其节之阔也?卫之诸臣,何其多日而不见救也?"此诗本责卫君,而但斥其臣,可见其优柔而不迫矣。

[2]赋也。处,安处也。与,与国也。以,他故也。○因上章"何多日也"而言何其安处而不来,意必有与国相俟而俱来耳。又言何其久而不来,意其或有他故而不得来耳。诗之曲尽人情如此。

[3]赋也。大夫狐苍裘。蒙戎,乱貌,言弊也。○又自言客久而裘弊矣。岂我之车不东告于女乎?但叔兮伯兮不与我同心,虽往告之而不肯来耳。至是始微讽切之。或曰,"狐裘蒙戎"指卫大夫,而讥其愦乱之意。"匪车不东",言非其车不肯东来救我也,但其人不肯与俱来耳。今按黎国在卫西,前说近是。

[4]赋也。琐,细。尾,末也。流离,漂散也。褒,多笑貌。充耳,塞耳也。耳聋之人恒多笑。○言黎之君臣流离琐尾,若此其可怜也。而卫之诸臣,褒然如塞耳而无闻,何哉?至是然后尽其词焉。流离患难之余,而其言之有序而不迫如此,其人亦可知矣。

简 兮

《诗序》:《简兮》,刺不用贤也。卫之贤者,仕于伶官,皆可以承事王者也。

简兮简兮,方将万舞。
日之方中,在前上处。[1]

硕人俣俣,公庭万舞。

有力如虎,执辔如组。[2]

左手执籥,右手秉翟。

赫如渥赭,公言锡爵。[3]

山有榛,隰有苓。

云谁之思？西方美人。

彼美人兮,西方之人兮![4]

朱熹云:旧三章,章六句,今改定。张子曰:为禄仕而抱关击柝,则犹恭其职也。为伶官则杂于侏儒俳优之间,不恭甚矣,其得谓之贤者,虽其迹如此,而其中固有以过人,又能卷而怀之,是亦可以为贤矣。东方朔似之。

[1]赋也。简,简易不恭之意。万者,舞之总名。武用干戚,文用羽籥也。日之方中,在前上处,言当明显之处。〇贤者不得志,而仕于伶官,有轻世肆志之心焉,故其言如此。若自誉而实自嘲也。

[2]赋也。硕,大也。俣俣,大貌。辔,今之缰也。组,织丝为之,言其柔也。御能使马,则辔柔如组矣。〇又自誉其才之无所不备,亦上章之意也。

[3]赋也。执籥秉翟者,文舞也。籥,如笛而六孔,或曰三孔。翟,雉羽也。赫,赤貌。渥,厚渍也。赭,赤色也。言其颜色之充盛也。公言锡爵,即《仪礼》燕饮而献工之礼也。以硕人而得此,则亦辱矣。乃反以其赉予之亲洽为荣而夸美之,亦玩世不恭之意也。

[4]兴也。榛,似栗而小。下湿曰隰。苓,一名大苦,叶似地黄,即

今甘草也。西方美人,托言以指西周之盛王,如《离骚》亦以美人目其君也。又曰西方之人者,叹其远而不得见之词也。○贤者不得志于衰世之下国,而思盛际之显王,故其言如此,而意远矣。

泉　水

《诗序》:《泉水》,卫女思归也。嫁于诸侯,父母终,思归宁而不得,故作是诗以自见也。

毖彼泉水,亦流于淇。
有怀于卫,靡日不思。
娈彼诸姬,聊与之谋。[1]

出宿于泲,饮饯于祢。
女子有行,远父母兄弟。
问我诸姑,遂及伯姊。[2]

出宿于干,饮饯于言。
载脂载辖,还车言迈。
遄臻于卫,不瑕有害?[3]

我思肥泉,兹之永叹。
思须与漕,我心悠悠。
驾言出游,以写我忧。[4]

朱熹云:杨氏曰:卫女思归,发乎情也;其卒也不归,止乎礼义也。圣人著之于经,以示后世,使知适异国者,父母终,无归宁之义,则能自克者知所处矣。

[1]兴也。毖,泉始出之貌。泉水,即今卫州共城之百泉也。淇水出相州林虑县东流。泉水自西北而东南来注之。娈,好貌。诸姬,谓侄娣也。○卫女嫁于诸侯,父母终,思归宁而不得,故作此诗。言毖然之泉水亦流于淇矣,我之有怀于卫,则亦无日而不思矣。是以即诸姬而与之谋为归卫之计,如下两章之云也。

[2]赋也。沚,地名。饮饯者,古之行者必有祖道之祭,祭毕,处者送之,饮于其侧而后行也。祢,亦地名,皆自卫来时所经之处也。诸姑、伯姊,即所谓诸姬也。○言始嫁来时,则固已远其父母兄弟矣,况今父母既终,而复可归哉?是以问于诸姑伯姊,而谋其可否云尔。郑氏曰:"国君夫人,父母在则归宁,没则使大夫宁于兄弟。"

[3]赋也。干、言,地名,适卫所经之地也。脂,以脂膏涂其辖,使滑泽也。辖,车轴也,不驾则脱之,设之而后行也。还,回旋也,旋其嫁来之车也。遄,疾。臻,至也。瑕,何,古音相近,通用。○言如是则其至卫疾矣,然岂不害于义理乎?疑之而不敢遂之辞也。

[4]赋也。肥泉,水名。须、漕,卫邑也。悠悠,思之长也。写,除也。○既不敢归,然其思卫地不能忘也。安得出游于彼,而写其忧哉?

北 门

《诗序》:《北门》,刺仕不得志也。言卫之忠臣不得其志尔。

出自北门,忧心殷殷。

终窭且贫,莫知我艰。

已焉哉，天实为之，
谓之何哉！[1]

王事适我，政事一埤益我。
我入自外，室人交遍谪我。
已焉哉，天实为之，
谓之何哉！[2]

王事敦我，政事一埤遗我。
我入自外，室人交遍摧我。
已焉哉，天实为之，
谓之何哉！[3]

朱熹云：杨氏曰：忠信重禄，所以劝士也。卫之忠臣至于窭贫而莫知其艰，则无劝士之道矣。仕之所以不得志也。先王视臣如手足，岂有以事投遗之而不知其艰哉？然不择事而安之，无怼憾之辞，知其无可奈何，而归之于天，所以为忠臣也。

[1] 比也。北门，背阳向阴。殷殷，忧也。窭者，贫而无以为礼也。○卫之贤者处乱世，事暗君，不得其志，故因出北门而赋以自比。又叹其贫窭，人莫知之，而归之于天也。

[2] 赋也。王事，王命使为之事也。适，之也。政事，其国之政事也。一，犹皆也。埤，厚。室，家。谪，责也。○王事既适我矣，政事又一切以埤益我，其劳如此，而窭贫又甚，室人至无以自安，而交遍谪我，则其困于内外极矣。

[3] 赋也。敦，犹投掷也。遗，加。摧，沮也。

北 风

《诗序》:《北风》,刺虐也。卫国并为威虐,百姓不亲,莫不相携持而去焉。

北风其凉,雨雪其雱。
惠而好我,携手同行。
其虚其邪?既亟只且![1]

北风其喈,雨雪其霏。
惠而好我,携手同归。
其虚其邪?既亟只且![2]

莫赤匪狐,莫黑匪乌。
惠而好我,携手同车。
其虚其邪?既亟只且![3]

[1] 比也。北风,寒凉之风也。凉,寒气也。雱,雪盛也。惠,爱。行,去也。虚,宽貌。邪,一作徐,缓也。亟,急也。只且,语助辞。○言北风雨雪,以比国家危乱将至,而气象愁惨也。故欲与其相好之人去而避之,且曰:是尚可以宽徐乎?彼其祸乱之迫已甚,而去不可不速矣。

[2] 比也。喈,疾声也。霏,雨雪分散之状。归者,去而不反之辞也。

[3] 比也。狐,兽名,似犬,黄赤色。乌,鸦,黑色。皆不祥之物,人所恶见者也。所见无非此物,则国将危乱可知。同行、同归,犹贱者也。

同车,则贵者亦去矣。

静 女

《诗序》:《静女》,刺时也。卫君无道,夫人无德。

　　静女其姝,俟我于城隅。
　　爱而不见,搔首踟蹰。[1]

　　静女其娈,贻我彤管。
　　彤管有炜,说怿女美。[2]

　　自牧归荑,洵美且异。
　　匪女之为美,美人之贻。[3]

　　[1]赋也。静者,闲雅之意。姝,美色也。城隅,幽僻之处。不见者,期而不至也。踟蹰,犹踯躅也。此淫奔期会之诗也。
　　[2]赋也。娈,好貌。于是则见之矣。彤管,未详何物,盖相赠以结殷勤之意耳。炜,赤貌。言既得此物,而又悦怿此女之美也。
　　[3]赋也。牧,外野也。归,亦贻也。荑,茅之始生者。洵,信也。女,指荑而言也。○言静女又赠我以荑,而其荑亦美且异,然非此荑之为美也,特以美人之所赠,故其物亦美耳。

新 台

《诗序》:《新台》,刺卫宣公也。纳伋之妻,作新台于河上而要之。国人恶之,而作是诗也。

> 新台有泚,河水弥弥。
> 燕婉之求,籧篨不鲜。[1]

> 新台有洒,河水浼浼。
> 燕婉之求,籧篨不殄。[2]

> 鱼网之设,鸿则离之。
> 燕婉之求,得此戚施。[3]

　　朱熹云:凡宣姜事,首末见《春秋传》。然于《诗》则皆未有考也。诸篇放此。

　　[1]赋也。泚,鲜明也。弥弥,盛也。燕,安。婉,顺也。籧篨,不能俯,疾之丑者也。盖籧篨本竹席之名,人或编以为囷,其状如人之拥肿而不能俯者,故又因以名此疾也。鲜,少也。〇旧说以为卫宣公为其子伋娶于齐而闻其美,欲自娶之,乃作新台于河上而要之。国人恶之,而作此诗以刺之。言齐女本求与伋为燕婉之好,而反得宣公丑恶之人也。
　　[2]赋也。洒,高峻也。浼浼,平也。殄,绝也。言其病不已也。
　　[3]兴也。鸿,雁之大者。离,丽也。戚施,不能仰,亦丑疾也。〇言设鱼网而反得鸿,以兴求燕婉而反得丑疾之人,所得非所求也。

二子乘舟

　　《诗序》:《二子乘舟》,思伋、寿也。卫宣公之二子争相为死,国人伤而思之,作是诗也。

> 二子乘舟,泛泛其景。
> 愿言思子,中心养养。[1]
>
> 二子乘舟,泛泛其逝。
> 愿言思子,不瑕有害?[2]

朱熹云:太史公曰:余读《世家》言,至于宣公之子以妇见诛,弟寿争死以相让,此与晋太子申生不敢明骊姬之过同,俱恶伤父之志。然卒死亡,何其悲也。或父子相杀,兄弟相戮,亦独何哉!

[1] 赋也。二子,谓伋、寿也。乘舟,渡河如齐也。景,古影字。养养,犹漾漾,忧不知所定之貌。○旧说以为宣公纳伋之妻,是为宣姜,生寿及朔。朔与宣姜诉伋于公。公令伋之齐,使贼先待于隘而杀之。寿知之,以告伋。伋曰:"君命也,不可以逃。"寿窃其节而先往,贼杀之。伋至,曰:"君命杀我,寿有何罪?"贼又杀之。国人伤之,而作是诗也。

[2] 赋也。逝,往也。不瑕,疑词,义见《泉水》。此则见其不归而疑之也。

鄘 风

朱熹云:说见上篇。

柏 舟

《诗序》:《柏舟》,共姜自誓也。卫世子共伯蚤死,其妻守义,父母欲夺而嫁之,誓而弗许,故作是诗以绝之。

泛彼柏舟,在彼中河。
髧彼两髦,实维我仪;
之死矢靡他。母也天只!
不谅人只![1]

泛彼柏舟,在彼河侧。
髧彼两髦,实维我特;
之死矢靡慝。母也天只!
不谅人只![2]

[1] 兴也。中河,中于河也。髧,发垂貌。两髦者,剪发夹囟,子事父母之饰,亲死然后去之。此盖指共伯也。我,共姜自我也。仪,匹。之,至。矢,誓。靡,无也。只,语助辞。谅,信也。○旧说以为卫世子共

56

伯蚤死,其妻共姜守义,父母欲夺而嫁之,故共姜作此以自誓。言柏舟则在彼中河,两髦则实我之匹,虽至于死,誓无他心。母之于我,覆育之恩如天罔极,而何其不谅我之心乎?不及父者,疑时独母在,或非父意耳。

[2]兴也。特,亦匹也。慝,邪也。以是为慝,则其绝之甚矣。

墙 有 茨

《墙有茨》,卫人刺其上也。公子顽通乎君母,国人疾之而不可道也。

> 墙有茨,不可埽也。
> 中冓之言,不可道也。
> 所可道也,言之丑也。[1]

> 墙有茨,不可襄也。
> 中冓之言,不可详也。
> 所可详也,言之长也。[2]

> 墙有茨,不可束也。
> 中冓之言,不可读也。
> 所可读也,言之辱也。[3]

朱熹云:杨氏曰:公子顽通乎君母,闺中之言至不可读,其污甚矣。圣人何取焉而著之于经也?盖自古淫乱之君,自以为密于闺门之中,世无得而知者,故自肆而不反。圣人所以著之于经,使后世为恶者,知虽闺门之言,亦无隐而不彰也。其为训戒深矣!

　　[1]兴也。茨,蒺藜也,蔓生,细叶,子有三角,刺人。中冓,谓舍之交积材木也。道,言。丑,恶。○旧说以为宣公卒,惠公幼,其庶兄顽烝于宣姜,故诗人作此诗以刺之,言其闺中之事皆丑恶而不可言。理或然也。

　　[2]兴也。襄,除也。详,详言之也。言之长者,不欲言,而托以语长难竟也。

　　[3]兴也。束,束而去之也。读,诵言也。辱,犹丑也。

君子偕老

　　《诗序》:《君子偕老》,刺卫夫人也。夫人淫乱,失事君子之道,故陈人君之德,服饰之盛,宜与君子偕老也。

　　　君子偕老,副笄六珈。
　　　委委佗佗,如山如河,
　　　象服是宜。
　　　子之不淑,云如之何?[1]

　　　玼兮玼兮,其之翟也。
　　　鬒发如云,不屑髢也。
　　　玉之瑱也,象之揥也,
　　　扬且之晢也。
　　　胡然而天也?胡然而帝也?[2]

　　　瑳兮瑳兮,其之展也。

蒙彼绉絺，是绁袢也。

子之清扬，扬且之颜也。

展如之人兮，邦之媛也？[3]

朱熹云：东莱吕氏曰：首章之末云"子之不淑，云如之何"，责之也。二章之末云"胡然而天也，胡然而帝也"，问之也。三章之末云"展如之人兮，邦之媛也"，惜之也。辞益婉而意益深矣。

[1] 赋也。君子，夫也。偕老，言偕生而偕死也。女子之生，以身事人，则当与之同生，与之同死，故夫死称未亡人，言亦待死而已，不当复有他适之志也。副，祭服之首饰，编发为之。笄，衡笄也，垂于副之两旁当耳，其下以紞悬瑱。珈之言加也，以玉加于笄而为饰也。委委佗佗，雍容自得之貌。如山，安重也。如河，弘广也。象服，法度之服也。淑，善也。〇言夫人当与君子偕老，故其服饰之盛如此，而雍容自得，安重宽广，又有以宜其象服。今宣姜之不善乃如此，虽有是服，亦将如之何哉？言不称也。

[2] 赋也。玼，鲜盛貌。翟衣，祭服，刻绘为翟雉之形而彩画之以为饰也。鬒，黑也。如云，言多而美也。屑，洁也。髢，发髢也。人少发则以髢益之，发自美则不洁于髢而用之矣。瑱，塞耳也。象，象骨也。揥，所以摘发也。扬，眉上广也。且，语助辞。晳，白也。胡然而天，胡然而帝，言其服饰容貌之美，见者惊犹鬼神也。

[3] 赋也。瑳，亦鲜盛貌。展衣者，以礼见于君及见宾客之服也。蒙，覆也。绉絺，絺之蹙蹙者，当暑之服也。绁袢，束缚意。以展衣蒙絺绤而为之绁袢，所以自敛饬也。或曰："蒙谓加絺绤于亵衣之上，所谓表而出之也。"清，视清明也。扬，眉上广也。颜，额角丰满也。展，诚也。美女曰媛。见其徒有美色而无人君之德也。

桑 中

《诗序》:《桑中》,刺奔也。卫之公室淫乱,男女相奔,至于世族在位,相窃妻妾,期于幽远,政散民流而不可止。

爰采唐矣?沬之乡矣。
云谁之思?美孟姜矣。
期我乎桑中,要我乎上宫,
送我乎淇之上矣。[1]

爰采麦矣?沬之北矣。
云谁之思?美孟弋矣。
期我乎桑中,要我乎上宫,
送我乎淇之上矣。[2]

爰采葑矣?沬之东矣。
云谁之思?美孟庸矣。
期我乎桑中,要我乎上宫,
送我乎淇之上矣。[3]

朱熹云:《乐记》曰:"郑、卫之音,乱世之音也,比于慢矣。桑间、濮上之音,亡国之音也。其政散,其民流,诬上行私而不可止也。"按"桑间"即此篇,故《小序》亦用《乐记》之语。

[1]赋也。唐,蒙菜也,一名兔丝。沬,卫邑也。《书》所谓"妹邦"者也。孟,长也。姜,齐女,言贵族也。桑中、上宫、淇上,又妹乡之中小地名也。要,犹迎也。○卫俗淫乱,世族在位,相窃妻妾,故此人自言将采唐于沬,而与其所思之人,相期会迎送如此也。

[2]赋也。麦,谷名,秋种夏熟者。弋,《春秋》或作"姒",盖杞女,夏后氏之后,亦贵族也。

[3]赋也。葑,蔓菁也。庸,未闻,疑亦贵姓也。

鹑之奔奔

《诗序》:《鹑之奔奔》,刺卫宣姜也。卫人以为,宣姜,鹑鹊之不若也。

鹑之奔奔,鹊之彊彊。
人之无良,我以为兄。[1]

鹊之彊彊,鹑之奔奔。
人之无良,我以为君。[2]

朱熹云:范氏曰:宣姜之恶,不可胜道也。国人疾而刺之。或远言焉,或切言焉。远言之者,《君子偕老》是也。切言之者,《鹑之奔奔》是也。《卫诗》至此而人道尽、天理灭矣。中国无以异于夷狄,人类无以异于禽兽,而国随以亡矣。胡氏曰:杨时有言,《诗》载此篇,以见卫为狄所灭之因也,故在《定之方中》之前。因以是说考于历代,凡淫乱者,未有不至于杀身败国而亡其家者,然后知古诗垂戒之大。而近世有献议,乞于经筵不以《国风》进讲者,殊失圣经之旨矣。

[1]兴也。鹑,鹌属。奔奔、彊彊,居有常匹,飞则相随之貌。人,谓
公子顽。良,善也。○卫人刺宣姜与顽非匹耦而相从也。故为惠公之言
以刺之曰:"人之无良,鹑鹊之不若,而我反以为兄,何哉?"

[2]兴也。人,谓宣姜。君,小君也。

定之方中

《诗序》:《定之方中》,美卫文公也。卫为狄所灭,东徙渡河,野处漕邑。
齐桓公攘戎狄而封之。文公徙居楚丘,始建城市而营宫室,得其时制,百姓
说之,国家殷富焉。

> 定之方中,作于楚宫。
> 揆之以日,作于楚室。
> 树之榛栗,椅桐梓漆,
> 爰伐琴瑟。[1]

> 升彼虚矣,以望楚矣。
> 望楚与堂,景山与京,
> 降观于桑。
> 卜云其吉,终然允臧。[2]

> 灵雨既零,命彼倌人。
> 星言夙驾,说于桑田。
> 匪直也人,秉心塞渊,
> 騋牝三千。[3]

朱熹云:按《春秋传》卫懿公九年冬,狄入卫,懿公及狄人战于荥泽而败,死焉。宋桓公迎卫之遗民渡河而南,立宣姜子申,以庐于漕,是为戴公,是年卒,立其弟燬,是为文公。于是齐桓公合诸侯以城楚丘而迁卫焉。文公大布之衣,大帛之冠,务材训农,通商惠工,敬教劝学,授方任能。元年革车三十乘,季年乃三百乘。

[1]赋也。定,北方之宿,营室星也。此星昏而正中,夏正十月也。于是时,可以营制宫室,故谓之营室。楚宫,楚丘之宫也。揆,度。树八尺之臬而度其日出入之景,以定东西,又参日中之景,以正南北也。楚室,犹楚宫,互文以协韵耳。榛、栗,二木,其实榛小栗大,皆可供笾实。椅,梓实桐皮。桐,梧桐也。梓,楸之疏理白色而生子者。漆,木有液黏黑,可饰器物。四木皆琴瑟之材也。爰,于也。〇卫为狄所灭,文公徙居楚丘,营立宫室,国人悦之,而作是诗以美之。苏氏曰:种木者求用于十年之后,其不求近功,凡此类也。

[2]赋也。虚,故城也。楚,楚丘也。堂,楚丘之旁邑也。景,测景以正方面也,与"既景乃冈"之"景"同。或曰:景,山名,见《商颂》。京,高丘也。桑,木名,叶可饲蚕者,观之以察其土宜也。允,信。臧,善也。〇此章本其始之望景观卜而言,以至于终而果获其善也。

[3]赋也。灵,善,零,落也。倌人,主驾者也。星,见星也。说,舍止。秉,操。塞,实。渊,深也。马七尺以上为騋。〇言方春时雨既降,而农桑之务作。文公于是命主驾者晨起驾车,亟往而劳劝之。然非独此人所以操其心者诚实而渊深也,盖其所畜之马七尺而牝者,亦已至于三千之众矣。盖人操心诚实而渊深,则无所为而不成,其致此富盛宜矣。《记》曰:问国君之富,数马以对。今言騋牝之众如此,则生息之蕃可见,而卫国之富亦可知矣。此章又要其终而言也。

蝃蝀

《诗序》:《蝃蝀》,止奔也。卫文公能以道化其民,淫奔之耻,国人不齿也。

蝃蝀在东,莫之敢指。
女子有行,远父母兄弟。[1]

朝隮于西,崇朝其雨。
女子有行,远兄弟父母。[2]

乃如之人也,怀昏姻也。
大无信也,不知命也。[3]

[1] 比也。蝃蝀,虹也,日与雨交,倏然成质,似有血气之类,乃阴阳之气不当交而交者,盖天地之淫气也。在东者,莫虹也。虹随日所映,故朝西而莫东也。○此刺淫奔之诗。言蝃蝀在东,而人不敢指,以比淫奔之恶,人不可道。况女子有行,又当远其父母兄弟,岂可不顾此而冒行乎?

[2] 比也。隮,升也。《周礼》:十辉,九曰隮。《注》以为虹,盖忽然而见,如自下而升也。崇,终也。从旦至食时为终朝。言方雨而虹见,则其雨终朝而止矣。盖淫慝之气有害于阴阳之和也。今俗谓虹能截雨,信然。

[3] 赋也。乃如之人,指淫奔者而言。昏姻,谓男女之欲。程子曰:"女子以不自失为信。"命,正理也。○言此淫奔之人,但知思念男女之欲,是不能自守其贞信之节,而不知天理之正也。程子曰:"人虽不能无欲,然当有以制之。无以制之,而惟欲之从,则人道废而入于禽兽矣。以道制欲,则能顺命。"

相　鼠

《诗序》:《相鼠》,刺无礼也。卫文公能正其群臣,而刺在位承先君之化,无礼仪也。

相鼠有皮,人而无仪。
人而无仪,不死何为?[1]

相鼠有齿,人而无止。
人而无止,不死何俟?[2]

相鼠有体,人而无礼。
人而无礼,胡不遄死?[3]

[1] 兴也。相,视也。鼠,虫之可贱恶者。○言视彼鼠,而犹必有皮,可以人而无仪乎? 人而无仪,则其不死亦何为哉!

[2] 兴也。止,容止也。俟,待也。

[3] 兴也。体,支体也。遄,速也。

干　旄

《诗序》:《干旄》,美好善也。卫文公臣子多好善,贤者乐告以善道也。

孑孑干旄,在浚之郊。

素丝纰之,良马四之。
彼姝者子,何以畀之?[1]

孑孑干旄,在浚之都。
素丝组之,良马五之。
彼姝者子,何以予之?[2]

孑孑干旌,在浚之城。
素丝祝之,良马六之。
彼姝者子,何以告之?[3]

[1]赋也。孑孑,特出之貌。干旄,以旄牛尾注于旗干之首,而建之车后也。浚,卫邑名。邑外谓之郊。纰,织组也。盖以素丝织组而维之也。四之,两服、两骖,凡四马以载之也。姝,美也。子,指所见之人也。畀,与也。○言卫大夫乘此车马,建此旄旌,以见贤者。彼其所见之贤者,将何以畀之,而答其礼意之勤乎?

[2]赋也。旟,州里所建鸟隼之旗也,上设旌旄,其下系斿,斿下属縿,皆画鸟隼也。下邑曰都。五之,五马,言其盛也。

[3]赋也。析羽为旌。干旌,盖析翟羽设于旗干之首也。城,都城也。祝,属也。六之,六马,极其盛而言也。

载　驰

《诗序》:《载驰》,许穆夫人作也。闵其宗国颠覆,自伤不能救也。卫懿公为狄人所灭,国人分散,露于漕邑。许穆夫人闵卫之亡,伤许之小,力不能救,思归唁其兄,又义不得,故赋是诗也。

载驰载驱,归唁卫侯。

驱马悠悠,言至于漕。

大夫跋涉,我心则忧。[1]

既不我嘉,不能旋反。

视尔不臧,我思不远。

既不我嘉,不能旋济。

视尔不臧,我思不閟。[2]

陟彼阿丘,言采其虻。

女子善怀,亦各有行。

许人尤之,众稚且狂。[3]

我行其野,芃芃其麦。

控于大邦,谁因谁极?

大夫君子,无我有尤!

百尔所思,不如我所之![4]

朱熹云:事见《春秋传》。旧说此诗五章,一章六句,二章、三章四句,四章六句,五章八句。苏氏合二章、三章以为一章,按《春秋传》叔孙豹赋《载驰》之四章,而取其"控于大邦,谁因谁极"之意,与苏说合,今从之。范氏曰:先王制礼,父母没,则不得归宁者,义也。虽国灭君死,不得往赴焉,义重于亡故也。

[1]赋也。载,则也。吊失国曰唁。悠悠,远而未至之貌。草行曰

67

跋,水行曰涉。○宣姜之女为许穆公夫人,闵卫之亡,驰驱而归,将以唁
卫侯于漕邑。未至,而许之大夫有奔走跋涉而来者,夫人知其必将以不
可归之义来告,故心以为忧也。既而终不果归,乃作此诗,以自言其
意尔。

[2]赋也。嘉、臧,皆善也。远,犹忘也。济,渡也。自许归卫,必有
所渡之水也。閟,闭也,止也。言思之不止也。○言大夫既至,而果以
我归为善,则我亦不能旋反而济,以至于卫矣。虽视尔不以我为善,然我
之所思,终不能自已也。

[3]赋也。偏高曰阿丘。虻,贝母也。主疗郁结之病。善怀,多忧
思也,犹《汉书》云"岸善崩也"。行,道。尤,过也。○又言以其既不适卫
而思终不止也,故其在涂或升高以舒忧想之情,或采虻以疗郁结之病。
盖女子所以善怀者,亦各有道。而许国之众人以为过,则亦少不更事而
狂妄之人尔。许人守礼,非稚且狂也,但以其不知己情之切至而言若是
尔。然而卒不敢违焉,则亦岂真以为稚且狂哉。

[4]赋也。芃芃,麦盛长貌。控,持而告之也。因,如因魏庄子之
因。极,至也。大夫,即跋涉之大夫。君子,谓许国之众人也。○又言归
途在野,而涉芃芃之麦,又自伤许国之小而力不能救,故思欲为之控告于
大邦,而又未知其将何所因而何所至乎? 大夫君子无以我为有过,虽尔
所以处此百方,然不如使我得自尽其心之为愈也。

卫 风

淇 奥

《诗序》:《淇奥》,美武公之德也。有文章,又能听其规谏,以礼自防,故能入相于周,美而作是诗也。

瞻彼淇奥,绿竹猗猗。
有匪君子,如切如磋,
如琢如磨。瑟兮僴兮,
赫兮咺兮。有匪君子,
终不可谖兮。[1]

瞻彼淇奥,绿竹青青。
有匪君子,充耳琇莹,
会弁如星。瑟兮僴兮,
赫兮咺兮。有匪君子,
终不可谖兮。[2]

瞻彼淇奥,绿竹如箦。
有匪君子,如金如锡,

如圭如璧。宽兮绰兮，
猗重较兮。善戏谑兮，
不为虐兮。[3]

朱熹云：按《国语》：武公年九十有五，犹箴儆于国，曰："自卿以下，至于师长士，苟在朝者，无谓我老耄而舍我，必恪恭于朝以交戒我。"遂作《懿戒之诗》以自警，而《宾之初筵》亦武公悔过之作。则其有文章，而能听规谏，以礼自防也，可知矣。卫之他君，盖无足以及此者。故《序》以此诗为美武公，而今从之也。

[1] 兴也。淇，水名。奥，隈也。绿，色也。淇上多竹，汉世犹然，所谓淇园之竹是也。猗猗，始生柔弱而美盛也。匪、斐通，文章著见之貌也。君子，指武公也。治骨角者，既切以刀斧，而复磋以鑢锡；治玉石者，既琢以槌凿，而复磨以沙石。言其德之修饬有进而无已也。瑟，矜庄貌。僴，威严貌。咺，宣著貌。谖，忘也。○卫人美武公之德，而以绿竹始生之美盛，兴其学问自修之进益也。《大学传》曰："如切如磋者，道学也；如琢如磨者，自修也；瑟兮僴兮者，恂栗也；赫兮喧兮者，威仪也；有斐君子终不可喧兮者，道盛德至善，民之不能忘也。"

[2] 兴也。青青，坚刚茂盛之貌。充耳，瑱也。琇莹，美石也。天子玉瑱，诸侯以石。会，缝也。弁，皮弁也。以玉饰皮弁之缝中，如星之明也。○以竹之坚刚茂盛，兴其服饰之尊严，而见其德之称也。

[3] 兴也。箦，栈也。竹之密比似之，则盛之至也。金、锡，言其锻炼之精纯。圭、璧，言其生质之温润。宽，宏裕也。绰，开大也。猗，叹辞也。重较，卿士之车也。较两輢上出轼者，谓车两傍也。善戏谑不为虐者，言其乐易而有节也。○以竹之至盛，兴其德之成就，而又言其宽广而自如，和易而中节也。盖宽绰无敛束之意，戏谑非庄厉之时，皆常情所忽，而易致过差之地也。然犹可观，而必有节焉，则其动容周旋之间，无

适而非礼,亦可见矣。《礼》曰:"张而不弛,文武不能也;弛而不张,文武不为也;一张一弛,文武之道也。"此之谓也。

考　槃

《诗序》:《考槃》,刺庄公也。不能继先公之业,使贤者退而穷处。

考槃在涧,硕人之宽。
独寐寤言,永矢弗谖。[1]

考槃在阿,硕人之薖。
独寐寤歌,永矢弗过。[2]

考槃在陆,硕人之轴。
独寐寤宿,永矢弗告。[3]

[1] 赋也。考,成也。槃,盘桓之意。言成其隐处之室也。陈氏曰:"考,扣也。槃,器名。盖扣之以节歌,如鼓盆拊缶之为乐也。"二说未知孰是。山夹水曰涧。硕,大。宽,广。永,长。矢,誓。谖,忘也。○诗人美贤者隐处涧谷之间,而硕大宽广,无戚戚之意,虽独寐而寤言,犹自誓其不忘此乐也。

[2] 赋也。曲陵曰阿。薖,义未详,或云亦宽大之意也。永矢弗过,自誓所愿不逾于此,若将终身之意也。

[3] 赋也。高平曰陆。轴,盘桓不行之意。寤宿,已觉而犹卧也。弗告者,不以此乐告人也。

硕 人

　　《诗序》:《硕人》,闵庄姜也。庄公惑于嬖妾,使骄上僭,庄姜贤而不答,终以无子,国人闵而忧之。

　　　　硕人其颀,衣锦褧衣。
　　　　齐侯之子,卫侯之妻。
　　　　东宫之妹,邢侯之姨,
　　　　谭公维私。[1]

　　　　手如柔荑,肤如凝脂。
　　　　领如蝤蛴,齿如瓠犀。
　　　　螓首蛾眉,巧笑倩兮,
　　　　美目盼兮。[2]

　　　　硕人敖敖,说于农郊。
　　　　四牡有骄,朱幩镳镳,
　　　　翟茀以朝。大夫夙退,
　　　　无使君劳。[3]

　　　　河水洋洋,北流活活。
　　　　施罛濊濊,鳣鲔发发,
　　　　葭菼揭揭。庶姜孽孽,

庶士有朅。[4]

[1]赋也。硕人,指庄姜也。硕,长貌。锦,文衣也。褧,襌也。锦衣而加褧焉,为其文之太著也。东宫,太子所居之宫,齐太子得臣也。系太子言之者,明与同母,言所生之贵也。女子后生曰妹。妻之姊妹曰姨。姊妹之夫曰私。邢侯、谭公皆庄姜姊妹之夫,互言之也。诸侯之女嫁于诸侯,则尊同,故历言之。○庄姜事见《邶风》、《绿衣》等篇。《春秋传》曰:"庄姜美而无子,卫人为之赋《硕人》。"即谓此诗。而其首章极称其族类之贵,以见其为正嫡小君,所宜亲厚,而重叹庄公之昏惑也。

[2]赋也。茅之始生曰荑,言柔而白也。凝脂,脂寒而凝者,亦言白也。领,颈也。蝤蛴,木蠹之白而长者。瓠犀,瓠中之子方正洁白而比次整齐也。蓁,如蝉而小,其额广而方正。蛾,蚕蛾也。其眉细而长曲。倩,口辅之美也。盼,白黑分明也。○此章言其容貌之美,犹前章之意也。

[3]赋也。敖敖,长貌。说,舍也。农郊,近郊也。四牡,车之四马。骄,壮貌。帻,镳饰也。镳者,马衔外铁,人君以朱缠之也。镳镳,盛也。翟,翟车也。夫人以翟羽饰车。茀,蔽也。妇人之车,前后设蔽。夙,早也。《玉藻》曰:"君日出而视朝,退适路寝听政。使人视大夫,大夫退,然后适小寝释服。"○此言庄姜自齐来嫁,舍止近郊,乘是车马之盛,以入君之朝,国人乐得以为庄公之配,故谓诸大夫朝于君者宜早退,无使君劳于政事,不得与夫人相亲,而叹今之不然也。

[4]赋也。河在齐西卫东,北流入海。洋洋,盛大貌。活活,流貌。施,设也。罛,鱼罟也。濊濊,罟入水声也。鲔,鱼,似龙,黄色,锐头,口在颔下,背上腹下皆有甲,大者千余斤,鲔,似鳣而小,色青黑,发发,盛貌。揆,薍也,亦谓之荻。揭揭,长也。庶姜,谓侄娣。孽孽,盛饰也。庶士,谓媵臣。朅,武貌。○言齐地广饶,而夫人之来,士女佼好,礼仪盛备如此,亦首章之意也。

氓

《诗序》:《氓》,刺时也。宣公之时,礼义消亡,淫风大行,男女无别,遂相奔诱。华落色衰,复相弃背。或乃困而自悔,丧其妃耦,故序其事以风焉。美反正,刺淫泆也。

氓之蚩蚩,抱布贸丝。
匪来贸丝,来即我谋。
送子涉淇,至于顿丘。
匪我愆期,子无良媒。
将子无怒,秋以为期。[1]

乘彼垝垣,以望复关。
不见复关,泣涕涟涟。
既见复关,载笑载言。
尔卜尔筮,体无咎言。
以尔车来,以我贿迁。[2]

桑之未落,其叶沃若。
于嗟鸠兮,无食桑葚。
于嗟女兮,无与士耽。
士之耽兮,犹可说也。
女之耽兮,不可说也。[3]

桑之落矣，其黄而陨。

自我徂尔，三岁食贫。

淇水汤汤，渐车帷裳。

女也不爽，士贰其行。

士也罔极，二三其德。[4]

三岁为妇，靡室劳矣。

夙兴夜寐，靡有朝矣。

言既遂矣，至于暴矣。

兄弟不知，咥其笑矣。

静言思之，躬自悼矣。[5]

及尔偕老，老使我怨。

淇则有岸，隰则有泮。

总角之宴，言笑晏晏。

信誓旦旦，不思其反。

反是不思，亦已焉哉！[6]

[1]赋也。氓，民也，盖男子而不知其谁何之称也。蚩蚩，无知之貌，盖怨而鄙之也。布，币。贸，买也。贸丝，盖初夏时也。顿丘，地名。愆，过也。将，愿也，请也。○此淫妇为人所弃，而自叙其事，以道其悔恨之意也。夫既与之谋而不遂往，又责所无以难其事，再为之约，以坚其志，此其计亦狡矣。以御蚩蚩之氓，宜其有余，而不免于见弃。盖一失其身，人所贱恶。始虽以欲而迷，后必有时而悟，是以无往而不困耳。士君子立身一败，而万事瓦裂者，何以异此？可不戒哉！

[2]赋也。垝,毁。垣,墙也。复关,男子之所居也。不敢显言其人,故托言之耳。龟曰卜,蓍曰筮。体,兆卦之体也。贿,财。迁,徙也。○与之期矣,故及期而乘垝垣以望之。既见之矣,于是问其卜筮所得卦兆之体,若无凶咎之言,则以尔之车来迎,当以我之贿往迁也。

[3]比而兴也。沃若,润泽貌。鸠,鹘鸠也,似山雀而小,短尾,青黑色,多声。葚,桑实也。鸠食葚多,则致醉。耽,相乐也。说,解也。○言桑之润泽,以比己之容色光丽。然又念其不可恃此而从欲忘反,故遂戒鸠无食桑葚,以兴下句戒女无与士耽也。士犹可说,而女不可说者,妇人被弃之后,深自愧悔之辞。主言妇人无外事,唯以贞信为节,一失其正,则余无可观尔。不可便谓士之耽惑实无所妨也。

[4]比也。陨,落。徂,往也。汤汤,水盛貌。渐,渍也。帷裳,车饰,亦名童容,妇人之车则有之。爽,差。极,至也。○言桑之黄落,以比己之容色凋谢。遂言自我往之尔家,而值尔之贫,于是见弃,复乘车而度水以归。复自言其过不在此,而在彼也。

[5]赋也,靡,不。夙,早。兴,起也。咥,笑貌。○言我三岁为妇,尽心竭力,不以室家之务为劳。早起夜卧,无有朝旦之暇。与尔始相谋约之言既遂,而尔遽以暴戾加我。兄弟见我之归,不知其然,但咥然其笑而已。盖淫奔从人,不为兄弟所齿,故其见弃而归,亦不为兄弟所恤。理固有必然者,亦何所归咎哉?但自痛悼而已。

[6]赋而兴也。及,与也。泮,涯也,高下之判也。总角,女子未许嫁则未笄,但结发为饰也。晏晏,和柔也。旦旦,明也。○言我与女本期偕老,不知老而见弃如此,徒使我怨。淇则有岸矣,隰则有泮矣,而我总角之时,与尔宴乐言笑,成此信誓,曾不思其反复以至于此也。此则兴也。既不思其反复而至此矣,则亦如之何哉?亦已而已矣。《传》曰:"思其终也,思其复也。"思其反之谓也。

竹 竿

《诗序》:《竹竿》,卫女思归也。适异国而不见答,思而能以礼者也。

籊籊竹竿,以钓于淇。
岂不尔思?远莫致之。^[1]

泉源在左,淇水在右。
女子有行,远兄弟父母。^[2]

淇水在右,泉源在左。
巧笑之瑳,佩玉之傩。^[3]

淇水滺滺,桧楫松舟。
驾言出游,以写我忧。^[4]

[1]赋也。籊籊,长而杀也。竹,卫物。淇,卫地也。○卫女嫁于诸侯,思归宁而不可得,故作此诗。言思以竹竿钓于淇水,而远不可至也。

[2]赋也。泉源,即百泉也,在卫之西北,而东南流入淇,故曰在左。淇在卫之西南,而东流与泉源合,故曰在右。○思二水之在卫,而自叹其不如也。

[3]赋也。瑳,鲜白色。笑而见齿,其色瑳然,犹所谓粲然,皆笑也。傩,行有度也。○承上章,言二水在卫,而自恨其不得笑语游戏于其间也。

[4]赋也。滺滺,流貌。桧,木名,似柏。楫,所以行舟也。○与《泉水》之卒章同意。

芄 兰

《诗序》:《芄兰》,刺惠公也。骄而无礼,大夫刺之。

芄兰之支,童子佩觿。

虽则佩觿,能不我知。

容兮遂兮,垂带悸兮。[1]

芄兰之叶,童子佩韘。

虽则佩韘,能不我甲。

容兮遂兮,垂带悸兮。[2]

朱熹云:此诗不知所谓,不敢强解。

[1] 兴也。芄兰,草,一名萝藦,蔓生,断之有白汁,可啖。支、枝同。觿,锥也,以象骨为之,所以解结,成人之佩,非童子之饰也。知,犹智也。言其才能不足以知于我也。容、遂,舒缓放肆之貌。悸,带下垂之貌。

[2] 兴也。韘,决也,以象骨为之,著右手大指,所以钩弦闓体。郑氏曰:沓也,即大射所谓朱极三是也。以朱韦为之,用以驱沓右手食指、将指、无名指也。甲,长也。言其才能不足以长于我也。

河 广

《诗序》:《河广》,宋襄公母归于卫,思而不止,故作是诗也。

谁谓河广? 一苇杭之。

谁谓宋远? 跂予望之。[1]

谁谓河广? 曾不容刀。

谁谓宋远？曾不崇朝。[2]

朱熹云：范氏曰：夫人之不往，义也。天下岂有无母之人欤？有千乘之国，而不得养其母，则人之不幸也。为襄公者，将若之何？生则致其孝，没则尽其礼而已。卫有妇人之诗，自共姜至于襄公之母，六人焉，皆止于礼义，而不敢过也。夫以卫之政教淫僻，风俗伤败，然而女子乃有知礼而畏义如此者，则以先王之化，犹有存焉故也。

[1] 赋也。苇，兼葭之属。杭，度也。卫在河北，宋在河南。○宣姜之女为宋桓公夫人，生襄公而出归于卫。襄公即位，夫人思之，而义不可往。盖嗣君承父之重，与祖为体，母出，与庙绝，不可以私反，故作此诗。言谁谓河广乎？但以一苇加之，则可以渡矣。谁谓宋国远乎？但一跂足而望，则可以见矣。明非宋远而不可至也，乃义不可而不得往耳。

[2] 赋也。小船曰刀。不容刀，言小也。崇，终也。行不终朝而至，言近也。

伯　兮

《诗序》：《伯兮》，刺时也。言君子行役，为王前驱，过时而不反焉。

伯兮朅兮，邦之桀兮。
伯也执殳，为王前驱。[1]

自伯之东，首如飞蓬。
岂无膏沐？谁适为容？[2]

其雨其雨，杲杲出日。
愿言思伯，甘心首疾！^[3]

焉得谖草？言树之背。
愿言思伯，使我心痗！^[4]

朱熹云：范氏曰：居而相离则思，期而不至则忧，此人之情也。文王之遣戍役，周公之劳归士，皆叙其室家之情，男女之思以闵之，故其民悦而忘死。圣人能通天下之志，是以能成天下之务。兵者，毒民于死者也。孤人之子，寡人之妻，伤天地之和，召水旱之灾，故圣王重之。如不得已而行，则告以归期，念其勤劳，哀伤惨怛，不啻在己。是以治世之诗，则言其君上闵恤之情；乱世之诗，则录其室家怨思之苦，以为人情不出乎此也。

[1] 赋也。伯，妇人目其夫之字也。朅，武貌。桀，才过人也。殳，长丈二而无刃。○妇人以夫久从征役而作是诗，言其君子之才之美如是，今方执殳而为王前驱也。

[2] 赋也。蓬，草名，其华似柳絮，聚而飞，如乱发也。膏，所以泽发者。沐，涤首去垢也。适，主也。○言我发乱如此，非无膏沐可以为容，所以不为者，君子行役，无所主而为之故也。《传》曰：女为说己容。

[3] 比也。其者，冀其将然之辞。○冀其将雨而杲然日出，以比望其君子之归而不归也。是以不堪忧思之苦，而宁甘心于首疾也。

[4] 赋也。谖，忘也。谖草合欢，食之令人忘忧者。背，北堂也。痗，病也。○言焉得忘忧之草，树之于北堂，以忘吾忧乎？然终不忍忘也。是以宁不求此草，而但愿言思伯，虽至于心痗，而不辞尔。心痗，则其病益深，非特首疾而已也。

有　狐

《诗序》:《有狐》,刺时也。卫之男女失时,丧其妃耦焉。古者国有凶荒,则杀礼而多婚,会男女之无夫家者,所以育人民也。

有狐绥绥,在彼淇梁。
心之忧矣,之子无裳![1]

有狐绥绥,在彼淇厉。
心之忧矣,之子无带![2]

有狐绥绥,在彼淇侧。
心之忧矣,之子无服![3]

[1] 比也。狐者,妖媚之兽。绥绥,独行求匹之貌。石绝水曰梁。在梁则可以裳矣。○国乱民散,丧其妃耦,有寡妇见鳏夫而欲嫁之,故托言有狐独行而忧其无裳也。

[2] 比也。厉,深水可厉处也。带,所以申束衣也。在厉则可以带矣。

[3] 比也。济乎水,则可以服矣。

木　瓜

《诗序》:《木瓜》,美齐桓公也。卫国有狄人之败,出处于漕,齐桓公救而封之,遗之车马器服焉。卫人思之,欲厚报之,而作是诗也。

投我以木瓜,报之以琼琚。
匪报也,永以为好也。[1]

投我以木桃,报之以琼瑶。
匪报也,永以为好也。[2]

投我以木李,报之以琼玖。
匪报也,永以为好也。[3]

[1] 比也。木瓜,楙木也,实如小瓜,酢可食。琼,玉之美者。琚,佩玉名。〇言人有赠我以微物,我当报之以重宝,而犹未足以为报也,但欲其长以为好而不忘耳。疑亦男女相赠答之词,如《静女》之类。

[2] 比也。瑶,美玉也。

[3] 比也。玖,亦玉名也。

王 风

朱熹云：王，谓周东都洛邑王城畿内方六百里之地，在《禹贡》豫州太华、外方之间。北得河阳，渐冀州之南也。周室之初，文王居丰，武王居镐。至成王时，周公始营洛邑，为时会诸侯之所。以其土中，四方来者道里均故也。自是谓丰镐为西都，而洛邑为东都。至幽王嬖褒姒，生伯服，废申后及太子宜臼。宜臼奔申。申侯怒，与犬戎攻宗周，弑幽王于戏。晋文侯、郑武公迎宜臼于申而立之，是为平王，徙居东都王城。于是王室遂卑，与诸侯无异。故其诗不为《雅》而为《风》。然其王号未替也，故不曰周而曰王。其地则今河南府及怀、孟等州是也。

黍 离

《诗序》：《黍离》，闵宗周也。周大夫行役，至于宗周，过故宗庙宫室，尽为禾黍，闵周室之颠覆，彷徨不忍去，而作是诗也。

> 彼黍离离，彼稷之苗。
> 行迈靡靡，中心摇摇。
> 知我者谓我心忧，
> 不知我者谓我何求。
> 悠悠苍天，此何人哉![1]

彼黍离离,彼稷之穗。

行迈靡靡,中心如醉。

知我者谓我心忧,

不知我者谓我何求。

悠悠苍天,此何人哉![2]

彼黍离离,彼稷之实。

行迈靡靡,中心如噎。

知我者谓我心忧,

不知我者谓我何求。

悠悠苍天,此何人哉![3]

朱熹云:元城刘氏曰:常人之情,于忧乐之事,初遇之,则其心变焉,次遇之,则其变少衰,三遇之,则其心如常矣。至于君子忠厚之情则不然。其行役往来,固非一见也,初见稷之苗矣,又见稷之穗矣,又见稷之实矣,而所感之心终始如一,不少变而愈深,此则诗人之意也。

[1]赋而兴也。黍,谷名,苗似芦,高丈余,穗黑色,实圆重。离离,垂貌。稷,亦谷也,一名穄,似黍而小,或曰粟也。迈,行也。靡靡,犹迟迟也。摇摇,无所定也。悠悠,远意。苍天者,据远而视之,苍苍然也。○周既东迁,大夫行役,至于宗周,过故宗庙宫室,尽为禾黍。闵周室之颠覆,傍徨不忍去,故赋其所见黍之离离,与稷之苗,以兴行之靡靡,心之摇摇。既叹时人莫识己意,又伤所以致此者,果何人哉!追怨之深也。

[2]赋而兴也。穗,秀也。稷穗下垂,如心之醉,故以起兴。

[3]赋而兴也。噎,忧深不能喘息,如噎之然。稷之实,犹心之噎,故以起兴。

君子于役

《诗序》:《君子于役》,刺平王也。君子行役无期度,大夫思其危难以风焉。

> 君子于役,不知其期。
> 曷至哉?鸡栖于埘,
> 日之夕矣,羊牛下来。
> 君子于役,如之何勿思![1]
>
> 君子于役,不日不月。
> 曷其有佸?鸡栖于桀,
> 日之夕矣,羊牛下括。
> 君子于役,苟无饥渴![2]

[1] 赋也。君子,妇人目其夫之辞。凿墙而栖曰埘。日夕,则羊先归而牛次之。○大夫久役于外,其室家思而赋之曰:"君子行役,不知其还反之期,且今亦何所至哉?鸡则栖于埘矣,日则夕矣,羊牛则下来矣。是则畜产出入尚有旦暮之节,而行役之君子,乃无休息之时,使我如何而不思也哉!"

[2] 赋也。佸,会。桀,杙。括,至。苟,且也。○君子行役之久,不可计以日月,而又不知其何时可以来会也。亦庶几其免于饥渴而已矣。此忧之深而思之切也。

君子阳阳

《诗序》:《君子阳阳》,闵周也。君子遭乱,相招为禄仕,全身远害而已。

君子阳阳,左执簧,

右招我由房。其乐只且![1]

君子陶陶,左执翿,

右招我由敖。其乐只且![2]

　　[1] 赋也。阳阳,得志之貌。簧,笙、竽管中金叶也。盖笙竽皆以竹管植于匏中,而窍其管底之侧,以薄金叶障之,吹则鼓之而出声,所谓簧也。故笙、竽皆谓之簧。笙十三簧,或十九簧,竽三十六簧也。由,从也。房,东房也。只且,语助声。○此诗疑亦前篇妇人所作。盖其夫既归,不以行役为劳,而安于贫贱以自乐,其家人又识其意而深叹美之,皆可谓贤矣。岂非先王之泽哉!或曰,《序》说亦通。宜更详之。

　　[2] 赋也。陶陶,和乐之貌。翿,舞者所持羽旄之属。敖,舞位也。

扬 之 水

《诗序》:《扬之水》,刺平王也。不抚其民,而远屯戍于母家,周人怨思焉。

扬之水,不流束薪。

彼其之子,不与我戍申。
怀哉怀哉！曷月予还归哉?[1]

扬之水,不流束楚。
彼其之子,不与我戍甫。
怀哉怀哉！曷月予还归哉?[2]

扬之水,不流束蒲。
彼其之子,不与我戍许。
怀哉怀哉！曷月予还归哉?[3]

朱熹云:申侯与犬戎攻宗周而弑幽王,则申侯者,王法必诛不赦之贼,而平王与其臣庶不共戴天之仇也。今平王知有母而不知有父,知其立己为有德,而不知其弑父为可怨,至使复仇讨贼之师,反为报施酬恩之举,则其忘亲逆理,而得罪于天已甚矣。又况先王之制,诸侯有故,则方伯连帅以诸侯之师讨之;王室有故,则方伯连帅以诸侯之师救之。天子乡遂之民,供贡赋,卫王室而已。今平王不能行其威令于天下,无以保其母家,乃劳天子之民远为诸侯戍守,故周人之戍申者又以非其职而怨思焉。则其衰懦微弱而得罪于民,又可见矣。呜呼!"《诗》亡而后《春秋》作",其不以此也哉!

[1] 兴也。扬,悠扬也,水缓流之貌。彼其之子,戍人指其室家而言也。戍,屯兵以守也。申,姜姓之国,平王之母家也,在今邓州信阳军之境。怀,思。曷,何也。○平王以申国近楚,数被侵伐,故遣畿内之民戍之。而戍者怨思,作此诗也。兴取之不二字,如《小星》之例。

[2] 兴也。楚,木也。甫,即吕也,亦姜姓。《书》"吕刑",《礼记》作

"甫刑"。而孔氏以为"吕侯",后为"甫侯",是也。当时盖以申故而并戍
之。今未知其国之所在,计亦不远于申、许也。

[3]兴也。蒲,蒲柳。《春秋传》云:"董泽之蒲",杜氏云"蒲,杨柳,
可以为箭"者是也。许,国名,亦姜姓,今颍昌府许昌县是也。

中谷有蓷

《诗序》:《中谷有蓷》,闵周也。夫妇日以衰薄,凶年饥馑,室家相弃尔。

中谷有蓷,暵其干矣。
有女仳离,慨其叹矣。
慨其叹矣,
遇人之艰难矣![1]

中谷有蓷,暵其脩矣。
有女仳离,条其啸矣。
条其啸矣,
遇人之不淑矣![2]

中谷有蓷,暵其湿矣。
有女仳离,啜其泣矣。
啜其泣矣,何嗟及矣![3]

朱熹云:范氏曰:世治则室家相保者,上之所养也。世乱则室家相弃
者,上之所残也。其使之也勤,其取之也厚,则夫妇日以衰薄,而凶年不

免于离散矣。伊尹曰:"匹夫匹妇,不获自尽,民主罔与成厥功。"故读《诗》者于一物失所,而知王政之恶;一女见弃,而知人民之困。周之政荒民散,而将无以为国,于此亦可见矣。

[1]兴也。蓷,鵻也,叶似萑,方茎,白华,华生节间,即今益母草也。暵,燥。仳,别也。嘅,叹声。艰难,穷厄也。○凶年饥馑,室家相弃,妇人览物起兴,而自述其悲叹之词也。

[2]兴也。脩,长也。或曰乾也,如脯之谓脩也。条,条然啸貌。啸,蹙口出声也。悲恨之深,不止于叹矣。淑,善也。古者谓死丧饥馑皆曰不淑。盖以吉庆为善事,凶祸为不善事,虽今人语犹然也。○曾氏曰:凶年而遽相弃背,盖衰薄之甚者。而诗人乃曰遇斯人之艰难,遇斯人之不淑,而无怨怼过甚之辞焉。厚之至也。

[3]兴也。暵湿者,旱甚则草之生于湿者亦不免也。啜,泣貌。何嗟及矣,言事已至此,末如之何,穷之甚也。

兔爰

《诗序》:《兔爰》,闵周也。桓王失信,诸侯背叛,构怨连祸,王师伤败,君子不乐其生焉。

> 有兔爰爰,雉离于罗。
> 我生之初,尚无为。
> 我生之后,逢此百罹。
> 尚寐无吪![1]

> 有兔爰爰,雉离于罦。

我生之初，尚无造。
我生之后，逢此百忧。
尚寐无觉！^[2]

有兔爰爰，雉离于罦。
我生之初，尚无庸。
我生之后，逢此百凶。
尚寐无聪！^[3]

　　[1] 比也。兔性阴狡。爰爰，缓意。雉性耿介。离，丽。罗，网。尚，犹。罹，忧也。尚，庶几也。吪，动也。○周室衰微，诸侯背叛，君子不乐其生，而作此诗。言张罗本以取兔，今兔狡得脱，而雉以耿介，反离于罗。以比小人致乱，而以巧计幸免。君子无辜，而以忠直受祸也。为此诗者，盖犹及见西周之盛，故曰方我生之初，天下尚无事，及我生之后，而逢时之多难如此。然既无如之何，则但庶几寐而不动以死耳。或曰，兴也。以兔爰兴无为，以雉离兴百罹也。下章放此。

　　[2] 比也。罦，覆车也，可以掩兔。造亦"为"也。觉，寤也。

　　[3] 比也。罦，罬也，即罦也。或曰施罗于车上也。庸，用。聪，闻也。无所闻，则亦死耳。

葛藟

《诗序》：《葛藟》，王族刺平王也。周室道衰，弃其九族焉。

绵绵葛藟，在河之浒。
终远兄弟，谓他人父。

谓他人父,亦莫我顾![1]

绵绵葛藟,在河之涘。
终远兄弟,谓他人母。
谓他人母,亦莫我有![2]

绵绵葛藟,在河之漘。
终远兄弟,谓他人昆。
谓他人昆,亦莫我闻![3]

[1] 兴也。绵绵,长而不绝之貌。岸上曰浒。○世衰民散,有去其
乡里家族,而流离失所者,作此诗以自叹。言绵绵葛藟,则在河之浒矣,
今乃终远兄弟,而谓他人为己父。已虽谓彼为父,而彼亦不我顾,则其穷
也甚矣。

[2] 兴也。水涯曰涘。谓他人父者,其妻则母也。有,识有也。《春
秋传》曰:"不有寡君。"

[3] 兴也。夷上洒下曰漘,漘之为言唇也。昆,兄也。闻,相闻也。

采 葛

《诗序》:《采葛》,惧谗也。

彼采葛兮,一日不见,
如三月兮。[1]

彼采萧兮，一日不见，
如三秋兮。[2]

彼采艾兮，一日不见，
如三岁兮。[3]

　　[1]赋也。采葛所以为絺绤，盖淫奔者托以行也。故因以指其人，而言思念之深，未久而似久也。

　　[2]赋也。萧，萩也，白叶，茎粗，科生，有香气，祭则焫以报气，故采之。曰三秋，则不止三月矣。

　　[3]赋也。艾，蒿属，干之可灸，故采之。曰三岁，则不止三秋矣。

大　车

　　《诗序》：《大车》，刺周大夫也。礼义陵迟，男女淫奔，故陈古以刺今大夫不能听男女之讼焉。

大车槛槛，毳衣如菼。
岂不尔思？畏子不敢。[1]

大车啍啍，毳衣如璊。
岂不尔思？畏子不奔。[2]

"榖则异室，死则同穴。
谓予不信，有如皦日！"[3]

[1]赋也。大车,大夫车。槛槛,车行声也。毳衣,天子大夫之服。菼,芦之始生也。毳衣之属,衣绘而裳绣,五色皆备,其青者如菼尔,淫奔者相命之辞也。子,大夫也。不敢,不敢奔也。○周衰,大夫犹有能以刑政治其私邑者,故淫奔者畏而歌之如此。然其去《二南》之化则远矣。此可以观世变也。

[2]赋也。啍啍,重迟之貌。璊,玉,赤色。五色备,则有赤。

[3]赋也。穀,生。穴,圹。皦,白也。○民之欲相奔者,畏其大夫,自以终身不得如其志也。故曰:生不得相奔以同室,庶几死得合葬以同穴而已。"谓予不信,有如皦日",约誓之辞也。

丘中有麻

《诗序》:《丘中有麻》,思贤也。庄王不明,贤人放逐,国人思之而作是诗也。

丘中有麻,彼留子嗟。
彼留子嗟,将其来施施。[1]

丘中有麦,彼留子国。
彼留子国,将其来食。[2]

丘中有李,彼留之子。
彼留之子,贻我佩玖。[3]

[1]赋也。麻,穀名,子可食,皮可绩为布者。子嗟,男子之字也。将,愿也。施施,喜悦之意。○妇人望其所与私者而不来,故疑丘中有麻

之处,复有与之私而留之者,今安得其施施然而来乎?

[2]赋也。子国,亦男子字也。来食,就我而食也。

[3]赋也。之子,并指前二人也。"贻我佩玖",冀其有以赠己也。

郑　风

朱熹云:郑,邑名,本在西都畿内咸休之地。宣王以封其弟友为采地,后为幽王司徒,而死于犬戎之难,是为桓公。其子武公掘突定平王于东都,亦为司徒。又得虢、桧之地,乃徙其封而施旧号于新邑,是为新郑。咸林,在今华州郑县。新郑,即今之郑州是也。其封域山川详见《桧风》。

缁　衣

《诗序》:《缁衣》,美武公也。父子并为周司徒,善于其职,国人宜之,故美其德,以明有国善善之功焉。

缁衣之宜兮,
敝,予又改为兮。
适子之馆兮,
还,予授子之粲兮。[1]

缁衣之好兮,
敝,予又改造兮。
适子之馆兮,
还,予授子之粲兮。[2]

缁衣之席兮，

敝，予又改作兮。

适子之馆兮，

还，予授子之粲兮。[3]

朱熹云：《记》曰："好贤如《缁衣》。"又曰："于《缁衣》见好贤之至。"

[1]赋也。缁，黑色。缁衣，卿大夫居私朝之服也。宜，称。改，更。适，之。馆，舍。粲，餐也。或曰：粲，粟之精凿者。〇旧说郑桓公、武公相继为周司徒，善于其职，周人爱之，故作是诗。言子之服缁衣也甚宜，敝，则我将为子更为之。且将适子之馆，既还，而又授子以粲，言好之无已也。

[2]赋也。好，犹宜也。

[3]赋也。席，大也。程子曰：席有安舒之义。服称其德则安舒也。

将 仲 子

《诗序》：《将仲子》，刺庄公也。不胜其母，以害其弟。弟叔失道而公弗制，祭仲谏而公弗听，小不忍以致大乱焉。

将仲子兮！无逾我里，

无折我树杞。岂敢爱之？

畏我父母。仲可怀也，

父母之言，亦可畏也！[1]

将仲子兮！无逾我墙，
无折我树桑。岂敢爱之？
畏我诸兄。仲可怀也，
诸兄之言,亦可畏也![2]

将仲子兮！无逾我园，
无折我树檀。岂敢爱之？
畏人之多言。仲可怀也，
人之多言,亦可畏也![3]

[1]赋也。将,请也。仲子男子之字也。我,女子自我也。里,二十
五家所居也。杞,柳属也,生水傍,树如柳,叶粗而白色,理微赤,盖里之
地域沟树也。〇莆田郑氏曰:此淫奔者之辞。

[2]赋也。墙,垣也。古者树墙下以桑。

[3]赋也。园者,圃之藩,其内可种木也。檀,皮青,滑泽,材强韧,
可为车。

叔　于　田

《诗序》:《叔于田》,刺庄公也。叔处于京,缮甲治兵以出于田,国人说
而归之。

叔于田,巷无居人。
岂无居人？不如叔也,
洵美且仁![1]

叔于狩，巷无饮酒。
岂无饮酒？不如叔也，
洵美且好！[2]

叔适野，巷无服马。
岂无服马？不如叔也，
洵美且武！[3]

[1] 赋也。叔，庄公弟共叔段也。事见《春秋》。田，取禽也。巷，里涂也。洵，信。美，好也。仁，爱人也。○段不义而得众，国人爱之，故作此诗。言叔出而田，则所居之巷若无居人矣。非实无居人也，虽有而不如叔之美且仁，是以若无人耳。或疑此亦民间男女相说之词也。

[2] 赋也。冬猎曰狩。

[3] 赋也。适，之也。郊外曰野。服，乘也。

大叔于田

《诗序》：《大叔于田》，刺庄公也。叔多才而好勇，不义而得众也。

叔于田，乘乘马。
执辔如组，两骖如舞。
叔在薮，火烈具举。
袒裼暴虎，献于公所。
"将叔无狃，戒其伤女。"[1]

叔于田,乘乘黄。

两服上襄,两骖雁行。

叔在薮,火烈具扬。

叔善射忌,又良御忌。

抑磬控忌,抑纵送忌。[2]

叔于田,乘乘鸨。

两服齐首,两骖如手。

叔在薮,火烈具阜。

叔马慢忌,叔发罕忌。

抑释掤忌,抑鬯弓忌。[3]

朱熹云:陆氏曰:"首章作'大叔于田'者误。"苏氏曰:"二诗皆曰'叔于田',故加'大'以别之。不知者乃以段有'大叔'之号,而读曰'泰',又加'大'于首章,失之矣。"

[1]赋也。叔亦段也。车衡外两马曰骖。如舞,谓谐和中节。皆言御之善也。薮,泽也。火,焚而射也。烈,炽盛貌。具,俱也。袒裼,肉袒也。暴,空手搏兽也。公,庄公也。狃,习也。国人戒之曰:"请叔无习此事,恐其或伤女也。"盖叔多材好勇,而郑人爱之如此。

[2]赋也。乘黄,四马皆黄也。衡下夹辕两马曰服。襄,驾也。马之上者为上驾,犹言上驷也。雁行者,骖少次服后,如雁行也。扬,起也。忌、抑,皆语助辞。骋马曰磬,止马曰控,舍拔曰纵,覆箫曰送。

[3]赋也。骊白杂毛曰鸨,今所谓乌骢也。齐首、如手,两服并首在前,而两骖在旁,稍次其后,如人之两手也。阜,盛。慢,迟也。发,发矢也。罕,希。释,解也。掤,矢箙盖,《春秋传》作"冰"。鬯,弓囊也,与韔

同。言其田事将毕,而从容整暇如此,亦喜其无伤之词也。

清 人

《诗序》:《清人》,刺文公也。高克好利而不顾其君,文公恶而欲远之,不能,使高克将兵而御狄于竟。陈其师旅,翱翔河上,久而不召,众散而归,高克奔陈。公子素恶高克进之不以礼,文公退之不以道,危国亡师之本,故作是诗也。

清人在彭,驷介旁旁。
二矛重英,河上乎翱翔。[1]

清人在消,驷介麃麃。
二矛重乔,河上乎逍遥。[2]

清人在轴,驷介陶陶。
左旋右抽,中军作好。[3]

朱熹云:事见《春秋》。胡氏曰:人君擅一国之名宠,生杀予夺,惟我所制耳。使高克不臣之罪已著,按而诛之可也;情状未明,黜而退之可也;爱惜其才,以礼驭之亦可也。乌可假以兵权,委诸竟上,坐视其离散而莫之恤乎!《春秋》书曰:"郑弃其师。"其责之深矣。

[1]赋也。清,邑名。清人,清邑之人也。彭,河上地名。驷介,四马而被甲也。旁旁,驰驱不息之貌。二矛,酋矛、夷矛也。英,以朱羽为矛饰也。酋矛长二丈,夷矛长二丈四尺,并建于车上,则其英重累而见。

翱翔,游戏之貌。○郑文公恶高克,使将清邑之兵御狄于河上。久而不召,师散而归,郑人为之赋此诗。言其师出之久,无事而不得归,但相与游戏如此,其势必至于溃败而后已尔。

[2]赋也。消亦河上地名。麃麃,武貌。矛之上句曰乔,所以悬英也。英弊而尽,所存者乔而已。

[3]赋也。轴亦河上地名。陶陶,乐而自适之貌。左,谓御在将车之左,执辔而御马者也。旋,还车也。右,谓勇力之士,在将车之右,执兵以击刺者也。抽,拔刃也。中军,谓将在鼓下,居车之中,即高克也。好,谓容好。○东莱吕氏曰:"言师久而不归,无所聊赖,姑游戏以自乐,必溃之势也。不言已溃,而言将溃,其词深,其情危矣。"

羔裘

《诗序》:《羔裘》,刺朝也。言古之君子以风其朝焉。

羔裘如濡,洵直且侯。
彼其之子,舍命不渝。[1]

羔裘豹饰,孔武有力。
彼其之子,邦之司直。[2]

羔裘晏兮,三英粲兮。
彼其之子,邦之彦兮。[3]

[1]赋也。羔裘,大夫服也。如濡,润泽也。洵,信。直,顺。侯,美也。其,语助辞。舍,处。渝,变也。○言此羔裘润泽,毛顺而美。彼服

101

此者,当生死之际,又能以身居其所受之理而不可夺。盖美其大夫之词。然不知其所指矣。

[2] 赋也。饰,缘袖也。《礼》,君用纯物,臣下之,故羔裘而以豹皮为饰也。孔,甚也。豹甚武而有力,故服其所饰之裘者如之。司,主也。

[3] 赋也。晏,鲜盛也。三英,裘饰也,未详其制。粲,光明也。彦者,士之美称。

遵 大 路

《诗序》:《遵大路》,思君子也。庄公失道,君子去之,国人思望焉。

遵大路兮,掺执子之袪兮!
无我恶兮,不寁故也![1]

遵大路兮,掺执子之手兮!
无我魗兮,不寁好也![2]

[1] 赋也。遵,循。掺,擥。袪,袂。寁,速。故,旧也。○淫妇为人所弃,故于其去也,擥其袪而留之曰:"子无恶我而不留,故旧不可以遽绝也。"宋玉《赋》有"遵大路兮,揽子袪"之句,亦男女相说之词也。

[2] 赋也。魗,与丑同。欲其不以己为丑而弃之也。好,情好也。

女曰鸡鸣

《诗序》:《女曰鸡鸣》,刺不说德也。陈古义以刺今不说德而好色也。

女曰："鸡鸣。"士曰："昧旦。"
"子兴视夜，明星有烂。"
"将翱将翔，弋凫与雁。"[1]

"弋言加之，与子宜之。
宜言饮酒，与子偕老。
琴瑟在御，莫不静好。"[2]

"知子之来之，杂佩以赠之！
知子之顺之，杂佩以问之！
知子之好之，杂佩以报之！"[3]

[1] 赋也。昧，晦。旦，明也。昧旦，天欲旦，晦明未辨之际也。明星，启明之星，先日而出者也。弋，缴射，谓以生丝系矢而射也。凫，水鸟，如鸭，青色，背上有文。○此诗人述贤夫妇相警戒之词。言女曰鸡鸣，以警其夫。而士曰昧旦，则不止于鸡鸣矣。妇人又语其夫曰：若是，则子可以起而视夜之如何。意者明星已出而烂然，则当翱翔而往，弋取凫雁而归矣。其相与警戒之言如此，则不留于宴昵之私可知矣。

[2] 赋也。加，中也。《史记》所谓"以弱弓微缴加诸凫雁之上"是也。宜，和其所宜也。《内则》所谓"雁宜麦"之属是也。○射者男子之事，而中馈妇人之职。故妇谓其夫：既得凫雁以归，则我当为子和其滋味之所宜，以之饮酒相乐，期于偕老。而琴瑟之在御者，亦莫不安静而和好。其和乐而不淫可见矣。

[3] 赋也。来之，致其来者，如所谓"修文德以来之"。杂佩者，左右佩玉也。上横曰珩，下系三组，贯以蠙珠。中组之半，贯一大珠曰瑀。末悬一玉，两端皆锐曰冲牙。两旁组半各悬一玉，长博而方曰璜。其末各

悬一玉,如半璧而内向,曰璜。又以两组贯珠,上系珩,两端下交贯于瑀,而下系于两璜。行则冲牙触璜而有声也。吕氏曰:非独玉也,觿燧箴管,凡可佩者皆是也。赠,送。顺,爱。问,遗也。○妇又语其夫曰:"我苟知子之所致而来,及所亲爱者,则将解此杂佩以送遗报答之。"盖不唯治其门内之职,又欲其君子亲贤友善,结其欢心,而无所爱于服饰之玩也。

有女同车

《诗序》:《有女同车》,刺忽也。郑人刺忽之不婚于齐。太子忽尝有功于齐,齐侯请妻之齐女。贤而不取,卒以无大国之助,至于见逐,故国人刺之。

> 有女同车,颜如舜华。
> 将翱将翔,佩玉琼琚。
> 彼美孟姜,洵美且都。[1]

> 有女同行,颜如舜英。
> 将翱将翔,佩玉将将。
> 彼美孟姜,德音不忘。[2]

[1]赋也。舜,木槿也,树如李,其华朝生暮落。孟,字。姜,姓。洵,信。都,闲雅也。○此疑亦淫奔之诗。言所与同车之女,其美如此,而又叹之曰:"彼美色之孟姜,信美矣,而又都也。"

[2]赋也。英,犹华也。将将,声也。德音不忘,言其贤也。

山有扶苏

《诗序》:《山有扶苏》,刺忽也。所美非美然。

山有扶苏,隰有荷华。
不见子都,乃见狂且。[1]

山有桥松,隰有游龙。
不见子充,乃见狡童。[2]

[1] 兴也。扶苏,扶胥小木也。荷华,扶渠也。子都,男子之美者
也。狂,狂人也。且,辞也。○淫女戏其所私者曰:山则有扶苏矣,隰则
有荷华矣,今乃不见子都,而见此狂人何哉?

[2] 兴也。上竦无枝曰桥,亦作乔。游,枝叶放纵也。龙,红草也,
一名马蓼,叶大而色白,生水泽中,高丈余。子充,犹子都也。狡童,狡狯
之小儿也。

萚 兮

《诗序》:《萚兮》,刺忽也。君弱臣强,不倡而和也。

萚兮萚兮,风其吹女!
叔兮伯兮,倡予和女![1]

萚兮萚兮,风其漂女!
叔兮伯兮,倡予要女![2]

[1] 兴也。萚,木槁而将落者也。女,指萚而言也。叔、伯,男子之
字也。予,女子自予也。女,叔、伯也。○此淫女之词。言萚兮萚兮,则

风将吹女矣。叔兮伯兮,则盍倡予,而予将和女矣。

[2]兴也。漂、飘同。要,成也。

狡　童

《诗序》:《狡童》,刺忽也。不能与贤人图事,权臣擅命也。

彼狡童兮,不与我言兮。
维子之故,使我不能餐兮![1]

彼狡童兮,不与我食兮。
维子之故,使我不能息兮![2]

[1]赋也。此亦淫女见绝而戏其人之词。言悦己者众,子虽见绝,未至于使我不能餐也。

[2]赋也。息,安也。

襄　裳

《诗序》:《褰裳》,思见正也。狂童恣行,国人思大国之正己也。

子惠思我,褰裳涉溱。
子不我思,岂无他人。
狂童之狂也且![1]

子惠思我,褰裳涉洧。
子不我思,岂无他士。
狂童之狂也且![2]

[1]赋也。惠,爱也。溱,郑水名。狂童,犹狂且狡童也。且,语辞
也。○淫女语其所私者曰:子惠然而思我,则将褰裳而涉溱以从子。子
不我思,则岂无他人之可从,而必于子哉!"狂童之狂也且",亦谑之
之辞。

[2]赋也。洧,亦郑水名。士,未娶者之称。

丰

《诗序》:《丰》,刺乱也。婚姻之道缺,阳倡而阴不和,男行而女不随。

子之丰兮,俟我乎巷兮。
悔予不送兮。[1]

子之昌兮,俟我乎堂兮。
悔予不将兮。[2]

衣锦褧衣,裳锦褧裳。
叔兮伯兮,驾予与行。[3]

裳锦褧裳,衣锦褧衣。
叔兮伯兮,驾予与归。[4]

[1] 赋也。丰，丰满也。巷，门外也。〇妇人所期之男子已俟乎巷，而妇人以有异志不从，既则悔之，而作是诗也。

[2] 赋也。昌，盛壮貌。将，亦送也。

[3] 赋也。裳，褆也。叔、伯，或人之字也。〇妇人既悔其始之不送而失此人也，则曰："我之服饰既盛备矣，岂无驾车以迎我而偕行者乎？"

[4] 赋也。妇人谓嫁曰归。

东门之墠

《诗序》：《东门之墠》，刺乱也。男女有不待礼而相奔者也。

东门之墠，茹藘在阪。
其室则迩，其人甚远。[1]

东门之栗，有践家室。
岂不尔思，子不我即。[2]

[1] 赋也。东门，城东门也。墠，除地町町者。茹藘，茅蒐也，一名茜，可以染绛。陂者曰阪。门之旁有墠，墠之外有阪，阪之上有草，识其所与淫者之居也。室迩人远者，思之而未得见之词也。

[2] 赋也。践，行列貌。门之旁有栗，栗之下有成行列之家室，亦识其处也。即，就也。

风 雨

《诗序》：《风雨》，思君子也。乱世则思君子不改其度焉。

风雨凄凄,鸡鸣喈喈。
既见君子,云胡不夷![1]

风雨潇潇,鸡鸣胶胶。
既见君子,云胡不瘳![2]

风雨如晦,鸡鸣不已。
既见君子,云胡不喜![3]

[1] 赋也。凄凄,寒凉之气。喈喈,鸡鸣之声。风雨晦冥,盖淫奔之时。君子,指所期之男子也。夷,平也。〇淫奔之女,言当此之时,见其所期之人而心悦也。

[2] 赋也。潇潇,风雨之声。胶胶,犹喈喈也。瘳,病愈也。言积思之病,至此而愈也。

[3] 赋也。晦,昏。已,止也。

子 衿

《诗序》:《子衿》,刺学校废也。乱世则学校不修焉。

青青子衿,悠悠我心。
纵我不往,子宁不嗣音?[1]

青青子佩,悠悠我思。
纵我不往,子宁不来?[2]

挑兮达兮,在城阙兮。

一日不见,如三月兮![3]

　　[1]赋也。青青,纯绿之色。具父母,衣纯以青。子,男子也。衿,领也。悠悠,思之长也。我,女子自我也。嗣音,继续其声问也。此亦淫奔之诗。

　　[2]赋也。青青,组绶之色。佩,佩玉也。

　　[3]赋也。挑,轻儇跳跃之貌。达,放恣也。

扬 之 水

　　《诗序》:《扬之水》,闵无臣也。君子闵忽之无忠臣良士,终以死亡,而作是诗也。

扬之水,不流束楚。

终鲜兄弟,维予与女。

无信人之言,人实迋女。[1]

扬之水,不流束薪。

终鲜兄弟,维予二人。

无信人之言,人实不信。[2]

　　[1]兴也。兄弟,婚姻之称,《礼》所谓"不得嗣为兄弟"是也。予、女,男女自相谓也。人,它人也。迋,与诳同。〇淫者相谓言:"扬之水,则不流束楚矣。终鲜兄弟,则维予与女矣。岂可以它人离间之言而疑之哉? 彼人之言,特诳女耳。"

　　[2]兴也。

出其东门

《诗序》:《出其东门》,闵乱也。公子五争,兵革不息,男女相弃,民人思保其室家焉。

> 出其东门,有女如云。
> 虽则如云,匪我思存。
> 缟衣綦巾,聊乐我员。[1]
>
> 出其闉阇,有女如荼。
> 虽则如荼,匪我思且。
> 缟衣茹藘,聊可与娱。[2]

[1] 赋也。如云,美且众也。缟,白色。綦,苍艾色。缟衣、綦巾,女服之贫陋者。此人自目其室家也。员,与云同,语词也。○人见淫奔之女而作此诗。以为此女虽美且众,而非我思之所存。不如己之室家,虽贫且陋,而聊可自乐也。是时淫风大行,而其间乃有如此之人,亦可谓能自好而不为习俗所移矣。羞恶之心,人皆有之,岂不信哉!

[2] 赋也。闉,曲城也。阇,城台也。荼,茅华,轻白可爱者也。且,语助词。茹藘,可以染绛,故以名衣服之色。娱,乐也。

野有蔓草

《诗序》:《野有蔓草》,思遇时也。君之泽不下流,民穷于兵革,男女失时,思不期而会焉。

野有蔓草,零露溥兮。

有美一人,清扬婉兮。

邂逅相遇,适我愿兮。[1]

野有蔓草,零露瀼瀼。

有美一人,婉如清扬。

邂逅相遇,与子偕臧。[2]

[1]赋而兴也。蔓,延也。溥,露多貌。清扬,眉目之间婉然美也。邂逅,不期而会也。○男女相遇于野田草露之间,故赋其所在以起兴。言野有蔓草,则零露溥矣;有美一人,则清扬婉矣;邂逅相遇,则得以适我愿矣。

[2]赋而兴也。瀼瀼,亦露多貌。臧,美也。与子偕臧,言各得其所欲也。

溱 洧

《诗序》:《溱洧》,刺乱也。兵革不息,男女相弃,淫风大行,莫之能救焉。

溱与洧,方涣涣兮。

士与女,方秉蕑兮。

女曰:"观乎?"

士曰:"既且。"

"且往观乎!"
洧之外,洵訏且乐。
维士与女,
伊其相谑,赠之以勺药。[1]

溱与洧,浏其清矣。
士与女,殷其盈矣。
女曰:"观乎?"
士曰:"既且。"
"且往观乎!"
洧之外,洵訏且乐。
维士与女,
伊其将谑,赠之以勺药。[2]

[1]赋而兴也。涣涣,春水盛貌。盖冰解而水散之时也。蕑,兰也,其茎叶似泽兰,广而长节,节中赤,高四五尺。且,语辞。洵,信。訏,大也。勺药,亦香草也,三月开华,芳色可爱。○郑国之俗,三月上巳之辰,采兰水上,以祓除不祥。故其女问于士曰:"盍往观乎?"士曰:"吾既往矣。"女复要之曰:"且往观乎?"盖洧水之外,其地信宽大而可乐也。于是士女相与戏谑,且以勺药相赠,而结恩情之厚也。此诗淫奔者自叙之词。

[2]赋而兴也。浏,深貌。殷,众也。将,当作"相",声之误也。

齐　风

朱熹云：齐，国名，本少昊时爽鸠氏所居之地，在《禹贡》为青州之域。周武王以封太公望，东至于海，西至于河，南至于穆陵，北至于无棣。太公，姜姓，本四岳之后，既封于齐，通工商之业，便鱼盐之利，民多归之，故为大国。今青、齐、淄、潍、德、棣等州，是其地也。

鸡　鸣

《诗序》：《鸡鸣》，思贤妃也。哀公荒淫怠慢，故陈贤妃贞女，夙夜警戒相成之道焉。

> 鸡既鸣矣，朝既盈矣。
> 匪鸡则鸣，苍蝇之声。[1]
>
> 东方明矣，朝既昌矣。
> 匪东方则明，月出之光。[2]
>
> 虫飞薨薨，甘与子同梦。
> 会且归矣，无庶予子憎。[3]

[1] 赋也。言古之贤妃御于君所，至于将旦之时，必告君曰："鸡既

鸣矣,会朝之臣既已盈矣。"欲令君早起而视朝也。然其实非鸡之鸣也,乃苍蝇之声也。盖贤妃当夙兴之时,心常恐晚,故闻其似者而以为真。非其心存警畏而不留于逸欲,何以能此?故诗人叙其事而美之也。

[2]赋也。东方明,则日将出矣。昌,盛也。此再告也。

[3]赋也。虫飞,夜将旦而百虫作也。甘,乐。会,朝也。○此三告也。言当此时,我岂不乐与子同寝而梦哉?然群臣之会于朝者,俟君不出,将散而归矣。无乃以我之故而并以子为憎乎?

还

《诗序》:《还》,刺荒也。哀公好田猎,从禽兽而无厌,国人化之,遂成风俗,习于田猎谓之贤,闲于驰逐谓之好焉。

子之还兮,遭我乎峱之间兮。
并驱从两肩兮,揖我谓我儇兮。[1]

子之茂兮,遭我乎峱之道兮。
并驱从两牡兮,揖我谓我好兮。[2]

子之昌兮,遭我乎峱之阳兮。
并驱从两狼兮,揖我谓我臧兮。[3]

[1]赋也。还,便捷之貌。峱,山名也。从,逐也。兽三岁曰肩。儇,利也。○猎者交错于道路,且以便捷轻利相称誉如此,而不自知其非也。则其俗之不美可见,而其来亦必有所自矣。

[2]赋也。茂,美也。

[3]赋也。昌,盛也。山南曰阳。狼,似犬,锐头,白颊,高前广后。臧,善也。

著

《诗序》:《著》,刺时也。时不亲迎也。

俟我于著乎而,充耳以素乎而,
尚之以琼华乎而![1]

俟我于庭乎而,充耳以青乎而,
尚之以琼莹乎而![2]

俟我于堂乎而,充耳以黄乎而,
尚之以琼英乎而![3]

[1]赋也。俟,待也。我,嫁者自谓也。著,门屏之间也。充耳,以纩悬瑱,所谓紞也。尚,加也。琼华,美石似玉者,即所以为瑱也。○东莱吕氏曰:《昏礼》,婿往妇家亲迎,既奠雁,御轮而先归,俟于门外。妇至,则揖以入。时齐俗不亲迎,故女至婿门,始见其俟己也。

[2]赋也。庭,在大门之内、寝门之外。琼莹,亦美石,似玉者。○吕氏曰:此《昏礼》谓婿道妇及寝门揖入时也。

[3]赋也。琼英,亦美石似玉者。○吕氏曰:升阶而后至堂,此《昏礼》所谓升自西阶之时也。

东方之日

《诗序》:《东方之日》,刺衰也。君臣失道,男女淫奔,不能以礼化也。

东方之日兮,
彼姝者子,在我室兮。
在我室兮,履我即兮。[1]

东方之月兮,
彼姝者子,在我闼兮。
在我闼兮,履我发兮。[2]

[1] 兴也。履,蹑。即,就也。言此女蹑我之迹而相就也。
[2] 兴也。闼,门内也。发,行去也。言蹑我而行去也。

东方未明

《诗序》:《东方未明》,刺无节也。朝廷兴居无节,号令不时,挈壶氏不能掌其职焉。

东方未明,颠倒衣裳。
颠之倒之,自公召之。[1]

东方未晞,颠倒裳衣。

倒之颠之，自公令之。[2]

折柳樊圃，狂夫瞿瞿。
不能辰夜，不夙则莫。[3]

[1] 赋也。自，从也。群臣之朝，别色始入。○此诗人刺其君兴居
无节，号令不时。言东方未明而颠倒其衣裳，则既早矣，而又已有从君所
而来召之者焉，盖犹以为晚也。或曰，所以然者，以有自公所而召之者
故也。

[2] 赋也。晞，明之始升也。令，号令也。

[3] 比也。柳，杨之下垂者，柔脆之木也。樊，藩也。圃，菜园也。
瞿瞿，惊顾之貌。夙，早也。○折柳樊圃虽不足恃，然狂夫见之犹惊顾而
不敢越。以比辰夜之限甚明，人所易知，今乃不能知，而不失之早，则失
之莫也。

南 山

《诗序》:《南山》，刺襄公也。鸟兽之行，淫乎其妹，大夫遇是恶，作诗而
去之。

南山崔崔，雄狐绥绥。
鲁道有荡，齐子由归。
既曰归止，曷又怀止?[1]

葛屦五两，冠緌双止。
鲁道有荡，齐子庸止。

既曰庸止,曷又从止?^[2]

蓺麻如之何? 衡从其亩。
取妻如之何? 必告父母。
既曰告止,曷又鞠止?^[3]

析薪如之何? 匪斧不克。
取妻如之何? 匪媒不得。
既曰得止,曷又极止?^[4]

朱熹云:《春秋》桓公十八年:"公与夫人姜氏如齐,公薨于齐。"《传》曰:"公将有行,遂与姜氏如齐。申繻曰:'女有家,男有室,无相渎也,谓之有礼,易此,必败。'公会齐侯于泺,遂及文姜如齐。齐侯通焉。公谪之,以告。夏四月,享公,使公子彭生乘公,公薨于车。"此诗前二章刺齐襄,后二章刺鲁桓也。

[1] 比也。南山,齐南山也。崔崔,高大貌。狐,邪媚之兽。绥绥,求匹之貌。鲁道,适鲁之道也。荡,平易也。齐子,襄公之妹,鲁桓公夫人文姜,襄公通焉者也。由,从也。妇人谓嫁曰归。怀,思也。止,语辞。○言南山有狐,以比襄公居高位而行邪行。且文姜既从此道归乎鲁矣,襄公何为而复思之乎?

[2] 比也。两,二屦也。绥,冠上饰也。屦必两,绥必双,物各有偶,不可乱也。庸,用也。用此道以嫁于鲁也。从,相从也。

[3] 兴也。蓺,树。鞠,穷也。○欲树麻者,必先纵横耕治其田亩。欲取妻者,必先告其父母。今鲁桓公既告父母而取妻矣,又曷为使之得穷其欲而至此哉?

[4]兴也。克,能也。极,亦穷也。

甫 田

《诗序》:《甫田》,大夫刺襄公也。无礼义而求大功,不修德而求诸侯,志大心劳,所以求者非其道也。

无田甫田,维莠骄骄。
无思远人,劳心忉忉![1]

无田甫田,维莠桀桀。
无思远人,劳心怛怛![2]

婉兮娈兮,总角丱兮。
未几见兮,突而弁兮![3]

[1]比也。田,谓耕治之也。甫,大也。莠,害苗之草也。骄骄,张王之意。忉忉,忧劳也。○言无田甫田也,田甫田而力不给,则草盛矣。无思远人也,思远人而人不至,则心劳矣。以戒时人厌小而务大,忽近而图远,将徒劳而无功也。

[2]比也。桀桀,犹骄骄也。怛怛,犹忉忉也。

[3]比也。婉娈,少好貌。丱,两角貌。未几,未多时也。突,忽然高出之貌。弁,冠名。○言总角之童见之未久,而忽然戴弁以出者,非其躐等而强求之也,盖循其序而势有必至耳。此又以明小之可大,迩之可远,能循其序而修之,则可以忽然而至其极。若躐等而欲速,则反有所不达矣。

卢　令

《诗序》:《卢令》,刺荒也。襄公好田猎毕弋而不修民事,百姓苦之,故陈古以风焉。

卢令令,其人美且仁。[1]

卢重环,其人美且鬈。[2]

卢重鋂,其人美且偲。[3]

[1]赋也。卢,田犬也。令令,犬颔下环声。○此诗大意与《还》略同。

[2]赋也。重环,子母环也。鬈,须鬓好貌。

[3]赋也。鋂,一环贯二也。偲,多须之貌,《春秋传》所谓"于思",即此字,古通用耳。

敝　笱

《诗序》:《敝笱》,刺文姜也。齐人恶鲁桓公微弱,不能防闲文姜,使至淫乱,为二国患焉。

敝笱在梁,其鱼鲂鳏。
齐子归止,其从如云。[1]

敝笱在梁，其鱼鲂鳏。
齐子归止，其从如雨。[2]

敝笱在梁，其鱼唯唯。
齐子归止，其从如水。[3]

朱熹云：按《春秋》鲁庄公二年："夫人姜氏会齐侯于禚。"四年："夫人姜氏享齐侯于祝丘。"五年："夫人姜氏如齐师。"七年："夫人姜氏会齐侯于防。"又："会齐侯于榖。"

[1] 比也。敝，坏。笱，罟也。鲂鳏，大鱼也。归，归齐也。如云，言众也。○齐人以敝笱不能制大鱼，比鲁庄公不能防闲文姜，故归齐而从之者众也。

[2] 比也。鳏，似鲂，厚而头大，或谓之鲢。如雨，亦多也。

[3] 比也。唯唯，行出入之貌。如水，亦多也。

载 驱

《诗序》:《载驱》，齐人刺襄公也。无礼义，故盛其车服，疾驱于通道大都，与文姜淫播其恶于万民焉。

载驱薄薄，簟茀朱鞹。
鲁道有荡，齐子发夕。[1]

四骊济济，垂辔沵沵。

鲁道有荡，齐子岂弟。[2]

汶水汤汤，行人彭彭。
鲁道有荡，齐子翱翔。[3]

汶水滔滔，行人儦儦。
鲁道有荡，齐子游遨。[4]

[1] 赋也。薄薄，疾驱声。簟，方文席也。茀，车后户也。朱，朱漆也。鞹，兽皮之去毛者。盖车革质而朱漆也。夕，犹宿也。发夕，谓离于所宿之舍。○齐人刺文姜乘此车而来会襄公也。

[2] 赋也。骊，马黑色也。济济，美貌。泲泲，柔貌。岂弟，乐易也。言无忌惮羞愧之意也。

[3] 赋也。汶，水名，在齐南鲁北二国之竟。汤汤，水盛貌。彭彭，多貌。言行人之多，亦以见其无耻也。

[4] 赋也。滔滔，流貌。儦儦，众貌。游遨，犹翱翔也。

猗嗟

《诗序》:《猗嗟》，刺鲁庄公也。齐人伤鲁庄公有威仪技艺，然而不能以礼防闲其母，失子之道。人以为齐侯之子焉。

猗嗟昌兮!
颀而长兮，抑若扬兮。
美目扬兮，巧趋跄兮。

射则臧兮![1]

猗嗟名兮!
美目清兮,仪既成兮。
终日射侯,不出正兮。
展我甥兮![2]

猗嗟娈兮!
清扬婉兮,舞则选兮。
射则贯兮,四矢反兮。
以御乱兮![3]

朱熹云:或曰:"子可以制母乎?"赵子曰:"夫死从子,通乎其下,况国君乎?君者,人神之主,风教之本也。不能正家,如正国何?若庄公者,哀痛以思父,诚敬以事母,威刑以驭下,车马仆从莫不俟命,夫人徒往乎?夫人之往也,则公哀敬之不至,威命之不行耳。"东莱吕氏曰:"此诗三章,讥刺之意皆在言外,嗟叹再三,则庄公所犬阙者,不言可见矣!"

[1]赋也。猗嗟,叹辞。昌,盛也。颀,长貌。抑而若扬,美之盛也。扬,目之动也。跄,趋翼如也。臧,善也。○齐人极道鲁庄公威仪技艺之美如此,所以刺其不能以礼防闲其母,若曰:"惜乎,其独少此耳!"

[2]赋也。名,犹称也。言其威仪技艺之可名也。清,目清明也。仪既成,言其终事而礼无违也。侯,张布而射之者也。正,设的于侯中而射之者也。大射则张皮侯而设鹄,宾射则张布侯而设正。展,诚也。姊妹之子曰甥。言称其为齐之甥而又以明非齐侯之子。此诗人之微词也。按《春秋》桓公三年,"夫人姜氏至自齐",六年九月"子同生",即庄公也。

十八年桓公乃与夫人如齐，则庄公诚非齐侯之子也。

　　[3]赋也。娈，好貌。清，目之美也。扬，眉之美也。婉，亦好貌。选，异于众也，或曰：齐于乐节也。贯，中而贯革也。四矢，礼射每发四矢。反，复也，中皆得其故处也。言庄公射艺之精可以御乱。如以金仆姑射南宫长万可见矣。

魏 风

朱熹云:魏,国名,本舜、禹故都,在禹贡冀州雷首之北,析城之西,南枕河曲,北涉汾水。其地狭隘,而民贫俗俭,盖有圣贤之遗风焉。周初以封同姓,后为晋献公所灭而取其地,今河中府解州即其地也。苏氏曰:魏地入晋久矣。其诗疑皆为晋而作,故列于唐风之前。犹邶、鄘之于卫也。今按:篇中"公行"、"公路"、"公族"皆晋官,疑实晋诗,又恐魏亦尝有此官,盖不可考矣。

葛 屦

《诗序》:《葛屦》,刺褊也。魏地陕隘,其民机巧趋利,其君俭啬褊急,而无德以将之。

纠纠葛屦,可以履霜?
掺掺女手,可以缝裳?
要之襋之,好人服之。[1]

好人提提,宛然左辟,
佩其象揥。维是褊心,
是以为刺。[2]

126

朱熹云：广汉张氏曰：夫子谓与其奢也宁俭，则俭虽失中，本非恶德。然而俭之过，则至于吝啬迫隘，计较分毫之间，而谋利之心始急矣。《葛屦》、《汾沮洳》、《园有桃》三诗，皆言其急迫琐碎之意。

[1] 兴也。纠纠，缭戾寒凉之意。夏葛屦，冬皮屦。掺掺，犹纤纤也。女，妇未庙见之称也。娶妇三月庙见，然后执妇功。要，裳要。襋，衣领。好人，犹大人也。○魏地狭隘，其俗俭啬而褊急，故以葛屦履霜起兴，而刺其使女缝裳，又使治其要襋而遂服之也。此诗疑即缝裳之女所作。

[2] 赋也。提提，安舒之意。宛然，让之貌也。让而辟者必左。揥，所以摘发，用象为之，贵者之饰也。其人如此，若无有可刺矣，所以刺之者，以其褊迫急促，如前章之云耳。

汾沮洳

《诗序》：《汾沮洳》，刺俭也。其君俭以能勤，刺不得礼也。

彼汾沮洳，言采其莫。
彼其之子，美无度。
美无度，殊异乎公路。[1]

彼汾一方，言采其桑。
彼其之子，美如英。
美如英，殊异乎公行。[2]

彼汾一曲，言采其藚。

彼其之子,美如玉。

美如玉,殊异乎公族。[3]

[1]兴也。汾,水名,出太原府晋阳山,西南入河。沮洳,水浸处下湿之地。莫,菜也,似柳叶,厚而长,有毛刺,可为羹。无度,言不可以尺寸量也。公路者,掌公之路车,晋以卿大夫之庶子为之。○此亦刺俭不中礼之诗。言若此人者,美则美矣,然其俭啬褊急之态,殊不似贵人也。

[2]兴也。一方,彼一方也。《史记》:扁鹊"视见垣一方人"。英,华也。公行,即公路也,以其主兵车之行列,故以谓之公行也。

[3]兴也。一曲,谓水曲流处。藚,水舄也,叶如车前草。公族,掌公之宗族,晋以卿大夫之适子为之。

园 有 桃

《诗序》:《园有桃》,刺时也。大夫忧其君,国小而迫,而俭以啬,不能用其民,而无德教,日以侵削,故作是诗也。

园有桃,其实之殽。

心之忧矣,我歌且谣。

不我知者,谓我士也骄。

彼人是哉,子曰何其?

心之忧矣,其谁知之?

其谁知之,盖亦勿思。[1]

园有棘,其实之食。

心之忧矣,聊以行国。

不我知者,谓我士也罔极。

彼人是哉,子曰何其?

心之忧矣,其谁知之?

其谁知之,盖亦勿思。[2]

[1]兴也。殽,食也。合曲曰歌,徒歌曰谣。其,语辞。○诗人忧其国小而无政,故作是诗。言园有桃,则其实之殽矣;心有忧,则我歌且谣矣。然不知我之心者,见其歌谣而反以为骄,且曰彼之所为已是矣,而子之言独何为哉?盖举国之人莫觉其非,而反以忧之者为骄也。于是忧者重嗟叹之,以为此之可忧初不难知,彼之非我,特未之思耳,诚思之,则将不暇非我而自忧矣。

[2]兴也。棘枣之短者。聊,且略之辞也。歌谣之不足,则出游于国中而写忧也。极,至也。罔极,言其心纵恣无所至极。

陟 岵

《诗序》:《陟岵》,孝子行役,思念父母也。国迫而数侵削,役乎大国,父母兄弟离散,而作是诗也。

陟彼岵兮,瞻望父兮。

父曰嗟,

予子行役,夙夜无已。

上慎旃哉,犹来无止![1]

陟彼屺兮,瞻望母兮。

母曰嗟,

予季行役,夙夜无寐。

上慎旃哉,犹来无弃![2]

陟彼冈兮,瞻望兄兮。

兄曰嗟,

予弟行役,夙夜必偕。

上慎旃哉,犹来无死![3]

[1]赋也。山无草木曰岵。上,犹尚也。〇孝子行役不忘其亲,故登山以望其父之所在,因想像其父念己之言曰:"嗟乎,我之子行役,夙夜勤劳不得止息。"又祝之曰:"庶几慎之哉,犹可以来归。无止于彼而不来也!"盖生则必归,死则止而不来矣。或曰:"止,获也。言无为人所获也。"

[2]赋也。山有草木曰屺。季,少子也。尤怜爱少子者,妇人之情也。无寐,亦言其劳之甚也。弃,谓死而弃其尸也。

[3]赋也。山脊曰冈。必偕,言与其侪同作同止,不得自如也。

十亩之间

《诗序》:《十亩之间》,刺时也。言其国削小,民无所居焉。

十亩之间兮,桑者闲闲兮。

行与子还兮![1]

十亩之外兮,桑者泄泄兮。

行与子逝兮![2]

[1] 赋也。十亩之间,郊外所受场圃之地也。闲闲,往来者自得之
貌。行,犹将也。还,犹归也。○政乱国危,贤者不乐仕于其朝,而思与
其友归于农圃,故其词如此。

[2] 赋也。十亩之外,邻圃也。泄泄,犹闲闲也。逝,往也。

伐　檀

《诗序》:《伐檀》,刺贪也。在位贪鄙,无功而受禄,君子不得进仕尔。

坎坎伐檀兮,置之河之干兮,

河水清且涟猗。

不稼不穑,胡取禾三百廛兮?

不狩不猎,胡瞻尔庭有县狟兮?

彼君子兮,不素餐兮![1]

坎坎伐辐兮,置之河之侧兮,

河水清且直猗。

不稼不穑,胡取禾三百亿兮?

不狩不猎,胡瞻尔庭有县特兮?

彼君子兮,不素食兮![2]

坎坎伐轮兮,置之河之漘兮,

河水清且沦猗。

不稼不穑,胡取禾三百囷兮?

不狩不猎,胡瞻尔庭有县鹑兮?

彼君子兮,不素飧兮![3]

[1] 赋也。坎坎,用力之声。檀,木可为车者。寘,与置同。干,厓也。涟,风行水成文也。猗,与兮同,语词也。《书》"断断猗",《大学》作"兮",《庄子》亦云"而我犹为人猗",是也。种之曰稼,敛之曰穑。胡,何也。一夫所居曰廛。狩,亦猎也。狟,貉类。素,空。餐,食也。○诗人言有人于此用力伐檀,将以为车而行陆也。今乃置之河干,则河水清涟而无所用,虽欲自食其力而不可得矣。然其志则自以为不耕则不可以得禾,不猎则不可以得兽,是以甘心穷饿而不悔也。诗人述其事而叹之,以为是真能不空食者。后世若徐稚之流,非其力不食,其厉志盖如此。

[2] 赋也。辐,车辐也。伐木以为辐也。直,波文之直也。十万曰亿,盖言禾秉之数也。兽三岁曰特。

[3] 赋也。轮,车轮也。伐木以为轮也。沦,小风,水成文转如轮也。囷,圆仓也。鹑,鹌属。熟食曰飧。

硕 鼠

《诗序》:《硕鼠》,刺重敛也。国人刺其君重敛,蚕食于民,不修其政,贪而畏人,若大鼠也。

硕鼠硕鼠,无食我黍!

三岁贯女,莫我肯顾。

逝将去女,适彼乐土。

乐土乐土,爰得我所。[1]

硕鼠硕鼠,无食我麦!
三岁贯女,莫我肯德。
逝将去女,适彼乐国。
乐国乐国,爰得我直。[2]

硕鼠硕鼠,无食我苗!
三岁贯女,莫我肯劳。
逝将去女,适彼乐郊。
乐郊乐郊,谁之永号。[3]

[1] 比也。硕,大也。三岁,言其久也。贯,习。顾,念。逝,往也。乐土,有道之国也。爰,于也。○民困于贪残之政,故托言大鼠害己,而去之也。

[2] 比也。德,归恩也。直,犹宜也。

[3] 比也。劳,勤劳也,谓不以我为勤劳也。永号,长呼也。言既往乐郊,则无复有害己者,当复为谁而永号乎?

唐　风

　　朱熹云：唐，国名，本帝尧旧都，在《禹贡》冀州之域，太行、恒山之西，太原、太岳之野。周成王以封弟叔虞为唐侯。南有晋水。至子燮乃改国号曰"晋"。后徙曲沃，又徙居绛。其地土瘠民贫，勤俭质朴，忧深思远，有尧之遗风焉。其诗不谓之晋，而谓之唐，盖仍其始封之旧号耳。唐叔所都在今太原府。曲沃及绛皆在今绛州。

蟋　蟀

　　《诗序》：《蟋蟀》，刺晋僖公也。俭不中礼，故作是诗以闵之，欲其及时以礼自娱乐也。此晋也而谓之唐，本其风俗，忧深思远，俭而用礼，乃有尧之遗风焉。

　　　　蟋蟀在堂，岁聿其莫。
　　　　今我不乐，日月其除。
　　　　无已大康，职思其居。
　　　　好乐无荒，良士瞿瞿。[1]

　　　　蟋蟀在堂，岁聿其逝。
　　　　今我不乐，日月其迈。
　　　　无已大康，职思其外。

好乐无荒,良士蹶蹶。[2]

蟋蟀在堂,役车其休。
今我不乐,日月其慆。
无已大康,职思其忧。
好乐无荒,良士休休。[3]

[1]赋也。蟋蟀,虫名,似蝗而小,正黑,有光泽如漆,有角翅,或谓之促织,九月在堂。聿,遂。莫,晚。除,去也。大康,过于乐也。职,主也。瞿瞿,却顾之貌。○唐俗勤俭,故其民间终岁劳苦,不敢少休,及其岁晚务闲之时,乃敢相与燕饮为乐。而言今蟋蟀在堂,而岁忽已晚矣。当此之时而不为乐,则日月将舍我而去矣。然其忧深而思远也,故方燕乐而又遽相戒曰:"今虽不可以不为乐,然不已过于乐乎?盍亦顾念其职之所居者,使其虽好乐而无荒,若彼良士之长虑却顾焉,则可以不至于危亡也。"盖其民俗之厚,而前圣遗风之远如此。

[2]赋也。逝、迈,皆去也。外,余也。其所治之事,固当思之,而所治之余,亦不敢忽。盖以事变或出于平常思虑之所不及,故当过而备之也。蹶蹶,动而敏于事也。

[3]赋也。庶人乘役车。岁晚则百工皆休矣。慆,过也。休休,安闲之貌。乐而有节,不至于淫,所以安也。

山 有 枢

《诗序》:《山有枢》,刺晋昭公也。不能修道以正其国,有财不能用,有钟鼓不能以自乐,有朝廷不能洒埽,政荒民散,将以危亡。四邻谋取其国家而不知,国人作诗以刺之也。

山有枢,隰有榆。

子有衣裳,弗曳弗娄。

子有车马,弗驰弗驱。

宛其死矣,他人是愉。[1]

山有栲,隰有杻。

子有廷内,弗洒弗埽。

子有钟鼓,弗鼓弗考。

宛其死矣,他人是保。[2]

山有漆,隰有栗。

子有酒食,何不日鼓瑟?

且以喜乐,且以永日。

宛其死矣,他人入室。[3]

[1] 兴也。枢,荎也,今刺榆也。榆,白枌也。娄,亦曳也。驰,走。驱,策也。宛,坐见貌。愉,乐也。○此诗盖以答前篇之意而解其忧。故言山则有枢矣,隰则有榆矣,子有衣裳车马,而不服不乘,则一旦宛然以死,而它人取之以为己乐矣。盖言不可不及时为乐。然其忧愈深,而意愈蹙矣。

[2] 兴也。栲,山樗也,似樗,色小白,叶差狭。杻,檍也,叶似杏而尖,白色,皮正赤,其理多曲少直,材可为弓弩干者也。考,击也。保,居有也。

[3] 兴也。君子无故,琴瑟不离于侧。永,长也。人多忧则觉日短,饮食作乐,可以永长此日也。

扬 之 水

《诗序》:《扬之水》,刺晋昭公也。昭公分国以封沃,沃盛强,昭公微弱,
国人将叛而归沃焉。

> 扬之水,白石凿凿。
> 素衣朱襮,从子于沃。
> 既见君子,云何不乐。[1]

> 扬之水,白石皓皓。
> 素衣朱绣,从子于鹄。
> 既见君子,云何其忧。[2]

> 扬之水,白石粼粼。
> 我闻有命,不敢以告人。[3]

[1] 比也。凿凿,巉岩貌。襮,领也。诸侯之服,绣黼领而丹朱纯
也。子,指桓叔也。沃,曲沃也。○晋昭侯封其叔父成师于曲沃,是为桓
叔。其后沃盛强而晋微弱,国人将叛而归之,故作此诗。言水缓弱而石
巉岩,以比晋衰而沃盛。故欲以诸侯之服从桓叔于曲沃,且自喜其见君
子而无不乐也。

[2] 比也。朱绣,即朱襮也。鹄,曲沃邑也。

[3] 比也。粼粼,水清石见之貌。闻其命而不敢以告人者,为之隐
也。桓叔将以倾晋,而民为之隐,盖欲其成矣。○李氏曰:古者不轨之臣
欲行其志,必先施小惠以收众情,然后民翕然从之。田氏之于齐亦犹是

也,故其召公子阳生于鲁,国人皆知其已至而不言,所谓"我闻有命,不敢以告人"也。

椒 聊

《诗序》:《椒聊》,刺晋昭公也。君子见沃之盛强,能修其政,知其蕃衍盛大,子孙将有晋国焉。

> 椒聊之实,蕃衍盈升。
> 彼其之子,硕大无朋。
> 椒聊且,远条且![1]

> 椒聊之实,蕃衍盈匊。
> 彼其之子,硕大且笃。
> 椒聊且,远条且![2]

[1]兴而比也。椒,树,似茱萸,有针刺,其实味辛而香烈。聊,语助也。朋,比也。且,叹词。远条,长枝也。○椒之蕃盛,则采之盈升矣。彼其之子,则硕大而无朋矣。"椒聊且,远条且",叹其枝远而实益蕃也。此不知其所指,《序》亦以为沃也。

[2]兴而比也。两手曰匊。笃,厚也。

绸 缪

《诗序》:《绸缪》,刺晋乱也。国乱,则婚姻不得其时焉。

绸缪束薪,三星在天。

今夕何夕?见此良人。

子兮子兮,如此良人何![1]

绸缪束刍,三星在隅。

今夕何夕?见此邂逅。

子兮子兮,如此邂逅何![2]

绸缪束楚,三星在户。

今夕何夕?见此粲者。

子兮子兮,如此粲者何![3]

[1]兴也。绸缪,犹缠绵也。三星,心也。在天,昏始见于东方,建辰之月也。良人,夫称也。○国乱民贫,男女有失其时,而后得遂其婚姻之礼者。诗人叙其妇语夫之词曰:"方绸缪以束薪也,而仰见三星之在天。今夕不知何夕也?而忽见良人之在此。"既又自谓曰:"子兮子兮,其将奈此良人何哉!"喜之甚而自庆之词也。

[2]兴也。隅,东南隅也。昏见之星至此,则夜久矣。邂逅,相遇之意。此为夫妇相语之词也。

[3]兴也。户,室户也。户必南出,昏见之星至此,则夜分矣。粲,美也。此为夫语妇之词也。或曰:"女三为粲,一妻二妾也。"

杕 杜

《诗序》:《杕杜》,刺时也。君不能亲其宗族,骨肉离散,独居而无兄弟,将为沃所并尔。

> 有杕之杜，其叶湑湑。
> 独行踽踽，岂无他人？
> 不如我同父。
> 嗟行之人，胡不比焉？
> 人无兄弟，胡不佽焉？[1]

> 有杕之杜，其叶菁菁。
> 独行睘睘，岂无他人？
> 不如我同姓。
> 嗟行之人，胡不比焉？
> 人无兄弟，胡不佽焉？[2]

[1] 兴也。杕，特也。杜，赤棠也。湑湑，盛貌。踽踽，无所亲之貌。同父，兄弟也。比，辅。佽，助也。○此无兄弟者自伤其孤特而求助于人之词。言杕然之杜，其叶犹湑湑然，而人无兄弟，则独行踽踽，曾杜之不如矣。然岂无他人之可与同行也哉？特以其不如我兄弟，是以不免于踽踽耳。于是嗟叹行路之人，何不闵我之独行而见亲，怜我之无兄弟而见助乎？

[2] 兴也。菁菁，亦盛貌。睘睘，无所依貌。

羔 裘

《诗序》:《羔裘》，刺时也。晋人刺其在位不恤其民也。

羔裘豹袪，自我人居居。
岂无他人？维子之故。[1]

羔裘豹褎，自我人究究。
岂无他人？维子之好。[2]

朱熹云：此诗不知所谓，不敢强解。

[1] 赋也。羔裘，君纯羔，大夫以豹饰。袪，袂也。居居，未详。
[2] 赋也。褎，犹袪也。究究，亦未详。

鸨 羽

《诗序》：《鸨羽》，刺时也。昭公之后，大乱五世，君子下从征役，不得养其父母，而作是诗也。

肃肃鸨羽，集于苞栩。
王事靡盬，不能蓺稷黍。
父母何怙？悠悠苍天，
曷其有所！[1]

肃肃鸨翼，集于苞棘。
王事靡盬，不能蓺黍稷。
父母何食？悠悠苍天，
曷其有极！[2]

肃肃鸨行,集于苞桑。

王事靡盬,不能蓺稻粱。

父母何尝? 悠悠苍天,

曷其有常![3]

[1]比也。肃肃,羽声。鸨,鸟名,似雁而大,无后趾。集,止也。苞,丛生也。栩,柞栎也,其子为皂斗,壳可以染皂者是也。盬,不攻致也。蓺,树。怙,恃也。○民从征役而不得养其父母,故作此诗。言鸨之性不树止,而今乃飞集于苞栩之上。如民之性本不便于劳苦,今乃久从征役,而不得耕田以供子职也。悠悠苍天,何时使我得其所乎!

[2]比也。极,已也。

[3]比也。行,列也。稻,即今南方所食稻米,水生而色白者也。粱,粟类也,有数色。尝,食也。常,复其常也。

无 衣

《诗序》:《无衣》,美晋武公也。武公始并晋国,其大夫为之请命乎天子之使,而作是诗也。

岂曰无衣七兮!

不如子之衣,安且吉兮。[1]

岂曰无衣六兮?

不如子之衣,安且燠兮。[2]

[1]赋也。侯伯七命,其车旗衣服皆以七为节。子,天子也。○《史

记》:曲沃桓叔之子武公伐晋,灭之。尽以其宝器赂周釐王。王以武公为晋君,列于诸侯。此诗盖述其请命之意。言我非无是七章之衣也,而必请命者,盖以不如天子之命服之为安且吉也。盖当是时,周室虽衰,典刑犹在。武公既负弑君篡国之罪,则人得讨之,而无以自立于天地之间。故赂王请命,而为说如此。然其倨慢无礼亦已甚矣。釐王贪其宝玩,而不思天理民彝之不可废,是以诛讨不加,而爵命行焉。则王纲于是乎不振,而人纪或几乎绝矣。呜呼痛哉!

[2] 赋也。天子之卿六命。变七言六者,谦也,不敢必当侯伯之命。得受六命之服,比于天子之卿,亦幸矣。燠,煖也。言其可以久也。

有杕之杜

《诗序》:《有杕之杜》,刺晋武也。武公寡特,兼其宗族,而不求贤以自辅焉。

有杕之杜,生于道左。
彼君子兮,噬肯适我?
中心好之,曷饮食之?[1]

有杕之杜,生于道周。
彼君子兮,噬肯来游?
中心好之,曷饮食之?[2]

[1] 比也。左,东也。噬,发语词也。曷,何也。○此人好贤而恐不足以致之,故言此杕然之杜,生于道左,其荫不足以休息。如己之寡弱,不足恃赖,则彼君子者,亦安肯顾而适我哉?然其中心好之,则不已也。

诗 经

但无自而得饮食之耳。夫以好贤之心如此,则贤者安有不至,而何寡弱
之足患哉!

[2] 比也。周,曲也。

葛 生

《诗序》:《葛生》,刺晋献公也。好攻战,则国人多丧矣。

> 葛生蒙楚,蔹蔓于野。
> 予美亡此,谁与独处?[1]

> 葛生蒙棘,蔹蔓于域。
> 予美亡此,谁与独息?[2]

> 角枕粲兮,锦衾烂兮。
> 予美亡此,谁与独旦?[3]

> 夏之日,冬之夜。
> 百岁之后,归于其居。[4]

> 冬之夜,夏之日。
> 百岁之后,归于其室。[5]

[1] 兴也。蔹,草名,似括楼,叶盛而细。蔓,延也。予美,妇人指其
夫也。○妇人以其夫久从征役而不归,故言葛生而蒙于楚,蔹生而蔓于

144

野,各有所依托。而予之所美者,独不在是,则谁与而独处于此乎?

[2] 兴也。域,莹域也。息,止也。

[3] 赋也。粲、烂,华美鲜明之貌。独旦,独处至旦也。

[4] 赋也。夏日永,冬夜永。居,坟墓也。○夏日冬夜,独居忧思,于是为切。然君子之归无期,不可得而见矣,要死而相从耳。郑氏曰:"言此者,妇人专一,义之至,情之尽。"苏氏曰:"思之深而无异心,此《唐风》之厚也。"

[5] 赋也。室,圹也。

采　苓

《诗序》:《采苓》,刺晋献公也。献公好听谗焉。

采苓采苓,首阳之颠。
人之为言,苟亦无信!
舍旃舍旃,苟亦无然!
人之为言,胡得焉![1]

采苦采苦,首阳之下。
人之为言,苟亦无与!
舍旃舍旃,苟亦无然!
人之为言,胡得焉![2]

采葑采葑,首阳之东。
人之为言,苟亦无从!

舍旃舍旃,苟亦无然!
人之为言,胡得焉![3]

　　[1] 比也。首阳,首山之南也。巅,山顶也。旃,之也。○此刺听谗之诗。言子欲采苓于首阳之巅乎,然人之为是言以告子者,未可遽以为信也。姑舍置之而无遽以为然,徐察而审听之,则造言者无所得而谗止矣。或曰兴也。下章放此。

　　[2] 比也。苦,苦菜,生山田及泽中,得霜甜脆而美。与,许也。

　　[3] 比也。从,听也。

秦　风

　　朱熹云:秦,国名,其地在《禹贡》雍州之域,近鸟鼠山。初,伯益佐禹治水有功,赐姓嬴氏。其后中潏居西戎,以保西垂。六世孙大骆生成及非子。非子事周孝王,养马于汧、渭之间,马大繁息,孝王封为附庸而邑之秦。至宣王时,犬戎灭成之族。宣王遂命非子曾孙秦仲为大夫诛西戎,不克,见杀。及幽王为西戎、犬戎所杀,平王东迁,秦仲孙襄公以兵送之。王封襄公为诸侯,曰:"能逐犬戎,即有岐、丰之地。"襄公遂有周西都畿内八百里之地。至玄孙德公又徙于雍。秦,即今之秦州。雍,今京兆府兴平县是也。

车　邻

　　《诗序》:《车邻》,美秦仲也。秦仲始大,有车马礼乐侍御之好焉。

　　　有车邻邻,有马白颠。
　　　未见君子,寺人之令。[1]

　　　阪有漆,隰有栗。
　　　既见君子,并坐鼓瑟。
　　　今者不乐,逝者其耋。[2]

　　　阪有桑,隰有杨。

既见君子,并坐鼓簧。

今者不乐,逝者其亡。[3]

[1] 赋也。邻邻,众车之声。白颠,额有白毛,今谓之的颡。君子,指秦君。寺人,内小臣也。令,使也。○是时秦君始有车马及此寺人之官。将见者,必先使寺人通之,故国人创见而夸美之也。

[2] 兴也。八十曰耋。○阪则有漆矣,隰则有栗矣,既见君子,则并坐、鼓瑟矣。失今不乐,则逝者其耋矣。

[3] 兴也。簧,笙中金叶,吹笙则鼓动之以出声者也。

驷 驖

《诗序》:《驷驖》,美襄公也。始命有田狩之事,园囿之乐焉。

驷驖孔阜,六辔在手。[1]

公之媚子,从公于狩。

奉时辰牡,辰牡孔硕。

公曰左之,舍拔则获。[2]

游于北园,四马既闲。

輶车鸾镳,载猃歇骄。[3]

[1] 赋也。驷驖,四马皆黑色如铁也。孔,甚也。阜,肥大也。六辔者,两服两骖各两辔,而骖马两辔纳之于觖,故惟六辔在手也。媚子,所

亲爱之人也。此亦前篇之意也。

[2]赋也。时,是。辰,时也。牡,兽之牡者也。辰牡者,冬献狼,夏献麋,春献鹿豕之类。奉之者,虞人翼以待射也。硕,肥大也。公曰左之者,命御者使左其车,以射兽之左也。盖射必中其左乃为中杀。五御所谓逐禽左者,为是故也。拔,矢括也。曰左之而舍拔无不获者,言兽之多,而射御之善也。

[3]赋也。田事已毕,故游于北园。闲,调习也。輶,轻也。鸾,铃也,效鸾鸟之声。镳,马衔也。驱逆之车,置鸾于马御之两旁,乘车则鸾在衡,和在轼也。猃、歇骄,皆田犬名。长喙曰猃,短喙曰歇骄。以车载犬,盖以休其足力也。韩愈《画记》有"骑拥田犬者",亦此类。

小　戎

《诗序》:《小戎》,美襄公也。备其兵甲,以讨西戎。西戎方强,而征伐不休,国人则矜其车甲,妇人能闵其君子焉。

　　小戎俴收,五楘梁辀。
　　游环胁驱,阴靷鋈续,
　　文茵畅毂,驾我骐馵。
　　言念君子,温其如玉。
　　在其板屋,乱我心曲。[1]

　　四牡孔阜,六辔在手,
　　骐骝是中,騧骊是骖,
　　龙盾之合,鋈以觼軜。
　　言念君子,温其在邑。

方何为期？胡然我念之。[2]

俴驷孔群，厹矛鋈錞。

蒙伐有苑，虎韔镂膺，

交韔二弓，竹闭绲縢。

言念君子，载寝载兴。

厌厌良人，秩秩德音。[3]

[1]赋也。小戎，兵车也。俴，浅也。收，轸也，谓车前后两端横木，所以收敛所载者也。凡车之制，广皆六尺六寸。其平地任载者为大车，则轸深八尺。兵车则轸深四尺四寸，故曰"小戎俴收"也。五，五束也。桄，历录然文章之貌也。梁辀，从前轸以前稍曲而上，至衡则向下钩之，衡横于辀下，而辀形穹隆上曲如屋之梁，又以皮革五处束之，其文章历录然也。游环，靷环也，以皮为环，当两服马之背上，游移前却无定处，引两骖马之外辔，贯其中而执之，所以制骖马，使不得外出。《左传》曰："如骖之有靮。"是也。胁驱，亦以皮为之，前系于衡之两端，后系于轸之两端，当服马胁之外，所以驱骖马，使不得内入也。阴，掩轨也。轨在轼前而以板横侧掩之，以其阴映此轨，故谓之阴也。靷，以皮二条前系骖马之颈，后系阴版之上也。鋈续，阴板之上有续靷之处，消白金沃灌其环以为饰也。盖车衡之长六尺六寸，止容二服，骖马之头不当于衡，故别为二靷以引车，亦谓之靮。《左传》曰："两靷将绝"是也。文茵、车中所坐虎皮褥也。畅，长也。毂者，车轮之中，外持辐，内受轴者也。大车之毂一尺有半，兵车之毂长三尺二寸，故兵车曰畅毂。骐，骐文也。马左足白曰骈。君子，妇人目其夫也。温其如玉，美之之词也。板屋者，西戎之俗，以板为屋。心曲，心中委曲之处也。○西戎者，秦之臣子所与不共戴天之仇也。襄公上承天子之命，率其国人往而征之，故其从役者之家人先夸车甲之盛如此，而后及其私情。盖以义兴师，则虽妇人亦知勇于赴敌，而无

所怨矣。

[2]赋也。赤马黑鬣曰骝。中，两服马也。黄马黑喙曰騧。骊，黑色也。盾，干也。画龙于盾，合而载之，以为车上之卫。必载二者，备破毁也。觼，环之有舌者。軜，骖内辔也，置觼于轼前以系軜，故谓之觼軜，亦消沃白金以为饰也。邑，西鄙之邑也。方，将也。将以何时为归期乎？何为使我思念之极也！

[3]赋也。俴驷，四马皆以浅薄之金为甲，欲其轻而易于马之旋习也。孔，甚。厹矛，三隅矛也。鋈錞，以白金沃矛之下端平底者也。蒙，杂也。伐，中干也，盾之别名。苑，文貌，画杂羽之文于盾上也。虎韔，以虎皮为弓室也。镂膺，镂金以饰马当胸带也。交韔，交二弓于韔中，谓颠倒安置之。必二弓，以备坏也。闭，弓檠也。《仪礼》作"柲"。绲，绳。縢，约也。以竹为闭，而以绳约之于弛弓之里，檠弓体使正也。载寝载兴，言思之深而起居不宁也。厌厌，安也。秩秩，有序也。

蒹 葭

《诗序》:《蒹葭》，刺襄公也。未能用周礼，将无以固其国焉。

蒹葭苍苍，白露为霜。

所谓伊人，在水一方。

溯洄从之，道阻且长。

溯游从之，宛在水中央。[1]

蒹葭凄凄，白露未晞。

所谓伊人，在水之湄。

溯洄从之，道阻且跻。

溯游从之,宛在水中坻。[2]

蒹葭采采,白露未已。
所谓伊人,在水之涘。
溯洄从之,道阻且右。
溯游从之,宛在水中沚。[3]

[1]赋也。蒹,似萑而细,高数尺,又谓之薕。葭,芦也。蒹葭未败,而露始为霜,秋水时至,百川灌河之时也。伊人,犹言彼人也。一方,彼一方也。溯洄,逆流而上也。溯游,顺流而下也。宛然,坐见貌。在水之中央,言近而不可至也。○言秋水方盛之时,所谓彼人者,乃在水之一方。上下求之,而皆不可得。然不知其何所指也。

[2]赋也。凄凄,犹苍苍也。晞,乾也。湄,水草之交也。跻,升也。言难至也。小渚曰坻。

[3]赋也。采采,言其盛而可采也。已,止也。右,不相直而出其右也。小渚曰沚。

终 南

《诗序》:《终南》,戒襄公也。能取周地,始为诸侯,受显服,大夫美之,故作是诗以戒劝之。

终南何有?有条有梅。
君子至止,锦衣狐裘。
颜如渥丹,其君也哉![1]

终南何有？有纪有堂。

君子至止，黻衣绣裳。

佩玉将将，寿考不忘。[2]

[1] 兴也。终南，山名，在今京兆府南。条，山楸也，皮叶白，色亦白，材理好，宜为车板。君子，指其君也。至止，至终南之下也。锦衣狐裘，诸侯之服也。《玉藻》曰："君衣狐白裘，锦衣以裼之。"渥，渍也。其君也哉，言容貌衣服称其为君也。此秦人美其君之词，亦《车邻》、《驷驖》之意也。

[2] 兴也。纪，山之廉角也。堂，山之宽平处也。黻之状亚，两己相戾也。绣，刺绣也。将将，佩玉声也。寿考不忘者，欲其居此位，服此服，长久而安宁也。

黄　鸟

《诗序》：《黄鸟》，哀三良也。国人刺穆公以人从死，而作是诗也。

交交黄鸟，止于棘。

谁从穆公？子车奄息。

维此奄息，百夫之特。

临其穴，惴惴其栗！

彼苍者天，歼我良人！

如可赎兮，人百其身。[1]

交交黄鸟，止于桑。

谁从穆公？子车仲行。
维此仲行，百夫之防。
临其穴，惴惴其栗！
彼苍者天，歼我良人！
如可赎兮，人百其身。[2]

交交黄鸟，止于楚。
谁从穆公？子车鍼虎。
维此鍼虎，百夫之御。
临其穴，惴惴其栗！
彼苍者天，歼我良人！
如可赎兮，人百其身。[3]

朱熹云：《春秋传》曰："君子曰：'秦穆之不为盟主也宜哉！死而弃民。先王违世，犹诒之法，而况夺之善人乎？今纵无法以遗后嗣，而又收其良以死，难以在上矣。'君子是以知秦之不复东征也。"愚按：穆公于此，其罪不可逃矣！但或以为穆公遗命如此，而三子自杀以从之，则三子亦不得为无罪。今观临穴惴栗之言，则是康公从父之乱命，迫而纳之于圹，其罪有所归矣。又按《史记》：秦武公卒，初以人从死，死者六十六人。至穆公遂用百七十七人，而三良与焉。盖其初特出于戎翟之俗，而无明王贤伯以讨其罪，于是习以为常，则虽以穆公之贤而不免。论其事者，亦徒闵三良之不幸，而叹秦之衰，至于王政不纲，诸侯擅命，杀人不忌至于如此，则莫知其为非也。呜呼，俗之敝也久矣！其后始皇之葬，后宫皆令从死，工匠生闭墓中，尚何怪哉！

[1]兴也。交交，飞而往来之貌。从穆公，从死也。子车，氏。奄

息,名。特,杰出之称。穴,圹也。惴惴,惧貌。栗,惧。歼,尽。良,善。赎,贸也。○秦穆公卒,以子车氏之三子为殉,皆秦之良也。国人哀之,为之赋《黄鸟》,事见《春秋传》。即此诗也。言交交黄鸟则止于棘矣,谁从穆公,则子车奄息也。盖以所见起兴也。临穴而惴栗,盖生纳之圹中也。三子皆国之良,而一旦杀之。若可贸以它人,则人皆愿百其身以易之矣。

[2] 兴也。防,当也。言一人可当百夫也。

[3] 兴也。御,犹当也。

晨　风

《诗序》:《晨风》,刺康公也。忘穆公之业,始弃其贤臣焉。

　　鴥彼晨风,郁彼北林。
　　未见君子,忧心钦钦。
　　如何如何,忘我实多。[1]

　　山有苞栎,隰有六驳。
　　未见君子,忧心靡乐。
　　如何如何,忘我实多。[2]

　　山有苞棣,隰有树檖。
　　未见君子,忧心如醉。
　　如何如何,忘我实多。[3]

诗 经

[1] 兴也。鴥，疾飞貌。晨风，鹯也。郁，茂盛貌。君子，指其夫也。钦钦，忧而不忘之貌。○妇人以夫不在，而言鴥彼晨风，则归于郁然之北林矣。故我未见君子，而忧心钦钦也。彼君子者，如之何而忘我之多乎？此与《扊扅之歌》同意，盖秦俗也。

[2] 兴也。驳，梓榆也，其皮青白如驳。○山则有苞栎矣，隰则有六驳矣，未见君子则忧心靡乐矣。靡乐则忧之甚也。

[3] 兴也。棣，唐棣也。檖，赤罗也，实似梨而小，酢可食。如醉，则忧又甚矣。

无 衣

《诗序》:《无衣》，刺用兵也。秦人刺其君好攻战，亟用兵，而不与民同欲焉。

岂曰无衣！与子同袍。
王于兴师，修我戈矛，
与子同仇。[1]

岂曰无衣！与子同泽。
王于兴师，修我矛戟，
与子偕作。[2]

岂曰无衣！与子同裳。
王于兴师，修我甲兵，
与子偕行。[3]

156

朱熹云：秦人之俗，大抵尚气概，先勇力，忘生轻死，故其见于《诗》如此。然本其初而论之，岐、丰之地，文王用之以兴《二南》之化，如彼其忠且厚也。秦人用之未几，而一变其俗至于如此，则已悍然有招八州而朝同列之气矣。何哉？雍州土厚水深，其民厚重质直，无郑、卫骄惰浮靡之习。以善导之，则易以兴起而笃于仁义；以猛驱之，则其强毅果敢之资，亦足以强兵力农，而成富强之业，非山东诸国所及也。呜呼！后世欲为定都立国之计者，诚不可不监乎此。而凡为国者，其于导民之路，尤不可以不审其所之也。

[1]赋也。袍，襺也。戈，长六尺六寸。矛，长二丈。王于兴师，以天子之命而兴师也。○秦俗强悍，乐于战斗，故其人平居而相谓曰：岂以子之无衣，而与子同袍乎！盖以王于兴师，则将修我戈矛，而与子同仇也。其欢爱之心，足以相死如此。苏氏曰："秦本周地，故其民犹思周之盛时而称先王焉。"或曰兴也，取"与子同"三字为义。后章放此。

[2]赋也。泽，里衣也，以其亲肤，近于垢泽，故谓之泽。戟，车戟也，长丈六尺。

[3]赋也。行，往也。

渭 阳

《诗序》：《渭阳》，康公念母也。康公之母，晋献公之女。文公遭丽姬之难，未反而秦姬卒。穆公纳文公。康公时为太子，赠送文公于渭之阳，念母之不见也，我见舅氏，如母存焉。及其即位，思而作是诗也。

我送舅氏，曰至渭阳。
何以赠之？路车乘黄。[1]

我送舅氏，悠悠我思。

何以赠之？琼瑰玉佩。[2]

朱熹云：按《春秋传》：晋献公烝于齐姜，生秦穆夫人、太子申生。娶大戎胡姬，生重耳。小戎子生夷吾。骊姬生奚齐，其娣生卓子。骊姬谮申生，申生自杀。又谮二公子，二公子皆出奔。献公卒，奚齐、卓子继立，皆为大夫里克所弑。秦穆公纳夷吾，是为惠公。卒，子圉立，是为怀公。立之明年，秦穆公又召重耳而纳之，是为文公。王氏曰："至渭阳者，送之远也。悠悠我思者，思之长也。路车乘黄、琼瑰玉佩者，赠之厚也。"广汉张氏曰："康公为太子，送舅氏而念母之不见，是固良心也。而卒不能自克于令狐之役，怨欲害乎良心也。使康公知循是心，养其端而充之，则怨欲可消矣。"

[1] 赋也。舅氏，秦康公之舅，晋公子重耳也，出亡在外，穆公召而纳之。时康公为太子，送之渭阳而作此诗。渭，水名。秦时都雍，至渭阳者，盖东行送之于咸阳之地也。路车，诸侯之车也。乘黄，四马皆黄也。

[2] 赋也。悠悠，长也。《序》以为时康公之母穆姬已卒，故康公送其舅而念母之不见也。或曰穆姬之卒不可考，此但别其舅而怀思耳。琼瑰，石而次玉。

权 舆

《诗序》：《权舆》，刺康公也。忘先君之旧臣与贤者，有始而无终也。

於，我乎！

夏屋渠渠，今也每食无余。

于嗟乎！不承权舆！[1]

於,我乎！
每食四簋,今也每食不饱。
于嗟乎！不承权舆！[2]

朱熹云:汉楚元王敬礼申公、白公、穆生。穆生不嗜酒,元王每置酒,尝为穆生设醴。及王戊即位,常设,后忘设焉。穆生退曰:"可以逝矣！醴酒不设,王之意怠。不去,楚人将钳我于市。"遂称疾。申公、白公强起之曰:"独不念先王之德欤？今王一旦失小礼,何足至此！"穆生曰:"先王之所以礼吾三人者,为道之存故也。今而忽之,是忘道也。忘道之人,胡可与久处？岂为区区之礼哉！"遂谢病去。亦此诗之意也。

[1] 赋也。夏,大也。渠渠,深广貌。承,继也。权舆,始也。○此言其君始有渠渠之夏屋以待贤者,而其后礼意浸衰,供亿浸薄,至于贤者每食而无余,于是叹之,言不能继其始也。

[2] 赋也。簋,瓦器,容斗二升。方曰簠,圆曰簋。簠盛稻粱,簋盛黍稷。四簋,礼食之盛也。

陈 风

朱熹云：陈，国名，太皞伏羲氏之墟，在《禹贡》豫州之东。其地广平，无名山大川，西望外方，东不及孟诸。周武王时，帝舜之胄有虞阏父为周陶正，武王赖其利器用，与其神明之后，以元女大姬妻其子满，而封之于陈，都于宛丘之侧，与黄帝、帝尧之后共为"三恪"，是为胡公。大姬妇人尊贵，好乐巫觋歌舞之事，其民化之。今之陈州，即其地也。

宛 丘

《诗序》：《宛丘》，刺幽公也。淫荒昏乱，游荡无度焉。

子之汤兮，宛丘之上兮。
洵有情兮，而无望兮。[1]

坎其击鼓，宛丘之下。
无冬无夏，值其鹭羽。[2]

坎其击缶，宛丘之道。
无冬无夏，值其鹭翿。[3]

[1] 赋也。子，指游荡之人也。汤，荡也。四方高，中央下，曰宛丘。

洵,信也。望,人所瞻望也。○国人见此人常游荡于宛丘之上,故叙其事以刺之。言虽信有情思而可乐矣,然无威仪可瞻望也。

[2] 赋也。坎,击鼓声。值,植也。鹭,春锄,今鹭鸶,好而洁白,头上有长毛十数枚。羽,以其羽为翳,舞者持以指麾也。言无时不出游,而鼓舞于是也。

[3] 赋也。缶,瓦器,可以节乐。翿,翳也。

东门之枌

《诗序》:《东门之枌》,疾乱也。幽公淫荒,风化之所行,男女弃其旧业,亟会于道路,歌舞于市井尔。

> 东门之枌,宛丘之栩。
> 子仲之子,婆娑其下。[1]
>
> 榖旦于差,南方之原。
> 不绩其麻,市也婆娑。[2]
>
> 榖旦于逝,越以鬷迈。
> 视尔如荍,贻我握椒。[3]

[1] 赋也。枌,白榆也,先生叶,郤著荚,皮色白。子仲之子,子仲氏之女也。婆娑,舞貌。○此男女聚会歌舞,而赋其事以相乐也。

[2] 赋也。榖,善。差,择也。○既差择善旦以会于南方之原,于是弃其业以舞于市而往会也。

[3] 赋也。逝,往。越,于。鬷,众也。迈,行也。荍,芘芣也,又名

荆葵,紫色。椒,芬芳之物也。○言又以善旦而往,于是其众行,而男女相与道其慕悦之词曰:"我视女颜色之美如芘芣之华。于是遗我以一握之椒而交情好也。"

衡 门

《诗序》:《衡门》,诱僖公也。愿而无立志,故作是诗以诱掖其君也。

衡门之下,可以栖迟。
泌之洋洋,可以乐饥。[1]

岂其食鱼,必河之鲂!
岂其取妻,必齐之姜![2]

岂其食鱼,必河之鲤!
岂其取妻,必宋之子![3]

[1] 赋也。衡门,横木为门也。门之深者有阿塾堂宇,此惟横木为之。栖迟,游息也。泌,泉水也。洋洋,水流貌。○此隐居自乐,而无求者之词。言衡门虽浅陋,然亦可以游息。泌水虽不可饱,然亦可以玩乐而忘饥也。

[2] 赋也。姜,齐姓。

[3] 赋也。子,宋姓。

东门之池

《诗序》:《东门之池》,刺时也。疾其君子淫昏,而思贤女以配君子也。

东门之池，可以沤麻。
彼美淑姬，可与晤歌。[1]

东门之池，可以沤纻。
彼美淑姬，可与晤语。[2]

东门之池，可以沤菅。
彼美淑姬，可与晤言。[3]

[1] 兴也。池，城池也。沤，渍也，治麻者必先以水渍之。晤，犹解也。○此亦男女会遇之词。盖因其会遇之地、所见之物，以起兴也。

[2] 兴也。纻，麻属。

[3] 兴也。菅，叶似茅而滑泽，茎有白粉，柔韧宜为索也。

东门之杨

《诗序》:《东门之杨》，刺时也。婚姻失时，男女多违。亲迎女犹有不至者也。

东门之杨，其叶牂牂。
昏以为期，明星煌煌。[1]

东门之杨，其叶肺肺。
昏以为期，明星晢晢。[2]

[1] 兴也。东门,相期之地也。杨,柳之扬起者也。牂牂,盛貌。明星,启明也。煌煌,大明貌。○此亦男女期会而有负约不至者,故因其所见以起兴也。

[2] 兴也。肺肺,犹牂牂也。晢晢,犹煌煌也。

墓 门

《诗序》:《墓门》,刺陈佗也。陈佗无良师傅,以至于不义,恶加于万民焉。

墓门有棘,斧以斯之。
夫也不良,国人知之。
知而不已,谁昔然矣。[1]

墓门有梅,有鸮萃止。
夫也不良,歌以讯止。
讯予不顾,颠倒思予。[2]

[1] 兴也。墓门,凶僻之地,多生荆棘。斯,析也。夫,指所刺之人也。谁昔,昔也,犹言畴昔也。○言墓门有棘,则斧以斯之矣。此人不良,则国人知之矣。国人知之而犹不自改,则自畴昔而已然,非一日之积矣。所谓不良之人,亦不知其何所指也。

[2] 兴也。鸮鸮,恶声之鸟也。萃,集。讯,告也。颠倒,狼狈之状。○墓门有梅,则有鸮萃之矣。夫也不良,则有歌其恶以讯之者矣。讯之而不予顾,至于颠倒,然后思予,则岂有所及哉?或曰,讯予之"予",疑当依前章作"而"字。

防有鹊巢

《诗序》:《防有鹊巢》,忧谗贼也。宣公多信谗,君子忧惧焉。

防有鹊巢,邛有旨苕。
谁侜予美? 心焉忉忉。[1]

中唐有甓,邛有旨鹝。
谁侜予美? 心焉惕惕。[2]

[1] 兴也。防,人所筑以捍水者。邛,丘。旨,美也。苕,苕饶也,茎如劳豆而细,叶似蒺藜而青,其茎叶绿色,可生食,如小豆藿也。侜,侜张也,犹《郑风》之所谓迋也。予美,指所与私者也。忉忉,忧貌。○此男女之有私而忧或间之之词。故曰:防则有鹊巢矣,邛则有旨苕矣,今此何人,而侜张予之所美? 使我忧之而至于忉忉乎?

[2] 兴也。庙中路谓之唐。甓,瓴甋也。鹝,小草,杂色如绶。惕惕,犹忉忉也。

月　出

《诗序》:《月出》,刺好色也。在位不好德,而说美色焉。

月出皎兮,佼人僚兮。
舒窈纠兮,劳心悄兮。[1]

月出皓兮,佼人懰兮。

舒慢受兮,劳心慅兮。[2]

月出照兮,佼人燎兮。

舒夭绍兮,劳心惨兮。[3]

[1] 兴也。皎,月光也。佼人,美人也。僚,好貌。窈,幽远也。纠,愁结也。悄,忧也。○此亦男女相悦而相念之辞。言月出则皎然矣,佼人则僚然矣,安得见之而舒窈纠之情乎? 是以为之劳心而悄然也。

[2] 兴也。懰,好貌。慢受,忧思也。慅,犹悄也。

[3] 兴也。燎,明也。夭绍,纠紧之意。惨,忧也。

株 林

《诗序》:《株林》,刺灵公也。淫乎夏姬,驱驰而往,朝夕不休息焉。

胡为乎株林? 从夏南。

匪适株林,从夏南。[1]

驾我乘马,说于株野。

乘我乘驹,朝食于株。[2]

朱熹云:《春秋传》:夏姬,郑穆公之女也。嫁于陈大夫夏御叔。灵公与其大夫孔宁、仪行父通焉。泄冶谏,不听而杀之。后卒为其子徵舒所弑。而徵舒复为楚庄王所诛。

[1]赋也。株林,夏氏邑也。夏南,徵舒字也。○灵公淫于夏徵舒之母,朝夕而往夏氏之邑,故其民相与语曰:"君胡为乎株林乎?"曰:"从夏南耳。"然则非适株林也,特以从夏南故耳。盖淫乎夏姬,不可言也,故以从其子言之。诗人之忠厚如此。

[2]赋也。说,舍也。马六尺以下曰驹。

泽 陂

《诗序》:《泽陂》,刺时也。言灵公君臣淫于其国,男女相说,忧思感伤焉。

彼泽之陂,有蒲与荷。

有美一人,伤如之何!

寤寐无为,涕泗滂沱。[1]

彼泽之陂,有蒲与蕳。

有美一人,硕大且卷。

寤寐无为,中心悁悁。[2]

彼泽之陂,有蒲菡萏。

有美一人,硕大且俨。

寤寐无为,辗转伏枕。[3]

[1]兴也。陂,泽障也。蒲,水草,可为席者。荷,芙蕖也。自目曰涕,自鼻曰泗。○此诗大旨与《月出》相类。言彼泽之陂,则有蒲与荷矣,

有美一人而不可见,则虽忧伤而如之何哉! 寤寐无为,涕泗滂沱而已矣。

　　[2] 兴也。蕳,兰也。卷,鬓发之美也。悁悁,犹悒悒也。

　　[3] 兴也。菡萏,荷华也。俨,矜庄貌。辗转伏枕,卧而不寐,思之深且久也。

桧　风

朱熹云：桧，国名，高辛氏火正祝融之墟，在《禹贡》豫州外方之北，荥、波之南，居溱、洧之间。其君妘姓，祝融之后。周衰，为郑桓公所灭而迁国焉。今之郑州，即其地也。苏氏以为《桧诗》皆为郑作，如《邶》、《鄘》之于《卫》也，未知是否。

羔　裘

《诗序》：《羔裘》，大夫以道去其君也。国小而迫，君不用道，好洁其衣服，逍遥游燕，而不能自强于政治，故作是诗也。

羔裘逍遥，狐裘以朝。
岂不尔思？劳心忉忉！[1]

羔裘翱翔，狐裘在堂。
岂不尔思？我心忧伤！[2]

羔裘如膏，日出有曜。
岂不尔思？中心是悼！[3]

[1] 赋也。缁衣羔裘，诸侯之朝服。锦衣狐裘，其朝天子之服也。

○旧说桧君好洁其衣服,逍遥游宴而不能自强于政治,故诗人忧之。

[2]赋也。翱翔,犹逍遥也。堂,公堂也。

[3]赋也。膏,脂所渍也。日出有曜,日照之则有光也。

素 冠

《诗序》:《素冠》,刺不能三年也。

庶见素冠兮,棘人栾栾兮。
劳心慱慱兮![1]

庶见素衣兮,我心伤悲兮!
聊与子同归兮。[2]

庶见素韠兮,我心蕴结兮!
聊与子如一兮。[3]

朱熹云:按丧礼,为父为君,斩衰三年。昔宰予欲短丧,夫子曰:"子生三年,然后免于父母之怀。予也有三年之爱于其父母乎? 三年之丧,天下之通丧也。"《传》曰:"子夏三年之丧毕,见于夫子,援琴而弦,衎衎而乐,作,而曰:'先王制礼,不敢不及。'夫子曰:'君子也。'闵子骞三年之丧毕,见于夫子,援琴而弦,切切而哀,作,而曰:'先王制礼,不敢过也。'夫子曰:'君子也。'子路曰:'敢问何谓也?'夫子曰:'子夏哀已尽,能引而致之于礼,故曰君子也。闵子骞哀未尽,能自割以礼,故曰君子也。夫三年之丧,贤者之所轻,不肖者之所勉。'"

[1]赋也。庶,幸也。缟冠素纰,既祥之冠也。黑经白纬曰缟。缘边曰纰。棘,急也。丧事欲其总总尔哀遽之状也。栾栾,瘠貌。博博,忧劳之貌。○祥冠,祥则冠之,禫则除之。今人皆不能行三年之丧矣,安得见此服乎?当时贤者庶几见之,至于忧劳也。

[2]赋也。素冠则素衣矣。与子同归,爱慕之词也。

[3]赋也。韠,蔽膝也,以韦为之。冕服谓之韨,其余曰韠。韠从裳色,素衣素裳,则素韠也。蕴结,思之不解也。与子如一,甚于“同归”矣。

隰有苌楚

《诗序》:《隰有苌楚》,疾恣也。国人疾其君之淫恣,而思无情欲者也。

隰有苌楚,猗傩其枝。
夭之沃沃,乐子之无知![1]

隰有苌楚,猗傩其华。
夭之沃沃,乐子之无家![2]

隰有苌楚,猗傩其实。
夭之沃沃,乐子之无室![3]

[1]赋也。苌楚,铫弋,今羊桃也,子如小麦,亦似桃。猗傩,柔顺也。夭,少好貌。沃沃,光泽貌。子,指苌楚也。○政烦赋重,人不堪其苦,叹其不如草木之无知而无忧也。

[2]赋也。无家,言无累也。

[3]赋也。无室,犹“无家”也。

匪 风

《诗序》:《匪风》,思周道也。国小政乱,忧及祸难,而思周道焉。

匪风发兮,匪车偈兮。
顾瞻周道,中心怛兮![1]

匪风飘兮,匪车嘌兮。
顾瞻周道,中心吊兮![2]

谁能亨鱼?溉之釜鬵。
谁将西归?怀之好音。[3]

[1] 赋也。发,飘扬貌。偈,疾驱貌。周道,适周之路也。怛,伤也。
○周室衰微,贤人忧叹而作此诗。言常时风发而车偈,则中心怛然。今
非风发也,非车偈也,特顾瞻周道而思王室之陵迟,故中心为之怛然耳。

[2] 赋也。回风曰飘。嘌,漂摇不安之貌。吊,亦伤也。

[3] 兴也。溉,涤也。鬵,釜属。西归,归于周也。○谁能亨鱼乎?
有则我愿为之溉其釜鬵。谁将西归乎?有则我愿慰之以好音。以见思
之之甚,但有西归之人,即思有以厚之也。

曹　风

朱熹云：曹，国名，其地在《禹贡》兖州陶丘之北，雷夏菏泽之野。周武王以封其弟振铎。今之曹州即其地也。

蜉　蝣

《诗序》：《蜉蝣》，刺奢也。昭公国小而迫，无法以自守，好奢而任小人，将无所依焉。

> 蜉蝣之羽，衣裳楚楚。
> 心之忧矣，于我归处。[1]

> 蜉蝣之翼，采采衣服。
> 心之忧矣，于我归息。[2]

> 蜉蝣掘阅，麻衣如雪。
> 心之忧矣，于我归说。[3]

[1]比也。蜉蝣，渠略也，似蛣蜣，身狭而长，角黄黑色，朝生暮死。楚楚，鲜明貌。○此诗盖以时人有玩细娱而忘远虑者，故以蜉蝣为比而刺之。言蜉蝣之羽翼，犹衣裳之楚楚可爱也。然其朝生暮死，不能久存，

故我心忧之,而欲其于我归处耳。《序》以为刺其君,或然,而未有考也。

[2] 比也。采采,华饰也。息,止也。

[3] 比也。掘阅,未详。说,舍息也。

候 人

《诗序》:《候人》,刺近小人也。共公远君子而好近小人焉。

> 彼候人兮,何戈与祋。
> 彼其之子,三百赤芾。[1]

> 维鹈在梁,不濡其翼。
> 彼其之子,不称其服。[2]

> 维鹈在梁,不濡其咮。
> 彼其之子,不遂其媾。[3]

> 荟兮蔚兮,南山朝隮。
> 婉兮娈兮,季女斯饥。[4]

[1] 兴也。候人,道路迎送宾客之官。何,揭。祋,殳也。之子,指小人。芾,冕服之韠也。一命,缊芾黝珩;再命,赤芾黝珩;三命,赤芾葱珩。大夫以上,赤芾乘轩。○此刺其君远君子而近小人之词。言彼候人而何戈与祋者宜也,彼其之子而三百赤芾何哉? 晋文公入曹,数其不用僖负羁,而乘轩者三百人,其谓是欤?

[2] 兴也。鹈,翨泽,水鸟也,俗所谓淘河也。

[3] 兴也。咮,喙。遂,称。媾,宠也。遂之为称,犹今人谓遂意曰称意。

[4] 比也。荟、蔚,草木盛多之貌。朝隮,云气升腾也。婉,少貌。娈,好貌。○荟蔚朝隮,言小人众多而气焰盛也。季女婉娈自保,不妄从人,而反饥困。言贤者守道,而反贫贱也。

鸤 鸠

《诗序》:《鸤鸠》,刺不壹也。在位无君子,用心之不壹也。

鸤鸠在桑,其子七兮。
淑人君子,其仪一兮。
其仪一兮,心如结兮。[1]

鸤鸠在桑,其子在梅。
淑人君子,其带伊丝。
其带伊丝,其弁伊骐。[2]

鸤鸠在桑,其子在棘。
淑人君子,其仪不忒。
其仪不忒,正是四国。[3]

鸤鸠在桑,其子在榛。
淑人君子,正是国人。

正是国人，胡不万年。[4]

[1]兴也。鸤鸠，秸鞠也，亦名戴胜，今之布谷也。饲子朝从上下，莫从下上，平均如一也。如结，如物之固结而不散也。〇诗人美君子之用心均平专一，故言鸤鸠在桑，则其子七矣。淑人君子，则其仪一矣。其仪一，则心如结矣。然不知其何所指也。陈氏曰："君子动容貌，斯远暴慢；正颜色，斯近信；出辞气，斯远鄙倍。其见于威仪动作之间者有常度矣，岂固为是拘拘者哉？盖和顺积中，而英华发外，是以由其威仪一于外，而其心如结于内者，从可知也。"

[2]兴也。鸤鸠常言在桑，其子每章异木，子自飞去，母常不移也。带，大带也。大带用素丝，有杂色饰焉。弁，皮弁也。骐，马青黑色者。弁之色亦如此也。《书》云"四人骐弁"。今作"綦"。〇言鸤鸠在桑，则其子在梅矣。淑人君子，则其带伊丝矣。其带伊丝，则其弁伊骐矣。言有常度，不差忒也。

[3]兴也。有常度而其心一，故仪不忒。仪不忒，则足以正四国矣。《大学传》曰："其为父子兄弟足法，而后民法之也。"

[4]兴也。仪不忒，故能正国人。胡不万年，愿其寿考之词也。

下 泉

《诗序》:《下泉》，思治也。曹人疾共公侵刻下民，不得其所，忧而思明王贤伯也。

冽彼下泉，浸彼苞稂。
忾我寤叹，念彼周京。[1]

冽彼下泉,浸彼苞萧。

忾我寤叹,念彼京周。[2]

冽彼下泉,浸彼苞蓍。

忾我寤叹,念彼京师。[3]

芃芃黍苗,阴雨膏之。

四国有王,郇伯劳之。[4]

朱熹云:程子曰:《易·剥》之为卦也,诸阳消剥已尽,独有上九一爻尚存。如硕大之果不见食,将有复生之理。上九亦变,则纯阴矣。然阳无可尽之理,变于上,则生于下,无间可容息也。阴道极盛之时,其乱可知。乱极,则自当思治。故众心愿戴于君子,君子得舆也。《诗·匪风》、《下泉》所以居变风之终也。○陈氏曰:乱极而不治,变极而不正,则天理灭矣,人道绝矣。圣人于变风之极,则系以思治之诗,以示循环之理,以言乱之可治,变之可正也。

[1] 比而兴也。冽,寒也。下泉,泉下流者也。苞,草丛生也。稂,童梁,莠属也。忾,叹息之声也。周京,天子所居也。○王室陵夷而小国困弊,故以寒泉下流而苞稂见伤为比,遂兴其忾然以念周京也。

[2] 比而兴也。萧,蒿也。京周,犹周京也。

[3] 比而兴也。蓍,筮草也。京师,犹京周也。详见《大雅·公刘篇》。

[4] 比而兴也。芃芃,美貌。郇伯,郇侯,文王之后,尝为州伯,治诸侯有功。○言黍苗既芃芃然矣,又有阴雨以膏之。四国既有王矣,而又有郇伯以劳之。伤今之不然也。

豳　风

朱熹云:豳,国名,在《禹贡》雍州岐山之北,原隰之野。虞、夏之际,弃为后稷,而封于邰。及夏之衰,弃稷不务,弃子不窋失其官守,而自窜于戎狄之间。不窋生鞠陶,鞠陶生公刘,能复修后稷之业,民以富实,乃相土地之宜,而立国于豳之谷焉。十世而大王徙居岐山之阳。十二世而文王始受天命。十三世而武王遂为天子。武王崩,成王立,年幼不能莅阼,周公旦以冢宰摄政,乃述后稷、公刘之化,作诗一篇以戒成王,谓之《豳风》。而后人又取周公所作,及凡为周公而作之诗以附焉。豳在今邠州三水县。邰在今京兆府武功县。

七　月

《诗序》:《七月》,陈王业也。周公遭变,故陈后稷先公风化之所由,致王业之艰难也。

七月流火,九月授衣。

一之日觱发,二之日栗烈。

无衣无褐,何以卒岁?

三之日于耜,四之日举趾。

同我妇子,馌彼南亩;

田畯至喜。[1]

178

七月流火,九月授衣。
春日载阳,有鸣仓庚。
女执懿筐,遵彼微行,
爰求柔桑。
春日迟迟,采蘩祁祁。
女心伤悲,殆及公子同归。[2]

七月流火,八月萑苇。
蚕月条桑,取彼斧斨,
以伐远扬,猗彼女桑。
七月鸣鵙,八月载绩。
载玄载黄,我朱孔阳,
为公子裳。[3]

四月秀葽,五月鸣蜩。
八月其获,十月陨箨。
一之日于貉,取彼狐狸,
为公子裘。
二之日其同,载缵武功。
言私其豵,献豜于公。[4]

五月斯螽动股,
六月莎鸡振羽,
七月在野,八月在宇,

九月在户，

十月蟋蟀入我床下。

穹窒熏鼠，塞向墐户。

嗟我妇子，

曰为改岁，入此室处。[5]

六月食郁及薁，

七月亨葵及菽，

八月剥枣，十月获稻。

为此春酒，以介眉寿。

七月食瓜，八月断壶，

九月叔苴，

采荼薪樗，食我农夫。[6]

九月筑场圃，十月纳禾稼，

黍稷重穋，禾麻菽麦。

嗟我农夫！

我稼既同，上入执宫功：

昼尔于茅，宵尔索綯，

亟其乘屋，其始播百谷。[7]

二之日凿冰冲冲，

三之日纳于凌阴，

四之日其蚤，献羔祭韭。

九月肃霜,十月涤场。
朋酒斯飨,曰杀羔羊,
跻彼公堂,称彼兕觥,
万寿无疆![8]

朱熹云:《周礼·籥章》:"中春,昼击土鼓,吹《豳诗》以逆暑。中秋,夜迎寒,亦如之。"即谓此诗也。王氏曰:仰观星日霜露之变,俯察昆虫草木之化,以知天时,以授民事。女服事乎内,男服事乎外。上以诚爱下,下以忠利上。父父子子,夫夫妇妇,养老而慈幼,食力而助弱。其祭祀也时,其燕飨也节,此《七月》之义也。

[1] 赋也。七月,斗建申之月,夏之七月也。后凡言月者放此。流,下也。火,大火心星也。以六月之昏,加于地之南方,至七月之昏,则下而流矣。九月霜降始寒,而蚕绩之功亦成,故授人以衣,使御寒也。一之日,谓斗建子,一阳之月。二之日,谓斗建丑,二阳之月也。变月言日,言是月之日也。后凡言日者放此。盖周之先公已用此以纪候,故周有天下,遂以为一代之正朔也。觱发,风寒也。栗烈,气寒也。褐,毛布也。岁,夏正之岁也。于,往也。耜,田器也。于耜,言往修田器也。举趾,举足而耕也。我,家长自我也。馌,饷田也。田畯,田大夫,劝农之官也。○周公以成王未知稼穑之艰难,故陈后稷公刘风化之所由,使瞽蒙朝夕讽诵以教之。此章首言七月暑退将寒,故九月而授衣以御之。盖十一月以后风气日寒,不如是则无以卒岁也。正月则往修田器,二月则举趾而耕。少者既皆出而在田,故老者率妇子而饷之。治田早而用力齐,是以田畯至而喜之也。此章前段言衣之始,后段言食之始。二章至五章终前段之意,六章至八章终后段之意。

[2] 赋也。载,始也。阳,温和也。仓庚,黄鹂也。懿,深美也。遵,循也。微行,小径也。柔桑,稚桑也。迟迟,日长而暄也。蘩,白蒿也,所

以生蚕,今人犹用之,盖蚕生未齐,未可食桑,故以此唻之也。祁祁,众多也。或曰徐也。公子,豳公之子也。○再言流火授衣者,将言女功之始,故又本于此。遂言春日始和,有鸣仓庚之时,而蚕始生,而执深筐以求稚桑。然又有生而未齐者,则采蘩者众。而此治蚕之女,感时而伤悲。盖是时公子犹娶于国中,而贵家大族连姻公室者,亦无不力于蚕桑之务。故其许嫁之女,预以将及公子同归,而远其父母为悲也。其风俗之厚,而上下之情,交相忠爱如此。后章凡言"公子"者放此。

　　[3]赋也。萑苇,即蒹葭也。蚕月,治蚕之月。条桑,枝落之采其叶也。斧,隋銎。斨,方銎。远扬,远枝扬起者也。取叶存条曰猗。女桑,小桑也。小桑不可条取,故取其叶而存其条,猗猗然尔。鵙,伯劳也。绩,缉也。玄,黑而有赤之色。朱,赤色。阳,明也。○言七月暑退将寒,而是岁御冬之备亦庶几其成矣。又当预拟来岁治蚕之用,故于八月萑苇既成之际而收蓄之,将以为曲薄。至来岁治蚕之月,则采桑以供蚕食。而大小毕取,见蚕盛而人力至也。蚕事既备,又于鸣鵙之后,麻熟而可绩之时,则绩其麻以为布。而凡此蚕绩之所成者,皆染之,或玄或黄,而其朱者尤为鲜明,皆以供上,而为公子之裳。言劳于其事而不自爱,以奉其上。盖至诚惨怛之意,上以是施之,下以是报之也。以上二章,专言蚕绩之事,以终首章前段"无衣"之意。

　　[4]赋也。不荣而实曰秀。葽,草名。蜩,蝉也。获,禾之早者,可获也。陨,坠。萚,落也。谓草木陨落也。貉,狐狸也。于貉,犹言"于耜",谓往取狐狸也。同,竭作以狩也。缵,习而继之也。豵,一岁豕。豜,三岁豕也。○言自四月纯阳,而历一阴四阴,以至纯阴之月,则大寒之候将至。虽蚕桑之功无所不备,犹恐其不足以御寒,故于貉而取狐狸之皮,以为公子之裘。兽之小者,私之以为己有,而大者则献之于上,亦爱其上之无已也。此章专言狩猎,以终首章前段"无褐"之意。

　　[5]赋也。斯螽、莎鸡、蟋蟀,一物随时变化而异其名。动股,始跃而以股鸣也。振羽,能飞而以翅鸣也。宇,檐下也。暑则在野,寒则依人。穹,空隙也。窒,塞也。向,北出牖也。墐,涂也。庶人筚户,冬则涂

之。东莱吕氏曰："十月而曰改岁,三正之通于民俗尚矣。周特举而迭用之耳。"○言睹蟋蟀之依人,则知寒之将至矣。于是室中空隙者塞之,熏鼠使不得穴于其中,塞向以当北风,墐户以御寒气。而语其妇子曰:"岁将改矣,天既寒而事亦已,可以入此室处矣。"此见老者之爱也。此章亦以终首章前段"御寒"之意。

[6]赋也。郁,棣属。薁,蘡薁也。葵,菜名。菽,豆也。剥,击也。获稻以酿酒也。介,助也。介眉寿者,颂祷之辞也。壶,瓠也。食瓜、断壶,亦去圃为场之渐也。叔,拾也。苴,麻子也。荼,苦菜也。樗,恶木也。○自此至卒章,皆言农圃、饮食、祭祀、燕乐,以终首章后段之意。而此章果酒嘉蔬,以供老疾、奉宾祭。瓜瓠苴荼,以为常食。少长之义,丰俭之节然也。

[7]赋也。场圃同地,物生之时则耕治以为圃而种菜茹,物成之际则筑坚之以为场而纳禾稼,盖自田而纳之于场也。禾者,谷连藁秸之总名。禾之秀实而在野者曰稼。先种后熟曰重,后种先熟曰穋。再言禾者,稻秫苽粱之属皆禾也。同,聚也。宫,邑居之宅也。古者民受五亩之宅,二亩半为庐,在田,春夏居之;二亩半为宅,在邑,秋冬居之。功,茸治之事也。或曰,公室官府之役也。古者用民之力,岁不过三日,是也。索,绞也。绹,索也。乘,升也。○言纳于场者无所不备,则我稼同矣,可以上入都邑,而执治宫室之事矣。故昼往取茅,夜而绞索,亟升其屋而治之。盖以来岁将复始播百谷,而不暇于此故也。不待督责而自相警戒,不敢休息如此。吕氏曰:"此章终始农事,以极忧勤艰难之意。"

[8]赋也。凿冰,谓取冰于山也。冲冲,凿冰之意。《周礼》"正岁十二月令斩冰"是也。纳,藏也。藏冰所以备暑。凌阴,冰室也。豳土寒多,正月风未解冻,故冰犹可藏。蚤,蚤朝也。韭,菜名。献羔祭韭而后启之。《月令》"仲春献羔开冰,先荐寝庙"是也。苏氏曰:"古者藏冰发冰,以节阳气之盛。夫阳气之在天地,譬犹火之著于物也,故常有以解之。十二月阳气蕴伏,锢而未发,其盛在下,则纳冰于地中。至于二月,四阳作,蛰虫起,阳始用事,则亦始启冰而庙荐之。至于四月,阳气毕达,

阴气将绝，则冰于是大发。食肉之禄，老病丧浴，冰无不及。是以冬无愆阳，夏无伏阴，春无凄风，秋无苦雨，雷出不震，无灾霜雹，疠疾不降，民不夭札也。"胡氏曰："藏冰开冰，亦圣人辅相燮调之一事尔，不专恃此以为治也。"肃霜，气肃而霜降也。涤场者，农事毕而扫场地也。两尊曰朋。乡饮酒之礼，两尊壶于房户间是也。跻，升也。公堂，君之堂也。称，举也。疆，竟也。○张子曰：此章见民忠爱其君之甚。既劝趋其藏冰之役，又相戒速毕场功，杀羊以献于公，举酒而祝其寿也。

鸱 鸮

《诗序》：《鸱鸮》，周公救乱也。成王未知周公之志，公乃为诗以遗王，名之曰《鸱鸮》焉。

鸱鸮鸱鸮！既取我子，
无毁我室。恩斯勤斯，
鬻子之闵斯![1]

迨天之未阴雨，
彻彼桑土，绸缪牖户。
今女下民，或敢侮予![2]

予手拮据，予所捋荼，
予所蓄租，予口卒瘏，
曰予未有室家![3]

予羽谯谯，予尾翛翛。
予室翘翘，风雨所漂摇，
予维音哓哓！[4]

朱熹云：事见《书·金滕篇》。

[1] 比也。为鸟言以自比也。鸱鸮，鹠鹠，恶鸟，攫鸟子而食者也。室，鸟自名其巢也。恩，情爱也。勤，笃厚也。鬻，养。闵，忧也。○武王克商，使弟管叔鲜、蔡叔度监于纣子武庚之国。武王崩，成王立，周公相之而二叔以武庚叛，且流言于国曰："周公将不利于孺子。"故周公东征，二年乃得管叔、武庚而诛之。而成王犹未知公之意也。公乃作此诗以贻王，托为鸟之爱巢者，呼鸱鸮而谓之曰："鸱鸮鸱鸮，尔既取我之子矣，无更毁我之室也。以我情爱之心，笃厚之意，鬻养此子，诚可怜悯。今既取之，其毒甚矣。况又毁我室乎！"以比武庚既败，管、蔡不可更毁我王室也。

[2] 比也。迨，及。彻，取也。桑土，桑根皮也。绸缪，缠绵也。牖，巢之通气处。户，其出入处也。○亦为鸟言："我及天未阴雨之时，而往取桑根，以缠绵巢之隙穴，使之坚固，以备阴雨之患。则此下土之民谁敢有侮予者！"亦以比己深爱王室而预防其患难之意。故孔子赞之曰："为此诗者，其知道乎！能治其国家，谁敢侮之！"

[3] 比也。拮据，手口共作之貌。捋，取也。荼，萑苕，可藉巢者也。蓄，积。租，聚。卒，尽。瘏，病也。室家，巢也。○亦为鸟言："作巢之始，所以拮据以捋荼蓄租，劳苦而至于尽病者，以巢之未成也。"以比己之前日所以勤劳如此者，以王室之新造而未集故也。

[4] 比也。谯谯，杀也。翛翛，敝也。翘翘，危也。哓哓，急也。○亦为鸟言："羽杀尾敝以成其室而未定也，风雨又从而飘摇之，则我之哀鸣，安得而不急哉？"以比己既劳悴，王室又未安，而多难乘之，则其作

诗以喻王,亦不得而不汲汲也。

东 山

《诗序》:《东山》,周公东征也。周公东征,三年而归,劳归士,大夫美之,故作是诗也。一章言其完也,二章言其思也,三章言其室家之望女也,四章乐男女之得及时也。君子之于人,序其情而闵其劳,所以说也。"说以使民,民忘其死",其唯《东山》乎?

我徂东山,慆慆不归。
我来自东,零雨其濛。
我东曰归,我心西悲。
制彼裳衣,勿士行枚。
蜎蜎者蠋,烝在桑野。
敦彼独宿,亦在车下。[1]

我徂东山,慆慆不归。
我来自东,零雨其濛。
果裸之实,亦施于宇。
伊威在室,蠨蛸在户。
町畽鹿场,熠耀宵行。
不可畏也,伊可怀也。[2]

我徂东山,慆慆不归。
我来自东,零雨其濛。

鹳鸣于垤，妇叹于室。

洒埽穹窒，我征聿至。

有敦瓜苦，烝在栗薪。

自我不见，于今三年。[3]

我徂东山，慆慆不归。

我来自东，零雨其濛。

仓庚于飞，熠耀其羽。

之子于归，皇驳其马。

亲结其缡，九十其仪。

其新孔嘉，其旧如之何?[4]

朱熹云:序曰:"一章言其完也，二章言其思也，三章言其室家之望女也，四章乐男女之得及时也。君子之于人，序其情而闵其劳，所以说也。'说以使民，民忘其死'，其惟《东山》乎?"愚谓"完"谓全师而归，无死伤之苦。"思"谓未至而思，有怆恨之怀。至于"室家望女"、"男女及时"，亦皆其心之所愿而不敢言者。上之人乃先其未发而歌咏以劳苦之，则其欢欣感激之情为如何哉! 盖古之劳诗皆如此。其上下之际，情志交孚，虽家人父子之相语，无以过之。此其所以维持巩固数十百年，而无一旦土崩之患也。

[1] 赋也。东山，所征之地也。慆慆，言久也。零，落也。濛，雨貌。裳衣，平居之服也。勿士行枚，未详其义。郑氏曰:士，事也。行，陈也。枚，如箸，衔之，有繡结项中，以止语也。蜎蜎，动貌。蠋，桑虫，似蚕者也。烝，发语声。敦，独处不移之貌。此则兴也。〇成王既得《鸱鸮》之诗，又感雷风之变，始悟而迎周公。于是周公东征已三年矣。既归，因作

诗 经

此诗以劳归士。盖为之述其意而言曰："我之东征既久,而归涂又有遇雨之劳。"因追言其在东而言归之时,心已西向而悲。于是制其平居之服,而以为自今可以勿为行陈衔枚之事矣。及其在涂,则又睹物起兴而自叹曰:"彼蜎蜎者蠋,其在彼桑野矣,此敦然而独宿者,则亦在此车下矣。"

[2]赋也。果裸,栝楼也。施,延也。蔓生延施于宇下也。伊威,鼠妇也。室不扫则有之。蟏蛸,小蜘蛛也,户无人出入则结网当之。町畽,舍旁隙地也。无人焉,故鹿以为场也。熠耀,明不定貌。宵行,虫名,如蚕,夜行,喉下有光如萤也。○章首四句言其往来之劳,在外之久,故每章重言,见其感念之深。遂言己东征而室庐荒废至于如此,亦可畏矣。然岂可畏而不归哉!亦可怀思而已。此则述其归未至而思家之情也。

[3]赋也。鹳,水鸟,似鹤者也。垤,蚁冢也。穹窒,见《七月》。○将阴雨,则穴处者先知,故蚁出垤而鹳就食之,遂鸣于其上也。行者之妻亦思其夫之劳苦而叹息于家,于是洒扫穹窒以待其归,而其夫之行忽已至矣。因见苦瓜系于栗薪之上,而曰:"自我之不见此,亦已三年矣。"栗,周土所宜木,与苦瓜皆微物也。见之而喜,则其行久而感深可知矣。

[4]赋而兴也。仓庚飞,昏姻时也。熠耀,鲜明也。黄白曰皇。骊白曰驳。缡,妇人之袆也。母戒女而为之施衿结帨也。九其仪,十其仪,言其仪之多也。○赋时物以起兴,而言东征之归士未有室家者,及时而昏姻,既甚美矣。其旧有室家者,相见而喜,当如何邪!

破 斧

《诗序》:《破斧》,美周公也。周大夫以恶四国焉。

既破我斧,又缺我斨。
周公东征,四国是皇。
哀我人斯,亦孔之将。[1]

188

既破我斧，又缺我锜。
周公东征，四国是吪。
哀我人斯，亦孔之嘉。[2]

既破我斧，又缺我銶。
周公东征，四国是遒。
哀我人斯，亦孔之休。[3]

朱熹云：范氏曰：象日以杀舜为事，舜为天子也，则封之。管、蔡启商以叛，周公之为相也，则诛之。迹虽不同，其道则一也。盖象之祸及于舜而已，故舜封之；管、蔡流言，将危周公以间王室，得罪于天下，故周公诛之。非周公诛之，天下之所当诛也。周公岂得而私之哉！

[1]赋也。隋銎曰斧，方銎曰斨，征伐之用也。四国，四方之国也。皇，匡也。将，大也。〇从军之士以前篇周公劳己之勤，故言此以答其意。曰："东征之役，既破我斧，而缺我斨，其劳甚矣。然周公之为此举，盖将使四方莫敢不一于正而后已。其哀我人也，岂不大哉！"然则虽有破斧缺斨之劳，而义有所不得辞矣。夫管、蔡流言以谤周公，而公以六军之众往而征之，使其心一有出于自私而不在于天下，则抚之虽勤，劳之虽至，而从役之士岂能不怨也哉？今观此诗，固足以见周公之心大公至正，天下信其无有一豪自爱之私。抑又有以见当是之时，虽被坚执锐之人，亦皆能以周公之心为心，而不自为一身一家之计，盖亦莫非圣人之徒也。学者于此熟玩而有得焉，则其心正大，而天地之情真可见矣。

[2]赋也。锜，凿属。吪，化。嘉，善也。

[3]赋也。銶，木属。遒，敛而固之也。休，美也。

伐 柯

《诗序》:《伐柯》,美周公也。周大夫刺朝廷之不知也。

伐柯如何？匪斧不克。
取妻如何？匪媒不得。[1]

伐柯伐柯,其则不远。
我觏之子,笾豆有践。[2]

　　[1]比也。柯,斧柄也。克,能也。媒,通二姓之言者也。○周公居东之时,东人言此,以比平日欲见周公之难。

　　[2]比也。则,法也。我,东人自我也。之子,指其妻而言也。笾,竹豆也。豆,木豆也。践,行列之貌。○言伐柯而有斧,则不过即此旧斧之柯,而得其新柯之法。娶妻而有媒,则亦不过即此见之,而成其同牢之礼矣。东人言此,以比今日得见周公之易,深喜之之词也。

九 罭

《诗序》:《九罭》,美周公也。周大夫刺朝廷之不知也。

九罭之鱼鳟鲂。
我觏之子,衮衣绣裳。[1]

鸿飞遵渚，
公归无所，于女信处。[2]

鸿飞遵陆，
公归不复，于女信宿！[3]

是以有衮衣兮，
无以我公归兮，无使我心悲兮！[4]

[1]兴也。九罭，九囊之网也。鳟，似鲩而鳞细，眼赤。鲂，已见上。皆鱼之美者也。我，东人自我也。之子，指周公也。衮衣裳九章，一曰龙，二曰山，三曰华虫雉也，四曰火，五曰宗彝虎蜼也，皆缋于衣，六曰藻，七曰粉米，八曰黼，九曰黻，皆绣于裳。天子之龙一升二降。上公但有降龙，以龙首卷然，故谓之衮也。○此亦周公居东之时，东人喜得见之，而言九罭之网则有鳟鲂之鱼矣，我觏之子，则见其衮衣绣裳之服矣。

[2]兴也。遵，循也。渚，小洲也。女，东人自相女也。再宿曰信。○东人闻成王将迎周公，又自相谓而言，鸿飞则遵渚矣，公归岂无所乎？今特于女信处而已。

[3]兴也。高平曰陆。不复，言将留相王室而不复来东也。

[4]赋也。承上二章，言周公信处信宿于此，是以东方有此服衮衣之人。又愿其且留于此，无遽迎公以归，归则将不复来，而使我心悲也。

狼 跋

《诗序》:《狼跋》，美周公也。周公摄政，远则四国流言，近则王不知，周大夫美其不失其圣也。

狼跋其胡，载疐其尾。
公孙硕肤，赤舄几几。^[1]

狼疐其尾，载跋其胡。
公孙硕肤，德音不瑕。^[2]

朱熹云：范氏曰：神龙或潜或飞，能大能小，其变化不测。然得而蓄之，若犬羊然，有欲故也。唯其可以蓄之，是以亦得醢而食之。凡有欲之类，莫不可制焉。唯圣人无欲，故天地万物不能易也。富贵、贫贱、死生，如寒暑昼夜相代乎前，吾岂有二其心乎哉？亦顺受之而已矣。舜受尧之天下，不以为泰。孔子厄于陈、蔡，而不以为戚。周公远则四国流言，近则王不知，而赤舄几几，德音不瑕，其致一也。

[1]兴也。跋，躐也。胡，颔下悬肉也。载，则。疐，跲也。老狼有胡，进而躐其胡，则退而跲其尾。公，周公也。孙，让。硕，大。肤，美也。赤舄，冕服之舄也。几几，安重貌。〇周公虽遭疑谤，然所以处之不失其常，故诗人美之。言狼跋其胡则疐其尾矣，公遭流言之变，而其安肆自得乃如此，盖其道隆德盛而安土乐天有不足言者，所以遭大变而不失其常也。夫公之被毁，以管、蔡之流言也，而诗人以为此非四国之所为，乃公自让其大美而不居耳，盖不使谗邪之口得以加乎公之忠圣。此可见其爱公之深、敬公之至，而其立言亦有法矣。

[2]兴也。德音，犹令闻也。瑕，疵病也。〇程子曰："周公之处己也，夔夔然存恭畏之心；其存诚也，荡荡然无顾虑之意，所以不失其圣而德音不瑕也。"

二　雅

朱熹曰：雅者，正也，正乐之歌也。其篇本有大小之殊，而先儒说又各有正变之别。以今考之，正小雅，燕飨之乐也；正大雅，朝会之乐，受厘陈戒之辞也。故或欢欣和说，以尽群下之情；或恭敬齐庄，以发先王之德。辞气不同，音节亦异，多周公制作时所定也。及其变也，则事未必同，而各以其声附之。其次序时世，则有不可考者矣。

小　雅

鹿　鸣

《诗序》:《鹿鸣》,燕群臣嘉宾也。既饮食之,又实币帛筐篚以将其厚
意,然后忠臣嘉宾得尽其心矣。

呦呦鹿鸣,食野之苹。
我有嘉宾,鼓瑟吹笙。
吹笙鼓簧,承筐是将。
人之好我,示我周行。[1]

呦呦鹿鸣,食野之蒿。
我有嘉宾,德音孔昭。
视民不恌,君子是则是效。
我有旨酒,嘉宾式燕以敖。[2]

呦呦鹿鸣,食野之芩。
我有嘉宾,鼓瑟鼓琴。
鼓瑟鼓琴,和乐且湛。
我有旨酒,以燕乐嘉宾之心。[3]

朱熹云：按《序》以此为燕群臣嘉宾之诗。而《燕礼》亦云"工歌《鹿鸣》、《四牡》、《皇皇者华》"，即谓此也。《乡饮酒》用乐亦然。而《学记》言"大学始教宵雅肄三"，亦谓此三诗。然则又为上下通用之乐矣。岂本为燕群臣嘉宾而作，其后乃推而用之乡人也欤？然于朝曰君臣焉，于燕曰宾主焉。先王以礼使臣之厚，于此见矣。○范氏曰：食之以礼，乐之以乐，将之以实，求之以诚，此所以得其心也。贤者岂以饮食币帛为悦哉？夫婚姻不备，则贞女不行也；礼乐不备，则贤者不处也；贤者不处，则岂得乐而尽其心乎？

[1]兴也。呦呦，声之和也。苹，籁箫也，青色，白茎如箸。我，主人也。宾，所燕之客，或本国之臣，或诸侯之使也。瑟、笙，燕礼所用之乐也。簧，笙中之簧也。承，奉也。筐，所以盛币帛者也。将，行也。奉筐而行币帛，饮则以酬宾送酒，食则以侑宾劝饱也。周行，大道也。古者于旅也语，故欲于此闻其言也。○此燕飨宾客之诗也。盖君臣之分以严为主，朝廷之礼以敬为主。然一于严敬则情或不通，而无以尽其忠告之益。故先王因其饮食聚会而制为燕飨之礼，以通上下之情，而其乐歌又以《鹿鸣》起兴，而言其礼意之厚如此，庶乎人之好我而示我以大道也。《记》曰："私惠不归德，君子不自留焉。"盖其所望于群臣嘉宾者，唯在于示我以大道，则必不以私惠为德而自留矣。呜呼，此其所以和乐而不淫也与！

[2]兴也。蒿，菣也，即青蒿也。孔，甚。昭，明也。视，与"示"同。恌，偷薄也。敖，游也。○言嘉宾之德音甚明，足以示民，使不偷薄，而君子所当则效，则亦不待言语之间，而其所以示我者深矣。

[3]兴也。芩，草名，茎如钗股，叶如竹，蔓生。湛，乐之久也。燕，安也。○言安乐其心，则非止养其体娱其外而已。盖所以致其殷勤之厚，而欲其教示之无已也。

四 牡

《诗序》：《四牡》，劳使臣之来也。有功而见知，则说矣。

四牡騑騑，周道倭迟。
岂不怀归？
王事靡盬，我心伤悲！[1]

四牡騑騑，啴啴骆马。
岂不怀归？
王事靡盬，不遑启处！[2]

翩翩者雏，载飞载下，
集于苞栩。
王事靡盬，不遑将父！[3]

翩翩者雏，载飞载止，
集于苞杞。
王事靡盬，不遑将母！[4]

驾彼四骆，载骤骎骎。
岂不怀归？
是用作歌，将母来谂！[5]

　　朱熹云：按《序》言此诗所以"劳使臣之来"，甚协诗意。故《春秋传》亦云。而《外传》以为章使臣之勤。所谓使臣，虽叔孙之自称，亦正合其本事也。但《仪礼》又以为上下通用之乐，疑亦本为劳使臣而作，其后乃移以它用耳。

[1]赋也。骎骎,行不止之貌。周道,大路也。倭迟,回远之貌。盬,不坚固也。○此劳使臣之诗也。夫君之使臣,臣之事君,礼也。故为臣者奔走于王事,特以尽其职分之所当为而已,何敢自以为劳哉? 然君之心,则不敢以是而自安也。故燕飨之际,叙其情以闵其劳。言驾此四牡而出使于外,其道路之回远如此,当是时,岂不思归乎? 特以王事不可以不坚固,不敢徇私以废公,是以内顾而伤悲也。臣劳于事而不自言,君探其情而代之言,上下之间,可谓各尽其道矣。《传》曰:"思归者,私恩也,靡盬者,公义也,伤悲者,情思也。无私恩,非孝子也,无公义,非忠臣也。君子不以私害公,不以家事辞王事。"范氏曰:"臣之事上也,必先公而后私。君之劳臣也,必先恩而后义。"

[2]赋也。啴啴,众盛之貌。白马黑鬣曰骆。遑,暇。启,跪。处,居也。

[3]兴也。翩翩,飞貌。鵻,夫不也,今鹁鸠也。凡鸟之短尾者,皆鵻属。将,养也。○翩翩者鵻,犹或飞或下,而集于所安之处。今使人乃劳苦于外,而不遑养其父,此君人者所以不能自安,而深以为忧也。范氏曰:"忠臣孝子之行役,未尝不念其亲。君之使臣,岂待其劳苦而自伤哉? 亦忧其忧如己而已矣。此圣人所以感人心也。"

[4]兴也。杞,枸檵也。

[5]赋也。骎骎,骤貌。谂,告也。以其不获养父母之情而来告于君也,非使人作是歌也。设言其情以劳之耳。独言将母者,因上章之文也。

皇皇者华

《诗序》:《皇皇者华》,君遣使臣也。送之以礼乐,言远而有光华也。

皇皇者华,于彼原隰。

駪駪征夫,每怀靡及。[1]

我马维驹,六辔如濡。
载驰载驱,周爰咨诹。[2]

我马维骐,六辔如丝。
载驰载驱,周爰咨谋。[3]

我马维骆,六辔沃若。
载驰载驱,周爰咨度。[4]

我马维骃,六辔既均。
载驰载驱,周爰咨询。[5]

朱熹云:按《序》以此诗为"君遣使臣"。《春秋》内、外《传》皆云"君教使臣",其说已见前篇。《仪礼》亦见《鹿鸣》。疑亦本为遣使臣而作,其后乃移以它用也。然叔孙穆子所谓君教使臣曰:"每怀靡及,诹谋度询,必咨于周,敢不拜教。"可谓得《诗》之意矣。范氏曰:"王者遣使于四方,教之以咨诹善道,将以广聪明也。夫臣欲助其君之德,必求贤以自助。故臣能从善,则可以善君矣;臣能听谏,则可以谏君矣。未有不自治而能正君者也。"

[1] 兴也。皇皇,犹煌煌也。华,草木之华也。高平曰原。下湿曰隰。駪駪,众多疾行之貌。征夫,使臣与其属也。怀,思也。○此遣使臣之诗也。君之使臣,固欲其宣上德而达下情,而臣之受命,亦唯恐其无以副君之意也。故先王之遣使臣也,美其行道之勤,而述其心之所怀曰:

诗 经

"彼煌煌之华,则于彼原隰矣。此骁骁然之征夫,则其所怀思常若有所不及矣。"盖亦因以为戒,然其词之婉而不迫如此。《诗》之忠厚,亦可见矣。

[2] 赋也。如濡,鲜泽也。周,遍。爰,于也。咨诹,访问也。○使臣自以每怀靡及,故广询博访,以补其不及而尽其职也。程子曰:"咨访,使臣之大务。"

[3] 赋也。如丝,调忍也。谋,犹"诹"也,变文以协韵尔。下章放此。

[4] 赋也。沃若,犹"如濡"也。度,犹"谋"也。

[5] 赋也。阴白杂毛曰骃。均,调也。询,犹"度"也。

常 棣

《诗序》:《常棣》,燕兄弟也。闵管、蔡之失道,故作《常棣》焉。

常棣之华,鄂不韡韡。
凡今之人,莫如兄弟。[1]

死丧之威,兄弟孔怀。
原隰裒矣,兄弟求矣。[2]

脊令在原,兄弟急难。
每有良朋,况也永叹。[3]

兄弟阋于墙,外御其务。
每有良朋,烝也无戎。[4]

丧乱既平，既安且宁。
虽有兄弟，不如友生。[5]

傧尔笾豆，饮酒之饫。
兄弟既具，和乐且孺。[6]

妻子好合，如鼓瑟琴。
兄弟既翕，和乐且湛。[7]

宜尔室家，乐尔妻帑。
是究是图，亶其然乎！[8]

朱熹云：此诗首章略言至亲莫如兄弟之意。次章乃以意外不测之事言之，以明兄弟之情切如此。三章但言急难，则浅于死丧矣。至于四章，则又以其情义之甚薄，而犹有所不能已者言之。其《序》若曰不待死丧，然后相收，但有急难，便当相助。言又不幸而至于或有小忿，犹必共御外侮。其所以言之者，虽若益轻以约，而所以著夫兄弟之义者，益深且切矣。至于五章，遂言安宁之后，乃谓兄弟不如友生，则是至亲反为路人，而人道或几乎息矣。故下两章乃复极言兄弟之恩，异形同气，死生苦乐无适而不相须之意。卒章又申告之，使反复穷极而验其信然，可谓委曲渐次，说尽人情矣。读者宜深味之。

[1] 兴也。常棣，棣也，子如樱桃，可食。鄂，鄂然外见之貌。不，犹岂不也。韡韡，光明貌。○此燕兄弟之乐歌。故言常棣之华，则其鄂然而外见者，岂不韡韡乎？凡今之人，则岂有如兄弟者乎？

[2] 赋也。威，畏。怀，思。裒，聚也。○言死丧之祸，它人所畏恶，

惟兄弟为相恤耳。至于积尸哀聚于原野之间,亦惟兄弟为相求也。此诗盖周公既诛管、蔡而作。故此章以下,专以死丧急难斗阋之事为言。其志切,其情哀,乃处兄弟之变,如孟子所谓"其兄关弓而射之,则己垂涕泣而道之"者。《序》以为"闵管、蔡之失道"者得之。而又以为文武之诗,则误矣。大抵旧说《诗》之时世,皆不足信,举此自相矛盾者以见其一端,后不能悉辩也。

[3] 兴也。脊令,雍渠,水鸟也。况,发语词,或曰当作"怳"。○脊令飞则鸣,行则摇,有急难之意。故以起兴。而言当此之时,虽有良朋,不过为之长叹息而已,力或不能相及也。东莱吕氏曰:"疏其所亲,而亲其所疏,此失其本心者也。故此诗反覆言朋友之不如兄弟,盖示之以亲疏之分,使之反循其本。本心既得,则由亲及疏,秩然有序。兄弟之亲既笃,而朋友之义亦敦矣,初非薄于朋友也。苟杂施而不孙,虽曰厚于朋友,如无源之水,朝满夕除,胡可保哉!或曰:人之在难,朋友亦可以坐视欤?曰:每有良朋,况也永叹,则非不忧悯,但视兄弟急难为有差等耳。诗人之词容有抑扬,然《常棣》周公作也,圣人之言,小大高下皆宜,而前后左右不相悖。"

[4] 赋也。阋,斗很也。御,禁也。烝,发语声。戎,助也。○言兄弟设有不幸斗很于内,然有外侮,则同心御之矣。虽有良朋,岂能有所助乎?富辰曰:"兄弟虽有小忿,不废懿亲。"

[5] 赋也。上章言患难之时,兄弟相救非朋友可比。此章遂言安宁之后,乃有视兄弟不如友生者,悖理之甚也。

[6] 赋也。傧,陈。饫,餍。具,俱也。孺,小儿之慕父母也。○言陈笾豆以醉饱,而兄弟有不具焉,则无与共享其乐矣。

[7] 赋也。翕,合也。○言妻子好合如琴瑟之和,而兄弟有不合焉,则无以久其乐矣。

[8] 赋也。帑,子。究,穷。图,谋。亶,信也。○宜尔室家者,兄弟具而后乐且孺也。乐尔妻帑者,兄弟翕而后乐且湛也。兄弟于人,其重如此。试以是究而图之,岂不信其然乎?东莱吕氏曰:"告人以兄弟之当

亲,未有不以为然者也。苟非是究是图,实从事于此,则亦未有诚知其然者也。不诚知其然,则所知者特其名而已矣。凡学,盖莫不然。"

伐 木

《诗序》:《伐木》,燕朋友故旧也。自天子至于庶人,未有不须友以成者。亲亲以睦,友贤不弃,不遗故旧,则民德归厚矣。

伐木丁丁,鸟鸣嘤嘤。
出自幽谷,迁于乔木。
嘤其鸣矣,求其友声。
相彼鸟矣,犹求友声;
矧伊人矣,不求友生?
神之听之,终和且平。[1]

伐木许许,酾酒有藇。
既有肥羜,以速诸父。
宁适不来,微我弗顾。
於粲洒扫,陈馈八簋。
既有肥牡,以速诸舅。
宁适不来,微我有咎。[2]

伐木于阪,酾酒有衍。
笾豆有践,兄弟无远。
民之失德,干糇以愆。

有酒湑我，无酒酤我。

坎坎鼓我，蹲蹲舞我。

迨我暇矣，饮此湑矣。[3]

朱熹云：刘氏曰："此诗每章首辄云'伐木'，凡三云'伐木'，故知当为三章。旧作六章误矣。"今从其说正之。

[1] 兴也。丁丁，伐木声。嘤嘤，鸟声之和也。幽，深。迁，升。乔，高。相，视。矧，况也。○此燕朋友故旧之乐歌。故以伐木之丁丁，兴鸟鸣之嘤嘤，而言鸟之求友。遂以鸟之求友，喻人之不可无友也。人能笃朋友之好，则神之听之，终和且平矣。

[2] 兴也。许许，众人共力之声。《淮南子》曰："举大木者呼邪许。"盖举重劝力之歌也。釃酒者，或以筐，或以草，沛之而去其糟也。礼所谓"缩酌用茅"是也。藇，美貌。羜，未成羊也。速，召也。诸父，朋友之同姓而尊者也。微，无。顾，念也。於，叹辞。粲，鲜明貌。八簋，器之盛也。诸舅，朋友之异姓而尊者也。先诸父而后诸舅者，亲疏之杀也。咎，过也。○言具酒食以乐朋友如此，宁使彼适有故而不来，而无使我恩意之不至也。孔子曰："所求乎朋友，先施之未能。"此可谓能先施矣。

[3] 兴也。衍，多也。践，陈列貌。兄弟，朋友之同侪者。无远，皆在也。先诸舅而后兄弟者，尊卑之等也。干糇，食之薄者也。愆，过也。湑，亦釃也。酤，买也。坎坎，击鼓声。蹲蹲，舞貌。迨，及也。○言人之所以至于失朋友之义者，非必有大故，或但以干糇之薄不以分人，而至于有愆耳。故我于朋友不计有无，但及闲暇，则饮酒以相乐也。

天 保

《诗序》：《天保》，下报上也。君能下下以成其政，臣能归美以报其上焉。

天保定尔,亦孔之固。
俾尔单厚,何福不除?
俾尔多益,以莫不庶。[1]

天保定尔,俾尔戬穀。
罄无不宜,受天百禄。
降尔遐福,维日不足。[2]

天保定尔,以莫不兴。
如山如阜,如冈如陵。
如川之方至,以莫不增。[3]

吉蠲为饎,是用孝享,
禴祠烝尝,于公先王。
君曰卜尔,万寿无疆。[4]

神之吊矣,诒尔多福。
民之质矣,日用饮食。
群黎百姓,遍为尔德。[5]

如月之恒,如日之升,
如南山之寿,不骞不崩。
如松柏之茂,无不尔或承。[6]

[1] 赋也。保,安也。尔,指君也。固,坚。单,尽也。除,除旧而生新也。庶,众也。〇人君以《鹿鸣》以下五诗燕其臣,臣受赐者歌此诗以答其君。言天之安定我君,使之获福如此也。

[2] 赋也。闻人氏曰:戬,与"剪"同,尽也。穀,善也。尽善云者,犹其曰单厚多益也。罄,尽。遐,远也。尔有以受天之禄矣,而又降尔以福,言天人之际交相与也。《书》所谓"昭受上帝,天其申命用休",语意正如此。

[3] 赋也。兴,盛也。高平曰陆,大陆曰阜,大阜曰陵,皆高大之意。川之方至,方其盛长之未可量也。

[4] 赋也。吉言诹日择士之善。齐言斋戒涤濯之洁。饎,酒食也。享,献也。宗庙之祭,春曰祠,夏曰禴,秋曰尝,冬曰烝。公,先公也,谓后稷以下至公叔祖类也。先王,大王以下也。君,通谓先公先王也。卜,犹期也。此尸传神意以嘏主人之词。文王时周未有曰先王者,此必武王以后所作也。

[5] 赋也。吊,至也。神之至矣,犹言祖考来格也。诒,遗。质,实也。言其质实无伪,日用饮食而已。群,众也。黎,黑也,犹秦言"黔首"也。百姓,庶民也。为尔德者,言则而象之,犹助尔而为德也。

[6] 赋也。恒,弦。升,出也。月上弦而就盈,日始出而就明。骞,亏也。承,继也。言旧叶将落,而新叶已生,相继而长茂也。

采 薇

《诗序》:《采薇》,遣戍役也。文王之时,西有昆夷之患,北有猃狁之难。以天子之命,命将率遣戍役,以守卫中国。故歌《采薇》以遣之,《出车》以劳还,《杕杜》以勤归也。

采薇采薇,薇亦作止。

曰归曰归,岁亦莫止。
靡室靡家,玁狁之故。
不遑启居,玁狁之故。[1]

采薇采薇,薇亦柔止。
曰归曰归,心亦忧止。
忧心烈烈,载饥载渴。
我戍未定,靡使归聘![2]

采薇采薇,薇亦刚止。
曰归曰归,岁亦阳止。
王事靡盬,不遑启处。
忧心孔疚,我行不来![3]

彼尔维何?维常之华。
彼路斯何?君子之车。
戎车既驾,四牡业业。
岂敢定居?一月三捷![4]

驾彼四牡,四牡骙骙。
君子所依,小人所腓。
四牡翼翼,象弭鱼服。
岂不日戒,玁狁孔棘![5]

昔我往矣，杨柳依依。
今我来思，雨雪霏霏。
行道迟迟，载渴载饥。
我心伤悲，莫知我哀![6]

[1]兴也。薇，菜名。作，生出地也。莫，晚。靡，无也。玁狁，北狄也。遑，暇。启，跪也。○此遣戍役之诗。以其出戍之时采薇以食，而念归期之远也，故为其自言，而以采薇起兴曰：采薇采薇，则薇亦作止矣。曰归曰归，则岁亦莫止矣。然凡此所以使我舍其室家而不暇启居者，非上之人固为是以苦我也，直以玁狁侵陵之故，有所不得已而然耳。盖叙其勤苦悲伤之情，而又风以义也。程子曰："毒民不由其上，则人怀敌忾之心矣。"又曰："古者戍役，两期而还。今年春莫行，明年夏代者至，复留备秋，至过十一月而归。又明年中春至，春暮遣次戍者。每秋与冬初，两番戍者，皆在疆圉，如今之防秋也。"

[2]兴也。柔，始生而弱也。烈烈，忧貌。载，则也。定，止。聘，问也。○言戍人念归期之远而忧劳之甚，然戍事未已，则无人可使归而问其室家之安否也。

[3]兴也。刚，既成而刚也。阳，十月也。时纯阴用事，嫌于无阳，故名之曰阳月也。孔，甚。疚，病也。来，归也。此见士之竭力致死无还心也。

[4]兴也。尔，华盛貌。常，常棣也。路，戎车也。君子，谓将帅也。业业，壮也。捷，胜也。○彼尔然而盛者，常棣之华。彼路车者，君子之车也。戎车既驾，而四牡盛矣。则何敢以定居乎？庶乎一月之间三战而三捷尔。

[5]赋也。骙骙，强也。依，犹乘也。腓，犹芘也。程子曰："腓，随动也。如足之腓，足动则随而动也。"翼翼，行列整治之状。象弭，以象骨饰弓弭也。鱼，兽名，似猪，东海有之，其皮背上斑文，腹下纯青，可为弓

鞬矢服也。戒，警。棘，急也。○言戎车者，将帅之所依乘，戍役之所芘倚。且其行列整治而器械精好如此，岂不日相警戒乎？玁狁之难甚急，诚不可以忘备也。

[6]赋也。杨柳，蒲柳也。霏霏，雪甚貌。迟迟，长远也。○此章又设为役人预自道其归时之事，以见其勤劳之甚也。程子曰："此皆极道其劳苦忧伤之情也。上能察其情，则虽劳而不怨，虽忧而能励矣。"范氏曰："予于《采薇》，见先王以人道使人，后世则牛羊而已矣。"

出 车

《诗序》:《出车》，劳还率也。

我出我车，于彼牧矣。
自天子所，谓我来矣。
召彼仆夫，谓之载矣。
王事多难，维其棘矣。[1]

我出我车，于彼郊矣。
设此旐矣，建彼旄矣。
彼旟旐斯，胡不旆旆。
忧心悄悄，仆夫况瘁。[2]

王命南仲，往城于方。
出车彭彭，旂旐央央。
天子命我，城彼朔方。

赫赫南仲,玁狁于襄。[3]

昔我往矣,黍稷方华。
今我来思,雨雪载涂。
王事多难,不遑启居。
岂不怀归,畏此简书。[4]

喓喓草虫,趯趯阜螽。
未见君子,忧心忡忡。
既见君子,我心则降。
赫赫南仲,薄伐西戎。[5]

春日迟迟,卉木萋萋。
仓庚喈喈,采蘩祁祁。
执讯获丑,薄言还归。
赫赫南仲,玁狁于夷。[6]

[1]赋也。牧,郊外也。自,从也。天子,周王也。仆夫,御夫也。〇此劳还率之诗。追言其始受命出征之时,出车于郊外,而语其人曰:"我受命于天子之所而来。"于是乎召御夫使之载其车以行,而戒之曰:"王事多难,是行也,不可以缓矣。"

[2]赋也。郊在牧内,盖前军已至牧,而后军犹在郊也。设,陈也。龟蛇曰旐。建,立也。旌,注旄于旗干之首也。鸟隼曰旟。鸟隼龟蛇,《曲礼》所谓前朱雀而后玄武也。杨氏曰:"师行之法,四方之星各随其方以为左右前后,进退有度,各司其局,则士无失伍离次矣。"旆旆,飞扬之

貌。悄悄,忧貌。况,兹也,或云当作"恍"。○言出车在郊,建设旗帜。彼旗帜者,岂不旆旆而飞扬乎?但将帅方以任大责重为忧,而仆夫亦为之恐惧而憔悴耳。东莱吕氏曰:"古者出师以丧礼处之,命下之日,士皆泣涕。夫子之言行三军,亦曰'临事而惧',皆此意也。"

[3]赋也。王,周王也。南仲,此时大将也。方,朔方,今灵夏等州之地。彭彭,众盛貌。交龙为旂。此所谓左青龙也。央央,鲜明也。赫赫,威名光显也。襄,除也。或曰上也,与"怀山襄陵"之"襄"同,言胜之也。○东莱吕氏曰:"大将传天子之命以令军众,于是车马众盛,旗旐鲜明,威灵气焰赫然动人矣。兵事以哀敬为本,而所尚则威。二章之戒惧,三章之奋扬,并行而不相悖也。"程子曰:"城朔方而猃狁之难除。御戎狄之道,守备为本,不以攻战为先也。"

[4]赋也。华,盛也。涂,冻释而泥涂也。简书,戒命也。邻国有急,则以简书相戒命也。或曰简书,策命临遣之词也。○此言其既归在涂,而本其往时所见,与今还时所遭,以见其出之久也。东莱吕氏曰:"《采薇》之所谓'往',遣戍时也。此诗之所谓'往',在道时也。《采薇》之所谓'来',戍毕时也。此诗之所谓'来',归而在道时也。"

[5]赋也。此言将帅之出征也,其室家感时物之变而念之,以为未见而忧之如此,必既见然后心可降耳。然此南仲今何在乎?方往伐西戎而未归也,岂既却猃狁而还师以伐昆夷也与?薄之为言聊也,盖不劳余力矣。

[6]赋也。卉,草也。萋萋,盛貌。仓庚,黄鹂也。喈喈,声之和也。讯,其魁首当讯问者也。丑,徒众也。夷,平也。○欧阳氏曰:"述其归时,春日暄妍,草木荣茂,而禽鸟和鸣。于此之时,执讯获丑而归,岂不乐哉!"郑氏曰:"此时亦伐西戎,独言平猃狁者,猃狁大,故以为始,以为终。"

杕　杜

《诗序》:《杕杜》,劳还役也。

有杕之杜，有睆其实。
王事靡盬，继嗣我日。
日月阳止，女心伤止，
征夫遑止！[1]

有杕之杜，其叶萋萋。
王事靡盬，我心伤悲。
卉木萋止，女心悲止，
征夫归止！[2]

陟彼北山，言采其杞。
王事靡盬，忧我父母。
檀车幝幝，四牡痯痯，
征夫不远！[3]

匪载匪来，忧心孔疚。
期逝不至，而多为恤。
卜筮偕止，会言近止，
征夫迩止！[4]

　　朱熹云：郑氏曰："遣将帅及戍役，同歌同时，欲其同心也。反而劳
之，异歌异日，殊尊卑也。《记》曰'赐君子小人不同日'，此其义也。"王氏
曰："出而用兵，则均服同食，一众心也。入而振旅，则殊尊卑，辨贵贱，定
众志也。"范氏曰：《出车》劳率，故美其功。《杕杜》劳众，故极其情。先
王以己之心为人之心，故能曲尽其情，使民忘其死以忠于上也。"

[1]赋也。睆,实貌。嗣,续也。阳,十月也。遑,暇也。○此劳还役之诗。故追述其未还之时,室家感于时物之变而思之曰:特生之杜,有睆其实,则秋冬之交矣。而征夫以王事出,乃以日继日而无休息之期。至于十月,可以归而犹不至,故女心悲伤,而曰:"征夫亦可以暇矣,曷为而不归哉!"或曰兴也。下章放此。

[2]赋也。萋萋,盛貌,春将莫之时也。归止,可以归也。

[3]赋也。檀木坚,宜为车。嘽嘽,敝貌。痯痯,罢貌。○登山采杞,则春已莫而杞可食矣。盖托以望其君子,而念其以王事诒父母之忧也。然檀车之坚而敝矣,四牡之壮而罢矣,则征夫之归亦不远矣。

[4]赋也。载,装。疚,病。逝,往。恤,忧。偕,俱。会,合也。○言征夫不装载而来归,固已使我念之而甚病矣。况归期已过,而犹不至,则使我多为忧恤宜如何哉!故且卜且筮,相袭俱作,合言于繇而皆曰近矣,则征夫其亦迩而将至矣。范氏曰:"以卜筮终之,言思之切而无所不为也。"

鱼 丽

《诗序》:《鱼丽》,美万物盛多,能备礼也。文、武以《天保》以上治内,《采薇》以下治外,始于忧勤,终于逸乐,故美万物盛多,可以告于神明矣。

鱼丽于罶,鲿鲨。
君子有酒,旨且多。[1]

鱼丽于罶,鲂鳢。
君子有酒,多且旨。[2]

鱼丽于罶，鲿鲨。

君子有酒，旨且多。[1]

鱼丽于罶，鲂鳢。[2]

君子有酒，多且旨。

鱼丽于罶，鰋鲤。
君子有酒，旨且有。[3]

物其多矣，维其嘉矣。[4]

物其旨矣，维其偕矣。[5]

物其有矣，维其时矣。[6]

朱熹云：按《仪礼·乡饮酒》及《燕礼》：前乐既毕，皆间歌《鱼丽》，笙《由庚》；歌《南有嘉鱼》，笙《崇丘》；歌《南山有台》，笙《由仪》。间，代也。言一歌一吹也。然则此六者，盖一时之诗，而皆为燕飨宾客，上下通用之乐。毛公分《鱼丽》以足前什，而说者不察，遂分《鱼丽》以上为文、武诗，《嘉鱼》以下为成王诗，其失甚矣。

[1]兴也。丽，历也。罶，以曲薄为笱，而承梁之空者也。鲿，杨也，今黄颊鱼是也，似燕头，鱼身形厚而长大，颊骨正黄，鱼之大而有力解飞者。鲨，鮀也，鱼狭而小，常张口吹沙，故又名吹沙。君子，指主人。旨且多，旨而又多也。○此燕飨通用之乐歌。即燕飨所荐之羞，而极道其美且多，见主人礼意之勤，以优宾也。或曰赋也。下二章放此。

[2]兴也。鳢，鮦也。又曰，鲩也。

[3]兴也。鰋，鲇也。有，犹多也。

[4]赋也。

[5]赋也。

[6]赋也。苏氏曰：多则患其不嘉，旨则患其不齐，有则患其不时。今多而能嘉，旨而能齐，有而能时，言曲全也。

南有嘉鱼

《诗序》:《南有嘉鱼》,乐与贤也。太平之君子至诚,乐与贤者共之也。

南有嘉鱼,烝然罩罩。
君子有酒,嘉宾式燕以乐。[1]

南有嘉鱼,烝然汕汕。
君子有酒,嘉宾式燕以衎。[2]

南有樛木,甘瓠累之。
君子有酒,嘉宾式燕绥之。[3]

翩翩者鵻,烝然来思。
君子有酒,嘉宾式燕又思。[4]

朱熹云:说见《鱼丽》。

[1] 兴也。南,谓江汉之间。嘉鱼,鲤质,鳟鲫肌,出于沔南之丙穴。烝然,发语声也。罩,篧也,编细竹以罩鱼者也。重言罩罩,非一之词也。○此亦燕飨通用之乐,故其辞曰:南有嘉鱼,则必烝然而罩罩之矣。君子有酒,则必与嘉宾共之而式燕以乐矣。此亦因所荐之物,而道达主人乐宾之意也。

[2] 兴也。汕,樔也,以薄汕鱼也。衎,乐也。

[3] 兴也。○东莱吕氏曰:"瓠有甘有苦,苦瓠则可食者也。樛木下垂而美实累之,固结而不可解也。"愚谓此兴之取义者,似比而实兴也。

[4] 兴也。此兴之全不取义者也。思,语词也。又,既燕而又燕,以见其至诚有加而无已也。或曰:又思,言其又思念而不忘也。

南山有台

《诗序》:《南山有台》,乐得贤也。得贤,则能为邦家立太平之基矣。

南山有台,北山有莱。
乐只君子,邦家之基。
乐只君子,万寿无期![1]

南山有桑,北山有杨。
乐只君子,邦家之光。
乐只君子,万寿无疆![2]

南山有杞,北山有李。
乐只君子,民之父母。
乐只君子,德音不已。[3]

南山有栲,北山有杻。
乐只君子,遐不眉寿?
乐只君子,德音是茂。[4]

南山有枸,北山有楰。
乐只君子,遐不黄耇。
乐只君子,保艾尔后。[5]

朱熹云:说见《鱼丽》。

[1]兴也。台,夫须,即莎草也。莱,草名,叶香可食者也。君子,指宾客也。○此亦燕飨通用之乐。故其辞曰:南山则有台矣,北山则有莱矣。乐只君子,则邦家之基矣。乐只君子,则万寿无期矣。所以道达主人尊宾之意,美其德而祝其寿也。

[2]兴也。

[3]兴也。杞,树,如樗,一名狗骨。

[4]兴也。栲,山樗。杻,檍也。遐、何通。眉寿,秀眉也。

[5]兴也。枸,枳枸,树高大似白杨,有子著枝端,大如指,长数寸,噉之甘美如饴,八月熟,亦名木蜜。楰,鼠梓,树叶木理如楸,亦名苦楸。黄,老人发白复黄也。耇,老人面冻梨色,如浮垢也。保,安。艾,养也。

蓼 萧

《诗序》:《蓼萧》,泽及四海也。

蓼彼萧斯,零露湑兮。
既见君子,我心写兮。
燕笑语兮,是以有誉处兮。[1]

蓼彼萧斯,零露瀼瀼。

既见君子，为龙为光。
其德不爽，寿考不忘。[2]

蓼彼萧斯，零露泥泥。
既见君子，孔燕岂弟。
宜兄宜弟，令德寿岂。[3]

蓼彼萧斯，零露浓浓。
既见君子，鞗革冲冲。
和鸾雍雍，万福攸同。[4]

[1]兴也。蓼，长大貌。萧，蒿也。湑，湑然萧上露貌。君子，指诸侯也。写，输写也。燕，谓燕饮。誉，善声也。处，安乐也。苏氏曰："誉、豫通，凡《诗》之'誉'皆言乐也。"亦通。○诸侯朝于天子，天子与之燕，以示慈惠，故歌此诗。言蓼彼萧斯，则零露湑然矣。既见君子，则我心输写而无留恨矣。是以燕笑语而有誉处也。其曰"既见"，盖于其初燕而歌之也。

[2]兴也。瀼瀼，露蕃貌。龙，宠也。为龙为光，喜其德之词也。爽，差也。其德不爽，则寿考不忘矣。褒美而祝颂之，又因以劝戒之也。

[3]兴也。泥泥，露濡貌。孔，甚。岂，乐。弟，易也。宜兄宜弟，犹曰宜其家人。盖诸侯继世而立，多疑忌其兄弟，如晋诅无畜群公子，秦针惧选之类。故以宜其兄弟美之，亦所以警戒之也。寿岂，寿而且乐也。

[4]兴也。浓浓，厚貌。鞗，辔也。革，辔首也，马辔所把之外有余而垂者也。冲冲，垂貌。和、鸾，皆铃也。在轼曰和，在镳曰鸾，皆诸侯车马之饰也。《庭燎》亦以君子目诸侯而称其鸾旂之美，正此类也。攸，所。同，聚也。

湛　露

《诗序》:《湛露》,天子燕诸侯也。

湛湛露斯,匪阳不晞。
厌厌夜饮,不醉无归。[1]

湛湛露斯,在彼丰草。
厌厌夜饮,在宗载考。[2]

湛湛露斯,在彼杞棘。
显允君子,莫不令德。[3]

其桐其椅,其实离离。
岂弟君子,莫不令仪。[4]

朱熹云:《春秋传》:宁武子曰:诸侯朝正于王,王宴乐之,于是赋《湛露》。曾氏曰:"前两章言厌厌夜饮,后两章言令德令仪,虽过三爵,亦可谓不继以淫矣。"

[1] 兴也。湛湛,露盛貌。阳,日。晞,干也。厌厌,安也,亦久也,足也。夜饮,私燕也。燕礼,宵则两阶及庭门皆设大烛焉。○此亦天子燕诸侯之诗。言湛湛露斯,非日则不晞。犹厌厌夜饮,不醉则不归。盖于其夜饮之终而歌之也。

[2] 兴也。丰，茂也。夜饮必于宗室，盖路寝之属也。考，成也。

[3] 兴也。显，明。允，信也。君子，指诸侯为宾者也。令，善也。令德，谓其饮多而不乱，德足以将之也。

[4] 兴也。离离，垂也。令仪，言醉而不丧其威仪也。

彤 弓

《诗序》:《彤弓》，天子锡有功诸侯也。

彤弓弨兮，受言藏之。
我有嘉宾，中心贶之。
钟鼓既设，一朝飨之。[1]

彤弓弨兮，受言载之。
我有嘉宾，中心喜之。
钟鼓既设，一朝右之。[2]

彤弓弨兮，受言櫜之。
我有嘉宾，中心好之。
钟鼓既设，一朝酬之。[3]

朱熹云:《春秋传》:宁武子曰:"诸侯敌王所忾，而献其功，于是乎赐之彤弓一，彤矢百，玈弓矢千，以觉报宴。"《注》曰:"忾，恨怒也。觉，明也。谓诸侯有四夷之功，王赐之弓矢，又为歌《彤弓》，以明报功宴乐。"郑氏曰:"凡诸侯赐弓矢，然后专征伐。"东莱吕氏曰:"所谓专征者，如四夷入边、臣子篡弑,不容待报者。其它则九伐之法,乃大司马所职,非诸侯所专也。与后世强臣拜表辄行者异矣。"

[1]赋也。彤弓,朱弓也。弨,弛貌。贶,与也。大饮宾曰飨。○此天子燕有功诸侯,而锡以弓矢之乐歌也。东莱吕氏曰:"受言藏之,言其重也。受弓人所献,藏之王府,以待有功,不敢轻予人也。中心贶之,言其诚也。中心实欲贶之,非由外也。一朝飨之,言其速也。以王府宝藏之弓,一朝举以畀人,未尝有迟留顾惜之意也。后世视府藏为己私分,至有以武库兵赐弄臣者,则与'受言藏之'者异矣。赏赐非出于利诱,则迫于事势,至有朝赐铁券而暮屠戮者,则与'中心贶之'者异矣。屯膏吝赏,功臣解体,至有印刓而不忍予者,则与'一朝飨之'者异矣。"

[2]赋也。载,抗之也。喜,乐也。右,劝也,尊也。

[3]赋也。櫜,韬。好,说。酬,报也。饮酒之礼,主人献宾,宾酢主人,主人又酌自饮,而遂酌以饮宾,谓之酬。酬,犹厚也,劝也。

菁菁者莪

《诗序》:《菁菁者莪》,乐育材也。君子能长育人材,则天下喜乐之矣。

菁菁者莪,在彼中阿。
既见君子,乐且有仪。[1]

菁菁者莪,在彼中沚。
既见君子,我心则喜。[2]

菁菁者莪,在彼中陵。

既见君子,锡我百朋。[3]

泛泛杨舟,载沉载浮。
既见君子,我心则休。[4]

[1]兴也。菁菁,盛貌。莪,罗蒿也。中阿,阿中也。大陵曰阿。君
子,指宾客也。○此亦燕饮宾客之诗。言菁菁者莪,则在彼中阿矣。既
见君子,则我心喜乐而有礼仪矣。或曰以"菁菁者莪"比君子容貌威仪之
盛也。下章放此。

[2]兴也。中沚,沚中也。喜,乐也。

[3]兴也。中陵,陵中也。古者货贝,五贝为朋。锡我百朋者,见之
而喜,如得重货之多也。

[4]兴也。杨舟,杨木为舟也。载,则也。载沉载浮,犹言"载清载
浊"、"载驰载驱"之类,以兴未见君子而心不定也。休者,休休然,言安
定也。

六 月

《诗序》:《六月》,宣王北伐也。《鹿鸣》废,则和乐缺矣。《四牡》废,则君
臣缺矣。《皇皇者华》废,则忠信缺矣。《常棣》废,则兄弟缺矣。《伐木》废,
则朋友缺矣。《天保》废,则福禄缺矣。《采薇》废,则征伐缺矣。《出车》废,
则功力缺矣。《杕杜》废,则师众缺矣。《鱼丽》废,则法度缺矣。《南陔》废,
则孝友缺矣。《白华》废,则廉耻缺矣。《华黍》废,则蓄积缺矣。《由庚》废,
则阴阳失其道理矣。《南有嘉鱼》废,则贤者不安,下不得其所矣。《崇丘》
废,则万物不遂矣。《南山有台》废,则为国之基队矣。《由仪》废,则万物失
其道理矣。《蓼萧》废,则恩泽乖矣。《湛露》废,则万国离矣。《彤弓》废,则

诸夏衰矣。《菁菁者莪》废，则无礼仪矣。《小雅》尽废，则四夷交侵，中国微矣。

六月栖栖，戎车既饬。
四牡骙骙，载是常服。
玁狁孔炽，我是用急。
王于出征，以匡王国。[1]

比物四骊，闲之维则。
维此六月，既成我服。
我服既成，于三十里。
王于出征，以佐天子。[2]

四牡修广，其大有颙。
薄伐玁狁，以奏肤公。
有严有翼，共武之服。
共武之服，以定王国。[3]

玁狁匪茹，整居焦获。
侵镐及方，至于泾阳。
织文鸟章，白旆央央。
元戎十乘，以先启行。[4]

戎车既安，如轾如轩。
四牡既佶，既佶且闲。

薄伐玁狁，至于大原。

文武吉甫，万邦为宪。^[5]

吉甫燕喜，既多受祉。

来归自镐，我行永久。

饮御诸友，炰鳖脍鲤。

侯谁在矣？张仲孝友。^[6]

[1] 赋也。六月，建未之月也。栖栖，犹皇皇，不安之貌。戎车，兵车也。饬，整也。骙骙，强貌。常服，戎事之常服，以韎韦为弁，又以为衣，而素裳白舄也。玁狁，即猃狁，北狄也。孔，甚。炽，盛。匡，正也。○成康既没，周室寖衰。八世而厉王胡暴虐，周人逐之，出居于彘。玁狁内侵，逼近京邑。王崩，子宣王靖即位。命尹吉甫帅师伐之，有功而归。诗人作歌以叙其事如此。《司马法》冬夏不兴师。今乃六月而出师者，以玁狁甚炽，其事危急，故不得已，而王命于是出征，以正王国也。

[2] 赋也。比物，齐其力也。凡大事，祭祀、朝觐、会同，毛马而颁之。凡军事，物马而颁之。毛马齐其色，物马齐其力。吉事尚文，武事尚强也。则，法也。服，戎服也。三十里，一舍也。古者吉行日五十里，师行日三十里。○既比其物，而曰四骊，则其色又齐，可以见马之有余矣。闲习之而皆中法，则又可以见教之有素矣。于是此月之中即成我服，既成我服，即日引道，不徐不疾，尽舍而止，又见其应变之速，从事之敏，而不失其常度也。王命于此而出征，欲其有以敌王所忾而佐天子耳。

[3] 赋也。修，长。广，大也。颙，大貌。奏，荐。肤，大。公，功。严，威。翼，敬也。共，与"供"同。服，事也。言将帅皆严敬以恭武事也。

[4] 赋也。茹，度。整，齐也。焦、获、镐、方，皆地名。焦未详所在。获，郭璞以为瓠中，则今在耀州三原县也。镐，刘向以为千里之镐，则非镐京之镐矣，亦未详其所在也。方，疑即朔方也。泾阳，泾水之北，在丰

镐之西北,言其深入为寇也。织、帜字同。鸟章,鸟隼之章也。白旆,继
旐者也。央央,鲜明貌。元,大也。戎,戎车也,军之前锋也。启,开。
行,道也。犹言发程也。○言猃狁不自度量,深入为寇如此,是以建此旌
旗,选锋锐进,声其罪而致讨焉。直而壮,律而臧,有所不战,战必胜矣。

[5]赋也。轾,车之覆而前也。轩,车之却而后也。凡车从后视之
如轾,从前视之如轩,然后适调也。佶,壮健貌。大原,地名,亦曰大卤,
今在大原府阳曲县。至于大原,言逐出之而已,不穷追也。先王治戎狄
之法如此。吉甫,尹吉甫,此时大将也。宪,法也。非文无以附众,非武
无以威敌。能文能武,则万邦以之为法矣。

[6]赋也。祉,福。御,进。侯,维也。张仲,吉甫之友也。善父母
曰孝,善兄弟曰友。○此言吉甫燕饮喜乐,多受福祉。盖以其归自镐而
行永久也,是以饮酒进馔于朋友,而孝友之张仲在焉。言其所与燕者之
贤,所以贤吉甫而善是燕也。

采 芑

《诗序》:《采芑》,宣王南征也。

薄言采芑,于彼新田,
于此菑亩。方叔莅止,
其车三千,师干之试。
方叔率止,乘其四骐,
四骐翼翼。路车有奭,
簟笰鱼服,钩膺鞗革。[1]

薄言采芑,于彼新田,

于此中乡。方叔莅止，
其车三千，旗旐央央。
方叔率止，约軧错衡，
八鸾玱玱。服其命服，
朱芾斯皇，有玱葱珩。[2]

鴥彼飞隼，其飞戾天，
亦集爰止。方叔莅止，
其车三千，师干之试。
方叔率止，钲人伐鼓，
陈师鞠旅。显允方叔，
伐鼓渊渊，振旅阗阗。[3]

蠢尔蛮荆，大邦为雠。
方叔元老，克壮其犹。
方叔率止，执讯获丑。
戎车啴啴，啴啴焞焞，
如霆如雷。显允方叔，
征伐猃狁，蛮荆来威。[4]

[1] 兴也。芑，苦菜也，青白色，摘其叶有白汁出，肥可生食，亦可蒸为茹，即今苦荬菜。宜马食，军行采之，人马皆可食也。田一岁曰菑，二岁曰新田，三岁曰畬。方叔，宣王卿士，受命为将者也。莅，临也。其车三千，法当用三十万众。盖兵车一乘，甲士三人，步卒七十二人，又二十五人将重车在后，凡百人也。然此亦极其盛而言，未必实有此数也。师，

众。干，扞也。试，肄习也。言众且练也。率，总率之也。翼翼，顺序貌。路车，戎路也。奭，赤貌。簟第，以方文竹簟为车蔽也。钩膺，马娄领有钩而在膺，有樊有缨也。樊，马大带。缨，鞅也。鞗革，见《蓼萧》篇。〇宣王之时，蛮荆背叛，王命方叔南征，军行采芑而食，故赋其事以起兴曰：薄言采芑，则于彼新田，于此菑亩矣。方叔莅止，则其车三千，师干之试矣。又遂言其车马之美，以见军容之盛也。

[2]兴也。中乡，民居，其田尤治。约，束。轨，毂也，以皮缠束兵车之毂而朱之也。错，文也。铃在镳曰鸾，马口两旁各一，四马故八也。玱玱，声也。命服，天子所命之服也。朱芾，黄朱之芾也。皇，犹煌煌也。玱，玉声。葱，苍色如葱者也。珩，佩首横玉也。《礼》："三命赤芾葱珩。"

[3]兴也。隼，鹞属，急疾之鸟也。戾，至，爰，于也。钲，铙也，镯也。伐，击也。钲以静之，鼓以动之，钲鼓各有人，而言"钲人伐鼓"，互文也。鞠，告也。二千五百人为师，五百人为旅。此言将战，陈其师旅而誓告之也。陈师告旅，亦互文耳。渊渊，鼓声平和，不暴怒也。谓战时进士众也。振，止。旅，众也。言战罢而止其众以入也。《春秋传》曰"出曰治兵，入曰振旅"是也。阗阗，亦鼓声也。或曰盛貌。程子曰："振旅亦以鼓行金止。"〇言隼飞戾天而亦集于所止，以兴师众之盛而进退有节，如下文所云也。

[4]赋也。蠢者，动而无知之貌。蛮荆，荆州之蛮也。大邦，犹言中国也。元，大。犹，谋也。言方叔虽老而谋则壮也。啴啴，众也。焞焞，盛也。霆，疾雷也。方叔盖尝与于北伐之功者，是以蛮荆闻其名而皆来畏服也。

车 攻

《诗序》：《车攻》，宣王复古也。宣王能内修政事，外攘夷狄，复文、武之境土。修车马，备器械，复会诸侯于东都，因田猎而选车徒焉。

我车既攻，我马既同。
四牡庞庞，驾言徂东。[1]

田车既好，四牡孔阜。
东有甫草，驾言行狩。[2]

之子于苗，选徒嚣嚣。
建旐设旄，搏兽于敖。[3]

驾彼四牡，四牡奕奕。
赤芾金舄，会同有绎。[4]

决拾既佽，弓矢既调。
射夫既同，助我举柴。[5]

四黄既驾，两骖不猗。
不失其驰，舍矢如破。[6]

萧萧马鸣，悠悠旆旌。
徒御不惊，大庖不盈。[7]

之子于征，有闻无声。
允矣君子，展也大成。[8]

朱熹云：以五章以下考之，恐当作四章，章八句。

[1]赋也。攻，坚。同，齐也。《传》曰："宗庙齐豪，尚纯也。戎事齐力，尚强也。田猎齐足，尚疾也。"庞庞，充实也。东，东都洛邑也。○周公相成王，营洛邑为东都，以朝诸侯。周室既衰，久废其礼。至于宣王，内修政事，外攘夷狄，复文武之竟土，修车马，备器械，复会诸侯于东都，因田猎而选车徒焉。故诗人作此以美之。首章泛言将往东都也。

[2]赋也。田车，田猎之车。好，善也。阜，盛大也。甫草，甫田也，后为郑地，今开封府中牟县西圃田泽是也。宣王之时未有郑国，圃田属东都畿内，故往田也。○此章指言将往狩于圃田也。

[3]赋也。之子，有司也。苗，狩猎之通名也。选，数也。嚣嚣，声众盛也。数车徒者；其声嚣嚣，则车徒之众可知。且车徒不哗而惟数者有声，又见其静治也。敖，近荥阳，地名也。○此章言至东都而选徒以猎也。

[4]赋也。奕奕，连络布散之貌。赤芾，诸侯之服。金舄，赤舄而加金饰，亦诸侯之服也。时见曰会，殷见曰同。绎，陈列联属之貌也。○此章言诸侯来会朝于东都也。

[5]赋也。决，以象骨为之，著于右手大指，所以钩弦开体。拾，以皮为之，著于左臂以遂弦，故亦名遂。伙，比也。调，谓弓强弱与矢轻重相得也。射夫，盖诸侯来会者。同，协也。柴，《说文》作"祡"，谓积禽也。使诸侯之人助而举之，言获多也。○此章言既会同而田猎也。

[6]赋也。猗，偏倚不正也。驰，驰驱之法也。舍矢如破，巧而力也。苏氏曰："不善射御者，诡遇则获，不然不能也。今御者不失其驰驱之法，而射者舍矢如破，则可谓善射御矣。"○此章言田猎而见其射御之善也。

[7]赋也。萧萧、悠悠，皆闲暇之貌。徒，步卒也。御，车御也。惊，如《汉书》"夜军中惊"之"惊"。不惊，言比卒事不喧哗也。大庖，君庖也。不盈，言取之有度，不极欲也。盖古者田猎获禽，面伤不献，践毛不献，不

成禽不献。择取三等,自左膘而射之达于右腢为上杀,以为干豆,奉宗庙;达右耳本者次之,以为宾客;射左髀达于右䯒为下杀,以充君庖。每禽取三十焉,每等得十。其余以与士大夫习射于泽宫,中者取之。是以获虽多而君庖不盈也。张子曰:"馈虽多而无余者,均及于众而有法耳。凡事有法则何患乎不均也。"旧说不惊,惊也;不盈,盈也。亦通。○此章言其终事严而颁禽均也。

[8]赋也。允,信。展,诚也。闻师之行而不闻其声,言至肃也。信矣,其君子也。诚哉,其大成也。○此章总序其事之始终而深美之也。

吉 日

《诗序》:《吉日》,美宣王田也。能慎微接下,无不自尽以奉其上焉。

吉日维戊,既伯既祷。
田车既好,四牡孔阜。
升彼大阜,从其群丑。[1]

吉日庚午,既差我马。
兽之所同,麀鹿麌麌。
漆沮之从,天子之所。[2]

瞻彼中原,其祁孔有。
儦儦俟俟,或群或友。
悉率左右,以燕天子。[3]

既张我弓,既挟我矢。
发彼小豝,殪此大兕。
以御宾客,且以酌醴。[4]

朱熹云:东莱吕氏曰:"《车攻》《吉日》所以为复古者何也? 盖搜狩之礼,可以见王赋之复焉,可以见军实之盛焉,可以见师律之严焉,可以见上下之情焉,可以见综理之周焉。欲明文、武之功业者,此亦足以观矣。"

[1]赋也。戊,刚日也。伯,马祖也,谓天驷房星之神也。丑,众也,谓禽兽之群众也。○此亦宣王之诗。言田猎将用马力,故以吉日祭马祖而祷之,既祭而车牢马健,于是可以历险而从禽也。以下章推之,是日也,其戊辰与?

[2]赋也。庚午,亦刚日也。差,择,齐其足也。同,聚也。鹿牝曰麀。麌麌,众多也。漆沮,水名,在西都畿内,泾渭之北,所谓洛水。今自盐韦流入郿坊,至同州入河也。○戊辰之日既祷矣,越二日庚午,遂择其马而乘之,视兽之所聚,麀鹿最多之处而从之,于漆沮之旁为盛,宜为天子田猎之所也。

[3]赋也。中原,原中也。祁,大也。趋则儦儦,行则俟俟。兽三曰群,二曰友。燕,乐也。○言从王者视彼禽兽之多,于是率其同事之人各共其事,以乐天子也。

[4]赋也。发,发矢也。豕牝曰豝。壹矢而死曰殪。兕,野牛也。言能中微而制大也。御,进也。醴,酒名。《周官》五齐,"二曰醴齐"。《注》曰:"醴成而汁滓相将,如今甜酒也。"○言射而获禽以为俎实,进于宾客而酌醴也。

鸿 雁

《诗序》:《鸿雁》,美宣王也。万民离散,不安其居,而能劳来还定安集之,至于矜寡无不得其所焉。

鸿雁于飞,肃肃其羽。
之子于征,劬劳于野。
爰及矜人,哀此鳏寡。[1]

鸿雁于飞,集于中泽。
之子于垣,百堵皆作。
虽则劬劳,其究安宅。[2]

鸿雁于飞,哀鸣嗷嗷。
维此哲人,谓我劬劳。
维彼愚人,谓我宣骄。[3]

[1] 兴也。大曰鸿,小曰雁。肃肃,羽声也。之子,流民自相谓也。征,行也。劬劳,病苦也。矜,怜也。老而无妻曰鳏,老而无夫曰寡。○旧说周室中衰,万民离散,而宣王能劳来还定安集之,故流民喜之而作此诗,追叙其始而言曰:鸿雁于飞,则肃肃其羽矣。之子于征,则劬劳于野矣。且其劬劳者,皆鳏寡可哀怜之人也。然今亦未有以见其为宣王之诗。后三篇放此。

[2] 兴也。中泽,泽中也。一丈为板,五板为堵。究,终也。○流民自言鸿雁集于中泽,以兴己之得其所止而筑室以居,今虽劳苦而终获安定也。

[3] 比也。流民以鸿雁哀鸣自比,而作此歌也。哲,知。宣,示也。知者闻我歌,知其出于劬劳。不知者谓我闲暇而宣骄也。《韩诗》云:“劳者歌其事。”《魏风》亦云:“我歌且谣,不我知者,谓我士也骄。”大抵歌多

出于劳苦,而不知者常以为骄也。

庭 燎

《诗序》:《庭燎》,美宣王也。因以箴之。

夜如何其?

夜未央,庭燎之光。

君子至止,鸾声将将。[1]

夜如何其?

夜未艾,庭燎晣晣。

君子至止,鸾声哕哕。[2]

夜如何其?

夜乡晨,庭燎有辉。

君子至止,言观其旂。[3]

[1]赋也。其,语词。央,中也。庭燎,大烛也。诸侯将朝,则司烜以物百枚并而束之,设于门内也。君子,诸侯也。将将,鸾镳声。〇王将起视朝,不安于寝,而问夜之早晚曰:"夜如何哉?夜虽未央,而庭燎光矣。朝者至,而闻其鸾声矣。"

[2]赋也。艾,尽也。晣晣,小明也。哕哕,近而闻其徐行声,有节也。

[3]赋也。乡晨,近晓也。辉,火气也。天欲明而见其烟光相杂也。

既至而观其旂,则辨色矣。

沔　水

《诗序》:《沔水》,规宣王也。

> 沔彼流水,朝宗于海。
> 鴥彼飞隼,载飞载止。
> 嗟我兄弟,邦人诸友,
> 莫肯念乱,谁无父母?[1]

> 沔彼流水,其流汤汤。
> 鴥彼飞隼,载飞载扬。
> 念彼不迹,载起载行。
> 心之忧矣,不可弭忘。[2]

> 鴥彼飞隼,率彼中陵。
> 民之讹言,宁莫之惩。
> 我友敬矣,谗言其兴。[3]

朱熹云:疑当作三章,章八句。卒章脱前两句耳。

[1] 兴也。沔,水流满也。诸侯春见天子曰朝,夏见曰宗。〇此忧乱之诗。言流水犹朝宗于海,飞隼犹或有所止,而我之兄弟诸友乃无肯念乱者,谁独无父母乎?乱则忧或及之,是岂可以不念哉!

[2]兴也。汤汤,波流盛貌。不迹,不循道也。载起载行,言忧念之深,不遑宁处也。弭,止也。水盛隼扬,以兴忧念之不能忘也。

[3]兴也。率,循。讹,伪。惩,止也。○隼之高飞犹循彼中陵,而民之讹言乃无惩止之者。然我之友诚能敬以自持矣,则谗言何自而兴乎?始忧于人,而卒反诸己也。

鹤　鸣

《诗序》:《鹤鸣》,诲宣王也。

　　鹤鸣于九皋,声闻于野。
　　鱼潜在渊,或在于渚。
　　乐彼之园,爰有树檀,
　　其下维萚。
　　它山之石,可以为错。[1]

　　鹤鸣于九皋,声闻于天。
　　鱼在于渚,或潜在渊。
　　乐彼之园,爰有树檀,
　　其下维榖。
　　它山之石,可以攻玉。[2]

[1]比也。鹤,鸟名,长颈,竦身,高脚,顶赤,身白,颈尾黑,其鸣高亮,闻八九里。皋,泽中水溢出所为坎,从外数至九,喻深远也。萚,落也。错,砺石也。○此诗之作,不可知其所由然,必陈善纳诲之词也。盖

鹤鸣于九皋而声闻于野，言诚之不可掩也。鱼潜在渊而或在于渚，言理之无定在也。园有树檀而其下维萚，言爱当知其恶也。他山之石而可以为错，言憎当知其善也。由是四者引而伸之，触类而长之，天下之理其庶几乎！

[2]比也。榖，一名楮，恶木也。攻，错也。○程子曰：“玉之温润，天下之至美也。石之粗厉，天下之至恶也。然两玉相磨不可以成器，以石磨之，然后玉之为器得以成焉。犹君子之与小人处也，横逆侵加，然后修省畏避，动心忍性，增益预防，而义理生焉，道德成焉。吾闻诸邵子云。”

祈　父

《诗序》：《祈父》，刺宣王也。

祈父，予王之爪牙。
胡转予于恤，靡所止居？[1]

祈父，予王之爪士。
胡转予于恤，靡可底止？[2]

祈父，亶不聪！
胡转予于恤，
有母之尸饔？[3]

朱熹云：《序》以为刺宣王之诗。说者又以为宣王三十九年战于千亩，王师败绩于姜氏之戎，故军士怨而作此诗。东莱吕氏曰：“太子晋谏

灵王之词曰:'自我先王厉、宣、幽、平而贪天祸,至于今未弭。'宣王,中兴
之主也,至与幽、厉并数之,其词虽过,观是诗所刺,则子晋之言岂无所自
欤?"但今考之诗文,未有以见其必为宣王耳。下篇放此。

　　[1] 赋也。祈父,司马也,职掌封圻之兵甲,故以为号。《酒诰》曰
"祈父薄违"是也。予,六军之士也。或曰司右虎贲之属也。爪牙,鸟兽
所用以为威者也。恤,忧也。○军士怨于久役,故呼祈父而告之曰:"予
乃王之爪牙,汝何转我于忧恤之地,使我无所止居乎?"

　　[2] 赋也。爪士,爪牙之士也。底,至也。

　　[3] 赋也。亶,诚。尸,主也。饔,熟食也。言不得奉养,而使母反主
劳苦之事也。○东莱吕氏曰:"越勾践伐吴,有父母耆老而无昆弟者皆遣
归。魏公子无忌救赵,亦令独子无兄弟者归养。则古者有亲老而无兄弟,
其当免征役,必有成法。故责司马之不聪,其意谓此法人皆闻之,汝独不
闻乎? 乃驱吾从戎,使吾亲不免薪水之劳也。责司马者,不敢斥王也。"

白　驹

《诗序》:《白驹》,大夫刺宣王也。

　　皎皎白驹,食我场苗。
　　絷之维之,以永今朝。
　　所谓伊人,於焉逍遥?[1]

　　皎皎白驹,食我场藿。
　　絷之维之,以永今夕。
　　所谓伊人,於焉嘉客?[2]

詩 经

皎皎白驹,贲然来思。
尔公尔侯? 逸豫无期。
慎尔优游,勉尔遁思![3]

皎皎白驹,在彼空谷。
生刍一束,其人如玉。
毋金玉尔音,而有遐心。[4]

[1] 赋也。皎皎,洁白也。驹,马之未壮者。谓贤者所乘也。场,圃也。絷,绊其足。维,击其靷也。永,久也。伊人,指贤者也。逍遥,游息也。○为此诗者,以贤者之去而不可留也,故托以其所乘之驹食我场苗而絷维之,庶几以永今朝,使其人得以于此逍遥而不去,若后人留客而投其辖于井中也。

[2] 赋也。藿,犹苗也。夕,犹朝也。嘉客,犹逍遥也。

[3] 赋也。贲然,光采之貌也。或以为来之疾也。思,语词也。尔,指乘车之贤人也。慎,勿过也。勉,毋决也。遁思,犹言去意也。○言此乘白驹者,若其肯来,则以尔为公,以尔为侯,而逸乐无期矣。犹言横来,大者王,小者侯也。岂可以过于优游,决于遁思,而终不我顾哉!盖爱之切而不知好爵之不足縻,留之苦而不恤其志之不得遂也。

[4] 赋也。贤者必去而不可留矣,于是叹其乘白驹入空谷,束生刍以秣之,而其人之德美如玉。盖已邈乎其不可亲矣,然犹冀其相闻而无绝也。故语之曰:毋贵重尔之音声,而有远我之心也。

黄 鸟

《诗序》:《黄鸟》,刺宣王也。

238

黄鸟黄鸟,

无集于榖,无啄我粟。

此邦之人,不我肯榖。

言旋言归,复我邦族。[1]

黄鸟黄鸟,

无集于桑,无啄我粱。

此邦之人,不可与明。

言旋言归,复我诸兄。[2]

黄鸟黄鸟,

无集于栩,无啄我黍。

此邦之人,不可与处。

言旋言归,复我诸父。[3]

朱熹云:东莱吕氏曰:"宣王之末,民有失所者,意它国之可居也,及其至彼,则又不若故乡焉,故思而欲归。使民如此,亦异于还定安集之时矣。"今按诗文,未见其为宣王之世。下篇亦然。

[1] 比也。榖,木名。榖,善。旋,回。复,反也。○民适异国,不得其所,故作此诗。托为呼其黄鸟而告之曰:"尔无集于榖,而啄我之粟。苟此邦之人不以善道相与,则我亦不久于此,而将归矣。"

[2] 比也。

[3] 比也。

我行其野

《诗序》:《我行其野》,刺宣王也。

> 我行其野,蔽芾其樗。
> 婚姻之故,言就尔居。
> 尔不我畜,复我邦家。[1]
>
> 我行其野,言采其蓫。
> 婚姻之故,言就尔宿。
> 尔不我畜,言归思复。[2]
>
> 我行其野,言采其葍。
> 不思旧姻,求尔新特。
> 成不以富,亦祗以异。[3]

朱熹云:王氏曰:先王躬行仁义以道民,厚矣。犹以为未也,又建官置师,以孝、友、睦、姻、任、恤六行教民。为其有父母也,故教以孝。为其有兄弟也,故教以友。为其有同姓也,故教以睦。为其有异姓也,故教以姻。为邻里乡党相保相爱也,故教以任。相赒相救也,故教以恤。以为徒教之或不率也,故使官师以时书其德行而劝之。以为徒劝之或不率也,于是乎有不孝、不睦、不姻、不弟、不任、不恤之刑焉。方是时也,安有如此诗所刺之民乎!

[1]赋也。樗，恶木也。婿之父，妇之父，相谓曰婚姻。畜，养也。〇民适异国，依其婚姻而不见收恤，故作此诗。言我行于野中，依恶木以自蔽，于是思婚姻之故，而就尔居，而尔不我畜也，则将复我之邦家矣。

[2]赋也。蓫，牛颓，恶菜也，今人谓之羊蹄菜。

[3]赋也。葍，蓄，恶菜也。特，匹也。〇言尔之不思旧姻，而求新匹也，虽实不以彼之富而厌我之贫，亦祇以其新而异于故耳。此见诗人责人忠厚之意。

斯　干

《诗序》:《斯干》,宣王考室也。

秩秩斯干，幽幽南山。
如竹苞矣，如松茂矣。
兄及弟矣，
式相好矣，无相犹矣。[1]

似续妣祖，
筑室百堵，西南其户。
爰居爰处，爰笑爰语。[2]

约之阁阁，椓之橐橐。
风雨攸除，
鸟鼠攸去，君子攸芋。[3]

如跂斯翼,如矢斯棘,
如鸟斯革,如翚斯飞,
君子攸跻。[4]

殖殖其庭,有觉其楹。
哙哙其正,哕哕其冥,
君子攸宁。[5]

下莞上簟,乃安斯寝。
乃寝乃兴,乃占我梦。
吉梦维何?
维熊维罴,维虺维蛇。[6]

大人占之:
"维熊维罴,男子之祥;
维虺维蛇,女子之祥。"[7]

乃生男子,载寝之床,
载衣之裳,载弄之璋。
其泣喤喤,
朱芾斯皇,室家君王。[8]

乃生女子,载寝之地,
载衣之裼,载弄之瓦。

无非无仪，

唯酒食是议，无父母诒罹。[9]

朱熹云：旧说厉王既流于彘，宫室圮坏，故宣王即位，更作宫室，既成而落之。今亦未有以见其必为是时之诗也。或曰《仪礼》"下管新宫"，《春秋传》宋元公赋《新宫》，恐即此诗。然亦未有明证。

[1]赋也。秩秩，有序也。斯，此也。干，水涯也。南山，终南之山也。苞，丛生而固也。犹，谋也。○此筑室既成，而燕饮以落之，因歌其事。言此室临水而面山，其下之固，如竹之苞；其上之密，如松之茂。又言居是室者，兄弟相好而无相谋，则颂祷之辞，犹所谓聚国族于斯者也。张子曰："犹，似也。人情大抵施之不报则辍，故恩不能终。兄弟之间，各尽己之所宜施者，无学其不相报而废恩也。君臣、父子、朋友之间，亦莫不用此道尽己而已。"愚按：此于文义或未必然，然意则善矣。或曰"犹"，当作"尤"。

[2]赋也。似，嗣也。妣，先于祖者。协下韵尔。或曰谓姜嫄后稷也。西南其户，天子之宫，其室非一，在东者西其户，在北者南其户，犹言"南东其亩"也。爰，于也。

[3]赋也。约，束板也。阁阁，上下相乘也。椓，筑也。橐橐，杵声也。除，亦去也。无风雨鸟鼠之害，言其上下四旁皆牢密也。芋，尊大也。君子之所居，以为尊且大也。

[4]赋也。跂，竦立也。翼，敬也。棘，急也。矢行缓则枉，急则直也。革，变。翚，雉。跻，升也。○言其大势严正，如人之竦立而其恭翼翼也。其廉隅整饬，如矢之急而直也。其栋宇峻起，如鸟之警而革也。其檐阿华采而轩翔，如翚之飞而矫其翼也。盖其堂之美如此，而君子之所升以听事也。

[5]赋也。殖殖，平正也。庭，宫寝之前庭也。觉，高大而直也。

楹,柱也。哙哙,犹快快也。正,向明之处也。哕哕,深广之貌。冥,奥突之间也。言其室之美如此,而君子之所休息以安身也。

[6]赋也。莞,蒲席也。竹苇曰簟。罴,似熊而长头高脚,猛憨多力,能拔树。虺,蛇属,细颈大头,色如文绶,大者长七八尺。○祝其君安其室居,梦兆而有祥。亦颂祷之词也。下章放此。

[7]赋也。大人,大卜之属,占梦之官也。熊罴阳物,在山,强力壮毅,男子之祥也。虺蛇阴物,穴处,柔弱隐伏,女子之祥也。○或曰:梦之有占,何也? 曰:人之精神与天地阴阳流通,故昼之所为,夜之所梦,其善恶吉凶各以类至。是以先王建官设属,使之观天地之会,辨阴阳之气,以日月星辰占六梦之吉凶,献吉梦,赠恶梦。其于天人相与之际,察之详而敬之至矣。故曰,王前巫而后史,宗祝瞽侑皆在左右,王中心无为也,以守至正。

[8]赋也。半圭曰璋。喤,大声也。芾,天子纯朱,诸侯黄朱。皇,犹煌煌也。君,诸侯也。○寝之于床,尊之也。衣之以裳,服之盛也。弄之以璋,尚其德也。言男子之生于是室者,皆将服朱芾煌煌然,有室有家,为君为王矣。

[9]赋也。裼,褓也。瓦,纺砖也。仪,善。罹,忧也。○寝之于地,卑之也。衣之以褓,即其用而无加也。弄之以瓦,习其所有事也。有非,非妇人也。有善,非妇人也。盖女子以顺为正,无非足矣。有善则亦非其吉祥可愿之事也。唯酒食是议,而无遗父母之忧,则可矣。《易》曰:"无攸遂,在中馈,贞吉。"而孟子之母亦曰:"妇人之礼,精五饭,幂酒浆,养舅姑,缝衣裳而已矣。"故有闺门之修,而无境外之志,此之谓也。

无 羊

《诗序》:《无羊》,宣王考牧也。

谁谓尔无羊？三百维群。
谁谓尔无牛？九十其犉。
尔羊来思，其角濈濈。
尔牛来思，其耳湿湿。[1]

或降于阿，或饮于池，
或寝或讹。尔牧来思，
何蓑何笠，或负其糇。
三十维物，尔牲则具。[2]

尔牧来思，以薪以蒸，
以雌以雄。尔羊来思，
矜矜兢兢，不骞不崩。
麾之以肱，毕来既升。[3]

牧人乃梦，众维鱼矣，
旐维旟矣。大人占之：
"众维鱼矣，实维丰年；
旐维旟矣，室家溱溱。"[4]

[1] 赋也。黄牛黑唇曰犉。羊以三百为群，其群不可数也。牛之犉者九十，非犉者尚多也。聚其角而息，濈濈然。呞而动其耳，湿湿然。王氏曰："濈濈，和也。羊以善触为患，故言其和，谓聚而不相触也。湿湿，润泽也。牛病则耳燥，安则润泽也。"〇此诗言牧事有成，而牛羊众多也。

[2] 赋也。讹，动。何，揭也。蓑、笠，所以备雨。三十维物，齐其色

而别之,凡为色三十也。〇言牛羊无惊畏,而牧人持雨具,赍饮食,从其所适,以顺其性。是以生养蕃息,至于其色无所不备,而于用无所不有也。

[3] 赋也。麁曰薪,细曰蒸。雌、雄,禽兽也。矜矜兢兢,坚强也。骞,亏也。崩,群疾也。肱,臂也。既,尽也。升,入牢也。〇言牧人有余力,则出取薪蒸搏禽兽。其羊亦驯扰从人,不假箠楚。但以手麾之使来,则毕来;使升,则既升也。

[4] 赋也。占梦之说未详。溱溱,众也。或曰众,谓人也。旐,郊野所建,统人少。旟,州里所建,统人多。盖人不如鱼之多,旐所统不如旟所统之众,故梦人乃是鱼,则为丰年;旐乃是旟,则为人众。

节 南 山

《诗序》:《节南山》,家父刺幽王也。

> 节彼南山,维石岩岩。
> 赫赫师尹,民具尔瞻。
> 忧心如惔,不敢戏谈。
> 国既卒斩,何用不监?[1]

> 节彼南山,有实其猗。
> 赫赫师尹,不平谓何?
> 天方荐瘥,丧乱弘多。
> 民言无嘉,憯莫惩嗟。[2]

> 尹氏大师,维周之氐。

秉国之均,四方是维。

天子是毗,俾民不迷。

不吊昊天,不宜空我师![3]

弗躬弗亲,庶民弗信。

弗问弗仕,勿罔君子。

式夷式已,无小人殆。

琐琐姻亚,则无膴仕。[4]

昊天不佣,降此鞠讻!

昊天不惠,降此大戾!

君子如届,俾民心阕。

君子如夷,恶怒是违。[5]

不吊昊天,乱靡有定。

式月斯生,俾民不宁。

忧心如酲,谁秉国成?

不自为政,卒劳百姓。[6]

驾彼四牡,四牡项领。

我瞻四方,蹙蹙靡所骋![7]

方茂尔恶,相尔矛矣。

既夷既怿,如相酬矣。[8]

昊天不平，我王不宁。
不惩其心，复怨其正。[9]

家父作诵，以究王讻。
式讹尔心，以畜万邦。[10]

朱熹云：《序》以此为幽王之诗。而《春秋》桓十五年有家父来聘于周，为桓王之世，上距幽王之终已七十五年，不知其人之同异？大抵序之时世皆不足信，今姑阙焉可也。

[1]兴也。节，高峻貌。岩岩，积石貌。赫赫，显盛貌。师尹，大师尹氏也。大师，三公。尹氏，盖吉甫之后。《春秋》书"尹氏卒"，公羊子以为"讥世卿"者，即此也。具，俱。瞻，视。惔，燔。卒，终。斩，绝。监，视也。○此诗家父所作，刺王用尹氏以致乱。言节彼南山，则维石岩岩矣。赫赫师尹，则民具尔瞻矣。而其所为不善，使人忧心如火燔灼，又畏其威而不敢言也。然则国既终斩绝矣，汝何用而不察哉？

[2]兴也。有实其猗，未详其义。传曰："实，满。猗，长也。"《笺》云："猗，倚也。言草木满其旁，倚之畎谷也。"或以为草木之实猗猗然，皆不甚通。薦、荐通，重也。瘥，病。弘，大。憯，曾。惩，创也。○节彼南山，则有实其猗矣。赫赫师尹，而不平其心，则谓之何哉？苏氏曰："为政者不平其心，则下之荣瘁劳佚有大相绝者矣。是以神怒而重之以丧乱，人怨而谤讟其上。然尹氏曾不惩创咨嗟，求所以自改也。"

[3]赋也。氏，本。均，平。维，持。毗，辅。吊，愍。空，穷。师，众也。○言尹氏大师维周之氏，而秉国之均，则是宜有以维持四方，毗辅天子，而使民不迷，乃其职也。今乃不平其心，而既不见愍吊于昊天矣。则不宜久在其位，使天降祸乱，而我众并及空穷也。

[4]赋也。仕，事。冈，欺也。君子，指王也。夷，平。已，止。殆，

危也。琐琐，小貌。婿之父曰姻。两婿相谓曰亚。膴，厚也。○言王委政于尹氏，尹氏又委政于姻亚之小人，而以其未尝问、未尝事者，欺其君也。故戒之曰：汝之弗躬弗亲，庶民已不信矣。其所弗问弗事，则岂可以罔君子哉？当平其心，视所任之人，有不当者则已之。无以小人之故而至于危殆其国也。琐琐姻亚，而必皆膴仕，则小人进矣。

[5]赋也。佣，均。鞫，穷。讻，乱。戾，乖。届，至。闋，息。违，远也。○言昊天不均，而降此穷极之乱。昊天不顺，而降此乖戾之变。然所以靖之者，亦在夫人而已。君子无所苟而用其至，则必躬必亲，而民之乱心息矣。君子无所偏而平其心，则式夷式已，而民之恶怒远矣。伤王与尹氏之不能也。夫为政不平以召祸乱者，人也。而诗人以为天实为之者，盖无所归咎而归之天也。抑有以见君臣隐讳之义焉，有以见天人合一之理焉。后皆放此。

[6]赋也。酒病曰酲。成，平。卒，终也。○苏氏曰："天不之恤，故乱未有所止，而祸患与岁月增长。君子忧之曰：谁秉国成者，乃不自为政，而以付之姻亚之小人，其卒使民为之受其劳弊，以至此也。"

[7]赋也。项，大也。蹙蹙，缩小之貌。○言驾四牡，而四牡项领可以骋矣。而视四方，则皆昏乱，蹙蹙然，无可往之所，亦将何所骋哉？东莱吕氏曰："本根病，则枝叶皆瘁。是以无可往之地也。"

[8]赋也。茂，盛。相，视。怿，悦也。○言方盛其恶以相加，则视其矛戟，如欲战斗。及既夷平悦怿，则相与欢然如宾主而相酬酢，不以为怪也。盖小人之性无常，而习于斗乱，其喜怒之不可期如此。是以君子无所适而可也。

[9]赋也。尹氏之不平，若天使之，故曰"昊天不平"。若是则我王亦不得宁矣。然尹氏犹不自惩创其心，乃反怨人之正己者，则其为恶何时而已哉！

[10]赋也。家，氏。父，字。周大夫也。究，穷。讻，化。畜，养也。○家父自言作为此诵，以穷究王政昏乱之所由，冀其改心易虑，以畜养万邦也。陈氏曰："尹氏厉威，使人不得戏谈。而家父作诗，乃复自表其出

于己。以身当尹氏之怒而不辞者,盖家父周之世臣,义与国俱存亡故也。"东莱吕氏曰:"篇终矣,故穷其乱本而归之王心焉。致乱者虽尹氏,而用尹氏者,则王心之蔽也。"李氏曰:"孟子曰:'人不足与适也,政不足与间也,惟大人为能格君心之非。'盖用人之失,政事之过,虽皆君之非,然不必先论也。惟格君心之非,则政事无不善矣,用人皆得其当矣。"

正 月

《诗序》:《正月》,大夫刺幽王也。

正月繁霜,我心忧伤。
民之讹言,亦孔之将。
念我独兮,忧心京京。
哀我小心,瘋忧以痒。[1]

父母生我,胡俾我瘉?
不自我先,不自我后。
好言自口,莠言自口。
忧心愈愈,是以有侮。[2]

忧心惸惸,念我无禄。
民之无辜,并其臣仆。
哀我人斯,于何从禄?
瞻乌爰止,于谁之屋?[3]

瞻彼中林，侯薪侯蒸。
民今方殆，视天梦梦。
既克有定，靡人弗胜。
有皇上帝，伊谁云憎？[4]

谓山盖卑，为冈为陵。
民之讹言，宁莫之惩。
召彼故老，讯之占梦。
具曰"予圣"，
谁知乌之雌雄！[5]

谓天盖高？不敢不局。
谓地盖厚？不敢不蹐。
维号斯言，有伦有脊。
哀今之人，胡为虺蜴？[6]

瞻彼阪田，有菀其特。
天之扤我，如不我克。
彼求我则，如不我得。
执我仇仇，亦不我力。[7]

心之忧矣，如或结之。
今兹之正，胡然厉矣？
燎之方扬，宁或灭之？

赫赫宗周,褒姒威之![8]

终其永怀,又窘阴雨。
其车既载,乃弃尔辅。
载输尔载,"将伯助予!"[9]

无弃尔辅,员于尔辐。
屡顾尔仆,不输尔载。
终逾绝险,曾是不意![10]

鱼在于沼,亦匪克乐。
潜虽伏矣,亦孔之炤。
忧心惨惨,念国之为虐。[11]

彼有旨酒,又有嘉肴。
洽比其邻,昏姻孔云。
念我独兮,忧心殷殷。[12]

佌佌彼有屋,蔌蔌方有榖。
民今之无禄,天夭是椓。
哿矣富人,哀此惸独![13]

[1] 赋也。正月,夏之四月。谓之正月者,以纯阳用事,为正阳之月
也。繁,多。讹,伪。将,大也。京京,亦大也。癙忧,幽忧也。痒,病也。
○此诗亦大夫所作。言霜降失节,不以其时,既使我心忧伤矣。而造为

奸伪之言以惑群听者又方甚大。然众人莫以为忧,故我独忧之,以至于病也。

[2]赋也。瘉,病。自,从。莠,丑也。愈愈,益甚之意。〇疾痛故呼父母,而伤己适丁是时也。讹言之人虚伪反覆,言之好丑皆不出于心,而但出于口。是以我之忧心益甚,而反见侵侮也。

[3]赋也。惇惇,忧意也。无禄,犹言不幸尔。辜,罪。并,俱也。古者以罪人为臣仆,亡国所房亦以为臣仆。箕子所谓"商其沦丧,我罔为臣仆"是也。〇言不幸而遭国之将亡,与此无罪之民,将俱被囚房而同为臣仆。未知将复从何人而受禄,如视乌之飞,不知其将止于谁之屋也。

[4]兴也。中林,林中也。侯,维。殆,危也。梦梦,不明也。皇,大也。上帝,天之神也。程子曰:"以其形体谓之天,以其主宰谓之帝。"〇言瞻彼中林,则维薪维蒸,分明可见。民今方危殆疾痛,号诉于天,而视天反梦梦然,若无意于分别善恶者。然此特值其未定之时耳,及其既定,则未有不为天所胜者也。夫天岂有所憎而祸之乎,福善祸淫亦自然之理而已。申包胥曰:"人众则胜天,天定亦能胜人。"疑出于此。

[5]赋也。山脊曰冈,广平曰陵。惩,止也。故老,旧臣也。讯,问也。占梦,官名,掌占梦者也。具,俱也。乌之雌雄,相似而难辨者也。〇谓山盖卑,而其实则冈陵之崇也。今民之讹言如此矣,而王犹安然莫之止也。及其询之故老,讯之占梦,则又皆自以为圣人,亦谁能别其言之是非乎?子思言于卫侯曰:"君之国事将日非矣。"公曰:"何故?"对曰:"有由然焉。君出言自以为是,而卿大夫莫敢矫其非。卿大夫出言亦自以为是,而士庶人莫敢矫其非。君臣既自贤矣,而群下同声贤之。贤之则顺而有福,矫之则逆而有祸,如此则善安从生?《诗》曰:'具曰予圣,谁知乌之雌雄。'抑亦似君之君臣乎!"

[6]赋也。局,曲也。蹐,累足也。号,长言之也。脊,理。蜴,螈也。虺、蜴,皆毒螫之虫也。〇言遭世之乱,天虽高而不敢不局,地虽厚而不敢不蹐。其所号呼而为此言者,又皆有伦理而可考也。哀今之人,胡为肆毒以害人,而使之至此乎!

[7]兴也。阪田，崎岖墝埆之处。菀，茂盛之貌。特，特生之苗也。抚，动也。力，谓用力。〇瞻彼阪田，犹有菀然之特。而天之抚我，如恐其不我克，何哉！亦无所归咎之词也。夫始而求之以为法则，惟恐不我得也。及其得之，则又执我坚固如仇雠然，然终亦莫能用也。求之甚艰，而弃之甚易，其无常如此。

[8]赋也。正，政也。厉，暴恶。火田为燎。扬，盛也。宗周，镐京也。褒姒，幽王之嬖妾，褒国女，姒姓也。威，亦灭也。〇言我心之忧如结者，为国政之暴恶故也。燎之方盛之时，则宁有能扑而灭之者乎？然赫赫然之宗周，而一褒姒足以灭之，盖伤之也。时宗周未灭，以褒姒淫妒谗谄，而王惑之，知其必灭周也。

[9]比也。阴雨则泥泞，而车易以陷也。载，车所载也。辅，如今人缚杖于辐，以防辅车也。输，堕也。将，请也。伯，或者之字也。〇苏氏曰："王为淫虐，譬如行险而不知止。君子永思其终，知其必有大难，故曰'终其永怀，又窘阴雨'。王又不虞难之将至，而弃贤臣焉，故曰'乃弃尔辅'。君子求助于未危，故难不至。苟其载之既堕，而后号伯以助予，则无及矣。"

[10]比也。员，益也。辅，所以益辐也。屡，数。顾，视也。仆，将车者也。〇此承上章。言若能无弃尔辅，以益其辐，而又数数顾视其仆，则不堕尔所载，而逾于绝险，若初不以为意者。盖能谨其初，则厥终无难也。一说，王曾不以是为意乎？

[11]比也。沼，池也。炤，明，易见也。〇鱼在于沼，其为生已蹙矣。其潜虽深，然亦炤然而易见。言祸乱之及，无所逃也。

[12]赋也。洽、比，皆合也。云，旋也。殷殷然，痛也。〇言小人得志，有旨酒嘉肴，以合比其邻里，怡怿其昏姻。而我独忧心，至于疾痛也。昔人有言，燕雀处堂，母子相安，自以为乐也，突决栋焚，而怡然不知祸之将及。其此之谓乎！

[13]赋也。佌佌，小貌。蔌蔌，窭陋貌。指王所用之小人也。穀，禄。夭，祸。椓，害。哿，可。独，单也。〇佌佌然之小人既已有屋矣，蔌蔌窭陋者又将有穀矣。而民今独无禄者，是天祸椓丧之尔。亦无所归怨

之词也。乱至于此,富人犹或可胜,惸独甚矣!此孟子所以言文王发政施仁,必先鳏寡孤独也。

十月之交

《诗序》:《十月之交》,大夫刺幽王也。

> 十月之交,朔日辛卯。
> 日有食之,亦孔之丑。
> 彼月而微,此日而微。
> 今此下民,亦孔之哀。[1]
>
> 日月告凶,不用其行。
> 四国无政,不用其良。
> 彼月而食,则维其常。
> 此日而食,于何不臧![2]
>
> 烨烨震电,不宁不令。
> 百川沸腾,山冢崒崩。
> 高岸为谷,深谷为陵。
> 哀今之人,胡憯莫惩![3]
>
> 皇父卿士,番维司徒,
> 家伯为宰,仲允膳夫。
> 棸子内史,蹶维趣马,

楀维师氏,艳妻煽方处。[4]

抑此皇父,岂曰不时。
胡为我作,不即我谋?
彻我墙屋,田卒污莱。
曰予不戕,礼则然矣。[5]

皇父孔圣,作都于向。
择三有事,亶侯多藏。
不慭遗一老,俾守我王。
择有车马,以居徂向。[6]

黾勉从事,不敢告劳。
无罪无辜,谗口嚣嚣。
下民之孽,匪降自天。
噂沓背憎,职竞由人。[7]

悠悠我里,亦孔之痗。
四方有羡,我独居忧。
民莫不逸,我独不敢休。
天命不彻,
我不敢效我友自逸。[8]

[1] 赋也。十月,以夏正言之,建亥之月也。交,日月交会,谓晦朔
之间也。历法,周天三百六十五度四分度之一。左旋于地,一昼一夜,则

其行一周而又过一度。日月皆右行于天,一昼一夜,则日行一度,月行十三度十九分度之七。故日一岁而一周天,月二十九日有奇而一周天,又逐及于日而与之会。一岁凡十二会。方会,则月光都尽而为晦。已会,则月光复苏而为朔。朔后晦前,各十五日。日月相对,则月光正满而为望。晦朔而日月之合,东西同度,南北同道,则月掩日而日为之食。望而日月之对,同度同道,则月亢日而月为之食。是皆有常度矣。然王者修德行政,用贤去奸,能使阳盛足以胜阴,阴衰不能侵阳,则日月之行,虽或当食,而月常避日。故其迟速高下,必有参差而不正相合,不正相对者,所以当食而不食也。若国无政,不用善,使臣子背君父,妾妇乘其夫,小人陵君子,夷狄侵中国,则阴盛阳微,当食必食。虽曰行有常度,而实为非常之变矣。苏氏曰:"日食,天变之大者也。然正阳之月,古尤忌之。夏之四月为纯阳,故谓之正月。十月纯阴,疑其无阳,故谓之阳月。纯阳而食,阳弱之甚也。纯阴而食,阴壮之甚也。微,亏也。彼月则宜有时而亏矣,此日不宜亏而今亦亏,是乱亡之兆也。"

[2]赋也。行,道也。○凡日月之食,皆有常度矣。而以为不用其行者,月不避日,失其道也。然其所以然者,则以四国无政,不用善人故也。如此,则日月之食,皆非常矣。而以月食为其常,日食为不臧者,阴亢阳而不胜,犹可言也,阴胜阳而掩之,不可言也。故《春秋》日食必书,而月食则无纪焉,亦以此尔。

[3]赋也。烨烨,电光貌。震,雷也。宁,安徐也。令,善。沸,出。腾,乘也。山顶曰冢。崒,崔嵬也。高岸崩陷,故为谷。深谷填塞,故为陵。憯,曾也。○言非但日食而已,十月而雷电,山崩水溢,亦灾异之甚者。是宜恐惧修省,改纪其政,而幽王曾莫之惩也。董子曰:"国家将有失道之败,而天乃先出灾异以谴告之。不知自省,又出怪异以警惧之。尚不知变,而伤败乃至。此见天心仁爱人君,而欲止其乱也。"

[4]赋也。皇父、家伯、仲允,皆字也。番、聚、蹶、楀,皆氏也。卿士,六卿之外更为都官,以总六官之事也。或曰,卿士,盖卿之士。《周礼》太宰之属有上中下士。《公羊》所谓"宰士",《左氏》所谓"周公以蔡仲

为己卿士"是也。盖以宰属而兼总六官,位卑而权重也。司徒掌邦教,冢宰掌邦治,皆卿也。膳夫,上士,掌王之饮食膳羞者也。内史,中大夫,掌爵禄废置杀生予夺之法者也。趣马,中士,掌王马之政者也。师氏,亦中大夫,掌司朝得失之事者也。美色曰艳。艳妻,即褒姒也。煽,炽也。方处,方居其所,未变徙也。〇言所以致变异者,由小人用事于外,而嬖妾蛊惑王心于内,以为之主故也。

[5]赋也。抑,发语词。时,农隙之时也。作,动。即,就。卒,尽也。污,停水也。莱,草秽也。戕,害也。〇言皇父不自以为不时,欲动我以徙,而不与我谋,乃遽彻我墙屋,使我田不获治,卑者污而高者莱,又曰非我戕汝,乃下供上役之常礼耳。

[6]赋也。孔,甚也。圣,通明也。都,大邑也。《周礼》:畿内大都方百里,小都方五十里。皆天子公卿所封也。向,地名,在东都畿内。今孟州河阳县是也。三有事,三卿也。亶,信。侯,维。藏,蓄也。憖者,心不欲而自强之词。有车马者,亦富民也。徂,往也。〇言皇父自以为圣,而作都则不求贤,而但取富人以为卿。又不自强留一人以卫天子,但有车马者则悉与俱往,不忠于上,而但知贪利以自私也。

[7]赋也。嚣,众多貌。孽,灾害也。噂,聚也。沓,重复也。职,主。竞,力也。〇言黾勉从皇父之役,未尝敢告劳也,犹且无罪而遭谗。然下民之孽,非天之所为也。噂噂沓沓多言以相说,而背则相憎,专力为此者,皆由谗口之人耳。

[8]赋也。悠悠,忧也。里,居。瘣,病。羡,余。逸,乐。彻,均也。〇当是之时,天下病矣,而独忧我里之甚病。且以为四方皆有余,而我独忧,众人皆得逸豫,而我独劳者,以皇父病之,而被祸尤甚故也。然此乃天命之不均,吾岂敢不安于所遇,而必效我友之自逸哉!

雨无正

《诗序》:《雨无正》,大夫刺幽王也。雨自上下者也,众多如雨,而非所以为政也。

浩浩昊天,不骏其德。
降丧饥馑,斩伐四国。
旻天疾威,弗虑弗图。
舍彼有罪,既伏其辜。
若此无罪,沦胥以铺。[1]

周宗既灭,靡所止戾。
正大夫离居,莫知我勚。
三事大夫,莫肯夙夜。
邦君诸侯,莫肯朝夕。
庶曰式臧,复出为恶。[2]

如何昊天,辟言不信。
如彼行迈,则靡所臻。
凡百君子,各敬尔身。
胡不相畏,不畏于天。[3]

戎成不退,饥成不遂。
曾我暬御,憯憯日瘁。
凡百君子,莫肯用讯。
听言则答,谮言则退。[4]

哀哉不能言,匪舌是出。

维躬是瘁,哿矣能言。
巧言如流,俾躬处休。[5]

维曰于仕,孔棘且殆。
云不可使,得罪于天子。
亦云可使,怨及朋友。[6]

谓尔迁于王都,
曰予未有室家。
鼠思泣血,无言不疾。
昔尔出居,谁从作尔室?[7]

朱熹云:欧阳公曰:"古之人于诗,多不命题,而篇名往往无义例。其或有命名者,则必述诗之意,如《巷伯》、《常武》之类是也。今《雨无正》之名,据《序》所言,与诗绝异,当阙其所疑。"元城刘氏曰:"尝读《韩诗》,有《雨无极》篇。序云:'《雨无极》,正大夫刺幽王也。'至其诗之文,则比《毛诗》篇首多'雨无其极,伤我稼穑'八字。"愚按:刘说似有理。然第一、二章本皆十句,今遽增之,则长短不齐,非《诗》之例。又此诗实正大夫离居之后,暬御之臣所作。其曰"正大夫刺幽王"者,亦非是,且其为幽王诗,亦未有所考也。

[1] 赋也。浩浩,广大也。昊,亦广大之意。骏,大。德,惠也。谷不熟曰饥,蔬不熟曰馑。疾威,犹暴虐也。虑、图,皆谋也。舍,置。沦,陷。胥,相。铺,遍也。○此时饥馑之后,群臣离散,其不去者作诗以责去者。故推本而言,昊天不大其惠,降此饥馑,而杀伐四国之人,如何昊天曾不思虑图谋,而遽为此乎!彼有罪而饥死,则是既伏其辜矣,舍之可

也。此无罪者,亦相与而陷于死亡,则如之何哉?

[2]赋也。宗,族姓也。戾,定也。正,长也。《周官》八职,一曰正,谓六官之长,皆上大夫也。离居,盖以饥馑散去,而因以避谗潜之祸也。我,不去者自我也。勚,劳也。三事,三公也。大夫,六卿及中下大夫也。臧,善。覆,反也。○言将有易姓之祸,其兆已见,而天变人离又如此。庶几曰王改而为善,乃覆出为恶而不悛也。或曰疑此亦东迁后诗也。

[3]赋也。如何昊天,呼天而诉之也。辟,法。臻,至也。凡百君子,指群臣也。○言如何乎昊天也,法度之言而不听信,则如彼行往而无所底至也。然凡百君子,岂可以王之为恶而不敬其身哉!不敬尔身,不相畏也。不相畏,不畏天也。

[4]赋也。戎,兵。遂,进也。《易》曰“不能退,不能遂”是也。暬御,近侍也。《国语》曰“居寝有暬御之箴”,盖如汉侍中之官也。憸憸,忧貌。瘁,病。讯,告也。○言兵寇已成,而王之为恶不退。饥馑已成,而王之迁善不遂。使我暬御之臣忧之,而惨惨日瘁也。凡百君子,莫肯以是告王者,虽王有问而欲听其言,则亦答之而已,不敢尽言也。一有谗言及己,则皆退而离居,莫肯夙夜朝夕于王矣。其意若曰:王虽不善,而君臣之义,岂可以若是恝乎?

[5]赋也。出,出之也。瘁,病。哿,可也。○言之忠者,当世之所谓不能言者也,故非但出诸口,而适以瘁其躬。佞人之言,当世所谓能言者也,故巧好其言,如水之流,无所凝滞,而使其身处于安乐之地。盖乱世昏主,恶忠直而好谀佞类如此。诗人所以深叹之也。

[6]赋也。于,往。棘,急。殆,危也。○苏氏曰:“人皆曰往仕耳,曾不知仕之急且危也。当是之时,直道者,王之所谓不可使;而枉道者,王之所谓可使也。直道者得罪于君,而枉道者见怨于友。此仕之所以难也。”

[7]赋也。尔,谓离居者。鼠思,犹言瘰忧也。○当是时,言之难能,而仕之多患如此,故群臣有去者、有居者。居者不忍王之无臣、己之无徒,则告去者,使复还于王都。去者不听,而托于无家以拒之。至于忧

思泣血,有无言而不痛疾者,盖其惧祸之深,至于如此。然所谓无家者,则非其情也,故诘之曰:昔尔之去也,谁为尔作室者?而今以是辞我哉!

小 旻

《诗序》:《小旻》,大夫刺幽王也。

旻天疾威,敷于下土。
谋犹回遹,何日斯沮?
谋臧不从,不臧复用。
我视谋犹,亦孔之邛![1]

潝潝訿訿,亦孔之哀。
谋之其臧,则具是违;
谋之不臧,则具是依。
我视谋犹,伊于胡底![2]

我龟既厌,不我告犹。
谋夫孔多,是用不集。
发言盈庭,谁敢执其咎?
如匪行迈谋,
是用不得于道。[3]

哀哉为犹,
匪先民是程,匪大犹是经;

维迩言是听,维迩言是争!
如彼筑室于道谋,
是用不溃于成。[4]

国虽靡止,或圣或否。
民虽靡膴,
或哲或谋,或肃或艾。
如彼泉流,无沦胥以败![5]

不敢暴虎,不敢冯河。
人知其一,莫知其他。
战战兢兢,
如临深渊,如履薄冰。[6]

朱熹云:苏氏曰:《小旻》、《小宛》、《小弁》、《小明》四诗,皆以"小"名篇,所以别其为"小雅"也。其在"小雅"者谓之"小",故其在"大雅"者谓之《召旻》、《大明》,独"宛"、"弁"阙焉。意者孔子删之矣。虽去其大,而其小者犹谓之"小",盖即用其旧也。

[1]赋也。旻,幽远之意。敷,布。犹,谋。回,邪。遹,辟。沮,止。臧,善。复,反。邛,病也。○大夫以王惑于邪谋,不能断以从善,而作此诗。言旻天之疾威,布于下土,使王之谋犹邪辟,无日而止。谋之善者则不从,而其不善者反用之。故我视其谋犹,亦甚病也。

[2]赋也。潝潝,相和也。訾訾,相诋也。具,俱。底,至也。○言小人同而不和,其虑深矣。然于谋之善者则违之,其不善者则从之,亦何能有所定乎。

[3] 赋也。集,成也。○卜筮数则渎,而龟厌之,故不复告其所图之吉凶。谋夫众则是非相夺,而莫适所从,故所谋终亦不成。盖发言盈庭,各是其是,无肯任其责而决之者。犹不行不迈,而坐谋所适,谋之虽审,而亦何得于道路哉!

[4] 赋也。先民,古之圣贤也。程,法。犹,道。经,常。溃,遂也。○言哀哉今之为谋,不以先民为法,不以大道为常,其所听而争者,皆浅末之言。以是相持,如将筑室而与行道之人谋之,人人得为异论,其能有成也哉!古语曰:“作舍道边,三年不成。”盖出于此。

[5] 赋也。止,定也。圣,通“明”也。膴,大也,多也。艾,与“乂”同,治也。沦,陷。胥,相也。○言国论虽不定,然有圣者焉,有否者焉。民虽不多,然有哲者焉,有谋者焉,有肃者焉,有艾者焉。但王不用善,则虽有善者,不能自存,将如泉流之不反,而沦胥以至于败矣。圣、哲、谋、肃、乂,即《洪范》五事之德。岂作此诗者,亦传箕子之学也与?

[6] 赋也。徒搏曰暴。徒涉曰冯,如冯几然也。战战,恐也。兢兢,戒也。如临深渊,恐坠也。如履薄冰,恐陷也。○众人之虑,不能及远。暴虎冯河之患近而易见,则知避之。丧国亡家之祸隐于无形,则不知以为忧也。故曰“战战兢兢,如临深渊,如履薄冰”,惧及其祸之词也。

小 宛

《诗序》:《小宛》,大夫刺幽王也。

宛彼鸣鸠,翰飞戾天。
我心忧伤,念昔先人。
明发不寐,有怀二人。[1]

人之齐圣,饮酒温克。

彼昏不知，壹醉日富。
各敬尔仪，天命不又。[2]

中原有菽，庶民采之。
螟蛉有子，蜾蠃负之。
教诲尔子，式穀似之。[3]

题彼脊令，载飞载鸣。
我日斯迈，而月斯征。
夙兴夜寐，无忝尔所生！[4]

交交桑扈，率场啄粟。
哀我填寡，宜岸宜狱。
握粟出卜，自何能穀？[5]

温温恭人，如集于木。
惴惴小心，如临于谷。
战战兢兢，如履薄冰。[6]

朱熹云：此诗之词最为明白，而意极恳至。说者必欲为刺王之言，故其说穿凿破碎，无理尤甚。今悉改定，读者详之。

[1] 兴也。宛，小貌。鸣鸠，斑鸠也。翰，羽。戾，至也。明发，谓将旦而光明开发也。二人，父母也。○此大夫遭时之乱，而兄弟相戒以免祸之诗。故言彼宛然之小鸟，亦翰飞而至于天矣，则我心之忧伤，岂能不

念昔之先人哉? 是以明发不寐,而有怀乎父母也。言此以为相戒之端。

[2] 赋也。齐,肃也。圣,通明也。克,胜也。富,犹甚也。又,复也。○言齐圣之人,虽醉犹温恭自持以胜,所谓不为酒困也。彼昏然而不知者,则一于醉而日甚矣。于是言各敬谨尔之威仪,天命已去,将不复来,不可以不恐惧也。时王以酒败德,臣下化之,故此兄弟相戒,首以为说。

[3] 兴也。中原,原中也。菽,大豆也。螟蛉,桑上小青虫也,似步屈。蜾蠃,土蜂也,似蜂而小腰,取桑虫负之于木空中,七日而化为其子。式,用。穀,善也。○中原有菽,则庶民采之矣,以兴善道人皆可行也。螟蛉有子,则蜾蠃负之,以兴不似者可教而似也。教诲尔子,则用善而似之可也。善也,似也,终上文两句所兴而言也。戒之以不惟独善其身,又当教其子使为善也。

[4] 兴也。题,视也。脊令,飞则鸣,行则摇。载,则。而,汝。忝,辱也。○视彼脊令,则且飞而且鸣矣。我既日斯迈,则汝亦月斯征矣。言当各务努力,不可暇逸取祸,恐不及相救恤也。夙兴夜寐,各求无辱于父母而已。

[5] 兴也。交交,往来之貌。桑扈,窃脂也,俗呼青觜,肉食,不食粟。填,与"瘨"同,病也。岸,亦狱也,《韩诗》作"犴",乡亭之系曰犴,朝廷曰狱。○扈不食粟,而今则率场啄粟矣。病寡不宜岸狱,今则宜岸宜狱矣。言王不恤鳏寡,喜陷之于刑辟也。然不可不求所以自善之道,故握持其粟,出而卜之曰,何自而能善乎? 言握粟,以见其贫窭之甚。

[6] 赋也。温温,和柔貌。如集于木,恐队也。如临于谷,恐陨也。

小 弁

《诗序》:《小弁》,刺幽王也。大子之傅作焉。

弁彼鸒斯，归飞提提。
民莫不穀，我独于罹。
何辜于天，我罪伊何？
心之忧矣，云如之何？[1]

踧踧周道，鞫为茂草。
我心忧伤，惄焉如捣。
假寐永叹，维忧用老。
心之忧矣，疢如疾首。[2]

维桑与梓，必恭敬止。
靡瞻匪父，靡依匪母。
不属于毛，不离于里。
天之生我，我辰安在？[3]

菀彼柳斯，鸣蜩嘒嘒。
有漼者渊，萑苇淠淠。
譬彼舟流，不知所届。
心之忧矣，不遑假寐。[4]

鹿斯之奔，维足伎伎。
雉之朝雊，尚求其雌。
譬彼坏木，疾用无枝。
心之忧矣，宁莫之知！[5]

相彼投兔，尚或先之。
行有死人，尚或墐之。
君子秉心，维其忍之。
心之忧矣，涕既陨之![6]

君子信谗，如或酬之。
君子不惠，不舒究之。
伐木掎矣，析薪杝矣。
舍彼有罪，予之佗矣![7]

莫高匪山，莫浚匪泉。
君子无易由言，耳属于垣。
无逝我梁，无发我笱。
我躬不阅，遑恤我后。[8]

　　朱熹云：幽王娶于申，生太子宜臼。后得褒姒而惑之，生子伯服，信
其谗，黜申后，逐宜臼。而宜臼作此以自怨也。《序》以为大子之傅述大
子之情以为是诗，不知其何所据也。《传》曰："高子曰：'《小弁》，小人之
诗也。'孟子曰：'何以言之?'曰：'怨。'曰：'固哉！高叟之为诗也。有人
于此，越人关弓而射之，则己谈笑而道之。无他，疏之也。其兄关弓而射
之，则己垂涕泣而道之，无他，戚之也。《小弁》之怨，亲亲也。亲亲，仁
也。固矣夫，高叟之为诗也！'曰：'《凯风》何以不怨?'曰：'《凯风》，亲之
过小者也。《小弁》，亲之过大者也。亲之过大而不怨，是愈疏也。亲之
过小而怨，是不可矶也。愈疏，不孝也。不可矶，亦不孝也。孔子曰："舜
其至孝矣，五十而慕。"'"

[1]兴也。弁,飞拊翼貌。鸒,雅乌也,小而多群,腹下白,江东呼为鸭乌。斯,语词也。提提,群飞安闲之貌。穀,善。罹,忧也。○旧说幽王大子宜臼被废而作此诗。言弁彼鸒斯,则归飞提提矣。民莫不善,而我独于忧,则鸒斯之不如也。"何辜于天,我罪伊何"者,怨而慕也。舜号泣于旻天曰:"父母之不我爱,于我何哉!"盖如此矣。"心之忧矣,云如之何",则知其无可奈何而安之之词也。

[2]兴也。踧踧,平易也。周道,大道也。鞫,穷。愻,思。捣,舂也。不脱衣冠而寐曰假寐。疧,犹"疾"也。○踧踧周道,则将鞫为茂草矣。我心忧伤,则愻焉如捣矣。精神惯眊,至于假寐之中而不忘永叹,忧之之深,是以未老而老也。"疧如疾首",则又忧之甚矣。

[3]兴也。桑、梓,二木,古者五亩之宅,树之墙下,以遗子孙,给蚕食、具器用者也。瞻者,尊而仰之。依者,亲而倚之。属,连也。毛,肤体之余气末属也。离,丽也。里,心腹也。辰,犹时也。○言桑梓父母所植,尚且必加恭敬,况父母至尊至亲,宜莫不瞻依也。然父母之不我爱,岂我不属于父母之毛乎?岂我不离于父母之里乎?无所归咎,则推之于天曰:岂我生时不善哉?何不祥至是也。

[4]兴也。菀,茂盛貌。蜩,蝉也。嘒嘒,声也。漼,深貌。湝湝,众也。届,至。遑,暇也。○菀彼柳斯,则鸣蜩嘒嘒矣。有漼者渊,则萑苇湝湝矣。今我独见弃逐,如舟之流于水中,不知其何所至乎!是以忧之之深,昔犹假寐,而今不暇也。

[5]兴也。伎伎,舒貌。宜疾而舒,留其群也。雉,雉鸣也。坏,伤病也。宁,犹何也。○鹿斯之奔,则足伎伎然。雉之朝雊,亦知求其妃匹。今我独见弃逐,如伤病之木,憔悴而无枝,是以忧之,而人莫之知也。

[6]兴也。相,视。投,奔。行,道。墐,埋。秉,执。陨,队也。○相彼被逐而投人之兔,尚或有哀其穷而先脱之者。道有死人,尚或有哀其暴露而埋藏之者。盖皆有不忍之心焉。今王信谗,弃逐其子,曾视投兔、死人之不如,则其秉心亦忍矣,是以心忧而涕陨也。

[7]赋而兴也。酬,报。惠,爱。舒,缓。究,察也。掎,倚也,以物

倚其巅也。杝，随其理也。佗，加也。○言王惟谗是听，如受酬爵，得即饮之。曾不加惠爱，舒缓而究察之。夫苟舒缓而究察之，则谗者之情得矣。伐木者尚倚其巅，析薪者尚随其理，皆不妄挫折之。今乃舍彼有罪之谮人，而加我以非其罪，曾伐木析薪之不若也。此则兴也。

[8] 赋而比也。山极高矣，而或陟其巅。泉极深矣，而或入其底。故君子不可易于其言，恐耳属于垣者，有所观望左右而生谗谮也。王于是卒以褒姒为后，伯服为大子，故告之曰："毋逝我梁，毋发我笱，我躬不阅，遑恤我后。"盖比词也。东莱吕氏曰：唐德宗将废大子而立舒王。李泌谏之，且曰："愿陛下还宫勿露此意，左右闻之，将树功于舒王，大子危矣。"此正"君子无易由言，耳属于垣"之谓也。《小弁》之作，大子既废矣，而犹云尔者，盖推本乱之所由生，言语以为阶也。

巧　言

《诗序》：《巧言》，刺幽王也。大夫伤于谗，故作是诗也。

悠悠昊天，曰父母且。
无罪无辜，乱如此幠。
昊天已威，予慎无罪；
昊天泰幠，予慎无辜。[1]

乱之初生，僭始既涵；
乱之又生，君子信谗。
君子如怒，乱庶遄沮；
君子如祉，乱庶遄已。[2]

君子屡盟，乱是用长。
君子信盗，乱是用暴。
盗言孔甘，乱是用餤。
匪其止共，维王之邛。[3]

奕奕寝庙，君子作之。
秩秩大猷，圣人莫之。
他人有心，予忖度之。
跃跃毚兔，遇犬获之。[4]

荏染柔木，君子树之。
往来行言，心焉数之。
蛇蛇硕言，出自口矣。
巧言如簧，颜之厚矣。[5]

彼何人斯，居河之麋。
无拳无勇，职为乱阶。
"既微且尰，尔勇伊何？
为犹将多，尔居徒几何？"[6]

朱熹云：以五章"巧言"二字名篇。

[1]赋也。悠悠，远大之貌。且，语词。幠，大也。已、泰，皆甚也。慎，审也。○大夫伤于谗，无所控告，而诉之于天曰：悠悠昊天，为人之父母。胡为使无罪之人遭乱如此其大也？昊天之威已甚矣，我审无罪也。

昊天之威甚大矣,我审无辜也。此自诉而求免之词也。

[2]赋也。僭始,不信之端也。涵,容受也。君子,指王也。遄,疾。沮,止也。祉,犹喜也。○言乱之所以生者,由谗人以不信之言始入,而王涵容,不察其真伪也。乱之又生者,则既信其谗言而用之矣。君子见谗人之言,若怒而责之,则乱庶几遄沮矣。见贤者之言,若喜而纳之,则乱庶几遄已矣。今涵容不断,谗信不分,是以谗者益胜,而君子益病也。苏氏曰:"小人为谗于其君,必以渐入之。其始也,进而尝之,君容之而不拒,知言之无忌,于是复进。既而君信之,然后乱成。"

[3]赋也。屡,数也。盟,邦国有疑,则杀牲歃血告神以相要束也。盗,指谗人也。餤,进。邛,病也。○言君子不能已乱,而屡盟以相要,则乱是用长矣。君子不能圣谗,而信盗以为虐,则乱是用暴矣。谗言之美,如食之甘,使人嗜之而不厌,则乱是用进矣。然此谗人不能供其职事,徒以为王之病而已。夫良药苦口而利于病,忠言逆耳而利于行。维其言之甘而悦焉,则其国岂不殆哉!

[4]兴而比也。奕奕,大也。秩秩,序也。猷,道。莫,定也。跃跃,跳疾貌。毚,狡也。○奕奕寝庙,则君子作之。秩秩大猷,则圣人莫之。以兴他人有心,则予得而忖度之。而又以"跃跃毚兔,遇犬获之"比焉。反覆兴比,以见谗人之心我皆得之,不能隐其情也。

[5]兴也。荏染,柔貌。柔木,桐梓之属,可用者也。行言,行道之言也。数,辨也。蛇蛇,安舒也。硕,大也,谓善言也。颜厚者,顽不知耻也。○荏染柔木,则君子树之矣。往来行言,则心能辨之矣。若善言而出于口者宜也,巧言如簧,则岂可出于口哉!言之徒可羞愧,而彼颜之厚,不知以为耻也。孟子曰:"为机变之巧者,无所用耻焉。"其斯人之谓与!

[6]赋也。何人,斥谗人也。此必有所指矣。贱而恶之,故为不知其姓名,而曰"何人"也。斯,语词也。水草交谓之麋。拳,力。阶,梯也。骭疡为微,肿足为尰。犹,谋。将,大也。○言此谗人居下湿之地,虽无拳勇可以为乱,而谗口交斗,专为乱之阶梯。又有微尰之疾,亦何能勇

哉！而为谗谋，则大且多如此，是必有助之者矣。然其所与居之徒众，几
何人哉！言亦不能甚多也。

何 人 斯

《诗序》：《何人斯》，苏公刺暴公也。暴公为卿士而谮苏公焉，故苏公作
是诗以绝之。

> 彼何人斯？其心孔艰。
> 胡逝我梁，不入我门？
> 伊谁云从？维暴之云。[1]

> 二人从行，谁为此祸？
> 胡逝我梁，不入唁我？
> 始者不如今，云不我可！[2]

> 彼何人斯？胡逝我陈？
> 我闻其声，不见其身。
> 不愧于人？不畏于天？[3]

> 彼何人斯？其为飘风。
> 胡不自北，胡不自南？
> 胡逝我梁，只搅我心！[4]

> 尔之安行，亦不遑舍。

尔之亟行，遑脂尔车。

壹者之来，云何其盱！[5]

尔还而入，我心易也。

还而不入，否难知也。

壹者之来，俾我祇也。[6]

伯氏吹埙，仲氏吹篪。

及尔如贯，谅不我知！

出此三物，以诅尔斯！[7]

为鬼为蜮，则不可得。

有靦面目，视人罔极。

作此好歌，以极反侧。[8]

　　朱熹云：此诗与上篇文意相似，疑出一手。但上篇先刺听者，此篇专
责谮人耳。王氏曰：暴公不忠于君，不义于友，所谓大故也，故苏公绝之。
然其绝之也，不斥暴公，言其从行而已。不著其谮也，示以所疑而已。既
绝之矣，而犹告以“壹者之来，俾我祇也”，盖君子之处己也忠，其遇人也
恕，使其由此悔悟，更以善意从我，固所愿也。虽其不能如此，我固不为
已甚。岂若小丈夫哉，一与人绝，则丑诋固拒，唯恐其复合也。

　　[1]赋也。何人，亦若不知其姓名也。孔，甚。艰，险也。我，旧说
以为苏公也。暴，暴公也。皆畿内诸侯也。○旧说暴公为卿士而谮苏
公，故苏公作诗以绝之。然不欲直斥暴公，故但指其从行者而言：彼何人
者，其心甚险。胡为往我之梁，而不入我之门乎？既而问其所从，则暴公

也。夫以从暴公而不入我门,则暴公之谮己也明矣。但旧说于诗无明文可考,未敢信其必然耳。

[2]赋也。二人,暴公与其徒也。啍,吊失位也。○言二人相从而行,不知谁谮己而祸之乎?既使我得罪矣,而其逝我梁也,又不入而啍我。女始者与我亲厚之时,岂尝如今不以我为可乎?

[3]赋也。陈,堂涂也,堂下至门之径也。○在我之陈,则又近矣。闻其声而不见其身,言其踪迹之诡秘也。不愧于人,则以人为可欺也。天不可欺,女独不畏于天乎?奈何其谮我也。

[4]赋也。飘风,暴风也。搅,扰乱也。○言其往来之疾若飘风然。自北自南,则与我不相值也。今则逝我之梁,则适所以搅乱我心而已。

[5]赋也。安,徐。遑,暇。舍,息。亟,疾。盱,望也。《字林》云:"盱,张目也。"《易》曰:"盱豫悔。"《三都赋》云:"盱衡而语。"是也。○言尔平时徐行犹不暇息,而况亟行,则何暇脂其车哉!今脂其车,则非亟也,乃托以亟行而不入见我,则非其情矣。何不一来见我,如何而使我望汝之切乎?

[6]赋也。还,反。易,说。祇,安也。○言尔之往也,既不入我门矣。傥还而入,则我心犹庶乎其说也。还而不入,则尔之心我不可得而知矣。何不一来见我,而使我心安乎?董氏曰:"是诗至此,其词益缓,若不知其为谮矣。"

[7]赋也。伯、仲,兄弟也。俱为王臣,则有兄弟之义矣。乐器土曰埙,大如鹅子,锐上平底,似称锤,六孔。竹曰篪,长尺四寸,围三寸,七孔,一孔上出,径三分,凡八孔,横吹之。如贯,如绳之贯物也,言相连属也。谅,诚也。三物,犬、豕、鸡也。刺其血以诅盟也。○伯氏吹埙,而仲氏吹篪,言其心相亲爱,而声相应和也。与汝如物之在贯,岂诚不我知而谮我哉!苟曰诚不我知,则出此三物以诅之可也。

[8]赋也。蜮,短狐也。江淮水皆有之,能含沙以射水中人影,其人辄病,而不见其形也。觍面,见人之貌也。好,善也。反侧,反覆,不正直也。○言汝为鬼为蜮,则不可得而见矣。女乃人也,觍然有面目,与人相

视,无穷极之时,岂其情终不可测哉？是以作此好歌,以究极尔反侧之心也。

巷 伯

《诗序》:《巷伯》,刺幽王也。寺人伤于谗,故作是诗也。

萋兮斐兮,成是贝锦。
彼谮人者,亦已大甚![1]

哆兮侈兮,成是南箕。
彼谮人者,谁适与谋![2]

缉缉翩翩,谋欲谮人。
慎尔言也,谓尔不信。[3]

捷捷幡幡,谋欲谮言。
岂不尔受,既其女迁。[4]

骄人好好,劳人草草。
苍天苍天!
视彼骄人,矜此劳人![5]

彼谮人者,谁适与谋!
取彼谮人,投畀豺虎!

豺虎不食,投畀有北;
有北不受,投畀有昊。^[6]

杨园之道,猗于亩丘。
寺人孟子,作为此诗。
凡百君子,敬而听之。^[7]

朱熹云:巷,是宫内道名,秦汉所谓"永巷"是也。伯,长也,主宫内道官之长,即寺人也。故以名篇。班固《司马迁赞》云:"迹其所以自伤悼,《小雅·巷伯》之伦。"其意亦谓巷伯本以被谮而遭刑也。而杨氏曰:"寺人,内侍之微者,出入于王之左右,亲近于王而日见之,宜无闲之可伺矣。今也亦伤于谗,则疏远者可知。故其诗曰'凡百君子,敬而听之',使在位知戒也。"其说不同,然亦有理,姑存于此云。

[1]比也。萋、斐,小文之貌。贝,水中介虫也,有文彩似锦。○时有遭谗而被宫刑为巷伯者,作此诗。言因萋斐之形,而文致之,以成贝锦。以比谗人者,因人之小过而饰成大罪也。彼为是者,亦已大甚矣。

[2]比也。哆、侈,微张之貌。南箕四星,二为踵,二为舌。其踵狭而舌广,则大张矣。适,主也。谁适与谋,言其谋之闊也。

[3]赋也。缉缉,口舌声。或曰:"缉缉,人之罪。"或曰:"有条理貌。"皆通。翩翩,往来貌。谮人者自以为得意矣,然不慎尔言,听者有时而悟,且将以尔为不信矣。

[4]赋也。捷捷,儇利貌。幡幡,反覆貌。王氏曰:"上好谮,则固将受女。然好谮不已,则遇谮之祸亦既迁而及女矣。"曾氏曰:"上章及此,皆忠告之词。"

[5]赋也。好好,乐也。草草,忧也。骄人谮行而得意,劳人遇谮而失度,其状如此。

277

[6] 赋也。再言"彼谮人者，谁适与谋"者，甚嫉之，故重言之也。或曰衍文也。投，弃也。北，北方寒凉不毛之地也。不食、不受，言谗谮之人，物所共恶也。昊，昊天也。投畀昊天，使制其罪。○此皆设言以见欲其死亡之甚也。故曰："好贤如《缁衣》，恶恶如《巷伯》。"

[7] 兴也。杨园，下地也。猗，加也。亩丘，高地也。寺人，内小臣，盖以谗被宫而为此官也。孟子，其字也。○杨园之道而猗于亩丘，以兴贱者之言或有补于君子也。盖谗始于微者，而其渐将及于大臣，故作诗使听而谨之也。刘氏曰："其后王后、太子及大夫果多以谗废者。"

谷 风

《诗序》：《谷风》，刺幽王也。天下俗薄，朋友道绝焉。

习习谷风，维风及雨。
将恐将惧，维予与女；
将安将乐，女转弃予！[1]

习习谷风，维风及颓。
将恐将惧，置予于怀；
将安将乐，弃予如遗！[2]

习习谷风，维山崔嵬。
无草不死，无木不萎。
忘我大德，思我小怨。[3]

［1］兴也。习习,和调貌。谷风,东风也。将,且也。恐、惧,谓危难忧患之时也。○此朋友相怨之诗。故言习习谷风,则维风及雨矣。将恐将惧之时,则维予与女矣。奈何将安将乐而女转弃予哉!

［2］兴也。颓,风之焚轮者也。寘,与"置"同。置于怀,亲之也。如遗,忘去而不复存省也。

［3］比也。崔嵬,山巅也。○习习谷风,维山崔嵬,则风之所被者广矣。然犹无不死之草,无不萎之木,况于朋友,岂可以忘大德而思小怨乎? 或曰兴也。

蓼莪

《诗序》:《蓼莪》,刺幽王也。民人劳苦,孝子不得终养尔。

蓼蓼者莪,匪莪伊蒿。
哀哀父母,生我劬劳。[1]

蓼蓼者莪,匪莪伊蔚。
哀哀父母,生我劳瘁。[2]

瓶之罄矣,维罍之耻。
鲜民之生,不如死之久矣!
无父何怙,无母何恃!
出则衔恤,入则靡至![3]

父兮生我,母兮鞠我。

拊我畜我，长我育我，
顾我复我，出入腹我。
欲报之德，昊天罔极！[4]

南山烈烈，飘风发发。
民莫不穀，我独何害！[5]

南山律律，飘风弗弗，
民莫不穀，我独不卒！[6]

朱熹云：晋王裒以父死非罪，每读《诗》至"哀哀父母，生我劬劳"，未尝不三复流涕，受业者为废此篇。《诗》之感人如此。

[1]比也。蓼，长大貌。莪，美菜也。蒿，贱草也。○人民劳苦，孝子不得终养，而作此诗。言昔谓之莪，而今非莪也，特蒿而已。以比父母生我以为美材，可赖以终其身，而今乃不得其养以死。于是乃言父母生我之劬劳，而重自哀伤也。

[2]比也。蔚，牡菣也，三月始生，七月始华，如胡麻华而紫赤，八月为角，似小豆，角锐而长。瘁，病也。

[3]比也。瓶小罍大，皆酒器也。罄，尽。鲜，寡。恤，忧。靡，无也。○言瓶资于罍而罍资瓶，犹父母与子相依为命也。故瓶罄矣，乃罍之耻，犹父母不得其所，乃子之责。所以穷独之民，生不如死也。盖无父则无所怙，无母则无所恃，是以出则中心衔恤，入则如无所归也。

[4]赋也。生者，本其气也。鞠、畜，皆养也。拊，拊循也。育，覆育也。顾，旋视也。复，反覆也。腹，怀抱也。罔，无。极，穷也。○言父母之恩如此，欲报之以德，而其恩之大如天无穷，不知所以为报也。

[5]兴也。烈烈,高大貌。发发,疾貌。穀,善也。○南山烈烈,则飘风发发矣。民莫不善,而我独何为遭此害也哉?

[6]兴也。律律,犹"烈烈"也。弗弗,犹"发发"也。卒,终也,言终养也。

大 东

《诗序》:《大东》,刺乱也。东国困于役而伤于财,谭大夫作是诗以告病焉。

有饛簋飧,有捄棘匕。
周道如砥,其直如矢。
君子所履,小人所视。
眷言顾之,潸焉出涕![1]

小东大东,杼柚其空。
纠纠葛屦,可以履霜?
佻佻公子,行彼周行;
既往既来,使我心疚。[2]

有洌氿泉,无浸获薪!
契契寤叹,哀我惮人。
薪是获薪,尚可载也。
哀我惮人,亦可息也。[3]

诗　经

东人之子，职劳不来；

西人之子，粲粲衣服。

舟人之子，熊罴是裘；

私人之子，百僚是试。[4]

或以其酒，不以其浆。

鞙鞙佩璲，不以其长。

维天有汉，监亦有光。

跂彼织女，终日七襄。[5]

虽则七襄，不成报章。

睆彼牵牛，不以服箱。

东有启明，西有长庚。

有捄天毕，载施之行。[6]

维南有箕，不可以簸扬。

维北有斗，不可以挹酒浆。

维南有箕，载翕其舌。

维北有斗，西柄之揭。[7]

[1]兴也。饛，满簋貌。飧，熟食也。捄，曲貌。棘匕，以棘为匕，所以载鼎肉而升之于俎也。砥，砺石，言平也。矢，言直也。君子，在位。履，行。小人，下民也。睠，反顾也。潸，涕下貌。〇《序》以为东国困于役而伤于财，谭大夫作此以告病。言有饛簋飧，则有捄棘匕。周道如砥，则其直如矢。是以君子履之而小人视焉。今乃顾之而出涕者，则以东方

282

之赋役，莫不由是而西输于周也。

[2]赋也。小东大东，东方小大之国也。自周视之，则诸侯之国皆在东方。杼，持纬者也。柚，受经者也。空，尽也。佻，轻薄不奈劳苦之貌。公子，诸侯之贵臣也。周行，大路也。疚，病也。○言东方小大之国，杼柚皆已空矣，至于以葛屦履霜。而其贵戚之臣，奔走往来，不胜其劳，使我心忧而病也。

[3]兴也。冽，寒意也。侧出曰氿泉。获，艾也。契契，忧苦也。惮，劳也。尚，庶几也。载，载以归也。○苏氏曰："薪已获矣，而复渍之则腐。民已劳矣，而复事之则病。故已艾则庶其载而畜之，已劳则庶其息而安之。"

[4]赋也。东人，诸侯之人也。职，专主也。来，慰抚也。西人，京师人也。粲粲，鲜盛貌。舟人，舟楫之人也。熊罴是裘，言富也。私人，私家皂隶之属也。僚，官。试，用也。舟人、私人，皆西人也。○此言赋役不均，群小得志也。

[5]赋也。鞙鞙，长貌。璲，瑞也。汉，天河也。跂，隅貌。织女，星名，在汉旁，三星跂然如隅也。七襄，未详。《传》曰："反也。"《笺》云："驾也。"驾，谓更其肆也。盖天有十二次，日月所止舍，所谓肆也。经星一昼一夜，左旋一周而有余，则终日之间，自卯至酉，当更七次也。○言东人或馈之以酒，而西人曾不以为浆。东人或与之以鞙然之佩，而西人曾不以为长。维天之有汉，则庶乎其有以监我。而织女之七襄，则庶乎其能成文章以报我矣。无所赴诉，而言惟天，庶乎其恤我耳。

[6]赋也。睆，明星貌。牵牛，星名。服，驾也。箱，车箱也。启明、长庚，皆金星也。以其先日而出，故谓之启明。以其后日而入，故谓之长庚。盖金、水二星，常附日行，而或先或后。但金大水小，故独以金星为言也。天毕，毕星也，状如掩兔之毕。行，行列也。○言彼织女不能成报我之章，牵牛不可以服我之箱，而启明、长庚、天毕者，亦无实用，但施之行列而已。至是则知天亦无若我何矣。

[7]赋也。箕斗二星以夏秋之间见于南方。云北斗者，以其在箕之

北也。或曰北斗，常见不隐者也。翕，引也。舌，下二星也。南斗柄固指西，若北斗而西柄，则亦秋时也。○言南箕既不可以簸扬糠粃，北斗既不可以挹酌酒浆，而箕引其舌，反若有所吞噬，斗西揭其柄，反若有所挹取于东。是天非徒无若我何，乃亦若助西人而见困。甚怨之词也。

四 月

《诗序》:《四月》，大夫刺幽王也。在位贪残，下国构祸，怨乱并兴焉。

四月维夏，六月徂暑。
先祖匪人，胡宁忍予?[1]

秋日凄凄，百卉具腓。
乱离瘼矣，爰其适归?[2]

冬日烈烈，飘风发发。
民莫不穀，我独何害![3]

山有嘉卉，侯栗侯梅。
废为残贼，莫知其尤。[4]

相彼泉水，载清载浊。
我日构祸，曷云能穀?[5]

滔滔江汉，南国之纪。

尽瘁以仕,宁莫我有。[6]

匪鹑匪鸢,翰飞戾天。
匪鳣匪鲔,潜逃于渊。[7]

山有蕨薇,隰有杞桋。
君子作歌,维以告哀![8]

[1]兴也。徂,往也。四月、六月,亦以夏正数之。建巳、建未之月也。○此亦遭乱自伤之诗。言四月维夏,则六月徂暑矣。我先祖岂非人乎,何忍使我遭此祸也?无所归咎之词也。

[2]兴也。凄凄,凉风也。卉,草。腓,病。离,忧。瘼,病。奚,何。适,之也。○秋日凄凄,则百卉俱腓矣。乱离瘼矣,则我将何所适归乎哉!

[3]兴也。烈烈,犹栗烈也。发发,疾貌。穀,善也。○夏则暑,秋则病,冬则烈,言祸乱日进,无时而息也。

[4]兴也。嘉,善。侯,维。废,变。尤,过也。○山有嘉卉,则维栗与梅矣。在位者变为残贼,则谁之过哉!

[5]兴也。相,视。载,则。构,合也。○相彼泉水,犹有时而清,有时而浊。而我乃日日遭害,则曷云能善乎!

[6]兴也。滔滔,大水貌。江汉,二水名。纪,纲纪也,谓经带包络之也。瘁,病也。有,识有也。○滔滔江汉,犹为南国之纪。今也尽瘁以仕,而王何其不我有哉!

[7]赋也。鹑,雕也。鸢,亦鸷鸟也,其飞上薄云汉。鳣、鲔,大鱼也。○鹑鸢则能翰飞戾天,鳣鲔则能潜逃于渊。我非是四者,则亦无所逃矣。

[8]兴也。杞,枸檵也。桋,赤楝也,树叶细而岐锐,皮理错戾,好丛

285

生山中,中为车辋。○山则有蕨薇,隰则有杞桋。君子作歌,则维以告哀而已。

北 山

《诗序》:《北山》,大夫刺幽王也。役使不均,己劳于从事而不得养其父母焉。

    陟彼北山,言采其杞。
    偕偕士子,朝夕从事。
    王事靡盬,忧我父母。[1]

    溥天之下,莫非王土;
    率土之滨,莫非王臣。
    大夫不均,我从事独贤。[2]

    四牡彭彭,王事傍傍。
    嘉我未老,鲜我方将。
    旅力方刚,经营四方。[3]

    或燕燕居息,或尽瘁事国。
    或息偃在床,或不已于行。[4]

    或不知叫号,或惨惨劬劳。
    或栖迟偃仰,或王事鞅掌。[5]

或湛乐饮酒,或惨惨畏咎。

或出入风议,或靡事不为。[6]

[1]赋也。偕偕,强壮貌。士子,诗人自谓也。○大夫行役而作此诗。自言陟北山而采杞以食者,皆强壮之人,而朝夕从事者也。盖以王事不可以不勤,是以贻我父母之忧耳。

[2]赋也。溥,大。率,循。滨,涯也。○言土之广,臣之众,而王不均平,使我从事独劳也。不斥王而曰大夫,不言独劳,而曰独贤,诗人之忠厚如此。

[3]赋也。彭彭然不得息也,傍傍然不得已也。嘉,善。鲜,少也。以为少而难得也。将,壮也。旅,与"膂"同。○言王之所以使我者,善我之未老而方壮,旅力可以经营四方耳。犹上章之言"独贤"也。

[4]赋也。燕燕,安息貌。瘁,病。已,止也。○言役使之不均也。下章放此。

[5]赋也。不知叫号,深居安逸,不闻人声也。鞅掌,失容也。言事烦劳,不暇为仪容也。

[6]赋也。咎,犹罪过也。出入风议,言亲信而从容也。

无将大车

《诗序》:《无将大车》,大夫悔将小人也。

无将大车,祇自尘兮。

无思百忧,祇自疧兮。[1]

无将大车,维尘冥冥。

詩　経

无思百忧,不出于颍。[2]

无将大车,维尘雍兮。
无思百忧,只自重兮。[3]

　[1]兴也。将,扶进也。大车,平地任载之车,驾牛者也。祇,适。痕,病也。〇此亦行役劳苦而忧思者之作。言将大车,则尘污之。思百忧,则病及之也。

　[2]兴也。冥冥,昏晦也。颍,与"耿"同,小明也。在忧中耿耿然不能出也。

　[3]兴也。雍,犹蔽也。重,犹累也。

小　明

《诗序》:《小明》,大夫悔仕于乱世也。

明明上天,照临下土。
我征徂西,至于艽野。
二月初吉,载离寒暑。
心之忧矣,其毒大苦。
念彼共人,涕零如雨。
岂不怀归? 畏此罪罟。[1]

昔我往矣,日月方除。
曷云其还? 岁聿云莫。

288

念我独兮,我事孔庶。
心之忧矣,惮我不暇。
念彼共人,眷眷怀顾。
岂不怀归? 畏此谴怒。[2]

昔我往矣,日月方奥。
曷云其还? 政事愈蹙。
岁聿云莫,采萧获菽。
心之忧矣,自诒伊戚。
念彼共人,兴言出宿。
岂不怀归? 畏此反覆。[3]

嗟尔君子! 无恒安处。
靖共尔位,正直是与。
神之听之,式穀以女。[4]

嗟尔君子! 无恒安息。
靖共尔位,好是正直。
神之听之,介尔景福。[5]

[1] 赋也。征,行。徂,往也。氿野,地名,盖荒远之地也。二月,亦以夏正数之,建卯月也。初吉,朔日也。毒,言心中如有药毒也。共人,僚友之处者也。怀,思。罟,网也。○大夫以二月西征,至于岁莫而未得归,故呼天而诉之。复念其僚友之处者,且自言其畏罪而不敢归也。

[2] 赋也。除,除旧生新也。谓二月初吉也。庶,众。惮,劳也。眷

眷,勤厚之意。谴怒,罪责也。○言昔以是时往,今未知何时可还,而岁已莫矣。盖身独而事众,是以勤劳而不暇也。

[3]赋也。奥,煖,蹙,急。讪,遗。戚,忧。兴,起也。反覆,倾侧无常之意也。○言以政事愈急,是以至此岁莫而犹不得归。又自咎其不能见几远去,而自遗此忧,至于不能安寝,而出宿于外也。

[4]赋也。君子,亦指其僚友也。恒,常也。靖,与“静”同。与,犹“助”也。榖,禄也。以,犹“与”也。○上章既自伤悼,此章又戒其僚友曰:嗟尔君子,无以安处为常。言当有劳时勿怀安也。当靖共尔位,惟正直之人是助,则神之听之,而以榖禄与女矣。

[5]赋也。息,犹“处”也。好是正直,爱此正直之人也。介、景,皆大也。

鼓 钟

《诗序》:《鼓钟》,刺幽王也。

鼓钟将将,淮水汤汤,
忧心且伤。
淑人君子,怀允不忘。[1]

鼓钟喈喈,淮水湝湝,
忧心且悲。
淑人君子,其德不回。[2]

鼓钟伐鼛,淮有三洲,
忧心且妯。

淑人君子,其德不犹。[3]

鼓钟钦钦,鼓瑟鼓琴,
笙磬同音。
以雅以南,以籥不僭。[4]

朱熹云:此诗之义有不可知者。今姑释其训诂名物,而略以王氏、苏氏之说解之,未敢信其必然也。

[1]赋也。将将,声也。淮水出信阳军桐柏山,至楚州涟水军入海。汤汤,沸腾之貌。淑,善。怀,思。允,信也。○此诗之义未详。王氏曰:"幽王鼓钟淮水之上,为流连之乐,久而忘反。闻者忧伤,而思古之君子不能忘也。"

[2]赋也。喈喈,犹"将将"。湝湝,犹"汤汤"。悲,犹"伤"也。回,邪也。

[3]赋也。鼛,大鼓也。《周礼》作"皋",云皋鼓寻有四尺。三洲,淮上地。苏氏曰:"始言汤汤,水盛也。中言湝湝,水流也。终言三洲,水落而洲见也。言幽王之久于淮上也。妯,动。犹,若也。言不若今王之荒乱也。"

[4]赋也。钦钦,亦声也。磬,乐器,以石为之。琴瑟在堂,笙磬在下。同音,言其和也。《雅》,《二雅》也。《南》,《二南》也。籥,籥舞也。僭,乱也。言三者皆不僭也。○苏氏曰:"言幽王之不德,岂其乐非古欤?乐则是而人则非也。"

楚 茨

《诗序》:《楚茨》,刺幽王也。政烦赋重,田莱多荒,饥馑降丧,民卒流亡,祭祀不飨,故君子思古焉。

楚楚者茨,言抽其棘。
自昔何为？我艺黍稷。
我黍与与,我稷翼翼。
我仓既盈,我庾维亿。
以为酒食,以飨以祀。
以妥以侑,以介景福。[1]

济济跄跄,
絜尔牛羊,以往烝尝。
或剥或亨,或肆或将。
祝祭于祊,祀事孔明。
先祖是皇,神保是飨。
"孝孙有庆,报以介福,
万寿无疆！"[2]

执爨踖踖,
为俎孔硕,或燔或炙。
君妇莫莫,
为豆孔庶,为宾为客。
献酬交错,礼仪卒度,
笑语卒获。
神保是格,
"报以介福,万寿攸酢！"[3]

我孔燻矣,式礼莫愆。
工祝致告:"徂赉孝孙。
苾芬孝祀,神嗜饮食,
卜尔百福。
如几如式,既齐既稷,
既匡既敕。
永锡尔极,时万时亿。"[4]

礼仪既备,钟鼓既戒。
孝孙徂位,工祝致告:
"神具醉止。"
皇尸载起,鼓钟送尸,
神保聿归。
诸宰君妇,废彻不迟。
诸父兄弟,备言燕私。[5]

乐具入奏,以绥后禄。
尔殽既将,莫怨具庆。
既醉既饱,小大稽首。
"神嗜饮食,使君寿考。
孔惠孔时,维其尽之。
子子孙孙,勿替引之。"[6]

朱熹云:吕氏曰:"《楚茨》极言祭祀所以事神受福之节,致详致备。所以推明先王致力于民者尽,则致力于神者详。观其威仪之盛,物品之丰,所以交神明逮群下,至于受福无疆者,非德盛政修,何以致之?"

[1]赋也。楚楚,盛密貌。茨,蒺藜也。抽,除也。我,为有田禄而奉祭祀者之自称也。与与、翼翼,皆蕃盛貌。露积曰庾。十万曰亿。飨,献也。妥,安坐也。《礼》曰"诏妥尸",盖祭祀筮族人之子为尸,既奠,迎之使处神坐,而拜以安之也。侑,劝也。恐尸或未饱,祝侑之曰,皇尸未实也。介,大也。景,亦大也。○此诗述公卿有田禄者力于农事以奉其宗庙之祭。故言蒺藜之地,有抽除其棘者,古人何乃为此事乎? 盖将使我于此蓺黍稷也。故我之黍稷既盛,仓庾既实,则为酒食以飨祀妥侑,而介大福也。

[2]赋也。济济跄跄,言有容也。冬祭曰烝,秋祭曰尝。剥,解剥其皮也。亨,煮熟之也。肆,陈之也。将,奉持而进之也。祊,庙门内也。孝子不知神之所在,故使祝博求之于门内,待宾客之处也。孔,甚也。明,犹备也、著也。皇,大也、君也。保,安也。神保,盖尸之嘉号。《楚辞》所谓"灵保",亦以巫降神之称也。孝孙,主祭之人也。庆,犹福也。

[3]赋也。爨,灶也。踖踖,敬也。俎,所以载牲体也。硕,大也。燔,烧肉也。炙,炙肝也。皆所以从献也。《特牲》主人献尸,宾长以肝从。主妇献尸,兄弟以燔从是也。君妇,主妇也。莫莫,清静而敬至也。豆,所以盛内羞庶羞也,主妇荐之也。庶,多也。宾客筮而戒之,使助祭者既献尸而遂与之相献酬也。主人酌宾曰献。宾饮主人曰酢。主人又自饮而复饮宾曰酬。宾受之,奠于席前而不举,至旅而后少长相劝,而交错以遍也。卒,尽也。度,法度也。获,得其宜也。格,来。酢,报也。

[4]赋也。熯,竭也。善其事曰工。苾芬,香也。卜,予也。几,期也。《春秋传》曰"易几而哭"是也。式,法。齐,整。稷,疾。匡,正。敕,戒。极,至也。○礼行既久,筋力竭矣,而式礼莫愆,敬之至也。于是祝致神意,以嘏主人曰:尔饮食芳洁,故报尔以福禄,使其来如几,其多如法。尔礼容庄敬,故报尔以众善之极,使尔无一事而不得此平。各随其事而报之以其类也。《少牢》嘏词曰:"皇尸命工祝,承致多福无疆,于女

孝孙,来女孝孙,使女受禄于天,宜稼于田,眉寿万年,勿替引之。"此大夫
之礼也。

[5]赋也。戒,告也。徂位,祭事既毕,主人往阼阶下西面之位也。
致告,祝传尸意,告利成于主人,言孝子之利养成毕也。于是神醉而尸
起,送尸而神归矣。曰皇尸者,尊称之也。鼓钟者,尸出入奏《肆夏》也。
鬼神无形,言其醉而归者,诚敬之至,如见之也。诸宰,家宰,非一人之称
也。废,去也。不迟,以疾为敬,亦不留神惠之意也。祭毕,既归宾客之
俎,同姓则留与之燕,以尽私恩,所以尊宾客亲骨肉也。

[6]赋也。凡庙之制,前庙以奉神,后寝以藏衣冠,祭于庙而燕于
寝。故于此将燕,而祭时之乐皆入奏于寝也。且于祭既受禄矣,故以燕
为将受后禄而绥之也。尔殽既进,与燕之人无有怨者,而皆欢庆醉饱,稽
首而言曰:向者之祭,神既嗜君之饮食矣,是以使君寿考也。又言:君之
祭祀甚顺甚时,无所不尽,子子孙孙当不废而引长之也。

信 南 山

《诗序》:《信南山》,刺幽王也。不能修成王之业,疆理天下,以奉禹功,
故君子思古焉。

信彼南山,维禹甸之。
畇畇原隰,曾孙田之。
我疆我理,南东其亩。[1]

上天同云,雨雪雰雰。
益之以霡霂,既优既渥,
既沾既足,生我百谷。[2]

疆埸翼翼,黍稷彧彧。
曾孙之穑,以为酒食。
畀我尸宾,寿考万年。[3]

中田有庐,疆埸有瓜。
是剥是菹,献之皇祖。
曾孙寿考,受天之祜。[4]

祭以清酒,从以骍牡,
享于祖考。执其鸾刀,
以启其毛,取其血膋。[5]

是烝是享,苾苾芬芬,
祀事孔明。
先祖是皇,报以介福,
万寿无疆![6]

[1] 赋也。南山,终南山也。甸,治也。畇畇,垦辟貌。曾孙,主祭者之称。曾,重也。自曾祖以至无穷,皆得称之也。疆者,为之大界也。理者,定其沟涂也。亩,垄也。长乐刘氏曰:"其遂东入于沟,则其亩南矣。其遂南入于沟,则其亩东矣。"○此诗大指与《楚茨》略同。此即其篇首四句之意。言信乎此南山者,本禹之所治,故其原隰垦辟,而我得田之。于是为之疆理,而顺其地势水势之所宜,或南其亩,或东其亩也。

[2] 赋也。同云,云一色也。将雪之候如此。雰雰,雪貌。霢霂,小雨貌。优、渥、沾、足,皆饶洽之意也。冬有积雪,春而益之以小雨润泽,

则饶洽矣。

[3] 赋也。場，畔也。翼翼，整饬貌。彧彧，茂盛貌。畀，与也。○言其田整饬而谷茂盛者，皆曾孙之穑也。于是以为酒食，而献之于尸及宾客也。阴阳和，万物遂，而人心欢悦，以奉宗庙，则神降之福，故寿考万年也。

[4] 赋也。中田，田中也。菹，酢菜也。祜，福也。○一井之田，其中百亩为公田，内以二十亩分八家为庐舍，以便田事，于畔上种瓜，以尽地利。瓜成，剥削淹渍以为菹，而献皇祖。贵四时之异物，顺孝子之心也。

[5] 赋也。清酒，清洁之酒，郁鬯之属也。骍，赤色，周所尚也。祭礼先以郁鬯灌地求神于阴，然后迎牲。执者，主人亲执也。鸾刀，刀有铃也。膋，脂膏也。启其毛，以告纯也。取其血，以告杀也。取其膋，以升臭也。合之黍稷，实之于萧而燔之，以求神于阳也。《记》曰："周人尚臭，灌用鬯臭，郁合鬯，臭阴达于渊泉，灌以圭璋，用玉气也。既灌然后迎牲，致阴气也。萧合黍稷，臭阳达于墙屋，故既奠，然后焫萧合膻芗。凡祭慎诸此。魂气归于天，形魄归于地，故祭求诸阴阳之义也。"

[6] 赋也。烝，进也。或曰冬祭名。

甫　田

《诗序》:《甫田》，刺幽王也。君子伤今而思古焉。

> 倬彼甫田，岁取十千。
> 我取其陈，食我农人。
> 自古有年。
> 今适南亩，或耘或耔，
> 黍稷薿薿。

攸介攸止,烝我髦士。[1]

以我齐明,与我牺羊,
以社以方。
我田既臧,农夫之庆。
琴瑟击鼓,
以御田祖,以祈甘雨,
以介我稷黍,以穀我士女。[2]

曾孙来止,
以其妇子,馌彼南亩。
田畯至喜,
攘其左右,尝其旨否。
禾易长亩,终善且有。
曾孙不怒,农夫克敏。[3]

曾孙之稼,如茨如梁。
曾孙之庾,如坻如京。
乃求千斯仓,乃求万斯箱。
黍稷稻粱,农夫之庆。
报以介福,万寿无疆![4]

[1] 赋也。倬,明貌。甫,大也。十千,谓一成之田,地方十里,为田九万亩,而以其万亩为公田,盖九一之法也。我,食禄主祭之人也。陈,旧粟也。农人,私百亩而养公田者也。有年,丰年也。适,往也。耘,除

草也。籽，雍本也。盖后稷为田一亩三畎，广尺深尺，而播种于其中。苗叶以上，稍耨垅草，因壝其土以附苗根。垅尽畎平，则根深而能风与旱也。薿，茂盛貌。介，大。烝，进。髦，俊也。俊士，秀民也。古者士出于农，而工商不与焉。管仲曰："农之子恒为农，野处而不昵，其秀民之能为士者，必足赖也。"即谓此也。○此诗述公卿有田禄者力于农事，以奉方社田祖之祭。故言于此大田，岁取万亩之入以为禄食。及其积之久而有余，则又存其新而散其旧，以食农人，补不足，助不给也。盖以自古有年，是以陈陈相因，所积如此。然其用之之节，又合宜而有序如此。所以粟虽甚多，而无红腐不可食之患也。又言自古既有年矣，今适南亩，农人方且或耘或籽，而其黍稷又已茂盛，则是又将复有年矣。故于其所美大止息之处，进我俊士而劳之也。

　　[2]赋也。齐，与"粢"同。《曲礼》曰："稷曰明粢。"此言"齐明"，便文以协韵耳。牺羊，纯色之羊也。社，后土也，以句龙氏配。方，秋祭四方，报成万物，《周礼》所谓"罗弊，献禽以祀祊"是也。臧，善。庆，福。御，迎。田祖，先啬也，谓始耕田者，即神农也。《周礼》《籥章》"凡国祈年于田祖，则吹《豳雅》，击土鼓，以乐田畯。"是也。穀，养也。又曰善也。言仓廪实而知礼节也。○言奉其齐盛牺牲以祭方社，而曰我田之所以善者，非我之所能致也，乃赖农夫之福而致之耳。又作乐以祭田祖而祈雨，庶有以大其稷黍，而养其民人也。

　　[3]赋也。曾孙，主祭者之称，非独宗庙为然。《曲礼》"外事曰曾孙某侯某"，武王祷名山大川曰"有道曾孙周王发"是也。馌，饷。攘，取。旨，美。易，治。长，竟。有，多。敏，疾也。○曾孙之来，适见农夫之妇子来馌耘者，于是与之偕至其所，而田畯亦至而喜之，乃取其左右之馈而尝其旨否。言其上下相亲之甚也。既又见其禾之易治竟亩如一，而知其终当善而且多，是以曾孙不怒，而其农夫益以敏于其事也。

　　[4]赋也。茨，屋盖，言其密比也。梁，车梁，言其穹窿也。坻，水中之高地也。京，高丘也。箱，车箱也。○此言收成之后，禾稼既多，则求仓以处之，求车以载之。而言凡此黍稷稻粱，皆赖农夫之庆而得之，是宜

报以大福,使之万寿无疆也。其归美于下,而欲厚报之如此。

大　田

《诗序》:《大田》,刺幽王也。言矜寡不能自存焉。

　　大田多稼,既种既戒,
　　既备乃事。
　　以我覃耜,俶载南亩。
　　播厥百谷,既庭且硕,
　　曾孙是若。^[1]

　　既方既皂,既坚既好,
　　不稂不莠。
　　去其螟螣,及其蟊贼,
　　无害我田稚。
　　田祖有神,秉畀炎火。^[2]

　　有渰萋萋,兴雨祁祁。
　　雨我公田,遂及我私。
　　彼有不获稚,
　　此有不敛穧;
　　彼有遗秉,此有滞穗,
　　伊寡妇之利。^[3]

曾孙来止，以其妇子，

馌彼南亩，田畯至喜。

来方禋祀，

以其骍黑，与其黍稷。

以享以祀，以介景福。[4]

朱熹云：前篇有"击鼓以御田祖"之文，故或疑此《楚茨》、《信南山》、《甫田》、《大田》四篇即为《豳雅》。其详见于《豳风》之末，亦未知其是否也。然前篇上之人以"我田既臧"为"农夫之庆"，而欲报之以介福。此篇农夫以"雨我公田，遂及我私"，而欲其享祀"以介景福"。上下之情，所以相赖而相报者如此，非盛德其孰能之？

[1] 赋也。种，择其种也。戒，饬其具也。覃，利。俶，始。载，事。庭，直。硕，大。若，顺也。○苏氏曰："田大而种多，故于今岁之冬，具来岁之种，戒来岁之事，凡既备矣，然后事之。取其利耜，而始事于南亩，既耕而播之。其耕之也勤，而种之也时，故其生者皆直而大，以顺曾孙之所欲。此诗为农夫之词，以颂美其上，若以答前篇之意也。"

[2] 赋也。方，房也，谓孚甲始生而未合时也。实未坚者曰皂。稂，童粱。莠，似苗。皆害苗之草也。食心曰螟，食叶曰螣，食根曰蟊，食节曰贼，皆害苗之虫也。稚，幼禾也。○言其苗既盛矣，又必去此四虫，然后可以无害田中之禾。然非人力所及也，故愿田祖之神，为我持此四虫，而付之炎火之中也。姚崇遣使捕蝗，引此为证。夜中设火，火边掘坑，且焚且瘗，盖古之遗法如此。

[3] 赋也。渰，云兴貌。萋萋，盛貌。祁祁，徐也。云欲盛，盛则多雨。雨欲徐，徐则入土。公田者，方里而井，井九百亩，其中为公田，八家皆私百亩，而同养公田也。穧，束。秉，把也。滞，亦遗弃之意也。○言农夫之心，先公后私，故望此云雨而曰：天其雨我公田，而遂及我之私田

301

乎？冀怙君德而蒙其余惠，使收成之际，彼有不及获之稚禾，此有不及敛之稚束，彼有遗弃之禾把，此有滞漏之禾穗，而寡妇尚得取之以为利也。此见其丰成有余而不尽取，又与鳏寡共之，既足以为不费之惠，而亦不弃于地也。不然则粒米狼戾，不殆于轻视天物而慢弃之乎！

[4]赋也。精意以享谓之禋。〇农夫相告曰：曾孙来矣。于是与其妇子，馌彼南亩之获者，而田畯亦至而喜之也。曾孙之来，又禋祀四方之神而赛祷焉。四方各用其方色之牲。此言"骍黑"，举南北以见其余也。"以介景福"，农夫欲曾孙之受福也。

瞻彼洛矣

《诗序》:《瞻彼洛矣》，刺幽王也。思古明王能爵命诸侯，赏善罚恶焉。

瞻彼洛矣，维水泱泱。
君子至止，福禄如茨。
韎韐有奭，以作六师。[1]

瞻彼洛矣，维水泱泱。
君子至止，鞸琫有珌。
君子万年，保其家室。[2]

瞻彼洛矣，维水泱泱。
君子至止，福禄既同。
君子万年，保其家邦。[3]

[1]赋也。洛,水名,在东都,会诸侯之处也。泱泱,深广也。君子,指天子也。茨,积也。靺,茅搜所染色也。韐,韠也,合韦为之。《周官》所谓韦弁,兵事之服也。奭,赤貌。作,犹起也。六师,六军也。天子六军。○此天子会诸侯于东都,以讲武事,而诸侯美天子之诗。言天子至此洛水之上,御戎服而起六师也。

[2]赋也。鞞,容刀之鞞,今刀鞘也。琫,上饰。珌,下饰。亦戎服也。

[3]赋也。同,犹"聚"也。

裳裳者华

《诗序》:《裳裳者华》,刺幽王也。古之仕者世禄。小人在位则谗谄并进,弃贤者之类,绝功臣之世焉。

　　裳裳者华,其叶湑兮。
　　我觏之子,我心写兮。
　　我心写兮,是以有誉处兮。[1]

　　裳裳者华,芸其黄矣。
　　我觏之子,维其有章矣。
　　维其有章矣,是以有庆矣。[2]

　　裳裳者华,或黄或白。
　　我觏之子,乘其四骆。
　　乘其四骆,六辔沃若。[3]

左之左之，君子宜之。

右之右之，君子有之。

维其有之，是以似之。[4]

[1]兴也。裳裳，犹"堂堂"。董氏云："古本作'常'，常棣也。"湑，盛貌。觏，见。处，安也。○此天子美诸侯之辞，盖以答《瞻彼洛矣》也。言裳裳者华，则其叶湑然而美盛矣。我觏之子，则其心倾写而悦乐之矣。夫能使见者悦乐之如此，则其有誉处宜矣。此章与《蓼萧》首章文势全相似。

[2]兴也。芸、黄，盛也。章，文章也。有文章，斯有福庆矣。

[3]兴也。言其车马威仪之盛。

[4]赋也。言其才全德备。以左之，则无所不宜。以右之，则无所不有。维其有之于内，是以形之于外者，无不似其所有也。

桑 扈

《诗序》：《桑扈》，刺幽王也。君臣上下，动无礼文焉。

交交桑扈，有莺其羽。

君子乐胥，受天之祜。[1]

交交桑扈，有莺其领。

君子乐胥，万邦之屏。[2]

之屏之翰，百辟为宪。

不戢不难,受福不那。[3]

兕觥其觩,旨酒思柔。
彼交匪敖,万福来求。[4]

[1] 兴也。交交,飞往来之貌。桑扈,窃脂也。莺然有文章也。君子,指诸侯。胥,语词。祜,福也。○此亦天子燕诸侯之诗。言交交桑扈,则有莺其羽矣。君子乐胥,则受天之祜矣。颂祷之词也。

[2] 兴也。领,颈。屏,蔽也。言其能为小国之藩卫。盖任方伯连帅之职者也。

[3] 赋也。翰,干也,所以当墙两边,障土者也。辟,君。宪,法也。言其所统之诸侯皆以之为法也。戢,敛。难,慎。那,多也。不戢,戢也。不难,难也。不那,那也。盖曰岂不敛乎? 岂不慎乎? 其受福岂不多乎? 古语声急而然也。后放此。

[4] 赋也。兕觥,爵也。觩,角上曲貌。旨,美也。思,语词也。敖、傲通。交际之闲无所傲慢,则我无事于求福,而福反来求我也。

鸳 鸯

《诗序》:《鸳鸯》,刺幽王也。思古明王交于万物有道,自奉养有节焉。

鸳鸯于飞,毕之罗之。
君子万年,福禄宜之。[1]

鸳鸯在梁,戢其左翼。
君子万年,宜其遐福。[2]

乘马在厩,摧之秣之。
君子万年,福禄艾之。[3]

乘马在厩,秣之摧之。
君子万年,福禄绥之。[4]

[1]兴也。鸳鸯,匹鸟也。毕,小网长柄者也。罗,网也。君子,指天子也。○此诸侯所以答《桑扈》也。鸳鸯于飞,则毕之罗之矣。君子万年,则福禄宜之矣。亦颂祷之词也。

[2]兴也。石绝水为梁。戢,敛也。张子曰:"禽鸟并栖,一正一倒,戢其左翼以相依于内,舒其右翼以防患于外,盖左不用而右便故也。"遐,远也,久也。

[3]兴也。摧,莝。秣,粟。艾,养也。苏氏曰:"艾,老也。言以福禄终其身也。"亦通。○乘马在厩,则摧之秣之矣。君子万年,则福禄艾之矣。

[4]兴也。绥,安也。

頍 弁

《诗序》:《頍弁》,诸公刺幽王也。暴戾无亲,不能宴乐同姓,亲睦九族,孤危将亡,故作是诗也。

有頍者弁,实维伊何?
尔酒既旨,尔殽既嘉。
岂伊异人?兄弟匪他。
茑与女萝,施于松柏。

未见君子,忧心弈弈;
既见君子,庶几说怿。[1]

有頍者弁,实维何期?
尔酒既旨,尔殽既时。
岂伊异人?兄弟具来。
茑与女萝,施于松上。
未见君子,忧心怲怲;
既见君子,庶几有臧。[2]

有頍者弁,实维在首。
尔酒既旨,尔殽既阜。
岂伊异人?兄弟甥舅。
如彼雨雪,先集维霰。
死丧无日,无几相见。
乐酒今夕,君子维宴。[3]

[1] 赋而兴又比也。頍,弁貌。或曰举首貌。弁,皮弁。嘉、旨,皆美也。匪他,非他人也。茑,寄生也,叶似当卢,子如覆盆子,赤黑甜美。女萝,兔丝也,蔓连草上,黄赤如金。此则比也。君子,兄弟为宾者也。弈弈,忧心无所薄也。〇此亦燕兄弟亲戚之诗。故言有頍者弁,实维伊何乎?尔酒既旨,尔殽既嘉,则岂伊异人乎?乃兄弟而匪他也。又言茑萝施于木上,以比兄弟亲戚缠绵依附之意,是以未见而忧,既见而喜也。

[2] 赋而兴又比也。何期,犹"伊何"也。时,善。具,俱也。怲怲,忧盛满也。臧,善也。

[3] 赋而兴又比也。阜,犹多也。甥舅,谓母姑姊妹妻族也。霰,雪之始凝者也。将大雨雪,必先微温,雪自上下,遇温气而抟,谓之霰。久而寒胜,则大雪矣。言霰集则将雪之候,以比老至则将死之征也。故卒言死丧无日,不能久相见矣,但当乐饮以尽今夕之欢。笃亲亲之意也。

车 辖

《诗序》:《车辖》,大夫刺幽王也。褒姒嫉妒,无道并进,谗巧败国,德泽不加于民。周人思得贤女以配君子,故作是诗也。

间关车之辖兮,
思娈季女逝兮。
匪饥匪渴,德音来括。
虽无好友,式燕且喜。[1]

依彼平林,有集维鷮。
辰彼硕女,令德来教。
式燕且誉,好尔无射。[2]

虽无旨酒,式饮庶几;
虽无嘉殽,式食庶几。
虽无德与女,式歌且舞。[3]

陟彼高冈,析其柞薪;
析其柞薪,其叶湑兮。

鲜我觏尔，我心写兮。[4]

高山仰止，景行行止。
四牡骈骈，六辔如琴。
觏尔新昏，以慰我心。[5]

[1]赋也。间关，设辖声也。辖，车轴头铁也，无事则脱，行则设之。昏礼，亲迎者乘车。娈，美貌。逝，往。括，会也。○此燕乐其新昏之诗。故言间关然设此车辖者，盖思彼娈然之季女，故乘此车往而迎之也。匪饥也，匪渴也，望其德音来括，而心如饥渴耳。虽无他人，亦当燕饮以相喜乐也。

[2]兴也。依，茂木貌。鷮，雉也，微小于翟，走而且鸣，其尾长，肉甚美。辰，时。硕，大也。尔，即季女也。射，厌也。○依彼平林，则有集维鷮。辰彼硕女，则以令德来配己而教诲之。是以式燕且誉，而悦慕之无厌也。

[3]赋也。旨、嘉，皆美也。女，亦指季女也。○言我虽无旨酒、嘉殽、美德以与女，女亦当饮食歌舞以相乐也。

[4]兴也。陟，登。柞，栎。湑，盛。鲜，少。觏，见也。○陟冈而析薪，则其叶湑兮矣。我得见尔，则我心写兮矣。

[5]兴也。仰，瞻望也。景行，大道也。如琴，谓六辔调和，如琴瑟也。慰，安也。○高山则可仰，景行则可行。马服御良，则可以迎季女而慰我心也。此又举其始终而言也。《表记》曰："《小雅》曰：'高山仰止，景行行止。'子曰：'《诗》之好仁如此。乡道而行，中道而废，忘身之老也，不知年数之不足也。俛焉日有孳孳，毙而后已。'"

青　蝇

《诗序》：《青蝇》，大夫刺幽王也。

营营青蝇，止于樊。
岂弟君子，无信谗言。[1]

营营青蝇，止于棘。
谗人罔极，交乱四国。[2]

营营青蝇，止于榛。
谗人罔极，构我二人。[3]

[1] 比也。营营，往来飞声，乱人听也。青蝇污秽能变白黑。樊，藩也。君子，谓王也。○诗人以王好听谗言，故以青蝇飞声比之，而戒王以勿听也。

[2] 兴也。棘，所以为藩。极，犹"已"也。

[3] 兴也。构，合也。犹交乱也。己与听者为二人。

宾之初筵

《诗序》:《宾之初筵》，卫武公刺时也。幽王荒废，媟近小人，饮酒无度，天下化之，君臣上下沉湎淫泆。武公既入而作是诗也。

宾之初筵，左右秩秩。
笾豆有楚，殽核维旅。
酒既和旨，饮酒孔偕。
钟鼓既设，举酬逸逸。
大侯既抗，弓矢斯张。

射夫既同,献尔发功。
发彼有的,以祈尔爵。[1]

籥舞笙鼓,乐既和奏。
烝衎烈祖,以洽百礼。
百礼既至,有壬有林。
锡尔纯嘏,子孙其湛。
其湛曰乐,各奏尔能。
宾载手仇,室人入又。
酌彼康爵,以奏尔时。[2]

宾之初筵,温温其恭。
其未醉止,威仪反反;
曰既醉止,威仪幡幡。
舍其坐迁,屡舞仙仙。
其未醉止,威仪抑抑;
曰既醉止,威仪怭怭。
是曰既醉,不知其秩。[3]

宾既醉止,载号载呶。
乱我笾豆,屡舞僛僛。
是曰既醉,不知其邮。
侧弁之俄,屡舞傞傞。
既醉而出,并受其福;

诗　经

醉而不出，是谓伐德。

饮酒孔嘉，维其令仪。[4]

凡此饮酒，或醉或否。

既立之监，或佐之史。

彼醉不臧，不醉反耻。

式勿从谓，无俾大怠。

匪言勿言，匪由勿语。

由醉之言，俾出童羖。

三爵不识，矧敢多又。[5]

朱熹云：毛氏《序》曰："卫武公刺幽王也。"韩氏《序》曰："卫武公饮酒悔过也。"今按此诗意，与《大雅·抑》戒相类，必武公自悔之作，当从韩义。

[1]赋也。初筵，初即席也。左右，筵之左右也。秩秩，有序也。楚，列貌。殽，豆实也。核，笾实也。旅，陈也。和旨，调美也。孔，甚也。偕，齐一也。设，宿设而又迁于下也。大射，乐人宿县，厥明将射，乃迁乐于下，以避射位是也。举酬，举所奠之酬爵也。逸逸，往来有序也。大侯，君侯也。天子熊侯白质，诸侯麋侯赤质，大夫布侯画以虎豹，士布侯画以鹿豕。天子侯身一丈，其中三分居一白质画熊，其外则丹地，画以云气。抗，张也。凡射，张侯而不系左下纲，中掩束之。至将射，司马命张侯，弟子脱束，遂系下纲也。大侯张而弓矢亦张，节也。"射夫既同"，比其耦也。射礼，选群臣为三耦，三耦之外其余各自取匹，谓之众耦。献，犹奏也。发，发矢也。的，质也。祈，求也。爵，射不中者饮丰上之觯也。〇卫武公饮酒悔过而作此诗。此章言因射而饮者，初筵礼仪之盛。酒既

312

调美而饮者齐一,至于设钟鼓,举酬爵,抗大侯,张弓矢,而众耦拾发,各心竞云,我以此求爵汝也。

[2]赋也。籥舞,文舞也。烝,进。衎,乐。烈,业。洽,合也。百礼,言其备也。壬,大。林,盛也。言礼之盛大也。锡,神锡之也。尔,主祭者也。嘏,福。湛,乐也。各奏尔能,谓子孙各酌而献尸,尸酢而卒爵也。仇,读曰逑。室人,有室中之事者,谓佐食。又,复也。宾手挹酒,室人复酌,为加爵也。康,安也。酒所以安体也。或曰康读曰抗。《记》曰:"崇坫康圭。"此亦谓坫上之爵也。时,时祭也。苏氏曰:"时物也。"○此言因祭而饮者,始时礼乐之盛如此也。

[3]赋也。反反,顾礼也。幡幡,轻数也。迁,徙。屡,数也。仙仙,轩举之状。抑抑,慎密也。怭怭,媟嫚也。秩,常也。○此言凡饮酒者常始乎治,而卒乎乱也。

[4]赋也。号,呼。呶,讙也。傲傲,倾侧之状。邮,与"尤"同,过也。侧,倾也。俄,倾貌。傞傞,不止也。出,去。伐,害。孔,甚。令,善也。○此章极言醉者之状。因言宾醉而出,则与主人俱有美誉。醉至若此,是害其德也。饮酒之所以甚美者,以其有令仪尔,今若此,则无复有仪矣。

[5]赋也。监、史,司正之属。燕礼,乡射恐有解倦失礼者,立司正以监之察仪法也。谓,告。由,从也。童羖,无角之羖羊,必无之物也。识,记也。○言饮酒者或醉或不醉,故既立监而佐之以史。则彼醉者所为不善而不自知,使不醉者反为之羞愧也。安得从而告之,使勿至于大怠乎?告之若曰:"所不当言者勿言,所不当从者勿语。醉而妄言,则将罚女使出童羖矣,设言必无之物以恐之也。女饮至三爵已昏然无所记矣,况敢又多饮乎?"又丁宁以戒之也。

鱼 藻

《诗序》:《鱼藻》,刺幽王也。言万物失其性,王居镐京,将不能以自乐,故君子思古之武王焉。

> 鱼在在藻,有颁其首。
> 王在在镐,岂乐饮酒。[1]

> 鱼在在藻,有莘其尾。
> 王在在镐,饮酒乐岂。[2]

> 鱼在在藻,依于其蒲。
> 王在在镐,有那其居。[3]

[1]兴也。藻,水草也。颁,大首貌。岂,亦乐也。○此天子燕诸侯,而诸侯美天子之诗也。言鱼何在乎,在乎藻也,则有颁其首矣。王何在乎,在乎镐京也,则岂乐饮酒矣。

[2]兴也。莘,长也。

[3]兴也。那,安。居,处也。

采 菽

《诗序》:《采菽》,刺幽王也。侮慢诸侯,诸侯来朝不能锡命以礼数,征会之而无信义,君子见微而思古焉。

> 采菽采菽,筐之筥之。
> 君子来朝,何锡予之?
> 虽无予之,路车乘马。

又何予之？玄衮及黼。[1]

觱沸槛泉，言采其芹。
君子来朝，言观其旂。
其旂淠淠，鸾声嘒嘒。
载骖载驷，君子所届。[2]

赤芾在股，邪幅在下。
彼交匪纾，天子所予。
乐只君子，天子命之。
乐只君子，福禄申之。[3]

维柞之枝，其叶蓬蓬。
乐只君子，殿天子之邦。
乐只君子，万福攸同。
平平左右，亦是率从。[4]

泛泛杨舟，绋纚维之。
乐只君子，天子葵之。
乐只君子，福禄膍之。
优哉游哉，亦是戾矣。[5]

[1] 兴也。菽，大豆也。君子，诸侯也。路车，金路以赐同姓，象路以赐异姓也。玄衮，玄衣而画以卷龙也。黼，如斧形，刺之于裳也。周制，诸公衮冕九章，已见《九罭》篇。侯伯鷩冕七章，则自华虫以下。子男

衮冕五章,衣自宗彝以下而裳黼黻。孤卿絺冕三章,则衣粉米而裳黼黻。大夫玄冕,则玄衣黻裳而已。○此天子所以答《鱼藻》也。采菽采菽,则必以筐筥盛之。君子来朝,则必有以锡予之。又言今虽无以予之,然已有路车乘马玄衮及黼之赐矣。其言如此者,好之无已,意犹以为薄也。

[2] 兴也。觱沸,泉出貌。槛泉,正出也。芹,水草,可食。湝湝,动貌。嘒嘒,声也。届,至也。○觱沸槛泉,则言采其芹。诸侯来朝,则言观其旂。见其旂,闻其鸾声,又见其马,则知君子之至于是也。

[3] 赋也。胫本曰股。邪幅,逼也,邪缠于足,如今行縢,所以束胫,在股下也。交,交际也。纾,缓也。○言诸侯服此芾逼,见于天子,恭敬齐遬,不敢纾缓,则为天子所与,而申之以福禄也。

[4] 兴也。柞,见《车辖》篇。蓬蓬,盛貌。殿,镇也。平平,辩治也。左右,诸侯之臣也。率,循也。○维柞之枝,则其叶蓬蓬然。乐只君子,则宜镇天子之邦,而为万福之所聚。又言其左右之臣,亦从之而至此也。

[5] 兴也。绋,絼。纚,维,皆系也。言以大索纚其舟而系之也。葵,揆也。揆,犹度也。膍,厚。戾,至也。○泛泛杨舟,则必以绋纚维之。乐只君子,则天子必葵之,福禄必膍之。于是又叹其优游而至于此也。

角 弓

《诗序》:《角弓》,父兄刺幽王也。不亲九族而好谗佞,骨肉相怨,故作是诗也。

骍骍角弓,翩其反矣。
兄弟昏姻,无胥远矣。[1]

尔之远矣,民胥然矣。

尔之教矣,民胥效矣。[2]

此令兄弟,绰绰有裕;
不令兄弟,交相为瘉。[3]

民之无良,相怨一方,
受爵不让;至于己斯亡。[4]

老马反为驹,不顾其后。
如食宜饇,如酌孔取。[5]

毋教猱升木,如涂涂附。
君子有徽猷,小人与属。[6]

雨雪瀌瀌,见晛曰消。
莫肯下遗,式居娄骄。[7]

雨雪浮浮,见晛曰流。
如蛮如髦,我是用忧。[8]

[1]兴也。骍骍,弓调和貌。角弓,以角饰弓也。翩,反貌。弓之为物,张之则内向而来,弛之则外反而去,有似兄弟昏姻亲疏远近之意。胥,相也。○此刺王不亲九族,而好谗佞,使宗族相怨之诗。言骍骍角弓,既翩然而反矣。兄弟昏姻,则岂可以相远哉?

[2]赋也。尔,王也。上之所为,下必有甚者。

[3]赋也。令，善。绰，宽。裕，饶。瘝，病也。○言虽王化之不善，然此善兄弟则绰绰有裕而不变。彼不善之兄弟，则由此而交相病矣。盖指谮己之人而言也。

[4]赋也。一方，彼一方也。○相怨者各据其一方耳。若以责人之心责己，爱己之心爱人，使彼己之间，交见而无蔽，则岂有相怨者哉！况兄弟相怨相谮以取爵位，而不知逊让，终亦必亡而已矣。

[5]比也。饇，饱。孔，甚也。○言其但知谮害人以取爵位，而不知其不胜任，如老马惫矣，而反自以为驹，不顾其后将有不胜任之患也。又如食之已多而宜饱矣，酌之所取亦已甚矣。

[6]比也。猱，狝猴也，性善升木，不待教而能也。涂，泥。附，著。徽，美。猷，道。属，附着也。○言小人骨肉之恩本薄，王又好谮佞以来之，是犹教猱升木，又如于泥涂之上加以泥涂附之也。苟王有美道，则小人将反为善以附之，不至于如此矣。

[7]比也。瀌瀌，盛貌。晛，日气也。张子曰："谮言遇明者当自止，而王甘信之，不肯贬下而遗弃之，更益以长慢也。"

[8]比也。浮浮，犹"瀌瀌"也。流，流而去也。蛮，南蛮也。髦，夷髦也，《书》作"髳"。言其无礼义而相残贼也。

菀 柳

《诗序》：《菀柳》，刺幽王也。暴虐无亲，而刑罚不中，诸侯皆不欲朝。言王者之不可朝事也。

> 有菀者柳，不尚息焉。
> 上帝甚蹈，无自昵焉。
> 俾予靖之，后予极焉。[1]

有菀者柳,不尚愒焉。
上帝甚蹈,无自瘵焉。
俾予靖之,后予迈焉。[2]

有鸟高飞,亦傅于天。
彼人之心,于何其臻?
曷予靖之,居以凶矜?[3]

[1]比也。柳,茂木也。尚,庶几也。上帝,指王也。蹈,当作"神",言威灵可畏也。昵,近。靖,安也。极,求之尽也。○王者暴虐,诸侯不朝而作此诗。言彼有菀然茂盛之柳,行路之人岂不庶几欲就止息乎? 以比人谁不欲朝事王者,而王甚威神,使人畏之而不敢近尔。使我朝而事之以靖王室,后必将极其所欲以求于我。盖诸侯皆不朝,而己独至,则王必责之无已,如齐威王朝周,而后反为所辱也。或曰兴也。下章放此。

[2]比也。愒,息。瘵,病也。迈,过也,求之过其分也。

[3]兴也。傅、臻,皆至也。彼人,斥王也。居,犹徒然也。凶矜,遭凶祸而可怜也。○鸟之高飞,极至于天耳。彼王之心,于何所极乎? 言其贪纵无极,求责无已,人不知其所至也。如此则岂予能靖之乎? 乃徒然自取凶矜耳。

都 人 士

《诗序》:《都人士》,周人刺衣服无常也。古者长民,衣服不贰,从容有常,以齐其民,则民德归一。伤今不复见古人也。

彼都人士,狐裘黄黄。

其容不改,出言有章。
行归于周,万民所望。[1]

彼都人士,台笠缁撮。
彼君子女,绸直如发。
我不见兮,我心不说。[2]

彼都人士,充耳琇实。
彼君子女,谓之尹吉。
我不见兮,我心苑结。[3]

彼都人士,垂带而厉。
彼君子女,卷发如虿。
我不见兮,言从之迈。[4]

匪伊垂之,带则有余。
匪伊卷之,发则有旟。
我不见兮,云何盱矣![5]

[1]赋也。都,王都也。黄黄,狐裘色也。不改,有常也。章,文章也。周,镐京也。○乱离之后,人不复见昔日都邑之盛,人物仪容之美,而作此诗以叹惜之也。

[2]赋也。台,夫须也。缁撮,缁布冠也。其制小,仅可撮其髻也。君子女,都人贵家之女也。绸直如发,未详其义。然以四章五章推之,亦言其发之美耳。

[3]赋也。琇,美石也。以美石为瑱。尹吉,未详。郑氏曰:"吉,读为姞。尹氏、姞氏,周之昏姻旧姓也。人见都人之女,咸谓尹氏姞氏之女,言其有礼法也。"李氏曰:"所谓尹吉,犹晋言王谢,唐言崔卢也。"苑,犹屈也,积也。

[4]赋也。厉,垂带之貌。卷发,鬓傍短发不可敛者,曲上卷然,以为饰也。虿,螫虫也,尾末揵然,似发之曲上者。迈,行也。盖曰是不可得见也,得见则我从之迈矣。思之甚也。

[5]赋也。旟,扬也。盱,望也。说见《何人斯》篇。〇此言士之带非故垂之也,带自有余耳。女之发非故卷之也,发自有旟耳。言其自然闲美,不假修饰也。然不可得而见矣,则如何而不望之乎!

采　绿

《诗序》:《采绿》,刺怨旷也。幽王之时多怨旷者也。

终朝采绿,不盈一匊。
予发曲局,薄言归沐。[1]

终朝采蓝,不盈一襜。
五日为期,六日不詹。[2]

之子于狩,言韔其弓。
之子于钓,言纶之绳。[3]

其钓维何? 维鲂及鱮。
维鲂及鱮,薄言观者。[4]

[1] 赋也。自旦及食时为终朝。绿,王刍也。两手曰匊。局,卷也。犹言首如飞蓬也。○妇人思其君子,而言终朝采绿,而不盈一匊者,思念之深,不专于事也。又念其发之曲局,于是舍之而归沐,以待其君子之还也。

[2] 赋也。蓝,染草也。衣蔽前谓之襜,即蔽膝也。詹,与“瞻”同。五日为期,去时之约也。六日不詹,过期而不见也。

[3] 赋也。之子,谓其君子也。理丝曰纶。○言君子若归而欲往狩耶,我则为之韔其弓。欲往钓耶,我则为之纶其绳。望之切,思之深,欲无往而不与之俱也。

[4] 赋也。于其钓而有获也,又将从而观之。亦上章之意也。

黍 苗

《诗序》:《黍苗》,刺幽王也。不能膏润天下,卿士不能行召伯之职焉。

芃芃黍苗,阴雨膏之。
悠悠南行,召伯劳之。[1]

我任我辇,我车我牛。
我行既集,盖云归哉![2]

我徒我御,我师我旅。
我行既集,盖云归处![3]

肃肃谢功,召伯营之。
烈烈征师,召伯成之。[4]

原隰既平,泉流既清。
召伯有成,王心则宁。[5]

朱熹云:此宣王时诗,与《大雅·崧高》相表里。

[1]兴也。芃芃,长大貌。悠悠,远行之意。○宣王封申伯于谢,命召穆公往营城邑,故将徒役南行,而行者作此。言芃芃黍苗,则惟阴雨能膏之。悠悠南行,则惟召伯能劳之也。

[2]赋也。任,负任者也。辇,人挽车也。牛,所以驾大车也。集,成也。营谢之役既成而归也。

[3]赋也。徒,步行者。御,乘车者。五百人为旅,五旅为师。《春秋传》曰:"君行师从,卿行旅从。"

[4]赋也。肃肃,严正之貌。谢,邑名,申伯所封国也,今在邓州信阳军。功,工役之事也。营,治也。烈烈,威武貌。征,行也。

[5]赋也。土治曰平。水治曰清。○言召伯营谢邑,相其原隰之宜,通其水泉之利。此功既成,宣王之心则安也。

隰　桑

《诗序》:《隰桑》,刺幽王也。小人在位,君子在野,思见君子,尽心以事之。

隰桑有阿,其叶有难。
既见君子,其乐如何![1]

隰桑有阿,其叶有沃。

既见君子,云何不乐![2]

隰桑有阿,其叶有幽。
既见君子,德音孔胶。[3]

心乎爱矣,遐不谓矣?
中心藏之,何日忘之?[4]

　[1]兴也。隰,下湿之处,宜桑者也。阿,美貌。难,盛貌。皆言枝
叶条垂之状。○此喜见君子之诗。言隰桑有阿,则其叶有难矣。既见君
子,则其乐如何哉!词意大概与《菁莪》相类。然所谓君子,则不知其何
所指矣。或曰比也。下章放此。
　[2]兴也。沃,光泽貌。
　[3]兴也。幽,黑色也。
　[4]赋也。遐,与"何"同。《表记》作"瑕"。郑氏《注》曰:"瑕之言胡
也。"谓,犹"告"也。○言我中心诚爱君子,而既见之,则何遂以告之。
而但中心藏之,将使何日而忘之耶!《楚辞》所谓"思公子兮未敢言",意
盖如此。爱之根于中者深,故发之迟而存之久也。

白　华

　《诗序》:《白华》,周人刺幽后也。幽王取申女以为后,又得褒姒而黜申
后,故下国化之,以妾为妻,以孽代宗,而王弗能治。周人为之作是诗也。

白华菅兮,白茅束兮。
之子之远,俾我独兮![1]

英英白云,露彼菅茅。
天步艰难,之子不犹。[2]

滮池北流,浸彼稻田。
啸歌伤怀,念彼硕人。[3]

樵彼桑薪,卬烘于煁。
维彼硕人,实劳我心。[4]

鼓钟于宫,声闻于外。
念子懆懆,视我迈迈。[5]

有鹙在梁,有鹤在林。
维彼硕人,实劳我心。[6]

鸳鸯在梁,戢其左翼。
之子无良,二三其德。[7]

有扁斯石,履之卑兮。
之子之远,俾我疧兮。[8]

[1]比也。白华,野菅也。已沤为菅。之子,斥幽王也。俾,使也。
我,申后自我也。○幽王娶申女以为后,又得褒姒,而黜申后,故申后作
此诗。言白华为菅,则白茅为束。二物至微,犹必相须为用,何之子之
远,而俾我独耶!

[2] 比也。英英,轻明之貌。白云,水土轻清之气,当夜而上腾者也。露,即其散而下降者也。步,行也。天步,犹言时运也。犹,图也。或曰:"犹,如也。"〇言云之泽物无微不被。今时运艰难,而之子不图,不如白云之露菅茅也。

[3] 比也。滮,流貌。北流,丰镐之间,水多北流。硕人,尊大之称,亦谓幽王也。〇言小水微流,尚能浸灌。王之尊大,而反不能通其宠泽。所以使我啸歌伤怀而念之也。

[4] 比也。樵,采也。桑薪,薪之善者也。卬,我。烘,燎也。煁,无釜之灶,可燎而不可烹饪者也。〇桑薪宜以烹饪,而但为燎烛。以比嫡后之尊,而反见卑贱也。

[5] 比也。懆懆,忧貌。迈迈,不顾也。〇鼓钟于宫,则声闻于外矣。念子懆懆,而反视我迈迈,何哉?

[6] 比也。鹙,秃鹙也。梁,鱼梁也。〇苏氏曰:"鹙、鹤,皆以鱼为食。然鹤之于鹙,清浊则有间矣。今鹙在梁,而鹤在林。鹙则饱,而鹤则饥矣。幽王进褒姒而黜申后,譬之养鹙而弃鹤也。"

[7] 比也。戢其左翼,言不失其常也。良,善也。二三其德,则鸳鸯之不如矣。

[8] 比也。扁,卑貌。俾,使。痕,病也。〇有扁然而卑之石,则履之者亦卑矣。如妾之贱,则宠之者亦贱矣。是以之子之远,而俾我痕也。

绵 蛮

《诗序》:《绵蛮》,微臣刺乱也。大臣不用仁心,遗忘微贱,不肯饮食教载之,故作是诗也。

"绵蛮黄鸟,止于丘阿。
道之云远,我劳如何!"

"饮之食之,教之诲之;
命彼后车,谓之载之。"[1]

"绵蛮黄鸟,止于丘隅。
岂敢惮行,畏不能趋。"
"饮之食之,教之诲之;
命彼后车,谓之载之。"[2]

"绵蛮黄鸟,止于丘侧。
岂敢惮行,畏不能极。"
"饮之食之,教之诲之;
命彼后车,谓之载之。"[3]

[1] 比也。绵蛮,鸟声。阿,曲阿也。后车,副车也。○此微贱劳苦而思有所托者,为鸟言以自比也。盖曰绵蛮之黄鸟,自言止于丘阿而不能前,盖道远而劳甚矣。当是时也,有能饮之、食之、教之、诲之,又命后车以载之者乎?

[2] 比也。隅,角。惮,畏也。趋,疾行也。

[3] 比也。侧,傍。极,至也。《国语》云:"齐朝驾,则夕极于鲁国。"

瓠 叶

《诗序》:《瓠叶》,大夫刺幽王也。上弃礼而不能行,虽有牲牢饔饩,不肯用也,故思古之人,不以微薄废礼焉。

幡幡瓠叶，采之亨之。
君子有酒，酌言尝之。[1]

有兔斯首，炮之燔之。
君子有酒，酌言献之。[2]

有兔斯首，燔之炙之。
君子有酒，酌言酢之。[3]

有兔斯首，燔之炮之。
君子有酒，酌言酬之。[4]

　　[1]赋也。幡幡，瓠叶貌。○此亦燕饮之诗。言幡幡瓠叶，采之亨之，至薄也。然君子有酒，则亦以是酌而尝之。盖述主人之谦词，言物虽薄，而必与宾客共之也。

　　[2]赋也。有兔斯首，一兔也，犹数鱼以尾也。毛曰炮，加火曰燔。亦薄物也。献，献之于宾也。

　　[3]赋也。炕火曰炙。谓以物贯之，而举于火上以炙之。酢，报也。宾既卒爵而酌主人也。

　　[4]赋也。酬，导饮也。

渐渐之石

　　《诗序》:《渐渐之石》，下国刺幽王也。戎狄叛之，荆、舒不至，乃命将率东征，役久病于外，故作是诗也。

渐渐之石，维其高矣。
山川悠远，维其劳矣。
武人东征，不遑朝矣。[1]

渐渐之石，维其卒矣。
山川悠远，曷其没矣？
武人东征，不遑出矣。[2]

有豕白蹢，烝涉波矣。
月离于毕，俾滂沱矣。
武人东征，不遑他矣。[3]

[1] 赋也。渐渐，高峻之貌。武人，将帅也。遑，暇也。言无朝旦之暇也。○将帅出征，经历险远，不堪劳苦而作此诗也。

[2] 赋也。卒，崔嵬也，谓山巅之末也。曷，何。没，尽也。言所登历何时而可尽也。不遑出，谓但知深入，不暇谋出也。

[3] 赋也。蹢，蹄。烝，众也。离，月所宿也。毕，星名。豕涉波，月离毕，将雨之验也。○张子曰："豕之负涂曳泥，其常性也。今其足皆白，众与涉波而去，水患之多可知矣。此言久役，又逢大雨，甚劳苦而不暇及他事也。"

苕 之 华

《诗序》：《苕之华》，大夫闵时也。幽王之时，西戎、东夷交侵中国，师旅并起，因之以饥馑。君子闵周室之将亡，伤己逢之，故作是诗也。

苕之华,芸其黄矣。
心之忧矣,维其伤矣![1]

苕之华,其叶青青。
知我如此,不如无生![2]

牂羊坟首,三星在罶,
人可以食,鲜可以饱![3]

朱熹云:陈氏曰:"此诗其辞简,其情哀。周室将亡,不可救矣。诗人
伤之而已。"

[1] 比也。苕,陵苕也。《本草》云:"即今之紫葳,蔓生,附于乔木之
上,其华黄赤色,亦名凌霄。"○诗人自以身逢周室之衰,如苕附物而生,
虽荣不久,故以为比,而自言其心之忧伤也。

[2] 比也。青青,盛貌。然亦何能久哉!

[3] 赋也。牂羊,牝羊也。坟,大也。羊瘠则首大也。罶,笱也。罶
中无鱼而水静,但见三星之光而已。○言饥馑之余,百物雕耗如此,苟且
得食足矣,岂可望其饱哉!

何草不黄

《诗序》:《何草不黄》,下国刺幽王也。四夷交侵,中国背叛,用兵不息,
视民如禽兽。君子忧之,故作是诗也。

何草不黄,何日不行。

何人不将，经营四方。[1]

何草不玄，何人不矜。
哀我征夫，独为匪民。[2]

匪兕匪虎，率彼旷野。
哀我征夫，朝夕不暇。[3]

有芃者狐，率彼幽草。
有栈之车，行彼周道。[4]

[1] 兴也。草衰则黄。将，亦行也。○周室将亡，征役不息，行者苦之，故作此诗。言何草而不黄？何日而不行？何人而不将，以经营于四方也哉！

[2] 兴也。玄，赤黑色也。既黄而玄也。无妻曰矜。言从役过时而不得归，失其室家之乐也。哀我征夫，岂独为非民哉！

[3] 赋也。率，循。旷，空也。○言征夫非兕非虎，何为使之循旷野而朝夕不得闲暇也。

[4] 兴也。芃，尾长貌。栈车，役车也。周道，大道也。言不得休息也。

大　雅

文　王

《诗序》:《文王》,文王受命作周也。

文王在上,於昭于天。
周虽旧邦,其命维新。
有周不显,帝命不时。
文王陟降,在帝左右。[1]

亹亹文王,令闻不已。
陈锡哉周,侯文王孙子。
文王孙子,本支百世。
凡周之士,不显亦世。[2]

世之不显,厥犹翼翼。
思皇多士,生此王国。
王国克生,维周之桢。
济济多士,文王以宁。[3]

穆穆文王,於缉熙敬止。

假哉天命,有商孙子。

商之孙子,其丽不亿。

上帝既命,侯于周服。[4]

侯服于周,天命靡常。

殷士肤敏,祼将于京。

厥作祼将,常服黼冔。

王之荩臣,无念尔祖。[5]

无念尔祖,聿脩厥德。

永言配命,自求多福。

殷之未丧师,克配上帝。

宜鉴于殷,骏命不易。[6]

命之不易,无遏尔躬。

宣昭义问,有虞殷自天。

上天之载,无声无臭。

仪刑文王,万邦作孚。[7]

朱熹云:东莱吕氏曰:《吕氏春秋》引此诗,以为周公所作。味其辞意,信非周公不能作也。○今按此诗,一章言文王有显德,而上帝有成命也。二章言天命集于文王,则不唯尊荣其身,又使其子孙百世为天子、诸侯也。三章言命周之福,不唯及其子孙,而又及其群臣之后嗣也。四章言天命既绝于商,则不唯诛罚其身,又使其子孙亦来臣服于周也。五章言绝商之祸，不唯及其子孙，而又及其群臣之后嗣也。六章言周之子孙臣庶当以文王为法，而以商为监也。七章又言当以商为监，而以文王为法也。其于天人之际，兴亡之理，丁宁反复，至深切矣。故立之乐官，而因以为天子、诸侯朝会之乐，盖将以戒乎后世之君子，而又以昭先王之德于天下也。《国语》以为两君相见之乐，特举其一端而言耳。然此诗之首章言文王之昭于天，而不言其所以昭。次章言其令闻不已，而不言其所以闻。至于四章，然后所以昭明而不已者，乃可得而见焉。然亦多咏叹之言，而语其所以为德之实，则不越乎敬之一字而已。然则后章所谓修厥德而仪刑者，岂可以他求哉？亦勉于此而已矣。

[1]赋也。於，叹辞。昭，明也。命，天命也。不显，犹言岂不显也。帝，上帝也。不时，犹言岂不时也。左右，旁侧也。○周公追述文王之德，明周家所以受命而代商者，皆由于此，以戒成王。此章言文王既没，而其神在上，昭明于天，是以周邦虽自后稷始封，千有余年，而其受天命，则自今始也。夫文王在上，而昭于天，则其德显矣。周虽旧邦，而命则新，则其命时矣。故又曰有周岂不显乎？帝命岂不时乎？盖以文王之神在天，一升一降，无时不在上帝之左右，是以子孙蒙其福泽，而君有天下也。《春秋传》天王追命诸侯之词曰："叔父陟恪，在我先王之左右，以佐事上帝。"语意与此正相似。或疑"恪"亦"降"字之误，理或然也。

[2]赋也。亹亹，强勉之貌。令闻，善誉也。陈，犹敷也。哉，语辞。侯，维也。本，宗子也。支，庶子也。○文王非有所勉也，纯亦不已，而人见其若有所勉耳。其德不已，故今既没而其令闻犹不已也。令闻不已，是以上帝敷锡于周，维文王孙子。则使之本宗百世为天子，支庶百世为诸侯。而又及其臣子，使凡周之士，亦世世修德，与周匹休焉。

[3]赋也。犹，谋。翼翼，勉敬也。思，语辞。皇，美。桢，干也。济济，多貌。○此承上章而言。其传世岂不显乎？而其谋犹皆能勉敬如此也。美哉，此众多之贤士，而生于此文王之国也！文王之国，能生此众多之士，则足以为国之干，而文王亦赖以为安矣。盖言文王得人之盛，而宜

其传世之显也。

[4]赋也。穆穆,深远之意。缉,续。熙,明。亦不已之意。止,语辞。假,大。丽,数也。不亿,不止于亿也。侯,维也。○言穆穆然文王之德,不已其敬如此,是以大命集焉。以有商孙子观之,则可见矣。盖商之孙子,其数不止于亿,然以上帝之命集于文王也,而今皆维服于周矣。

[5]赋也。诸侯之大夫入天子之国曰某士。则殷士者,商孙子之臣属也。肤,美。敏,疾也。祼,灌鬯也。将,行也。酌而送之也。京,周之京师也。黼,黼裳也。冔,殷冠也。盖先代之后,统承先王,修其礼物,作宾于王家,时王不敢变焉。而亦所以为戒也。王,指成王也。荩,进也。言其忠爱之笃,进进无已也。无念,犹言岂得无念也。尔祖,文王也。○言商之孙子而侯服于周,以天命之不可常也。故殷之士助祭于周京,而服商之服。于是呼王之荩臣而告之曰:得无念尔祖文王之德乎。盖以戒王,而不敢斥言,犹所谓"敢告仆夫"云尔。刘向曰:"孔子论《诗》,至于'殷士肤敏,祼将于京',喟然叹曰:'大哉天命,善不可不传于后嗣,是以富贵无常。'盖伤微子之事周,而痛殷之亡也。"

[6]赋也。聿,发语辞。永,长。配,合也。命,天理也。师,众也。上帝,天之主宰也。骏,大也。不易,言其难也。○言欲念尔祖,在于自修其德,而又常自省察,使其所行无不合于天理,则盛大之福,自我致之,有不外求而得矣。又言殷未失天下之时,其德足以配乎上帝矣。今其子孙乃如此,宜以为鉴而自省焉,则知天命之难保矣。《大学传》曰:"得众则得国,失众则失国。"此之谓也。

[7]赋也。遏,绝。宣,布。昭,明。义,善也。问、闻通。有、又通。虞,度。载,事。仪,象。刑,法。孚,信也。○言天命之不易保,故告之使无若纣之自绝于天,而布明其善誉于天下。又度殷之所以废兴者,而折于天。然上天之事,无声无臭,不可得而度也,惟取法于文王,则万邦作而信之矣。子思子曰"维天之命,于穆不已",盖曰天之所以为天也。"於乎不显,文王之德之纯",盖曰文王之所以为文也纯亦不已。夫知天之所以为天,又知文王之所以为文,则夫与天同德者,可得而言矣。是诗

首言"文王在上,于昭于天"、"文王陟降,在帝左右",而终之以此,其旨深矣。

大 明

《诗序》:《大明》,文王有明德,故天复命武王也。

明明在下,赫赫在上。
天难忱斯,不易维王。
天位殷适,使不挟四方。[1]

挚仲氏任,自彼殷商,
来嫁于周,曰嫔于京。
乃及王季,维德之行。[2]

大任有身,生此文王。
维此文王,小心翼翼。
昭事上帝,聿怀多福。
厥德不回,以受方国。[3]

天监在下,有命既集。
文王初载,天作之合。
在洽之阳,在渭之涘。[4]

文王嘉止,大邦有子。

大邦有子,俔天之妹。
文定厥祥,亲迎于渭。
造舟为梁,不显其光。[5]

有命自天,
命此文王,于周于京。
缵女维莘,长子维行,
笃生武王。
保右命尔,燮伐大商。[6]

殷商之旅,其会如林。
矢于牧野:"维予侯兴,
上帝临女,无贰尔心!"[7]

牧野洋洋,檀车煌煌,
驷騵彭彭。
维师尚父,时维鹰扬。
凉彼武王,肆伐大商,
会朝清明![8]

朱熹云:名义见《小旻》篇。一章言天命无常,惟德是与。二章言王
季、太任之德,以及文王。三章言文王之德。四章、五章、六章言文王、太
姒之德,以及武王。七章言武王伐纣。八章言武王克商以终首章之意。
其章以六句、八句相间。又《国语》以此及下篇皆为两君相见之乐,说见
上篇。

〔1〕赋也。明明，德之明也。赫赫，命之显也。忱，信也。不易，难也。天位，天子之位也。殷适，殷之适嗣也。挟，有也。○此亦周公戒成王之诗。将陈文武受命，故先言在下者有明明之德，则在上者有赫赫之命，达于上下，去就无常，此天之所以难忱，而为君之所以不易也。纣居天位，为殷嗣，乃使之不得挟四方而有之，盖以此尔。

〔2〕赋也。挚，国名。仲，中女也。任，挚国姓也。嫔，妇也。京，周京也。曰嫔于京，叠言以释上句之意，犹曰"釐降二女于妫汭，嫔于虞"也。王季，文王父也。身，怀孕也。○将言文王之圣，而追本其所从来者如此。盖曰自其父母而已然矣。

〔3〕赋也。小心翼翼，恭慎之貌。即前篇之所谓敬也。文王之德于此为盛。昭，明。怀，来。回，邪也。方国，四方来附之国也。

〔4〕赋也。监，视。集，就。载，年。合，配也。洽，水名，本在今同州郃阳、夏阳县，今流已绝，故去"水"而加"邑"。渭水亦径此入河也。嘉，婚礼也。大邦，莘国也。子，大姒也。○将言武王伐商之事，故此又推其本，而言天之监照实在于下，其命既集于周矣。故于文王之初年，而默定其配，所以洽阳、渭涘，当文王将昏之期，而大邦有子也。盖曰非人之所能为矣。

〔5〕赋也。俔，磬也。《韩诗》作"磬"。《说文》云："俔，譬也。"孔氏曰："如今俗语譬喻物，曰'磬作'然也。"文，礼。祥，吉也。言卜得吉，而以纳币之礼定其祥也。造，作。梁，桥。作船于水，比之，而加版于其上，以通行者，即今之浮桥也。《传》曰："天子造舟，诸侯维舟，大夫方舟，士特舟。"张子曰："造舟为梁，文王所制，而周世遂以为天子之礼也。"不显，显也。

〔6〕赋也。缵，继也。莘，国名。长子，长女大姒也。行，嫁。笃，厚也。言既生文王，而又生武王也。右，助。燮，和也。○言天既命文王于周之京矣，而克缵大任之女事者，维此莘国，以其长女来嫁于我。天又笃厚之，使生武王。保之助之命之，而使之顺天命以伐商也。

〔7〕赋也。如林，言众也。《书》曰："受率其旅若林。"矢，陈也。牧

野,在朝歌南七十里。侯,维。贰,疑也。尔,武王也。○此章言武王伐
纣之时,纣众会集如林,以拒武王,而皆陈于牧野,则维我之师为有兴起
之势耳。然众心犹恐武王以众寡之不敌,而有所疑,故勉之曰:"上帝
临汝,毋贰尔心。"盖知天命之必然,而赞其决也。然武王非必有所疑也,
设言以见众心之同,非武王之得已耳。

[8]赋也。洋洋,广大之貌。檀,坚木,宜为车者也。煌煌,鲜明貌。
骊马白腹曰驷。彭彭,强盛貌。师尚父,太公望,为太师而号尚父也。鹰
扬,如鹰之飞扬而将击,言其猛也。凉,《汉书》作"亮",佐助也。肆,纵兵
也。会朝,会战之旦也。○此章言武王师众之盛,将帅之贤,伐商以除秽
浊,不崇朝而天下清明。所以终首章之意也。

绵

《诗序》:《绵》,文王之兴,本由大王也。

绵绵瓜瓞,民之初生,
自土沮漆。古公亶父,
陶复陶穴,未有家室。[1]

古公亶父,来朝走马;
率西水浒,至于岐下。
爰及姜女,聿来胥宇。[2]

周原膴膴,堇荼如饴。
爰始爰谋,爰契我龟;
曰止曰时,筑室于兹。[3]

乃慰乃止,乃左乃右;
乃疆乃理,乃宣乃亩。
自西徂东,周爰执事。[4]

乃召司空,乃召司徒,
俾立室家。其绳则直,
缩版以载,作庙翼翼。[5]

捄之陾陾,度之薨薨,
筑之登登,削屡冯冯。
百堵皆兴,鼛鼓弗胜。[6]

乃立皋门,皋门有伉。
乃立应门,应门将将。
乃立冢土,戎丑攸行。[7]

肆不殄厥愠,亦不陨厥问。
柞棫拔矣,行道兑矣。
混夷駾矣,维其喙矣。[8]

虞芮质厥成,文王蹶厥生。
予曰有疏附,予曰有先后,
予曰有奔奏,予曰有御侮。[9]

朱熹云：一章言在豳。二章言至岐。三章言定宅。四章言授田居民。五章言作宗庙。六章言治宫室。七章言作门社。八章言至文王而服混夷。九章遂言文王受命之事。余说见上篇。

[1]比也。绵绵，不绝貌。大曰瓜，小曰瓞。瓜之近本初生者常小，其蔓不绝，至末而后大也。民，周人也。自，从。土，地也。沮、漆，二水名，在豳地。古公，号也。亶父，名也。或曰字也，后乃追称太王焉。陶，窑灶也。复，重窑也。穴，土室也。家，门内之通名也。豳地近西戎而苦寒，故其俗如此。○此亦周公戒成王之诗。追述太王始迁岐周，以开王业，而文王因之，以受天命也。此其首章。言瓜之先小后大，以比周人始生于漆、沮之上，而古公之时，居于窑灶土室之中，其国甚小，至文王而后大也。

[2]赋也。朝，早也。走马，避狄难也。率，循也。浒，水厓也，漆沮之侧也。岐下，岐山之下也。姜女，太王妃也。胥，相。宇，宅也。孟子曰："太王居邠，狄人侵之，事之以皮币、珠玉、犬马而不得免。乃属其耆老而告之曰：'狄人之所欲者，吾土地也。吾闻之也，君子不以其所以养人者害人，二三子何患乎无君？我将去之。'去邠，逾梁山，邑于岐山之下居焉。邠人曰：'仁人也，不可失也。'从之者如归市。"

[3]赋也。周，地名，在岐山之南。广平曰原。膴膴，肥美貌。堇，乌头也。荼，苦菜，蓼属也。饴，饧也。契，所以然火而灼龟者也。《仪礼》所谓"楚焞"是也。或曰以刀刻龟甲，欲钻之处也。○言周原土地之美，虽物之苦者亦甘。于是太王始与豳人之从己者谋居之。又契龟而卜之，既得吉兆，乃告其民曰："可以止于是而筑室矣。"或曰时，谓土功之时也。

[4]赋也。慰，安。止，居也。左、右，东西列之也。疆，谓画其大界。理，谓别其条理也。宣，布散而居也。或曰导其沟洫也。亩，治其田畴也。自西徂东，自西水浒而徂东也。周，遍也，言靡事不为也。

[5]赋也。司空，掌营国邑。司徒，掌徒役之事。绳，所以为直。凡

营度位处,皆先以绳正之,既正则束版而筑也。缩,束也。载,上下相承也。言以索束版,投土筑讫,则升下而上,以相承载也。君子将营宫室,宗庙为先,厩库为次,居室为后。翼翼,严正也。

[6]赋也。捄,盛土于器也。陾陾,众也。度,投土于版。薨薨,众声也。登登,相应声。削屡,墙成而削治重复也。冯冯,墙坚声。五版为堵。兴,起也,此言治宫室也。鼖鼓,长一丈二尺。以鼓役事。弗胜者,言其乐事劝功,鼓不能止也。

[7]赋也。《传》曰:王之郭门曰皋门。伉,高貌。王之正门曰应门。将将,严正也。太王之时,未有制度,特作二门,其名如此。及周有天下,遂尊以为天子之门,而诸侯不得立焉。冢土,大社也。亦大王所立,而后因以为天子之制也。戎丑,大众也。起大事,动大众,必有事乎社而后出,谓之宜。

[8]赋也。肆,故今也,犹言遂也,承上起下之辞。殄,绝。愠,怒。陨,坠也。问、闻通,谓声誉也。柞,栎也,枝长叶盛,丛生,有刺。棫,白桵也,小木,亦丛生,有刺。拔,挺拔而上,不拳曲蒙密也。兑,通也,始通道于柞棫之闲也。駾,突。喙,息也。○言大王虽不能殄绝混夷之愠怒,亦不陨坠己之声问。盖虽圣贤,不能必人之不怒己,但不废其自修之实耳。然大王始至此岐山下之时,林木深阻,人物鲜少。至于其后,生齿渐繁,归附日众,则木拔道通,混夷畏之而奔突窜伏,维其喙息而已。言德盛而混夷自服也。盖已为文王之时矣。

[9]赋也。虞、芮,二国名。质,正。成,平也。《传》曰:"虞芮之君,相与争田,久而不平,乃相与朝周。入其境,则耕者让畔,行者让路。入其邑,男女异路,班白不提挈。入其朝,士让为大夫,大夫让为卿。二国之君,感而相谓曰:'我等小人,不可以履君子之境。'乃相让,以其所争田为闲田而退。天下闻之而归者四十余国。"苏氏曰:"虞在陕之平陆,芮在同之冯翊。平陆有闲原焉,则虞、芮之所让也。"蹶生,未详其义。或曰蹶,动而疾也。生,犹起也。予,诗人自予也。率下亲上曰疏附。相道前后曰先后。喻德宣誉曰奔奏。武臣折冲曰御侮。○言昆夷既服,而虞芮

来质其讼之成,于是诸侯归服者众,而文王由此动其兴起之势。是虽其德之盛,然亦由有此四臣之助而然,故各以"予曰"起之。其辞繁而不杀者,所以深叹其得人之盛也。

棫 朴

《诗序》:《棫朴》,文王能官人也。

芃芃棫朴,薪之槱之。
济济辟王,左右趣之。[1]

济济辟王,左右奉璋。
奉璋峨峨,髦士攸宜。[2]

淠彼泾舟,烝徒楫之。
周王于迈,六师及之。[3]

倬彼云汉,为章于天。
周王寿考,遐不作人?[4]

追琢其章,金玉其相。
勉勉我王,纲纪四方。[5]

朱熹云:此诗前三章言文王之德为人所归。后二章言文王之德有以振作纲纪天下之人,而人归之。自此以下至《假乐》,皆不知何人所作,疑多出于周公也。

[1]兴也。芃芃，木盛貌。朴，丛生也。言根枝迫连相附著也。櫹，积也。济济，容貌之美也。辟，君也。君王，谓文王也。○此亦以咏歌文王之德。言芃芃棫朴，则薪之櫹之矣。济济辟王，则左右趣之矣。盖德盛而人心归附趣向之也。

[2]赋也。半圭曰璋。祭祀之礼，王祼以圭瓒，诸臣助之；亚祼以璋瓒，左右奉之。其判在内，亦有趣向之意。峨峨，盛壮也。髦，俊也。

[3]兴也。淠，舟行貌。泾，水名。烝，众。楫，棹。于，往。迈，行也。六师，六军也。○言淠彼泾舟，则舟中之人无不楫之。周王于迈，则六师之众追而及之。盖众归其德，不令而从也。

[4]兴也。倬，大也。云汉，天河也，在箕斗二星之间，其长竟天。章，文章也。文王九十七乃终，故言寿考。遐，与"何"同。作人，谓变化鼓舞之也。

[5]兴也。追，雕也。金曰雕，玉曰琢。相，质也。勉勉，犹言不已也。凡网罟，张之为纲，理之为纪。○追之琢之，则所以美其文者至矣。金之玉之，则所以美其质者至矣。勉勉我王，则所以纲纪乎四方者至矣。

旱 麓

《诗序》：《旱麓》，受祖也。周之先祖，世修后稷、公刘之业。大王、王季申以百福干禄焉。

瞻彼旱麓，榛楛济济。
岂弟君子，干禄岂弟。[1]

瑟彼玉瓒，黄流在中。

岂弟君子,福禄攸降。[2]

鸢飞戾天,鱼跃于渊。
岂弟君子,遐不作人。[3]

清酒既载,骍牡既备。
以享以祀,以介景福。[4]

瑟彼柞棫,民所燎矣。
岂弟君子,神所劳矣。[5]

莫莫葛藟,施于条枚。
岂弟君子,求福不回。[6]

[1] 兴也。旱,山名。麓,山足也。榛,似栗而小。楛,似荆而赤。济济,众多也。岂弟,乐易也。君子,指文王也。○此亦以咏歌文王之德。言旱山之麓,则榛楛济济然矣。岂弟君子,则其干禄也岂弟矣。干禄岂弟,言其干禄之有道,犹曰其争也君子云尔。

[2] 兴也。瑟,缜密貌。玉瓒,圭瓒也。以圭为柄,黄金为勺,青金为外,而朱其中也。黄流,郁鬯也。酿秬黍为酒,筑郁金煮而和之,使芬芳条鬯,以瓒酌而祼之也。攸,所。降,下也。○言瑟然之玉瓒,则必有黄流在其中。岂弟之君子,则必有福禄下其躬。明宝器不荐于亵味,而黄流不注瓦缶,则知盛德必享于禄寿,而福泽不降于淫人矣。

[3] 兴也。鸢,鸱类。戾,至也。李氏曰:"《抱朴子》曰:'鸢之在下无力,及至乎上,耸身直翅而已。'盖鸢之飞全不用力,亦如鱼跃,怡然自得,而不知其所以然也。"遐、何通。○言鸢之飞则戾于天矣,鱼之跃则出

诗　经

于渊矣。岂弟君子,而何不作人乎? 言其必作人也。

[4] 赋也。载,在尊也。备,全具也。承上章言,有岂弟之德,则祭必受福也。

[5] 兴也。瑟,茂密貌。燎,爇也。或曰,炀燎除其旁草,使木茂也。劳,慰抚也。

[6] 兴也。莫莫,盛貌。回,邪也。

思　齐

《诗序》:《思齐》,文王所以圣也。

思齐大任,文王之母。
思媚周姜,京室之妇。
大姒嗣徽音,则百斯男。[1]

惠于宗公,
神罔时怨,神罔时恫。
刑于寡妻,至于兄弟,
以御于家邦。[2]

雍雍在宫,肃肃在庙。
不显亦临,无射亦保。[3]

肆戎疾不殄,烈假不瑕。
不闻亦式,不谏亦入。[4]

346

肆成人有德,小子有造。
古之人无斁,誉髦斯士。[5]

[1]赋也。思,语辞。齐,庄。媚,爱也。周姜,大王之妃大姜也。京,周也。大姒,文王之妃也。徽,美也。百男,举成数而言其多也。○此诗亦歌文王之德,而推本言之。曰此庄敬之大任,乃文王之母,实能媚于周姜而称其为周室之妇。至于大姒,又能继其美德之音,而子孙众多。上有圣母,所以成之者远。内百贤妃,所以助之者深也。

[2]赋也。惠,顺也。宗公,宗庙先公也。恫,痛也。刑,仪法也。寡妻,犹言寡小君也。御,迎也。○言文王顺于先公,而鬼神歆之,无怨恫者。其仪法内施于闺门,而至于兄弟,以御于家邦也。孔子曰:“家齐而后国治。”孟子曰:“言举斯心加诸彼而已。”张子曰:“言接神人,各得其道也。”

[3]赋也。雍雍,和之至也。肃肃,敬之至也。不显,幽隐之处也。射,与“斁”同,厌也。保,犹“守”也。○言文王在闺门之内,则极其和。在宗庙之中,则极其敬。虽居幽隐,亦常若有临之者。虽无厌射,亦常有所守焉。其纯亦不已盖如是。

[4]赋也。肆,故今也。戎,大也。疾,犹难也。大难,如羑里之囚,及昆夷、獯狁之属也。殄,绝。烈,光。假,大。瑕,过也。此两句与“不殄厥愠”“不陨厥问”相表里。闻,前闻也。式,法也。○承上章,言文王之德如此,故其大难虽不殄绝,而光大亦无玷缺。虽事之无所前闻者,而亦无不合于法度。虽无谏净之者,而亦未尝不入于善。《传》所谓“性与天合”是也。

[5]赋也。冠以上为成人。小子,童子也。造,为也。古之人,指文王也。誉,名。髦,俊也。○承上章,言文王之德见于事者如此,故一时人材皆得其所成就。盖由其德纯而不已,故令此士皆有誉于天下,而成其俊义之美也。

皇 矣

《诗序》:《皇矣》,美周也。天监代殷莫若周。周世世修德莫若文王。

皇矣上帝,临下有赫。

监观四方,求民之莫。

维此二国,其政不获。

维彼四国,爰究爰度。

上帝耆之,憎其式廓。

乃眷西顾,此维与宅。[1]

作之屏之,其菑其翳。

修之平之,其灌其栵。

启之辟之,其柽其椐。

攘之剔之,其檿其柘。

帝迁明德,串夷载路。

天立厥配,受命既固。[2]

帝省其山,

柞棫斯拔,松柏斯兑。

帝作邦作对,自大伯王季。

维此王季,因心则友。

则友其兄,则笃其庆,

载锡之光。

受禄无丧,奄有四方。[3]

维此王季,帝度其心,

貊其德音。

其德克明,

克明克类,克长克君。

王此大邦,克顺克比。

比于文王,其德靡悔。

既受帝祉,施于孙子。[4]

帝谓文王,

无然畔援,无然歆羡,

诞先登于岸。

密人不恭,敢距大邦,

侵阮徂共。

王赫斯怒,

爰整其旅,以按徂旅。

以笃于周祜,以对于天下。[5]

依其在京,侵自阮疆。

陟我高冈,

无矢我陵,我陵我阿;

无饮我泉,我泉我池。

度其鲜原，
居岐之阳，在渭之将。
万邦之方，下民之王。[6]

帝谓文王，予怀明德，
不大声以色，不长夏以革；
不识不知，顺帝之则。
帝谓文王，
询尔仇方，同尔弟兄；
以尔钩援，与尔临冲，
以伐崇墉。[7]

临冲闲闲，崇墉言言。
执讯连连，攸馘安安。
是类是祃，是致是附，
四方以无侮。
临冲茀茀，崇墉仡仡。
是伐是肆，是绝是忽，
四方以无拂。[8]

朱熹云：一章、二章言天命太王。三章、四章言天命王季。五章、六章言天命文王伐密。七章、八章言天命文王伐崇。

[1] 赋也。皇，大。临，视也。赫，威明也。监，亦视也。莫，定也。二国，夏商也。不获，谓失其道也。四国，四方之国也。究，寻。度，谋

也。耆、憎、式廓，未详其义。或曰，耆，致也。憎，当作"增"。式廓，犹言规模也。此谓岐周之地也。○此诗叙大王、大伯、王季之德，以及文王伐密伐崇之事也。此其首章先言天之临下甚明，但求民之安定而已。彼夏商之政既不得矣，故求于四方之国。苟上帝之所欲致者，则增大其疆境之规模。于是乃眷然顾视西土，以此岐周之地与大王为居宅也。

　　[2]赋也。作，拔起也。屏，去之也。菑，木立死者也。翳，自毙者也。或曰小木蒙密蔽翳者也。修、平，皆治之使疏密正直得宜也。灌，丛生者也。栵，行生者也。启、辟，芟除也。柽，河柳也，似杨，赤色，生河边。椐，樻也，肿节，似扶老，可为杖者也。攘、剔，谓穿剔去其繁冗，使成长也。厣，山桑也。与柘皆美材，可为弓干，又可蚕也。明德，谓明德之君，即大王也。串夷载路，未详。或曰串夷即混夷，载路谓满路而去，所谓"混夷駾矣"者也。配，贤妃也，谓大姜。○此章言大王迁于岐周之事。盖岐周之地，本皆山林险阻，无人之竟，而近于混夷。大王居之，人物渐盛，然后渐次开辟如此。乃上帝迁此明德之君，使居其地，而昆夷远遁。天又为之立贤妃以助之，是以受命坚固，而卒成王业也。

　　[3]赋也。拔、兑，见《绵》篇。此亦言其山林之间道路通也。对，犹"当"也。作对，言择其可当此国者以君之也。大伯，大王之长子。王季，大王之少子也。因心，非勉强也。善兄弟曰友。兄，谓大伯也。笃，厚。载，则也。奄字之义，在忽遂之间。○言帝省其山，而见其木拔道通，则知民之归之者益众矣。于是既作之邦，又与之贤君以嗣其业。盖自其初生大伯、王季之时而已定矣。于是大伯见王季生文王，又知天命之有在，故适吴不反。大王没而国传于王季，及文王而周道大兴也。然以大伯而避王季，则王季疑于不友，故又特言王季所以友其兄者，乃因其心之自然，而无待于勉强。既受大伯之让，则益修其德，以厚周家之庆，而与其兄以让德之光，犹曰彰其知人之明，不为徒让耳。其德如是，故能受天禄而不失，至于文武，而奄有四方也。

　　[4]赋也。度，能度物制义也。貊，《春秋传》、《乐记》皆作"莫"，谓其莫然清静也。克明，能察是非也。克类，能分善恶也。克长，教诲不倦

也。克君,赏庆刑威也。言其赏不僭,故人以为庆;刑不滥,故人以为威也。顺,慈和遍服也。比,上下相亲也。比于,至于也。悔,遗恨也。〇言上帝制王季之心,使有尺寸,能度义,又清静其德音,使无非闲之言。是以王季之德能此六者。至于文王而其德尤无遗恨。是以既受上帝之福,而延及于子孙也。

[5]赋也。帝谓文王,设为天命文王之词,如下所言也。无然,犹言不可如此也。畔,离畔也。援,攀援也。言舍此而取彼也。歆,欲之动也。羡,爱慕也。言肆情以徇物也。岸,道之极至处也。密,密须氏也,姞姓之国,在今宁州。阮,国名,在今泾州。徂,往也。共,阮国之地名,今泾州之共池是也。其旅,周师也。按,遏也。徂旅,密师之往共者也。祜,福。对,答也。〇人心有所畔援,有所歆羡,则溺于人欲之流,而不能以自济。文王无是二者,故独能先知先觉,以造道之极至。盖天实命之,而非人力之所及也。是以密人不恭,敢违其命,而擅兴师旅以侵阮而往至于共,则赫怒整兵而往,遏其众,以厚周家之福而答天下之心。盖亦因其可怒而怒之,初未尝有所畔援歆羡也。此文王征伐之始也。

[6]赋也。依,安貌。京,周京也。矢,陈。鲜,善。将,侧。方,乡也。〇言文王安然在周之京,而所整之兵既遏密人,遂从阮疆而出以侵密。所陟之冈,即为我冈,而人无敢陈兵于陵,饮水于泉,以拒我也。于是相其高原,而徙都焉,所谓程邑也。其地于汉为扶风安陵,今在京兆府咸阳县。

[7]赋也。予,设为上帝之自称也。怀,眷念也。明德,文王之明德也。以,犹"与"也。夏、革,未详。则,法也。仇方,仇国也。兄弟,与国也。钩援,钩梯也,所以钩引上城,所谓云梯者也。临,临车也,在上临下者也。冲,冲车也,从旁冲突者也。皆攻城之具也。崇,国名,在今京兆府鄠县。墉,城也。《史记》:崇侯虎谮西伯于纣。纣囚西伯于羑里。西伯之臣闳夭之徒求美女奇物善马以献纣。纣乃赦西伯,赐之弓矢鈇钺,得专征伐。曰谮西伯者,崇侯虎也。西伯归三年,伐崇侯虎而作丰邑。〇言上帝眷念文王,而言其德之深微,不暴著其形迹,又能不作聪明,以循天理,故又命之以伐崇也。吕氏曰:"此言文王德不形,而功无迹,与天

同体而已。虽兴兵以伐崇，莫非顺帝之则，而非我也。"

　　[8]赋也。闲闲，徐缓也。言言，高大也。连连，属续状。馘，割耳也。军法，获者不服，则杀而献其左耳。安安，不轻暴也。类，将出师祭上帝也。祃，至所征之地而祭始造军法者，谓黄帝及蚩尤也。致，致其至也。附，使之来附也。茀茀，强盛貌。仡仡，坚壮貌。肆，纵兵也。忽，灭。拂，戾也。《春秋传》曰："文王伐崇，三旬不降，退修教而复伐之，因垒而降。"○言文王伐崇之初，缓攻徐战，告祀群神，以致附来者，而四方无不畏服。及终不服，则纵兵以灭之，而四方无不顺从也。夫始攻之缓，战之徐也，非力不足也；非示之弱也，将以致附而全之也。及其终不下而肆之也，则天诛不可以留，而罪人不可以不得故也。此所谓文王之师也。

灵　台

　　《诗序》:《灵台》，民始附也。文王受命，而民乐其有灵德，以及鸟兽昆虫焉。

　　经始灵台，经之营之。
　　庶民攻之，不日成之。
　　经始勿亟，庶民子来。[1]

　　王在灵囿，麀鹿攸伏。
　　麀鹿濯濯，白鸟翯翯。
　　王在灵沼，於牣鱼跃。[2]

　　虡业维枞，贲鼓维镛。
　　於论鼓钟，於乐辟雍。[3]

於论鼓钟,於乐辟雍。

鼍鼓逢逢,蒙瞍奏公。^[4]

朱熹云:东莱吕氏曰:前二章乐文王有台池鸟兽之乐也。后二章言文王有钟鼓之乐也。皆述民乐之词也。

[1]赋也。经,度也。灵台,文王所作,谓之灵者,言其倏然而成,如神灵之所为也。营,表。攻,作也。不日,不终日也。亟,急也。○国之有台,所以望氛祲,察灾祥,时观游,节劳佚也。文王之台,方其经度营表之际,而庶民已来作之,所以不终日而成也。虽文王心恐烦民,戒令勿亟,而民心乐之,如子趣父事,不召自来。孟子曰:"文王以民力为台为沼,而民欢乐之,谓其台曰'灵台',谓其沼曰'灵沼'。"此之谓也。

[2]赋也。灵囿,台之下有囿,所以域养禽兽也。麀,牝鹿也。伏,安其所处,不惊扰也。濯濯,肥泽貌。翯翯,洁白貌。灵沼,囿之中有沼也。牣,满也。鱼满而跃,言多而得其所也。

[3]赋也。虡,植木以悬钟磬,其横者曰栒。业,栒上大版,刻之捷业如锯齿者也。枞,业上悬钟磬处,以彩色为崇牙,其状枞枞然者也。贲,大鼓也,长八尺。鼓四尺,中围加三之一。镛,大钟也。论,伦也。言得其伦理也。辟、璧通。雍,泽也。辟雍,天子之学,大射行礼之处也。水旋丘如璧,以节观者,故曰辟雍。

[4]赋也。鼍,似蜥蜴,长丈余,皮可冒鼓。逢逢,和也。有眸子而无见曰蒙,无眸子曰瞍。古者乐师皆以瞽者为之,以其善听而审于音也。公,事也。闻鼍鼓之声,而知蒙瞍方奏其事也。

下 武

《诗序》:《下武》,继文也。武王有圣德,复受天命,能昭先人之功焉。

下武维周,世有哲王。
三后在天,王配于京。[1]

王配于京,世德作求。
永言配命,成王之孚。[2]

成王之孚,下土之式。
永言孝思,孝思维则。[3]

媚兹一人,应侯顺德。
永言孝思,昭哉嗣服。[4]

昭兹来许,绳其祖武。
於万斯年,受天之祜。[5]

受天之祜,四方来贺。
於万斯年,不遐有佐![6]

朱熹云:或疑此诗有"成王"字,当为康王以后之诗。然考寻文意,恐当只如旧说。且其文体亦与上下篇血脉通贯,非有误也。

[1]赋也。下,义未详。或曰字当作"文",言文王武王实造周也。哲王,通言大王、王季也。三后,大王、王季、文王也。在天,既没而其精神上与天合也。王,武王也。配,对也。谓继其位以对三后也。京,镐京也。○此章美武王能缵大王、王季、文王之绪,而有天下也。

[2]赋也。言武王能继先王之德。而长言合于天理，故能成王者之信于天下也。若暂合而遽离，暂得而遽失，则不足以成其信矣。

[3]赋也。式、则，皆法也。○言武王所以能成王者之信，而为四方之法者，以其长言孝思而不忘，是以其孝可为法耳。若有时而忘之，则其孝者伪耳，何足法哉！

[4]赋也。媚，爱也。一人，谓武王。应，如“丕应徯志”之“应”。侯，维。服，事也。○言天下之人皆爱戴武王以为天子，而所以应之，维以顺德。是武王能长言孝思，而明哉其嗣先王之事也。

[5]赋也。昭兹，承上句而言。兹、哉声相近，古盖通用也。来，后世也。许，犹所也。绳，继。武，迹也。○言武王之道昭明如此，来世能继其迹，则久荷天禄而不替矣。

[6]赋也。贺，朝贺也。周末秦强，天子致胙，诸侯皆贺。遐、何通。佐，助也。盖曰岂不有助乎云尔。

文王有声

《诗序》：《文王有声》，继伐也。武王能广文王之声，卒其伐功也。

文王有声，遹骏有声。

遹求厥宁，遹观厥成。

文王烝哉！[1]

文王受命，有此武功。

既伐于崇，作邑于丰。

文王烝哉！[2]

筑城伊淢,作丰伊匹。
匪棘其欲,遹追来孝。
王后烝哉![3]

王公伊濯,维丰之垣。
四方攸同,王后维翰。
王后烝哉![4]

丰水东注,维禹之绩。
四方攸同,皇王维辟。
皇王烝哉![5]

镐京辟雍,自西自东,
自南自北,无思不服。
皇王烝哉![6]

考卜维王,宅是镐京。
维龟正之,武王成之。
武王烝哉![7]

丰水有芑,武王岂不仕?
诒厥孙谋,以燕翼子。
武王烝哉![8]

朱熹云：此诗以武功称文王。至于武王，则言"皇王维辟"、"无思不服"而已。盖文王既造其始，则武王续而终之，无难也。又以见文王之文，非不足于武，而武王之有天下，非以力取之也。

[1]赋也。遹，义未详，疑与"聿"同，发语辞。骏，大。烝，君也。〇此诗言文王迁丰，武王迁镐之事。而首章推本之曰："文王之有声也，甚大乎其有声也。盖以求天下之安宁，而观其成功耳。文王之德如是，信乎其克君也哉！"

[2]赋也。伐崇事见《皇矣》篇。作邑，徙都也。丰，即崇国之地，在今鄠县杜陵西南。

[3]赋也。淢，成沟也。方十里为成，成闲有沟，深广各八尺。匹，称。棘，急也。王后，亦指文王也。〇言文王营丰邑之城，因旧沟为限而筑之，其作邑居，亦称其城而不侈大，皆非急成己之所欲也，特追先人之志，而来致其孝耳。

[4]赋也。公，功也。濯，著明也。〇王之功所以著明者，以其能筑此丰之垣故尔。四方于是来归，而以文王为桢干也。

[5]赋也。丰水东北流，径丰邑之东入渭，而注于河。绩，功也。皇王，有天下之号，指武王也。辟，君也。〇言丰水东注，由禹之功。故四方得以来同于此，而以武王为君。此武王未作镐京时也。

[6]赋也。镐京，武王所营也，在丰水东，去丰邑二十五里。张子曰："周家自后稷居邰，公刘居豳，大王邑岐，而文王则迁于丰，至武王又居于镐。当是时，民之归者日众，其地有不能容，不得不迁。"辟雍，说见前篇。张子曰："灵台辟雍，文王之学也。镐京辟雍，武王之学也。至此始为天子之学矣。"无思不服，心服也。孟子曰："天下不心服而王者，未之有也。"〇此言武王徙居镐京，讲学行礼，而天下自服也。

[7]赋也。考，稽。宅，居。正，决也。成之，作邑居也。张子曰："此举谥者追述其事之言也。"

[8]兴也。芑，草名。仕，事。诒，遗。燕，安。翼，敬也。子，成王

也。○镐京犹在丰水下流，故取以起兴。言丰水犹有芑，武王岂无所事乎？"诒厥孙谋，以燕翼子"，则武王之事也。谋及其孙，则子可以无事矣。或曰赋也。言丰水之傍，生物繁茂，武王岂不欲有事于此哉？但以欲遗孙谋，以安翼子，故不得而不迁耳。

生 民

《诗序》：《生民》，尊祖也。后稷生于姜嫄，文、武之功起于后稷，故推以配天焉。

厥初生民，时维姜嫄。
生民如何？克禋克祀，
以弗无子。履帝武敏歆，
攸介攸止。载震载夙，
载生载育，时维后稷。[1]

诞弥厥月，先生如达。
不坼不副，无菑无害，
以赫厥灵。
上帝不宁，不康禋祀，
居然生子。[2]

诞置之隘巷，牛羊腓字之。
诞置之平林，会伐平林。
诞置之寒冰，鸟覆翼之。

鸟乃去矣,后稷呱矣。
实覃实訏,厥声载路。[3]

诞实匍匐,克岐克嶷,
以就口食。
蓺之荏菽,荏菽旆旆。
禾役穟穟。
麻麦幪幪,瓜瓞唪唪。[4]

诞后稷之穑,有相之道。
茀厥丰草,种之黄茂。
实方实苞,实种实褎,
实发实秀,实坚实好,
实颖实栗。
即有邰家室。[5]

诞降嘉种:
维秬维秠,维穈维芑。
恒之秬秠,是获是亩;
恒之穈芑,是任是负,
以归肇祀。[6]

诞我祀如何?
或舂或揄,或簸或蹂。

释之叟叟,烝之浮浮。

载谋载惟,取萧祭脂。

取羝以軷,载燔载烈。

以兴嗣岁。[7]

卬盛于豆,于豆于登,

其香始升。

上帝居歆,胡臭亶时。

后稷肇祀,

庶无罪悔,以迄于今。[8]

朱熹云:此诗未详所用。岂郊祀之后亦有受厘颁胙之礼也欤?旧说
第三章八句,第四章十句。今按第三章当为十句,第四章当为八句,则
去、呱、吁、路,音韵谐协,呱声载路,文势通贯。而此诗八章,皆以十句八
句相间为次。又二章以后,七章以前,每章章之首皆有"诞"字。

[1]赋也。民,人也,谓周人也。时,是也。姜嫄,炎帝后,姜姓,有
邰氏女,名嫄,为高辛之世妃。精意以享,谓之禋。祀,祀郊禖也。弗之
言袚也,袚无子,求有子也。古者立郊禖,盖祭天于郊,而以先媒配也。
变媒言禖者,神之也。其礼以玄鸟至之日,用大牢祀之。天子亲往,后率
九嫔御,乃礼天子所御,带以弓韣,授以弓矢,于郊禖之前也。履,践也。
帝,上帝也。武,迹。敏,拇。歆,动也,犹惊异也。介,大也。震,娠也。
夙,肃也。生子者及月辰居侧室也。育,养也。〇姜嫄出祀郊禖,见大人
迹而履其拇,遂歆歆然如有人道之感。于是即其所大所止之处,而震动
有娠,乃周人所由以生之始也。周公制礼,尊后稷以配天,故作此诗,以
推本其始生之祥,明其受命于天,固有以异于常人也。然巨迹之说,先儒

或颇疑之。而张子曰："天地之始,固未尝先有人也,则人固有化而生者矣,盖天地之气生之也。"苏氏亦曰:"凡物之异于常物者,其取天地之气常多,故其生也或异。麒麟之生,异于犬羊。蛟龙之生,异于鱼鳖。物固有然者矣。神人之生而有以异于人,何足怪哉!"斯言得之矣。

[2]赋也。诞,发语辞。弥,终也,终十月之期也。先生,首生也。达,小羊也。羊子易生,无留难也。坼、副,皆裂也。赫,显也。不宁,宁也。不康,康也。居然,犹徒然也。○凡人之生,必坼副菑害其母,而首生之子尤难。今姜嫄首生后稷,如羊子之易,无坼副菑害之苦,是显其灵异也。上帝岂不宁乎? 岂不康我之禋祀乎? 而使我无人道而徒然生是子也。

[3]赋也。隘,狭。腓,芘。字,爱。会,值也。值人伐木而收之。覆,盖。翼,借也。以一翼覆之,以一翼借之也。呱,啼声也。覃,长。訏,大。载,满也。满路,言其声之大也。○无人道而生子,或者以为不祥,故弃之。而有此异也,于是始收而养之。

[4]赋也。匍匐,手足并行也。岐、嶷,峻茂之状。就,向也。口食,自能食也。盖六七岁时也。蓺,树也。荏菽,大豆也。旆旆,枝旗扬起也。役,列也。穟穟,苗美好之貌也。幪幪然茂密也。唪唪然多实也。○言后稷能食时,已有种殖之志,盖其天性然也。《史记》曰:弃为儿时,其游戏好种殖麻麦,麻麦美。及为成人,遂好耕农。尧举以为农师。

[5]赋也。相,助也。言尽人力之助也。莳,治也。种,布之也。黄茂,嘉谷也。方,房也。苞,甲而未坼也。此渍其种也。种,甲坼而可为种也。褎,渐长也。发,尽发也。秀,始穟也。坚,其实坚也。好,形味好也。颖,实繁硕而垂末也。栗,不秕也。既收成,见其实皆栗栗然不秕也。邰,后稷之母家也。岂其或灭或迁,而遂以其地封后稷与?○言后稷之穑如此,故尧以其有功于民,封于邰,使即其母家而居之,以主姜嫄之祀。故周人亦世祀姜嫄焉。

[6]赋也。降,降是种于民也。《书》曰"稷降播种"是也。秬,黑黍也。秠,黑黍一稃二米者也。穈,赤粱粟也。芑,白粱粟也。恒,遍也,谓

遍种之也。任,肩任也。负,背负也。既成则获而栖之于亩,任负而归,以供祭祀也。秬秠,言获亩;穈芑,言任负,互文耳。肇,始也。稷始受国为祭主,故曰肇祀。

[7]赋也。我祀,承上章而言后稷之祀也。揄,抒曰也。簸,扬去糠也。蹂,蹂禾取谷以继之也。释,淅米也。叟叟,声也。浮浮,气也。谋,卜日择士也。惟,齐戒具修也。萧,蒿也。脂,膟膋也。宗庙之祭,取萧合膟膋爇之,使臭达墙屋也。羝,牡羊也。载,祭行道之神也。燔,傅诸火也。烈,贯之而加于火也。四者皆祭祀之事,所以兴来岁而继往岁也。

[8]赋也。卬,我也。木曰豆,以荐菹醢也。瓦曰登,以荐大羹也。居,安也。鬼神食气曰歆。胡,何。臭,香。亶,诚也。时,言得其时也。庶,近。迄,至也。○此章言其尊祖配天之祭。其香始升而上帝已安而飨之。言应之疾也。此何但芳臭之荐,信得其时哉!盖自后稷之肇祀,则庶无罪悔而至于今矣。曾氏曰:"自后稷肇祀以来,前后相承,兢兢业业,惟恐一有罪悔,获戾于天。阅数百年而此心不易,故曰'庶无罪悔,以迄于今'。言周人世世用心如此也。"

行　苇

《诗序》:《行苇》,忠厚也。周家忠厚,仁及草木,故能内睦九族,外尊事黄耇,养老乞言,以成其福禄焉。

　　敦彼行苇,牛羊勿践履。
　　方苞方体,维叶泥泥。
　　戚戚兄弟,莫远具尔。
　　或肆之筵,或授之几。[1]

肆筵设席,授几有缉御。

或献或酢,洗爵奠斝。

醓醢以荐,或燔或炙。

嘉殽脾臄,或歌或咢。[2]

敦弓既坚,四鍭既钧;

舍矢既均,序宾以贤。

敦弓既句,既挟四鍭。

四鍭如树,序宾以不侮。[3]

曾孙维主,酒醴维醹;

酌以大斗,以祈黄耇。

黄耇台背,以引以翼。

"寿考维祺,以介景福。"[4]

朱熹云:毛七章,二章章六句,五章章四句。郑八章,章四句。毛首章以四句兴二句,不成文理,二章又不协韵。《郑》首章有起兴而无所兴,皆误。今正之如此。

[1]兴也。敦,聚貌,勾萌之时也。行,道也。勿,戒止之词也。苞,甲而未拆也。体,成形也。泥泥,柔泽貌。戚戚,亲也。莫,犹"勿"也。具,俱也。尔,与"迩"同。肆,陈也。○疑此祭毕而燕父兄耆老之诗。故言敦彼行苇,而牛羊勿践履,则方苞方体,而叶泥泥矣。戚戚兄弟,而莫远具尔,则或肆之筵,而或授之几矣。此方言其开燕设席之初,而殷勤笃厚之意,蔼然已见于言语之外矣。读者详之。

[2]赋也。设席,重席也。缉,续。御,侍也。有相续代而侍者,言

不乏使也。进酒于客曰献。客答之曰酢。主人又洗爵酬客,客受而奠之不举也。斝,爵也。夏曰盏,殷曰斝,周曰爵。醓,醢之多汁者也。燔,用肉。炙,用肝。臄,口上肉也。歌者,比于琴瑟也。徒击鼓曰咢。○言侍御献酬饮食歌乐之盛也。

[3] 赋也。敦、雕通,画也。天子雕弓。坚,犹"劲"也。鍭,金镞剪羽矢也。钧,参亭也。谓参分之,一在前,二在后。三订之而平者,前者铁重也。舍,释也,谓发矢也。均,皆中也。贤,射多中也。《投壶》曰"某贤于某若干纯,奇则曰奇,均则曰左右均"是也。句、彀通,谓引满也。《射礼》:"搢三挟一。"既挟四鍭,则遍释矣。如树,如手就树之,言贯革而坚正也。不侮,敬也。令弟子辞,所谓无怃、无敖、无偝立、无逾言者也。或曰:不以中,病不中者也。射以中多为隽,以不侮为德。○言既燕而射以为乐也。

[4] 赋也。曾孙,主祭者之称。今祭毕而燕,故因而称之也。醹,厚也。大斗,柄长三尺。祈,求也。黄耇,老人之称。以祈黄耇,犹曰"以介眉寿"云尔。古器物款识云"用蕲万寿","用蕲眉寿,永命多福","用蕲眉寿,万年无疆",皆此类也。台,鲐也。大老则背有鲐文。引,导。翼,辅。祺,吉也。○此颂祷之辞。欲其饮此酒而得老寿,又相引导辅翼,以享寿祺,介景福也。

既　醉

《诗序》:《既醉》,太平也。醉酒饱德,人有士君子之行焉。

既醉以酒,既饱以德。
君子万年,介尔景福。[1]

既醉以酒,尔殽既将。

君子万年，介尔昭明。[2]

昭明有融，高朗令终。
令终有俶，公尸嘉告。[3]

其告维何？笾豆静嘉。
朋友攸摄，摄以威仪。[4]

威仪孔时，君子有孝子。
孝子不匮，永锡尔类。[5]

其类维何？室家之壸。
君子万年，永锡祚胤。[6]

其胤维何？天被尔禄。
君子万年，景命有仆。[7]

其仆维何？厘尔女士。
厘尔女士，从以孙子。[8]

[1] 赋也。德，恩惠也。君子，谓王也。尔，亦指王也。○此父兄所以答《行苇》之诗。言享其饮食恩意之厚，而愿其受福如此也。

[2] 赋也。殽，俎实也。将，行也。亦奉持而进之意。昭明，犹光大也。

[3] 赋也。融，明之盛也。《春秋传》曰"明而未融"。朗，虚明也。

令终，善终也。《洪范》所谓"考终命"、古器物铭所谓"令终令命"是也。俶，始也。公尸，君尸也。周称王，而尸但曰公尸，盖因其旧。如秦已称皇帝，而其男女犹称公子公主也。嘉告，以善言告之，谓嘏辞也。盖欲善其终者必善其始。今固未终也，而既有其始矣，于是公尸以此告之。

〔4〕赋也。静嘉，清洁而美也。朋友，指宾客助祭者。说见《楚茨》篇。摄，检也。○公尸告以汝之祭祀，笾豆之荐既静嘉矣，而朋友相摄佐者，又皆有威仪，当神意也。自此至终篇，皆述尸告之辞。

〔5〕赋也。孝子，主人之嗣子也。《仪礼》，祭祀之终，有嗣举奠。匮，竭。类，善也。○言汝之威仪既得其宜，又有孝子以举奠。孝子之孝诚而不竭，则宜永锡尔以善矣。东莱吕氏曰："君子既孝，而嗣子又孝，其孝可谓源源不竭矣。"

〔6〕赋也。壸，宫中之巷也。言深远而严肃也。祚，福禄也。胤，子孙也。锡之以善，莫大于此。

〔7〕赋也。仆，附也。○言将使尔有子孙者，先当使尔被天禄，而为天命之所附属。下章乃言子孙之事。

〔8〕赋也。厘，予也。女士，女之有士行者。谓生淑媛，使为之妃也。从，随也。谓又生贤子孙也。

凫 鹥

《诗序》:《凫鹥》，守成也。大平之君子，能持盈守成，神祇祖考安乐之也。

凫鹥在泾，公尸来燕来宁。
尔酒既清，尔殽既馨。
公尸燕饮，福禄来成。[1]

凫鹥在沙,公尸来燕来宜。
尔酒既多,尔殽既嘉。
公尸燕饮,福禄来为。[2]

凫鹥在渚,公尸来燕来处。
尔酒既湑,尔殽伊脯。
公尸燕饮,福禄来下。[3]

凫鹥在潨,公尸来燕来宗。
既燕于宗,福禄攸降。
公尸燕饮,福禄来崇。[4]

凫鹥在亹,公尸来止熏熏。
旨酒欣欣,燔炙芬芬。
公尸燕饮,无有后艰。[5]

[1]兴也。凫,水鸟如鸭者。鹥,鸥也。泾,水名。尔,自歌工而指主人也。馨,香之远闻也。○此祭之明日,绎而宾尸之乐。故言凫鹥则在泾矣,公尸则来燕来宁矣。酒清殽馨,则公尸燕饮,而福禄来成矣。

[2]兴也。为,犹助也。

[3]兴也。渚,水中高地也。湑,酒之沛者也。

[4]兴也。潨,水会也。"来宗"之宗,尊也。"于宗"之宗,庙也。崇,积而高大也。

[5]兴也。亹,水流峡中,两岸如门也。熏熏,和说也。欣欣,乐也。芬芬,香也。

假 乐

《诗序》:《假乐》,嘉成王也。

假乐君子,显显令德。
宜民宜人,受禄于天。
保右命之,自天申之。[1]

干禄百福,子孙千亿。
穆穆皇皇,宜君宜王。
不愆不忘,率由旧章。[2]

威仪抑抑,德音秩秩。
无怨无恶,率由群匹。
受福无疆,四方之纲。[3]

之纲之纪,燕及朋友。
百辟卿士,媚于天子。
不解于位,民之攸塈。[4]

[1] 赋也。嘉,美也。君子,指王也。民,庶民也。人,在位者也。申,重也。○言王之德既宜民人而受天禄矣。而天之于王,犹反覆眷顾之不厌,既保之右之命之,而又申重之也。疑此即公尸之所以答《凫鹥》者也。

[2] 赋也。穆穆,敬也。皇皇,美也。君,诸侯也。王,天子也。愆,

过。率，循也。旧章，先王之礼乐政刑也。○言王者干禄而得百福，故其子孙之蕃至于千亿。适为天子，庶为诸侯，无不穆穆皇皇，以遵先王之法者。

[3] 赋也。抑抑，密也。秩秩，有常也。匹，类也。○言有威仪声誉之美，又能无私怨恶以任众贤，是以能受无疆之福，为四方之纲。此与下章，皆称愿其子孙之辞也。或曰：无怨无恶，不为人所怨恶也。

[4] 赋也。燕，安也。朋友，亦谓诸臣也。解，堕。墍，息也。○言人君能纲纪四方，而臣下赖之以安，则百辟卿士，媚而爱之。维欲其不解于位，而为民所安息也。东莱吕氏曰：君燕其臣，臣媚其君，此上下交而为泰之时也。泰之时，所忧者怠荒而已，此诗所以终于“不解于位，民之攸墍”也。方嘉之又规之者，盖皋陶赓歌之意也。民之劳逸在下，而枢机在上。上逸则下劳矣，上劳则下逸矣。不解于位，乃民之所由休息也。

公　刘

《诗序》：《公刘》，召康公戒成王也。成王将莅政，戒以民事，美公刘之厚于民，而献是诗也。

笃公刘，匪居匪康。
乃埸乃疆，乃积乃仓。
乃裹糇粮，于橐于囊。
思辑用光。
弓矢斯张，干戈戚扬，
爰方启行。[1]

笃公刘，于胥斯原。

既庶既繁,既顺乃宣,
而无永叹。
陟则在巘,复降在原。
何以舟之?
维玉及瑶,鞞琫容刀。[2]

笃公刘,
逝彼百泉,瞻彼溥原;
乃陟南冈,乃觏于京。
京师之野,
于时处处,于时庐旅,
于时言言,于时语语。[3]

笃公刘,于京斯依。
跄跄济济,俾筵俾几。
既登乃依,乃造其曹。
执豕于牢,酌之用匏。
食之饮之,君之宗之。[4]

笃公刘,
既溥既长,既景乃冈,
相其阴阳,观其流泉。
其军三单,度其隰原,
彻田为粮。

度其夕阳,豳居允荒。[5]

笃公刘,于豳斯馆。
涉渭为乱,取厉取锻。
止基乃理,爰众爰有。
夹其皇涧,溯其过涧。
止旅乃密,芮鞫之即。[6]

[1]赋也。笃,厚也。公刘,后稷之曾孙也,事见《豳风》。居,安。康,宁也。场、疆,田畔也。积,露积也。糇,食。粮,糒也。无底曰橐,有底曰囊。辑,和。戚,斧。扬,钺。方,始也。○旧说召康公以成王将莅政,当戒以民事,故咏公刘之事以告之曰:厚哉公刘之于民也,其在西戎不敢宁居,治其田畴,实其仓廪,既富且强,于是裹其糇粮,思以辑和其民人,而光显其国家。然后以其弓矢斧钺之备,爰始启行,而迁都于豳焉。盖亦不出其封内也。

[2]赋也。胥,相也。庶、繁,谓居之者众也。顺,安。宣,遍也,言居之遍也。无永叹,得其所,不思旧也。巘,山顶也。舟,带也。鞞,刀鞘也。琫,刀上饰也。容刀,容饰之刀也。或曰:容刀如言容臭,谓鞞琫之中容此刀耳。○言公刘至豳,欲相土以居,而带此剑佩,以上下于山原也。东莱吕氏曰:“以如是之佩服,而亲如是之劳苦,斯其所以为厚于民也欤!”

[3]赋也。溥,大。觏,见也。京,高丘也。师,众也。京师,高丘而众居也。董氏曰:“所谓京师者,盖起于此。其后世因以所都为京师也。”时,是也。处处,居室也。庐,寄也。旅,宾旅也。直言曰言。论难曰语。○此章言营度邑居也。自下观之,则往百泉而望广原,自上观之,则陟南冈而觏于京。于是为之居室,于是庐其宾旅,于是言其所言,于是语其所语,无不于斯焉。

[4]赋也。依,安也。跄跄济济,群臣有威仪貌。俾,使也,使人为之设筵几也。登,登筵也。依,依几也。曹,群牧之处也。以豕为肴,用匏为爵,俭以质也。宗,尊也,主也。嫡子孙主祭祀,而族人尊之以为主也。○此章言宫室既成而落之,既以饮食劳其群臣,而又为之君为之宗焉。东莱吕氏曰:"既飨燕,而定经制,以整属其民。上则皆统于君,下则各统于宗。盖古者建国立宗,其事相须。楚执戎蛮子而致邑立宗,以诱其遗民,即其事也。"

[5]赋也。溥,广也,言其芟夷垦辟,土地既广而且长也。景,考日景以正四方也。冈,登高以望也。相,视也。阴阳,向背寒暖之宜也。流泉,水泉灌溉之利也。三单,未详。彻,通也。一井之田九百亩,八家皆私百亩,同养公田,耕则通力而作,收则计亩而分也。周之彻法自此始。其后周公盖因而修之耳。山西曰夕阳。允,信。荒,大也。○此言辨土宜以授所徙之民,定其军赋与其税法,又度山西之田以广之,而豳人之居于此益大矣。

[6]赋也。馆,客舍也。乱,舟之截流横渡者也。厉,砥。锻,铁。止,居。基,定也。理,疆理也。众,人多也。有,财足也。溯,乡也。皇、过,二涧名。芮,水名,出吴山西北,东入泾。《周礼职方》作"汭"。鞠,水外也。○此章又总叙其始终。言其始来未定居之时,涉渭取材而为舟以来往,取厉取锻而成宫室。既止基于此矣,乃疆理其田野,则日益繁庶富足。其居有夹涧者,有溯涧者。其止居之众日以益密,乃复即芮鞠而居之,而豳地日以广矣。

泂 酌

《诗序》:《泂酌》,召康公戒成王也。言皇天亲有德、飨有道也。

泂酌彼行潦,

挹彼注兹,可以馈饎。
岂弟君子,民之父母。^[1]

洞酌彼行潦,
挹彼注兹,可以濯罍。
岂弟君子,民之攸归。^[2]

洞酌彼行潦,
挹彼注兹,可以濯溉。
岂弟君子,民之攸墍。^[3]

[1] 兴也。洞,远也。行潦,流潦也。馈,炊米一熟,而以水沃之,乃再炊也。饎,酒食也。君子,指王也。○旧说以为召康公戒成王。言远酌彼行潦,挹之于彼,而注之于此,尚可以馈饎。况岂弟之君子,岂不为民之父母乎?《传》曰:"岂以强教之,弟以悦安之。民皆有父之尊,有母之亲。"又曰:"民之所好,好之;民之所恶,恶之,此之谓民之父母。"

[2] 兴也。濯,涤也。

[3] 兴也。溉,亦涤也。墍,息也。

卷　阿

《诗序》:《卷阿》,召康公戒成王也。言求贤用吉士也。

有卷者阿,飘风自南。
岂弟君子,来游来歌,

以矢其音。[1]

伴奂尔游矣,优游尔休矣。
岂弟君子,
俾尔弥尔性,似先公酋矣。[2]

尔土宇昄章,亦孔之厚矣。
岂弟君子,
俾尔弥尔性,百神尔主矣。[3]

尔受命长矣,茀禄尔康矣。
岂弟君子,
俾尔弥尔性,纯嘏尔常矣。[4]

有冯有翼,有孝有德,
以引以翼。
岂弟君子,四方为则。[5]

颙颙卬卬,如圭如璋,
令闻令望。
岂弟君子,四方为纲。[6]

凤凰于飞,翙翙其羽,
亦集爰止。

蔼蔼王多吉士，
维君子使，媚于天子。[7]

凤凰于飞，翙翙其羽，
亦傅于天。
蔼蔼王多吉人，
维君子命，媚于庶人。[8]

凤凰鸣矣，于彼高冈。
梧桐生矣，于彼朝阳。
菶菶萋萋，雍雍喈喈。[9]

君子之车，既庶且多。
君子之马，既闲且驰。
矢诗不多，维以遂歌。[10]

　　[1]赋也。卷，曲也。阿，大陵也。岂弟君子，指王也。矢，陈也。
○此诗旧说亦召康公作。疑公从成王游，歌于卷阿之上，因王之歌而作
此以为戒。此章总叙以发端也。

　　[2]赋也。伴奂，优游闲暇之意。尔、君子，皆指王也。弥，终也。
性，犹"命"也。酋，终也。○言尔既伴奂优游矣，又呼而告之，言使尔终
其寿命，似先君善始而善终也。自此至第四章，皆极言寿考福禄之盛，以
广王心而歆动之。五章以后，乃告以所以致此之由也。

　　[3]赋也。畈章，大明也。或曰：畈当作"版"，版章，犹版图也。
○言尔土宇畈章既甚厚矣，又使尔终其身常为天地山川鬼神之主也。

　　[4]赋也。茀、嘏皆福也。常，常享之也。

[5]赋也。冯,谓可为依者。翼,谓可为辅者。孝,谓能事亲者。德,谓得于己者。引,导其前也。翼,相其左右也。东莱吕氏曰:"贤者之行非一端,必曰有孝有德,何也?盖人主常与慈祥笃实之人处,其所以兴起善端,涵养德性,镇其躁而消其邪,日改月化,有不在言语之间者矣。"○言得贤以自辅如此,则其德日修,而四方以为则矣。自此章以下,乃言所以致上章福禄之由也。

[6]赋也。颙颙卬卬,尊严也。如圭如璋,纯洁也。令闻,善誉也。令望,威仪可望法也。○承上章,言得冯翼孝德之助,则能如此,而四方以为纲矣。

[7]兴也。凤凰,灵鸟也。雄曰凤,雌曰凰。翙翙,羽声也。郑氏以为"因时凤凰至,故以为喻",理或然也。蔼蔼,众多也。媚,顺爱也。○凤凰于飞,则翙翙其羽,而集于其所止矣。蔼蔼王多吉士,则维王之所使,而皆媚于天子矣。既曰君子,又曰天子,犹曰"王于出征,以佐天子"云尔。

[8]兴也。媚于庶人,顺爱于民也。

[9]比也。又以兴下章之事也。山之东曰朝阳。凤凰之性,非梧桐不栖,非竹实不食。菶菶萋萋,梧桐生之盛也。雍雍喈喈,凤凰鸣之和也。

[10]赋也。承上章之兴也。菶菶萋萋,则雍雍喈喈矣。君子之车马,则既众多而闲习矣。其意若曰:是亦足以待天下之贤者,而不厌其多矣。遂歌,盖继王之声而遂歌之,犹《书》所谓"赓载歌"也。

民　劳

《诗序》:《民劳》,召穆公刺厉王也。

民亦劳止,汔可小康。

惠此中国，以绥四方。
无纵诡随，以谨无良。
式遏寇虐，憯不畏明。
柔远能迩，以定我王。[1]

民亦劳止，汔可小休。
惠此中国，以为民逑。
无纵诡随，以谨惛怓。
式遏寇虐，无俾民忧。
无弃尔劳，以为王休。[2]

民亦劳止，汔可小息。
惠此京师，以绥四国。
无纵诡随，以谨罔极。
式遏寇虐，无俾作慝。
敬慎威仪，以近有德。[3]

民亦劳止，汔可小愒。
惠此中国，俾民忧泄。
无纵诡随，以谨丑厉。
式遏寇虐，无俾正败。
戎虽小子，而式弘大。[4]

民亦劳止，汔可小安。

378

惠此中国,国无有残。

无纵诡随,以谨缱绻。

式遏寇虐,无俾正反。

王欲玉女,是用大谏。[5]

[1]赋也。泛,几也。中国,京师也。四方,诸夏也。京师,诸夏之根本也。诡随,不顾是非而妄随人也。谨,敛束之意。憯,曾也。明,天之明命也。柔,安也。能,顺习也。○《序》说以此为召穆公刺厉王之诗。以今考之,乃同列相戒之词耳,未必专为刺王而发。然其忧时感事之意,亦可见矣。苏氏曰:"人未有无故而妄从人者,维无良之人,将悦其君,而窃其权,以为寇虐,则为之。故无纵诡随,则无良之人肃,而寇虐无畏之人止。然后柔远能迩,而王室定矣。"穆公名虎,康公之后。厉王名胡,成王七世孙也。

[2]赋也。逑,聚也。憮恢,犹欢哗也。劳,犹"功"也。言无弃尔之前功也。休,美也。

[3]赋也。罔极,为恶无穷极之人也。有德,有德之人也。

[4]赋也。愒,息。泄,去。厉,恶。正败,正道败坏也。戎,女也。言汝虽小子,而其所为甚广大,不可不谨也。

[5]《春秋传》、《荀子书》并作"简",音简。○赋也。缱绻,小人之固结其君者也。正反,反于正也。玉,宝爱之意。言王欲以女为玉而宝爱之,故我用王之意,大谏正于女。盖托为王意以相戒也。

板

《诗序》:《板》,凡伯刺厉王也。

上帝板板，下民卒瘅！
出话不然，为犹不远。
靡圣管管，不实于亶。
犹之未远，是用大谏！[1]

天之方难，无然宪宪。
天之方蹶，无然泄泄。
辞之辑矣，民之洽矣。
辞之怿矣，民之莫矣。[2]

我虽异事，及尔同僚。
我即尔谋，听我嚣嚣。
我言维服，勿以为笑。
先民有言："询于刍荛。"[3]

天之方虐，无然谑谑。
老夫灌灌，小子蹻蹻。
匪我言耄，尔用忧谑。
多将熇熇，不可救药。[4]

天之方懠，无为夸毗。
威仪卒迷，善人载尸。
民之方殿屎，则莫我敢葵。
丧乱蔑资，曾莫惠我师。[5]

天之牖民，如埙如篪，
如璋如圭，如取如携。
携无曰益，牖民孔易。
民之多辟，无自立辟。[6]

价人维藩，大师维垣，
大邦维屏，大宗维翰。
怀德维宁，宗子维城。
无俾城坏，无独斯畏。[7]

敬天之怒，无敢戏豫。
敬天之渝，无敢驰驱。
昊天曰明，及尔出王。
昊天曰旦，及尔游衍。[8]

[1] 赋也。板板，反也。卒，尽。瘅，病。犹，谋也。管管，无所依也。亶，诚也。〇《序》以此为凡伯刺厉王之诗。今考其意，亦与前篇相类，但责之益深切耳。此章首言天反其常道，而使民尽病矣。而女之出言，皆不合理，为谋又不久远。其心以为无复圣人，但恣己妄行，而无所依据，又不实之于诚信。岂其谋之未远而然乎？世乱乃人所为，而曰"上帝板板"者，无所归咎之词耳。

[2] 赋也。宪宪，欣欣也。蹶，动也。泄泄，犹沓沓也，盖弛缓之意。孟子曰："事君无义，进退无礼，言则非先王之道者，犹沓沓也。"辑，和。洽，合。怿，悦。莫，定也。辞辑而怿，则言必以先王之道矣，所以民无不合无不定也。

[3] 赋也。异事，不同职也。同僚，同为王臣也。《春秋传》曰："同

官为僚。"即,就也。嚣嚣,自得不肯受言之貌。服,事也。犹曰我所言者,乃今之急事也。先民,古之贤人也。刍荛,采薪者。古人尚询及刍荛,况其僚友乎!

[4]赋也。谑,戏侮也。老夫,诗人自称。灌灌,款款也。蹻蹻,骄貌。耄,老而昏也。熇熇,炽盛也。○苏氏曰:"老者知其不可,而尽其款诚以告之,少者不信而骄之。故曰:非我老耄而妄言,乃汝以忧为戏耳。夫忧未至而救之,犹可为也。苟俟其益多,则如火之盛,不可复救矣。"

[5]赋也。愤,怒。夸,大。毗,附也。小人之于人,不以大言夸之,则以谀言毗之也。尸则不言不为,饮食而已者也。殿屎,呻吟也。葵,揆也。蔑,犹灭也。资,与"咨"同,嗟叹声也。惠,顺。师,众也。○戒小人毋得夸毗,使威仪迷乱,而善人不得有所为也。又言民方愁苦呻吟,而莫敢揆度其所以然者,是以至于丧乱灭亡,而卒无能惠我师者也。

[6]赋也。牖,开明也。犹言天启其心也。埙唱而篪和,璋判而圭合,取求携得而无所费,皆言易也。辟,邪辟也。○言天之开民其易如此,以明上之化下,其易亦然。今民既多邪辟矣,岂可又自立邪辟以道之邪?

[7]赋也。价,大也。大德之人也。藩,篱。师,众。垣,墙也。大邦,强国也。屏,树也,所以为蔽也。大宗,强族也。翰,干。宗子,同姓也。○言是六者,皆君之所恃以安,而德其本也。有德则得是五者之助,不然则亲戚叛之而城坏,城坏则藩垣屏翰皆坏而独居,独居而所可畏者至矣。

[8]赋也。渝,变也。王、往通。言出而有所往也。旦,亦明也。衍,宽纵之意。○言天之聪明,无所不及,不可以不敬也。板板也,难也,蹶也,虐也,愤也,其怒而变也,甚矣,而不之敬也,亦知其有日监在兹者乎! 张子曰:"天体物而不遗,犹仁体事而无不在也。'礼仪三百,威仪三千',无一事而非仁也。'昊天曰明,及尔出王。昊天曰旦,及尔游衍',无一物之不体也。"

荡

《诗序》:《荡》,召穆公伤周室大坏也。厉王无道,天下荡荡,无纲纪文章,故作是诗也。

荡荡上帝,下民之辟。
疾威上帝,其命多辟。
天生烝民,其命匪谌。
靡不有初,鲜克有终。[1]

文王曰咨,咨女殷商!
曾是强御,曾是掊克,
曾是在位,曾是在服。
天降慆德,女兴是力。[2]

文王曰咨,咨女殷商!
而秉义类,强御多怼。
流言以对,寇攘式内。
侯作侯祝,靡届靡究。[3]

文王曰咨,咨女殷商!
女炰烋于中国,
敛怨以为德。

不明尔德，时无背无侧。
尔德不明，以无陪无卿。[4]

文王曰咨，咨女殷商！
天不湎尔以酒，
不义从式。
既愆尔止，靡明靡晦。
式号式呼，俾昼作夜。[5]

文王曰咨，咨女殷商！
如蜩如螗，如沸如羹。
小大近丧，人尚乎由行。
内奰于中国，覃及鬼方。[6]

文王曰咨，咨女殷商！
匪上帝不时，殷不用旧。
虽无老成人，尚有典刑。
曾是莫听，大命以倾。[7]

文王曰咨，咨女殷商！
人亦有言：颠沛之揭，
枝叶未有害，本实先拨。
殷鉴不远，在夏后之世。[8]

[1]赋也。荡荡,广大貌。辟,君也。疾威,犹暴虐也。多辟,多邪僻也。烝,众。谌,信也。○言此荡荡之上帝,乃下民之君也。今此暴虐之上帝,其命乃多邪僻者,何哉?盖天生众民,其命有不可信者。盖其降命之初,无有不善,而人少能以善道自终,是以致此大乱,使天命亦罔克终,如疾威而多僻也。盖始为怨天之辞,而卒自解之如此。刘康公曰:"民受天地之中以生,所谓命也。能者养之以福,不能者败以取祸。"此之谓也。

[2]赋也。此设为文王之言也。咨,嗟也。殷商,纣也。强御,暴虐之臣也。掊克,聚敛之臣也。服,事也。慆,慢。兴,起也。力,如力行之力。○诗人知厉王之将亡,故为此诗,托于文王所以嗟叹殷纣者。言此暴虐聚敛之臣在位用事,乃天降慆慢之德而害民,然非其自为之也,乃汝兴起此人而力为之耳。

[3]赋也。而,亦女也。义,善。怼,怨也。流言,浮浪不根之言也。侯,维也。作,读为诅。诅祝,怨谤也。○言汝当用善类,而反任此暴虐多怨之人,使用流言以应对,则是为寇盗攘窃而反居内矣,是以致怨谤之无极也。

[4]赋也。炰然,气健貌。敛怨以为德,多为可怨之事,而反自以为德也。背,后。侧,傍。陪,贰也。言前后左右公卿之臣,皆不称其官,如无人也。

[5]赋也。湎,饮酒变色也。式,用也。言天不使尔沉湎于酒,而惟不义是从是用也。止,容止也。

[6]赋也。蜩、螗,皆蝉也。如蝉鸣,如沸羹,皆乱意也。小者大者,几于丧亡矣,尚且由此而行,不知变也。奰,怒。覃,延也。鬼方,远夷之国也。言自近及远,无不怨怒也。

[7]赋也。老成人,旧臣也。典刑,旧法也。○言非上帝为此不善之时,但以殷不用旧,致此祸尔。虽无老成人与图先王旧政,然典刑尚在,可以循守。乃无听用之者,是以大命倾覆,而不可救也。

[8]赋也。颠沛,仆拔也。揭,木根蹶起之貌。拨,犹"绝"也。鉴,

视也。夏后，桀也。○言大木揭然将蹶，枝叶未有折伤，而其根本之实已先绝，然后此木乃相随而颠拔尔。苏氏曰："商周之衰，典刑未废，诸侯未畔，四夷未起，而其君先为不义以自绝于天，莫可救止，正犹此尔。殷鉴在夏，盖为文王叹纣之辞。然周鉴之在殷，亦可知矣。"

抑

《诗序》：《抑》，卫武公刺厉王，亦以自警也。

抑抑威仪，维德之隅。
人亦有言：靡哲不愚。
庶人之愚，亦职维疾。
哲人之愚，亦维斯戾。[1]

无竞维人，四方其训之。
有觉德行，四国顺之。
訏谟定命，远犹辰告。
敬慎威仪，维民之则。[2]

其在于今，兴迷乱于政。
颠覆厥德，荒湛于酒。
女虽湛乐从，弗念厥绍。
罔敷求先王，克共明刑。[3]

肆皇天弗尚，如彼泉流，

无沦胥以亡。

夙兴夜寐，洒埽廷内，

维民之章。

修尔车马，弓矢戎兵，

用戒戎作，用逷蛮方。[4]

质尔人民，谨尔侯度，

用戒不虞。

慎尔出话，敬尔威仪，

无不柔嘉。

白圭之玷，尚可磨也；

斯言之玷，不可为也！[5]

无易由言，无曰"苟矣，

莫扪朕舌"，言不可逝矣。

无言不雠，无德不报。

惠于朋友，庶民小子。

子孙绳绳，万民靡不承。[6]

视尔友君子，

辑柔尔颜，不遐有愆。

相在尔室，

尚不愧于屋漏。

无曰"不显，莫予云觏"。

神之格思,不可度思,
矧可射思。[7]

辟尔为德,俾臧俾嘉。
淑慎尔止,不愆于仪。
不僭不贼,鲜不为则。
投我以桃,报之以李。
彼童而角,实虹小子。[8]

荏染柔木,言缗之丝。
温温恭人,维德之基。
其维哲人,
告之话言,顺德之行。
其维愚人,
覆谓我僭,民各有心。[9]

於乎小子,未知臧否!
匪手携之,言示之事。
匪面命之,言提其耳。
借曰未知,亦既抱子。
民之靡盈,
谁夙知而莫成?[10]

昊天孔昭,我生靡乐。

视尔梦梦，我心惨惨。

诲尔谆谆，听我藐藐。

匪用为教，覆用为虐。

借曰未知，亦聿既耄！[11]

於乎小子，告尔旧止，

听用我谋，庶无大悔。

天方艰难，曰丧厥国。

取譬不远，昊天不忒。

回遹其德，俾民大棘！[12]

朱熹云：《楚语》：左史倚相曰："昔卫武公年数九十五矣，犹箴儆于国，曰：'自卿以下至于师长士，苟在朝者，无谓我老耄而舍我，必恭恪于朝夕以交戒我。'在舆有旅贲之规，位宁有官师之典，倚几有诵训之谏，居寝有暬御之箴，临事有瞽史之道，宴居有师工之诵。史不失书，蒙不失诵，以训御之，于是作《懿戒》以自儆。及其没也，谓之睿圣武公。"韦昭曰："懿，读为抑。"即此篇也。董氏曰："侯包言武公行年九十有五，犹使人日诵是诗而不离于其侧。"然则《序》说为刺厉王者误矣。

[1] 赋也。抑抑，密也。隅，廉角也。郑氏曰："人密审于威仪者，是其德必严正也。故古之贤者道行心平，可外占而知内，如宫室之制，内有绳直则外有廉隅也。"哲，知。庶，众。职，主。戾，反也。○卫武公作此诗，使人日诵于其侧以自警。言抑抑威仪，乃德之隅。则有哲人之德者，固必有哲人之威仪矣。而今之所谓哲者，未尝有其威仪，则是无哲而不愚矣。夫众人之愚，盖有禀赋之偏，宜有是疾，不足为怪。哲人而愚，则反戾其常矣。

〔2〕赋也。竞,强也。觉,直大也。訏,大。谟,谋也。大谋,谓不为一身之谋,而有天下之虑也。定,审定不改易也。命,号令也。犹,图也。远谋,谓不为一时之计,而为长久之规也。辰,时。告,戒也。辰告,谓以时播告也。则,法也。○言天地之性人为贵,故能尽人道,则四方皆以为训。有觉德行,则四国皆顺从之。故必大其谋,定其命,远图时告,敬其威仪,然后可以为天下法也。

〔3〕赋也。今,武公自言己今日之所为也。兴,尚也。女,武公使人诵诗而命己之辞也。后凡言“女”、言“尔”、言“小子”者放此。湛乐从,言惟湛乐之从也。绍,谓所承之绪也。敷求先王,广求先王所行之道也。共,执。刑,法也。

〔4〕赋也。弗尚,厌弃之也。沦,陷。胥,相。章,表。戒,备。戎,兵。作,起。遏,远也。○言天所不尚,则无乃沦陷相与而亡,如泉流之易乎?是以内自庭除之近,外及蛮方之远,细而寝兴洒埽之常,大而车马戎兵之变,虑无不周,备无不饬也。上章所谓“訏谟定命,远犹辰告”者,于此见矣。

〔5〕赋也。质,成也,定也。侯度,诸侯所守之法度也。虞,虑。话,言。柔,安。嘉,善。玷,缺也。○言既治民守法,防意外之患矣,又当谨其言语。盖玉之玷缺,尚可磨镵使平,言语一失,莫能救之,其戒深切矣。故南容一日三复此章,而孔子以其兄之子妻之。

〔6〕赋也。易,轻。扪,持。逝,去。雠,答。承,奉也。○言不可轻易其言,盖无人为我执持其舌者。故言语由己,易致差失,常当执守,不可放去也。且天下之理,无有言而不雠,无有德而不报者。若尔能惠于朋友,庶民小子,则子孙绳绳而万民靡不承矣。皆谨言之效也。

〔7〕赋也。辑,和也。遐、何通。愆,过也。尚,庶几也。屋漏,室西北隅也。觏,见。格,至。度,测。矧,况也。射、斁通,厌也。○言视尔友于君子之时,和柔尔之颜色,其戒惧之意,常若自省曰岂不至于有过乎?盖常人之情,其修于显者,无不如此。然视尔独居于室之时,亦当庶几不愧于屋漏,然后可尔。无曰此非显明之处而莫予见也。当知鬼神之

妙,无物不体,其至于是,有不可得而测者。不显亦临,犹惧有失,况可厌射而不敬乎!此言不但修之于外,又当戒谨恐惧乎其所不睹不闻也。子思子曰:"君子不动而敬,不言而信。"又曰:"夫微之显、诚之不可揜如此。"此正心诚意之极功,而武公及之,则亦圣贤之徒矣。

〔8〕赋也。辟,君也,指武公也。止,容止也。僭,差。贼,害。则,法也。无角曰童。虹,溃乱也。○既戒以修德之事,而又言为德而人法之,犹投桃报李之必然也。彼谓不必修德而可以服人者,是牛羊之童者而求其角也,亦徒溃乱汝而已,岂可得哉!

〔9〕兴也。荏染,柔貌。柔木,柔忍之木也。缗,纶也。被之纶以为弓也。话言,古之善言也。覆,犹反也。僭,不信也。民各有心,言人心不同,愚智相越之远也。

〔10〕赋也。非徒手携之也,而又示之以事。非徒面命之也,而又提其耳,所以喻之者详且切矣。假令言汝未有知识,则汝既长大而抱子,宜有知矣。人若不自盈满,能受教戒,则岂有既早知而反晚成者乎!

〔11〕赋也。梦梦,不明,乱意也。惨惨,忧貌。谆谆,详熟也。藐藐,忽略貌。耄,老也,八十九十曰耄,左史所谓年九十有五时也。

〔12〕赋也。旧,旧章也,或曰久也。止,语词。庶,幸。悔,恨。忒,差。遹,僻。棘,急也。○言天运方此艰难,将丧厥国矣。我之取譬,夫岂远哉?观天道福祸之不差忒,则知之矣。今女乃回遹其德,而使民至于困急,则丧厥国也必矣!

桑　柔

《诗序》:《桑柔》,芮伯刺厉王也。

　　菀彼桑柔,其下侯旬,
　　捋采其刘。

瘨此下民，不殄心忧。
仓兄填兮，
倬彼昊天，宁不我矜！[1]

四牡骙骙，旟旐有翩。
乱生不夷，靡国不泯。
民靡有黎，具祸以烬。
於乎有哀，国步斯频！[2]

国步蔑资，天不我将。
靡所止疑，云徂何往？
君子实维，秉心无竞。
谁生厉阶？至今为梗。[3]

忧心殷殷，念我土宇。
我生不辰，逢天僤怒。
自西徂东，靡所定处。
多我觏瘠，孔棘我圉。[4]

为谋为毖，乱况斯削。
告尔忧恤，诲尔序爵。
谁能执热，逝不以濯？
其何能淑，载胥及溺。[5]

如彼溯风,亦孔之僾。
民有肃心,荓云不逮。
好是稼穑,力民代食。
稼穑维宝,代食维好。[6]

天降丧乱,灭我立王。
降此蟊贼,稼穑卒痒。
哀恫中国,具赘卒荒。
靡有旅力,以念穹苍。[7]

维此惠君,民人所瞻。
秉心宣犹,考慎其相。
维彼不顺,自独俾臧,
自有肺肠,俾民卒狂。[8]

瞻彼中林,甡甡其鹿。
朋友已谮,不胥以穀。
人亦有言:进退维谷。[9]

维此圣人,瞻言百里;
维彼愚人,覆狂以喜。
匪言不能,胡斯畏忌?[10]

维此良人,弗求弗迪;

维彼忍心，是顾是复。
民之贪乱，宁为荼毒。[11]

大风有隧，有空大谷。
维此良人，作为式穀；
维彼不顺，征以中垢。[12]

大风有隧，贪人败类。
听言则对，诵言如醉。
匪用其良，覆俾我悖。[13]

嗟尔朋友，予岂不知而作。
如彼飞虫，时亦弋获。
既之阴女，反予来赫。[14]

民之罔极，职凉善背。
为民不利，如云不克。
民之回遹，职竞用力。[15]

民之未戾，职盗为寇。
凉曰不可，覆背善詈。
虽曰匪予，既作尔歌。[16]

[1]比也。菀，茂。旬，遍。刘，残。殄，绝也。仓兄，与"怆怳"同，悲闵之意也。填，未详。旧说与"尘"、"陈"同，盖言久也。或疑与"瘨"字

同，为病之义。但《召旻》篇内二字并出，又恐未然。今姑阙之。倬，明貌。○旧说此为芮伯刺厉王而作。《春秋传》亦曰芮良夫之诗，则其说是也。以桑为比者，桑之为物，其叶最盛，然及其采之也，一朝而尽，无黄落之渐。故取以比周之盛时，如叶之茂，其荫无所不遍。至于厉王肆行暴虐，以败其成业，王室忽焉凋弊，如桑之既采，民失其荫而受其病。故君子忧之，不绝于心，悲闵之甚而至于病，遂号天而诉之也。

[2]赋也。夷，平。泯，灭。黎，黑也，谓黑首也。具，俱也。烬，灰烬也。步，犹"运"也。频，急蹙也。○厉王之乱，天下征役不息，故其民见其车马旌旗而厌苦之。自此至第四章，皆征役者之怨辞也。

[3]赋也。蔑，灭。资，咨。将，养也。疑，读如《仪礼》"疑立"之"疑"，定也。徂，亦往也。竞，争。厉，怨。梗，病也。○言国将危亡，天不我养，居无所定，徂无所往。然非君子之有争心也，谁实为此祸阶，使至今为病乎？盖曰祸有根原，其所从来也远矣。

[4]赋也。土，乡。宇，居。辰，时。僤，厚。觏，见。瘼，病。棘，急。圉，边也，或曰御也。多矣我之见病。急矣我之在边也。

[5]赋也。毖，慎。况，滋也。序爵，辨别贤否之道也。执热，手持热物也。○苏氏曰："王岂不谋且慎哉，然而不得其道，适所以长乱而自削耳。故告之以其所当忧，而诲之以序爵。且曰谁能执热而不濯者？贤者之能已乱，犹濯之能解热耳。不然，则其何能善哉？相与入于陷溺而已。"

[6]赋也。溯，乡。偬，唈。肃，进。芇，使也。○苏氏曰："君子视厉王之乱，闷然如溯风之人，唈而不能息。虽有欲进之心，皆使之曰世乱矣，非吾所能及也。于是退而稼穑，尽其筋力，与民同事，以代禄食而已。当是时也，仕进之忧，甚于稼穑之劳。故曰'稼穑维宝，代食维好'，言虽劳而无患也。"

[7]赋也。恫，痛。具，俱也。赘，属也，言危也。《春秋传》曰"君若缀旒然"，与此"赘"同。卒，尽。荒，虚也。旅，与"膂"同。穹苍，天也。穹言其形，苍言其色。○言天降丧乱，固已灭我所立之王矣。又降此蟊贼，则我之稼穑又病而不得以代食矣。哀此中国，皆危尽荒，是以危困之

极，无力以念天祸也。此诗之作，不知的在何时，其言"灭我立王"，则疑在共和之后也。

[8]赋也。惠，顺也。顺于义理也。宣，遍。犹，谋。相，辅。狂，惑也。○言彼顺理之君，所以为民所尊仰者，以其能秉持其心，周遍谋度，考择其辅相，必众以为贤而后用之。彼不顺理之君，则自以为善，而不考众谋，自有私见，而不通众志，所以使民眩惑，至于狂乱也。

[9]兴也。牲牲，众多并行之貌。潜，不信也。胥，相。榖，善。谷，穷也。言朋友相潜，不能相善，曾鹿之不如也。○言上无明君，下有恶俗，是以进退皆穷也。

[10]赋也。圣人炳于几先，所视而言者，无远而不察。愚人不知祸之将至，而反狂以喜，今用事者盖如此。我非不能言也，如此畏忌何哉？言王暴虐，人不敢谏也。

[11]赋也。迪，进也。忍，残忍也。顾，念。复，重也。荼，苦菜也，味苦气辛，能杀物，故谓之荼毒也。○言不求善人进而用之，其所顾念重复而不已者，乃忍心不仁之人。民不堪命，所以肆行贪乱，而安为荼毒也。

[12]兴也。隧，道。式，用。榖，善也。征以中垢，未详其义。或曰：征，行也。中，隐暗也。垢，污秽也。○大风之行有隧，盖多出于空谷之中。以兴下文君子小人所行，亦各有道耳。

[13]兴也。败类，犹言圮族也。王使贪人为政，我以其或能听我之言而对之，然亦知其不能听也。故诵言而中心如醉，由王不用善人，而反使我至此悖眊也。厉王说荣夷公，芮良夫曰："王室其将卑乎？夫荣公好专利而不备大难。夫利，百物之所生也，天地之所载也，而或专之，其害多矣。"此诗所谓贪人，其荣公也与？芮伯之忧，非一日矣。

[14]赋也。如彼飞虫，时亦弋获，言己之所言，或亦有中，犹曰千虑而一得也。之，往。阴，覆也。赫，威怒之貌。我以言告女，是往阴覆于女，女反来加赫然之怒于己也。张子曰："既往密告于女，反谓我来恐动也。"亦通。

[15]赋也。职，专也。凉，义未详。《传》曰："凉，薄也。"郑读作

"谅",信也。疑郑说为得之。善背,工为反覆也。克,胜也。回遹,邪僻
也。○言民之所以贪乱而不知所止者,专由此人,名为直谅,而实善背。
又为民所不利之事,如恐不胜而力为之也。又言民之所以邪僻者,亦由
此辈专竞用力而然也。反覆其言,所以深恶之也。

[16] 赋也。戾,定也。民之所以未定者,由有盗臣为之寇也。盖其
为信也,亦以小人为不可矣。及其反背也,则又工为恶言以詈君子。是
其色厉内荏,真可谓穿窬之盗矣。然其人又自文饰,以为此非我言也,则
我已作尔歌矣。言得其情,且事已著明,不可揜覆也。

云 汉

《诗序》:《云汉》,仍叔美宣王也。宣王承厉王之烈,内有拨乱之志,遇
灾而惧,侧身修行,欲销去之。天下喜于王化复行,百姓见忧,故作是诗也。

> 倬彼云汉,昭回于天。
> 王曰於乎,何辜今之人!
> 天降丧乱,饥馑荐臻。
> 靡神不举,靡爱斯牲。
> 圭璧既卒,宁莫我听![1]
>
> 旱既大甚,蕴隆虫虫。
> 不殄禋祀,自郊徂宫。
> 上下奠瘗,靡神不宗。
> 后稷不克,上帝不临。
> 耗斁下土,宁丁我躬![2]

旱既大甚，则不可推。

兢兢业业，如霆如雷。

周余黎民，靡有孑遗。

昊天上帝，则不我遗。

胡不相畏？先祖于摧。[3]

旱既大甚，则不可沮。

赫赫炎炎，云我无所。

大命近止，靡瞻靡顾。

群公先正，则不我助。

父母先祖，胡宁忍予！[4]

旱既大甚，涤涤山川。

旱魃为虐，如惔如焚。

我心惮暑，忧心如熏。

群公先正，则不我闻。

昊天上帝，宁俾我遁！[5]

旱既大甚，黾勉畏去。

胡宁瘨我以旱？

憯不知其故。

祈年孔夙，方社不莫。

昊天上帝，则不我虞。

敬恭明神，宜无悔怒。[6]

旱既大甚，散无友纪。
鞫哉庶正，疚哉冢宰。
趣马师氏，膳夫左右；
靡人不周，无不能止。
瞻卬昊天，云如何里！[7]

瞻卬昊天，有嘒其星。
大夫君子，昭假无赢。
大命近止，无弃尔成！
何求为我，以戾庶正。
瞻卬昊天，曷惠其宁！[8]

[1]赋也。云汉，天河也。昭，光。回，转也。言其光随天而转也。荐、荐通，重也。臻，至也。靡神不举，所谓国有凶荒，则索鬼神而祭之也。圭璧，礼神之玉也。卒，尽也。宁，犹"何"也。○旧说以为宣王承厉王之烈，内有拨乱之志，遇灾而惧，侧身修行，欲销去之。天下喜于王化复行，百姓见忧，故仍叔作此诗以美之。言云汉者夜晴则天河明，故述王仰诉于天之词如此也。

[2]赋也。蕴，蓄。隆，盛也。虫虫，热气也。殄，绝也。郊，祀天地也。宫，宗庙也。上，祭天。下，祭地。奠其礼，瘗其物。宗，尊也。克，胜也。言后稷欲救此旱灾，而不能胜也。临，享也。稷以亲言，帝以尊言也。斁，败。丁，当也。何以当我之身而有是灾也。或曰：与其耗斁下土，宁使灾害当我身也。亦通。

[3]赋也。推，去也。兢兢，恐也。业业，危也。如霆如雷，言畏之甚也。孑，无右臂貌。遗，余也。言大乱之后，周之余民无复有半身之遗者，而上天又降旱灾，使我亦不见遗也。摧，灭也。言先祖之祀将自此而

灭也。

[4]赋也。沮,止也。赫赫,旱气也。炎炎,热气也。无所,无所容也。大命近止,死将至也。瞻,仰。顾,望也。群公先正,《月令》所谓"雩祀百辟卿士之有益于民者以祈谷实"者也。于群公先正,但言其不见助。至父母先祖,则以恩望之矣。所谓垂涕泣而道之也。

[5]赋也。涤涤,言山无木,川无水,如涤而除之也。魃,旱神也。恢,燎之也。惮,劳也,畏也。熏,灼。遁,逃也。言天又不肯使我得逃遁而去也。

[6]赋也。黾勉畏去,出无所之也。瘨,病。憎,曾也。祈年,孟春祈谷于上帝,孟冬祈来年于天宗是也。方,祭四方也。社,祭土神也。虞,度。悔,恨也。言天曾不度我之心,如我之敬事明神,宜可以无恨怒也。

[7]赋也。友纪,犹言纲纪也。或曰:友,疑作"有"。鞫,穷也。庶正,众官之长也。疚,病也。冢宰,又众长之长也。趣马,掌马之官。师氏,掌以兵守王门者。膳夫,掌食之官也。岁凶年谷不登,则趣马不秣,师氏弛其兵,驰道不除,祭事不县,膳夫彻膳,左右布而不修,大夫不食粱,士饮酒不乐。周,救也。无不能止,言诸臣无有一人不周救百姓者,无有自言不能,而遂止不为也。里,忧也。与《汉书》"无俚"之"俚"同,聊赖之意也。

[8]赋也。嘒,明貌。昭,明。假,至也。〇久旱而仰天以望雨,则有嘒然之明星,未有雨征也。然群臣竭其精诚,而助王以昭假于天者,已无余矣。虽今死亡将近,然不可以弃其前功,当益求所以昭假者而修之,固非求为我之一身而已,乃所以定众正也。于是语终又仰天而诉之曰:果何时而惠我以安宁乎?张子曰:"不敢斥言雨者,畏惧之甚,且不敢必云尔。"

崧 高

《诗序》:《崧高》,尹吉甫美宣王也。天下复平,能建国亲诸侯,褒赏申伯焉。

崧高维岳,骏极于天。
维岳降神,生甫及申。
维申及甫,维周之翰。
四国于蕃,四方于宣。[1]

亹亹申伯,王缵之事。
于邑于谢,南国是式。
王命召伯,定申伯之宅。
登是南邦,世执其功。[2]

王命申伯:"式是南邦。
因是谢人,以作尔庸。"
王命召伯,彻申伯土田。
王命傅御,迁其私人。[3]

申伯之功,召伯是营。
有俶其城,寝庙既成,
既成藐藐。王锡申伯,
四牡蹻蹻,钩膺濯濯。[4]

王遣申伯,路车乘马。
"我图尔居,莫如南土;
锡尔介圭,以作尔宝。

往近王舅，南土是保。"[5]

申伯信迈，王饯于郿。
申伯还南，谢于诚归。
王命召伯，彻申伯土疆；
以峙其粻，式遄其行。[6]

申伯番番，
既入于谢，徒御啴啴。
周邦咸喜，戎有良翰。
不显申伯，王之元舅，
文武是宪。[7]

申伯之德，柔惠且直。
揉此万邦，闻于四国。
吉甫作诵，其诗孔硕，
其风肆好，以赠申伯。[8]

[1]赋也。山大而高曰崧。岳，山之尊者，东岱、南霍、西华、北恒是也。骏，大也。甫，甫侯也，即穆王时作《吕刑》者。或曰此是宣王时人，而作《吕刑》者之子孙也。申，申伯也。皆姜姓之国也。翰，榦。蕃，蔽也。○宣王之舅申伯出封于谢，而尹吉甫作诗以送之。言岳山高大，而降其神灵和气，以生甫侯、申伯，实能为周之桢榦屏蔽，而宣其德泽于天下也。盖申伯之先，神农之后，为唐虞四岳，总领方岳诸侯，而奉岳神之祭，能修其职，岳神享之。故此诗推本申伯之所以生，以为岳降神而为

之也。

[2]赋也。亹亹,强勉之貌。缵,继也,使之继其先世之事也。邑,国都之处也。谢,在今邓州南阳县,周之南土也。式,使诸侯以为法也。召伯,召穆公虎也。登,成也。世执其功,言使申伯后世常守其功也。或曰:大封之礼,召公之世职也。

[3]赋也。庸,城也。言因谢邑之人而为国也。郑氏曰:"庸,功也,为国以起其功也。"彻,定其经界,正其赋税也。傅御,申伯家臣之长也。私人,家人。迁,使就国也。汉明帝送侯印与东平王苍诸子,而以手诏赐其国中傅,盖古制如此。

[4]赋也。俶,始作也。巘巘,深貌。蹻蹻,壮貌。濯濯,光明貌。

[5]赋也。介圭,诸侯之封圭也。近,辞也。

[6]赋也。郿,在今凤翔府郿县,在镐京之西,岐周之东,而申在镐京之东南。时王在岐周,故饯于郿也。言信迈、诚归,以见王之数留,疑于行之不果故也。峙,积。粮,粮。遄,速也。召伯之营谢也,则已敛其税赋,积其糇粮,使庐市有止宿之委积,故能使申伯无留行也。

[7]赋也。番番,武勇貌。啴啴,众盛也。戎,女也。申伯既入于谢,周人皆以为喜,而相谓曰:汝今有良翰矣。元,长。宪,法也。言文武之士皆以申伯为法也。或曰:申伯能以文王、武王为法也。

[8]赋也。揉,治也。吉甫,尹吉甫,周之卿士。诵,工师所诵之词也。硕,大。风,声。肆,遂也。

烝 民

《诗序》:《烝民》,尹吉甫美宣王也。任贤使能,周室中兴焉。

天生烝民,有物有则。
民之秉彝,好是懿德。

天监有周,昭假于下,
保兹天子,生仲山甫。[1]

仲山甫之德,柔嘉维则。
令仪令色,小心翼翼。
古训是式,威仪是力。
天子是若,明命使赋。[2]

王命仲山甫,式是百辟。
缵戎祖考,王躬是保。
出纳王命,王之喉舌。
赋政于外,四方爰发。[3]

肃肃王命,仲山甫将之。
邦国若否,仲山甫明之。
既明且哲,以保其身。
夙夜匪解,以事一人。[4]

人亦有言:
"柔则茹之,刚则吐之。"
维仲山甫,
柔亦不茹,刚亦不吐;
不侮矜寡,不畏强御。[5]

人亦有言：
"德輶如毛，民鲜克举之。"
我仪图之，
维仲山甫举之，爱莫助之。
衮职有阙，维仲山甫补之。[6]

仲山甫出祖，四牡业业，
征夫捷捷，每怀靡及。
四牡彭彭，八鸾锵锵。
王命仲山甫，城彼东方。[7]

四牡骙骙，八鸾喈喈。
仲山甫徂齐，式遄其归。
吉甫作诵，穆如清风。
仲山甫永怀，以慰其心。[8]

[1]赋也。烝，众。则，法。秉，执。彝，常。懿，美。监，视。昭，明。
假，至。保，祐也。仲山甫，樊侯之字也。○宣王命樊侯仲山甫筑城于
齐，而尹吉甫作诗以送之。言天生众民，有是物必有是则。盖自百骸、九
窍、五藏，而达之君臣、父子、夫妇、长幼、朋友，无非物也，而莫不有法焉。
如视之明，听之聪，貌之恭，言之顺，君臣有义，父子有亲之类是也。是乃
民所执之常性，故其情无不好此美德者。而况天之监视有周，能以昭明
之德感格于下，故保祐之，而为之生此贤佐曰仲山甫焉。则所以钟其秀
气，而全其美德者，又非特如凡民而已也。昔孔子读《诗》至此而赞之曰：
"为此诗者，其知道乎！"故有物必有则，"民之秉彝"也，故"好是懿德"。
而孟子引之，以证性善之说。其指深矣，读者其致思焉。

〔2〕赋也。嘉,美。令,善也。仪,威仪也。色,颜色也。翼翼,恭敬貌。古训,先王之遗典也。式,法。力,勉。若,顺。赋,布也。○东莱吕氏曰:"柔嘉维则,不过其则也。过其则,斯为弱,不得谓之柔嘉矣。令仪令色,小心翼翼,言其表里柔嘉也。古训是式,威仪是力,言其学问进修也。天子是若,明命使赋,言其发而措之事业也。此章盖备举仲山甫之德。"

〔3〕赋也。式,法。戎,女也。王躬是保,所谓保其身体者也。然则仲山甫盖以冢宰兼太保,而太保抑其世官也与?出,承而布之也。纳,行而复之也。喉舌,所以出言也。发,发而应之也。○东莱吕氏曰:"仲山甫之职,外则总领诸侯,内则辅养君德,入则典司政本,出则经营四方。此章盖备举仲山甫之职。"

〔4〕赋也。肃肃,严也。将,奉行也。若,顺也。顺否,犹臧否也。明,谓明于理。哲,谓察于事。保身,盖顺理以守身,非趋利避害,而偷以全躯之谓也。解,怠也。一人,天子也。

〔5〕赋也。人亦有言,世俗之言也。茹,纳也。○不茹柔,故不侮矜寡。不吐刚,故不畏强御。以此观之,则仲山甫之柔嘉,非软美之谓,而其保身,未尝枉道以徇人可知矣。

〔6〕赋也。輶,轻。仪,度。图,谋也。衮职,王职也。天子龙衮,不敢斥言王阙,故曰"衮职有阙"也。○言人皆言德甚轻而易举,然人莫能举也。我于是谋度其能举之者,则惟仲山甫而已。是以心诚爱之,而恨其不能有以助之。盖爱之者,秉彝好德之性也。而不能助者,能举与否,在彼而已,固无待于人之助,而亦非人之所能助也。至于王职有阙失,亦惟仲山甫独能补之。盖惟大人然后能格君心之非,未有不能自举其德,而能补君之阙者也。

〔7〕赋也。祖,行祭也。业业,健貌。捷捷,疾貌。东方,齐也。《传》曰:"古者诸侯之居逼隘,则王者迁其邑而定其居,盖去薄姑而迁于临菑也。"孔氏曰:"《史记》齐献公元年,徙薄姑,都治临菑。计献公当夷王之时,与此《传》不合,岂徙于夷王之时,至是而始备其城郭之守欤?"

〔8〕赋也。式遄其归,不欲其久于外也。穆,深长也。清风,清微之

风,化养万物者也。以其远行而有所怀思,故以此诗慰其心焉。曾氏曰:"赋政于外,虽仲山甫之职,然保王躬,补王阙,尤其所急。城彼东方,其心永怀,盖有所不安者。尹吉甫深知之,作诵而告以遣归,所以安其心也。"

韩 奕

《诗序》:《韩奕》,尹吉甫美宣王也。能锡命诸侯。

奕奕梁山,维禹甸之,
有倬其道。
韩侯受命,王亲命之:
"缵戎祖考,无废朕命。
夙夜匪解,虔共尔位。
朕命不易,
榦不庭方,以佐戎辟。"[1]

四牡奕奕,孔修且张。
韩侯入觐,
以其介圭,入觐于王。
王锡韩侯,
淑旗绥章,簟茀错衡,
玄衮赤舄,钩膺镂锡,
鞹鞃浅幭,鞗革金厄。[2]

韩侯出祖,出宿于屠。

显父饯之,清酒百壶。
其肴维何? 炰鳖鲜鱼。
其蔌维何? 维笋及蒲。
其赠维何? 乘马路车。
笾豆有且,侯氏燕胥。[3]

韩侯取妻,
汾王之甥,蹶父之子。
韩侯迎止,于蹶之里。
百两彭彭,八鸾锵锵,
不显其光。
诸娣从之,祁祁如云。
韩侯顾之,烂其盈门。[4]

蹶父孔武,靡国不到;
为韩姞相攸,莫如韩乐。
孔乐韩土,川泽訏訏,
鲂鱮甫甫,麀鹿噳噳,
有熊有罴,有猫有虎。
庆既令居,韩姞燕誉。[5]

溥彼韩城,燕师所完。
以先祖受命,因时百蛮。
王锡韩侯,其追其貊,

奄受北国，因以其伯。

实墉实壑，实亩实籍。

献其貔皮，赤豹黄罴。[6]

[1]赋也。奕奕，大也。梁山，韩之镇也，今在同州韩城县。甸，治也。倬，明貌。韩，国名。侯，爵。武王之后也。受命，盖即位除丧，以士服入见天子而听命也。缵，继。戎，汝也。言王锡命之，使继世而为诸侯也。虔，敬。易，改。榦，正也。不庭方，不来庭之国也。辟，君也。此又戒之以修其职业之词也。○韩侯初立，来朝始受王命而归，诗人作此以送之。《序》亦以为尹吉甫作，今未有据。下篇云召穆公凡伯者放此。

[2]赋也。修，长。张，大也。介圭，封圭，执之为贽，以合瑞于王也。淑，善也。交龙曰旂。绥章，染鸟羽或旄牛尾为之，注于旗竿之首，为表章者也。镂，刻金也。马眉上饰曰钖，今当卢也。鞹，去毛之革也。轼，式中也。谓两较之间横木可凭者，以鞹持之，使牢固也。浅，虎皮也。幭，覆式也，字一作"幦"，又作"幎"，以有毛之皮覆式上也。鞗革，辔首也。金厄，以金为环，缠扼辔首也。

[3]赋也。既觐而反国必祖者，尊其所往，去则如始行焉。屠，地名，或曰即杜也。显父，周之卿士也。蕲，菜肴也。笋，竹萌也。蒲，蒲蒻也。且，多貌。侯氏，觐礼诸侯来朝者之称。胥，相也，或曰语辞。

[4]赋也。此言韩侯既觐而还，遂以亲迎也。汾王，厉王也。厉王流于彘，在汾水之上，故时人以目王焉。犹言莒郊公、黎比公也。蹶父，周之卿士，姞姓也。诸娣，诸侯一娶九女，二国媵之，皆有娣侄也。祁祁，徐靓也。如云，众多也。

[5]赋也。韩姞，蹶父之子，韩侯妻也。相攸，择可嫁之所也。訏訏、甫甫，大也。噳噳，众也。猫，似虎而浅毛。庆，喜。令，善也。喜其有此善居也。燕，安。誉，乐也。

[6]赋也。溥，大也。燕，召公之国也。师，众也。追、貊，夷狄之国

也。墉,城。壑,池。籍,税也。貔,猛兽名。〇韩初封时,召公为司空,
王命以其众为筑此城,如召伯营谢,山甫城齐,春秋诸侯城邢、城楚丘之
类也。王以韩侯之先因是百蛮而长之,故锡之追、貊,使为之伯,以修其
城池,治其田亩,正其税法,而贡其所有于王也。

江 汉

《诗序》:《江汉》,尹吉甫美宣王也。能兴衰拨乱,命召公平淮夷。

江汉浮浮,武夫滔滔。
匪安匪游,淮夷来求。
既出我车,既设我旟。
匪安匪舒,淮夷来铺。[1]

江汉汤汤,武夫洸洸。
经营四方,告成于王。
四方既平,王国庶定。
时靡有争,王心载宁。[2]

江汉之浒,王命召虎:
"式辟四方,彻我疆土。
匪疚匪棘,王国来极。
于疆于理,至于南海。"[3]

王命召虎,来旬来宣:

"文武受命,召公维翰。

无曰予小子,召公是似。

肇敏戎公,用锡尔祉。[4]

厘尔圭瓒,秬鬯一卣。

告于文人,锡山土田。

于周受命,自召祖命。"

虎拜稽首,"天子万年!"[5]

虎拜稽首:

"对扬王休,作召公考。

天子万寿!

明明天子,令闻不已。

矢其文德,洽此四国。"[6]

[1] 赋也。浮浮,水盛貌。滔滔,顺流貌。淮夷,夷之在淮上者也。铺,陈也。陈师以伐之也。○宣王命召穆公平淮南之夷,诗人美之。此章总序其事,言行者皆莫敢安徐,而曰吾之来也,惟淮夷是求是伐耳。

[2] 赋也。洸洸,武貌。庶,幸也。○此章言既伐而成功也。

[3] 赋也。虎,召穆公名也。辟,与"闢"同。彻,井其田也。疚,病。棘,急也。极,中之表也。居中而为四方所取正也。○言江汉既平,王又命召公闢四方之侵地,而治其疆界。非以病之,非以急之也,但使其来取正于王国而已。于是遂疆理之,尽南海而止也。

[4] 赋也。旬,遍。宣,布也。自江汉之浒言之,故曰来。召公,召康公奭也。翰,干也。予小子,王自称也。肇,开。戎,女。公,功也。○又言王命召虎来此江汉之浒,遍治其事,以布王命。而曰:昔文武受

命,惟召公为桢干,今女无曰以予小子之故也,但自为嗣女召公之事耳。能开敏女功,则我当锡女以祉福,如下章所云也。

[5]赋也。厘,赐。卣,尊也。文人,先祖之有文德者,谓文王也。周,岐周也。召祖,穆公之祖,康公也。〇此叙王赐召公策命之词。言锡尔圭瓒秬鬯者,使之以祀其先祖。又告于文人,而锡之山川土田,以广其封邑。盖古者爵人必于祖庙,示不敢专也。又使往受命于岐周,从其祖康公受命于文王之所,以宠异之。而召公拜稽首,以受王命之策书也。人臣受恩,无可以报谢者,但言使君寿考而已。

[6]赋也。对,答。扬,称。休,美。考,成。矢,陈也。〇言穆公既受赐,遂答称天子之美命,作康公之庙器,而勒王策命之词,以考其成,且祝天子以万寿也。古器物铭云:"郑拜稽首,敢对扬天子休命,用作朕皇考龚伯尊敦。郑其眉寿,万年无疆。"语正相类。但彼自祝其寿,而此祝君寿耳。既又美其君之令闻,而进之以不已,劝其君以文德,而不欲其极意于武功。古人爱君之心,于此可见矣。

常 武

《诗序》:《常武》,召穆公美宣王也。有常德以立武事,因以为戒然。

赫赫明明,王命卿士,
南仲大祖,大师皇父:
"整我六师,以修我戎。
既敬既戒,惠此南国。"[1]

王谓尹氏,命程伯休父:
"左右陈行,戒我师旅。

率彼淮浦,省此徐土。

不留不处,三事就绪。"[2]

赫赫业业,有严天子。

王舒保作,匪绍匪游。

徐方绎骚,震惊徐方,

如雷如霆,徐方震惊。[3]

王奋厥武,如震如怒。

进厥虎臣,阚如虓虎。

铺敦淮濆,仍执丑虏。

截彼淮浦,王师之所。[4]

王旅啴啴,如飞如翰。

如江如汉,如山之苞,

如川之流,绵绵翼翼,

不测不克,濯征徐国。[5]

王犹允塞,徐方既来。

徐方既同,天子之功。

四方既平,徐方来庭。

徐方不回,王曰还归。[6]

[1] 赋也。卿士,即皇父之官也。南仲,见《出车》篇。大祖,始祖也。大师,皇父之兼官也。我,为宣王之自我也。戎,兵器也。○宣王自

将以伐淮北之夷,而命卿士之谓南仲为大祖兼大师而字皇父者,整治其从行之六军,修其戎事,以除淮夷之乱,而惠此南方之国。诗人作此以美之。必言南仲大祖者,称其世功以美大之。

[2]赋也。尹氏,吉甫也,盖为内史,掌策命卿大夫也。程伯休父,周大夫。三事,未详。或曰,三农之事也。○言王诏尹氏策命程伯休父为司马,使之左右陈其行列,循淮浦而省徐州之土。盖伐淮北徐州之夷也。上章既命皇父,而此章又命程伯休父者,盖王亲命大师,以三公治其军事,而使内史命司马,以六卿副之耳。

[3]赋也。赫赫,显也。业业,大也。严,威也。天子自将,其威可畏也。王舒保作,未详其义。或曰:舒,徐。保,安。作,行也。言王师舒徐而安行也。绍,纠紧也。游,遨游也。绎,连络也。骚,扰动也。○夷、厉以来,周室衰弱,至是而天子自将以征不庭。其师始出,不疾不迟,而徐方之人皆已震动,如雷霆作于其上,不遑安矣。

[4]赋也。进,鼓而进之也。阚,奋怒之貌。虓,虎之自怒也。铺,布也,布其师旅也。敦,厚也,厚集其陈也。仍,就也。老子曰“攘臂而仍之”。截,截然不可犯之貌。

[5]赋也。啴啴,众盛貌。翰,羽。苞,本也。如飞如翰,疾也。如江如汉,众也。如山,不可动也。如川,不可御也。绵绵,不可绝也。翼翼,不可乱也。不测,不可知也。不克,不可胜也。濯,大也。

[6]赋也。犹,道。允,信。塞,实。庭,朝。回,违也。还归,班师而归也。○前篇召公帅师以出,归告成功,故备载其褒赏之词。此篇王实亲行,故于卒章反复其辞,以归功于天子。言王道甚大,而远方怀之,非独兵威然也。《序》所谓“因以为戒”者是也。

瞻卬

《诗序》:《瞻卬》,凡伯刺幽王大坏也。

瞻卬昊天，则不我惠。
孔填不宁，降此大厉。
邦靡有定，士民其瘵。
蟊贼蟊疾，靡有夷届。
罪罟不收，靡有夷瘳。[1]

人有土田，女反有之。
人有民人，女覆夺之。
此宜无罪，女反收之。
彼宜有罪，女覆说之。
哲夫成城，哲妇倾城。[2]

懿厥哲妇，为枭为鸱。
妇有长舌，维厉之阶。
乱匪降自天，生自妇人。
匪教匪诲，时维妇寺。[3]

鞫人忮忒，谮始竟背。
岂曰不极，伊胡为慝？
如贾三倍，君子是识。
妇无公事，休其蚕织。[4]

天何以刺？何神不富？
舍尔介狄，维予胥忌；

不吊不祥，威仪不类。

人之云亡，邦国殄瘁。[5]

天之降罔，维其优矣。

人之云亡，心之忧矣。

天之降罔，维其几矣。

人之云亡，心之悲矣。[6]

觱沸槛泉，维其深矣。

心之忧矣，宁自今矣？

不自我先，不自我后。

藐藐昊天，无不克巩。

无忝皇祖，式救尔后。[7]

[1]赋也。填，久。厉，乱。瘵，病也。蟊贼，害苗之虫也。疾，害。夷，平。届，极。罟，网也。○此刺幽王嬖褒姒、任奄人以致乱之诗。首言昊天不惠而降乱，无所归咎之词也。苏氏曰："国有所定，则民受其福。无所定，则受其病。于是有小人为之蟊贼，刑罪为之罔罟。凡此皆民之所以病也。"

[2]赋也。反，覆。收，拘。说，赦也。

[3]赋也。哲，知也。城，犹"国"也。哲妇，盖指褒姒也。倾，覆。懿，美也。枭、鸱，恶声之鸟也。长舌，能多言者也。阶，梯也。寺，奄人也。○言男子正位乎外，为国家之主，故有知则能立国。妇人以无非无仪为善，无所事哲，哲则适以覆国而已。故此懿美之哲妇，而反为枭鸱，盖以其多言而能为祸乱之梯也。若是则乱岂真自天降，如首章之说哉？特由此妇人而已。盖其言虽多，而非有教诲之益者，是惟妇人与奄人耳。

岂可近哉！上文但言妇人之祸，末句兼以奄人为言。盖二者常相倚而为奸，不可不并以为戒也。欧阳公常言宦者之祸甚于女宠。其言尤为深切，有国家者可不戒哉！

[4]赋也。鞫，穷。忯，害。忒，变也。谮，不信也。竟，终。背，反。极，已。愍，恶也。贾，居货者也。三倍，获利之多也。公事，朝廷之事。蚕织，妇人之业。○言妇寺能以其知辨穷人之言，其心忯害而变诈无常。既以谮妄唱始于前，而终或不验于后。则亦不复自谓其言之放恣无所极已，而反曰是何足为愍乎？夫商贾之利，非君子之所宜识，如朝廷之事，非妇人之所宜与也。今贾三倍，而君子识其所以然。妇人无朝廷之事，而舍其蚕织以图之，则岂不为愍哉！

[5]赋也。刺，责。介，大。胥，相。吊，闵也。○言天何用责王？神何用不富王哉？凡以王信用妇人之故也。是必将有夷狄之大患。今王舍之不忌，而反以我之正言不讳为忌，何哉！夫天之降不祥，庶几王惧而自修。今王遇灾而不恤，又不谨其威仪，又无善人以辅之，则国之殄瘁宜矣。或曰：介狄即指妇寺，犹所谓女戎者也。

[6]赋也。罔，罟。优，多。几，近也。盖承上章之意而重言之，以警王也。

[7]兴也。觱沸，泉涌貌。槛泉，泉上出者。藐藐，高远貌。巩，固也。○言泉之瀵涌上出，其源深矣。我心之忧，亦非适今日然也。然而祸乱之极，适当此时，盖已无可为者。惟天高远，虽若无意于物，然其功用，神明不测，虽危乱之极，亦无不能巩固之者。幽王苟能改过自修，而不忝其祖，则天意可回，来者犹必可救，而子孙亦蒙其福矣。

召旻

《诗序》：《召旻》，凡伯刺幽王大坏也。旻，闵也，闵天下无如召公之臣也。

旻天疾威，天笃降丧。
瘨我饥馑，民卒流亡。
我居圉卒荒。[1]

天降罪罟，蟊贼内讧。
昏椓靡共，溃溃回遹，
实靖夷我邦。[2]

皋皋訿訿，曾不知其玷。
兢兢业业，孔填不宁，
我位孔贬。[3]

如彼岁旱，
草不溃茂，如彼栖苴。
我相此邦，无不溃止。[4]

维昔之富不如时，
维今之疚不如兹。
彼疏斯粺，胡不自替？
职兄斯引。[5]

池之竭矣，不云自频？
泉之竭矣，不云自中？
溥斯害矣，职兄斯弘，

不灾我躬?[6]

昔先王受命,有如召公。
日辟国百里,
今也日蹙国百里。
於乎哀哉!
维今之人,不尚有旧?[7]

朱熹云:因其首章称"昊天",卒章称"召公",故谓之《召旻》,以别《小
旻》也。

[1]赋也。笃,厚。瘨,病。卒,尽也。居,国中也。圉,边垂也。
○此刺幽王任用小人,以致饥馑侵削之诗也。

[2]赋也。讧,溃也。昏椓,昏乱椓丧之人也。共,与"恭"同,一说
与"供"通,谓供其职也。溃溃,乱也。回遹,邪僻也。靖,治。夷,平也。
○言此蟊贼昏椓者,皆溃乱邪僻之人,而王乃使之治平我邦,所以致
乱也。

[3]赋也。皋皋,顽慢之意。訿訿,务为谤毁也。玷,缺也。瘨,久
也。○言小人在位,所为如此,而王不知其缺。至于戒敬恐惧,甚病而不
宁者,其位乃更见贬黜。其颠倒错乱之甚如此。

[4]赋也。溃,遂也。栖苴,水中浮草,栖于木上者。言枯槁无润泽
也。相,视。溃,乱也。

[5]赋也。时,是。疚,病也。疏,粝也。粺则精矣。替,废也。兄、
怳同。引,长也。○言昔之富未尝若是之疚也,而今之疚又未有若此之
甚也。彼小人之与君子,如疏与粺,其分审矣。而曷不自替以避君子乎?
而使我心专为此故,至于怆怳引长,而不能自已也。

[6]赋也。频,崖。溥,广。弘,大也。○池,水之钟也。泉,水之发

也。故池之竭由外之不入，泉之竭由内之不出。言祸乱有所从起，而今不云然也。此其为害，亦已广矣。是使我心专为此故，至于怆恍日益弘大，而忧之曰：是岂不灾及我躬也乎！

[7]赋也。先王，文武也。召公，康公也。辟，开。蹙，促也。○文王之世，周公治内，召公治外，故周人之诗谓之《周南》，诸侯之诗谓之《召南》。所谓日辟国百里云者，言文王之化自北而南，至于江汉之间。服从之国，日以益众。及虞芮质成，而其旁诸侯闻之，相帅归周者四十余国焉。今，谓幽王之时。蹙国，盖犬戎内侵，诸侯外畔也。又叹息哀痛而言，今世虽乱，岂不犹有旧德可用之人哉？言有之而不用耳。

颂

朱熹云:颂者,宗庙之乐歌,大序所谓"美盛德之形容,以其成功,告于神明者也"。盖"颂"与"容",古字通用,故《序》以此言之。《周颂》三十一篇,多周公所定,而亦或有康王以后之诗。《鲁颂》四篇,《商颂》五篇,因亦以类附焉。凡五卷。

周　颂

清　庙

《诗序》:《清庙》,祀文王也。周公既成洛邑,朝诸侯,率以祀文王焉。

> 於穆清庙,肃雍显相。
> 济济多士,秉文之德。
> 对越在天,骏奔走在庙。
> 不显不承,无射于人斯。[1]

朱熹云:《书》称"王在新邑,烝祭岁,文王骍牛一,武王骍牛一"。实周公摄政之七年,而此其升歌之辞也。《书大传》曰:"周公升歌清庙,苟在庙中尝见文王者,愀然如复见文王焉。"《乐记》曰:"《清庙》之瑟,朱弦而疏越,壹倡而三叹,有遗音者矣。"郑氏曰:"朱弦,练朱弦,练则声浊。越,瑟底孔也,疏之使声迟也。唱,发歌句也。三叹,三人从叹之耳。"汉因《秦乐》,干豆上,奏登歌,独上歌不以管弦乱人声。欲在位者遍闻之,犹古《清庙》之歌也。

[1]《周颂》多不叶韵,未详其说。○赋也。於,叹辞。穆,深远也。清,清静也。肃,敬。雍,和。显,明。相,助也。谓助祭之公卿诸侯也。济济,众也。多士,与祭执事之人也。越,于也。骏,大而疾也。承,尊奉

也。斯,语辞。〇此周公既成洛邑而朝诸侯,因率之以祀文王之乐歌。言于穆哉,此清静之庙,其助祭之公侯,皆敬且和,而其执事之人,又无不执行文王之德,既对越其在天之神,而又骏奔走其在庙之主。如此则是文王之德岂不显乎! 岂不承乎! 信乎其无有厌斁于人也。

维天之命

《诗序》:《维天之命》,大平告文王也。

维天之命,於穆不已。
於乎不显,文王之德之纯![1]
假以溢我,我其收之。
骏惠我文王,曾孙笃之。[2]

[1] 赋也。天命,即天道也。不已,言无穷也。纯,不杂也。〇此亦祭文王之诗。言天道无穷,而文王之德纯一不杂,与天无间,以赞文王之德之盛也。子思子曰:“维天之命,于穆不已,盖曰天之所以为天也。于乎不显,文王之德之纯,盖曰文王之所以为文也,纯亦不已。”程子曰:“天道不已,文王纯于天道亦不已。纯则无二无杂,不已则无间断先后。”

[2] “何”之为“假”,声之转也。“恤”之为“溢”,字之讹也。收,受。骏,大。惠,顺也。曾孙,后王也。笃,厚也。〇言文王之神将何以恤我乎? 有则我当受之,以大顺文王之道,后王又当笃厚之而不忘也。

维 清

《诗序》:《维清》,奏象舞也。

维清缉熙,文王之典。

肇禋,迄用有成。

维周之祯。[1]

[1]赋也。清,清明也。缉,续。熙,明。肇,始。禋,祀。迄,至也。○此亦祭文王之诗。言所当清明而缉熙者,文王之典也。故自始祀至今有成,实惟周之祯祥也。然此诗疑有阙文焉。

烈 文

《诗序》:《烈文》,成王即政,诸侯助祭也。

烈文辟公,锡兹祉福。

惠我无疆,子孙保之。[1]

无封靡于尔邦,维王其崇之。

念兹戎功,继序其皇之。[2]

无竞维人,四方其训之。

不显维德,百辟其刑之。

於乎,前王不忘![3]

朱熹云:此篇以公、疆两韵相叶,未审当从何读,意亦可互用也。

[1]赋也。烈,光也。辟公,诸侯也。○此祭于宗庙,而献助祭诸侯之乐歌。言诸侯助祭,使我获福,则是诸侯锡此祉福,而惠我以无疆,使我子孙保之也。

[2]封靡之义未详。或曰：封，专利以自封殖也。靡，汰侈也。崇，尊尚也。戎，大。皇，大也。○言汝能无封靡于尔邦，则王当尊汝。又念汝有此助祭锡福之大功，则使汝之子孙继序而益大之也。

[3]又言莫强于人，莫显于德。先王之德所以人不能忘者，用此道也。此戒饬而劝勉之也。《中庸》引"不显惟德，百辟其刑之"，而曰："故君子笃恭而天下平。"《大学》引"于乎，前王不忘"，而曰："君子贤其贤，而亲其亲。小人乐其乐，而利其利。此以没世不忘也。"

天 作

《诗序》：《天作》，祀先王先公也。

天作高山，大王荒之。
彼作矣，文王康之。[1]
彼徂矣，岐有夷之行，
子孙保之！[2]

[1]沈括曰：《后汉书西南夷传》作"彼岨者岐"。今按，彼书"岨"但作"徂"，而引《韩诗薛君章句》亦但训为"往"。独"矣"字正作"者"，如沈氏说。然其注末复云岐虽阻僻，则似又有"岨"意。韩子亦云"彼岐有岨"，疑或别有所据。故今从之，而定读"岐"字绝句。

[2]赋也。高山，谓岐山也。荒，治。康，安也。岨，险僻之意也。夷，平。行，路也。○此祭大王之诗。言天作岐山，而大王始治之。大王既作，而文王又安之。于是彼险僻之岐山，人归者从，而有平易之道路，子孙当世世保守而不失也。

昊天有成命

《诗序》：《昊天有成命》，郊祀天地也。

昊天有成命，二后受之。
成王不敢康，夙夜基命宥密。
於缉熙，单厥心，
肆其靖之。[1]

朱熹云：此康王以后之诗。

[1] 赋也。二后，文武也。成王名诵，武王之子也。基，积累于下，以承藉乎上者也。宥，宏深也。密，静密也。於，叹词。靖，安也。○此诗多道成王之德，疑祀成王之诗也。言天祚周以天下，既有定命，而文武受之矣。成王继之，又能不敢康宁，而其夙夜积德以承藉天命者，又宏深而静密。是能继续光明文武之业，而尽其心，故今能安静天下，而保其所受之命也。《国语》叔向引此诗而言曰："是道成王之德也。成王能明文昭，定武烈者也。"以此证之，则其为祀成王之诗无疑矣。

我 将

《诗序》：《我将》，祀文王于明堂也。

我将我享，

427

维羊维牛,维天其右之。[1]
仪式刑文王之典,日靖四方。
伊嘏文王,既右飨之。[2]
我其夙夜,畏天之威,
于时保之。[3]

朱熹云:程子曰:"万物本乎天,人本乎祖,故冬至祭天,而以祖配之,以冬至气之始也。万物成形于帝,而人成形于父,故季秋享帝,而以父配之,以季秋成物之时也。"陈氏曰:"古者祭天于圜丘,扫地而行事,器用陶匏,牲用犊。其礼极简。圣人之意以为未足以尽其意之委曲,故于季秋之月有大享之礼焉。天,即帝也。郊而曰天,所以尊之也,故以后稷配焉。后稷远矣,配稷于郊,亦以尊稷也。明堂而曰帝,所以亲之也,以文王配焉。文王亲也,配文王于明堂,亦以亲文王也。尊尊而亲亲,周道备矣。然则郊者古礼,而明堂者周制也。周公以义起之也。"东莱吕氏曰:"於天,维庶其飨之,不敢加一辞焉。於文王,则言仪式其典,日靖四方。天不待赞,法文王所以法天也。卒章惟言畏天之威,而不及文王者,统于尊也。畏天所以畏文王也,天与文王一也。"

[1] 赋也。将,奉,享,献。右,尊也。神坐东向,在馔之右,所以尊之也。○此宗祀文王于明堂,以配上帝之乐歌。言奉其牛羊以享上帝,而曰天庶其降而在此牛羊之右乎,盖不敢必也。

[2] 仪、式、刑,皆法也。嘏,锡福也。○言我仪式刑文王之典以靖天下,则此能锡福之文王既降而在此之右,以享我祭。若有以见其必然矣。

[3] 又言天与文王既皆右享我矣,则我其敢不夙夜畏天之威,以保天与文王所以降鉴之意乎?

时　迈

《诗序》:《时迈》,巡守告祭柴望也。

时迈其邦,昊天其子之,[1]
实右序有周。
薄言震之,莫不震叠。
怀柔百神,及河乔岳。
允王维后![2]
明昭有周,式序在位。
载戢干戈,载櫜弓矢。
我求懿德,肆于时夏。
允王保之。[3]

　　朱熹云:《春秋传》曰:昔武王克商,作颂曰"载戢干戈"。而《外传》又以为周文王之颂。则此诗乃武王之世周公所作也。《外传》又曰:"金奏肆夏、繁遏、渠,天子以飨元侯也。"韦昭注云:"肆夏一名樊,韶夏一名遏,纳夏一名渠,即周礼九夏之三也。"吕叔玉云:"肆夏,时迈也。繁遏,执竞也。渠,思文也。"

　　[1]赋也。迈,行也。邦,诸侯之国也。周制,十有二年王巡守殷国,柴望祭告,诸侯毕朝。○此巡守而朝会祭告之乐歌也。言我之以时巡行诸侯也,天其子我乎哉?盖不敢必也。
　　[2]右,尊。序,次。震,动。叠,惧。怀,来。柔,安。允,信也。○既而曰天实右序有周矣,是以使我薄言震之,而四方诸侯莫不震惧。

又能怀柔百神,以至于河之深广,岳之崇高,而莫不感格。则是信乎周王
之为天下君矣。

[3]戢,聚。櫜,韬。肆,陈也。夏,中国也。〇又言明昭乎我周也,
既以庆让黜陟之典,式序在位之诸侯,又收敛其干戈弓矢,而益求懿美之
德,以布陈于中国,则信乎王之能保天命也。或曰:此诗即所谓《肆夏》,
以其有"肆于时夏"之语而命之也。

执 竞

《诗序》:《执竞》,祀武王也。

> 执竞武王,无竞维烈。
> 不显成康,上帝是皇。[1]
> 自彼成康,奄有四方,
> 斤斤其明。[2]
> 钟鼓喤喤,磬管将将,
> 降福穰穰。[3]
> 降福简简,威仪反反。
> 既醉既饱,福禄来反。[4]

朱熹云:此昭王以后之诗,《国语》说见前篇。

[1]赋也。此祭武王、成王、康王之诗。竞,强也。言武王持其自强
不息之心,故其功烈之盛,天下莫得而竞,岂不显哉!成王、康王之德,亦
上帝之所君也。
[2]斤斤,明之察也。言成康之德,明著如此也。

[3] 喤喤,和也。将将,集也。穰穰,多也。言今作乐以祭而受福也。

[4] 简简,大也。反反,谨重也。反,覆也。言受福之多,而愈益谨重,是以既醉既饱,而福禄之来反覆而不厌也。

思 文

《诗序》:《思文》,后稷配天也。

思文后稷,克配彼天。
立我烝民,莫匪尔极。
贻我来牟,帝命率育。
无此疆尔界,陈常于时夏。[1]

朱熹云:《国语》说见《时迈》篇。

[1] 赋也。思,语辞。文,言有文德也。立、粒通。极,至也,德之至也。贻,遗也。来,小麦。牟,大麦也。率,遍。育,养也。○言后稷之德真可配天,盖使我烝民得以粒食者,莫非其德之至也。且其贻我民以来牟之种,乃上帝之命,以此遍养下民者。是以无有远近彼此之殊,而得以陈其君臣父子之常道于中国也。或曰:此诗即所谓《纳夏》者,亦以其有"时夏"之语而命之也。

臣 工

《诗序》:《臣工》,诸侯助祭,遣于庙也。

嗟嗟臣工，敬尔在公。

王厘尔成，来咨来茹。[1]

嗟嗟保介，维莫之春。

亦又何求？如何新畬？

於皇来牟，将受厥明。

明昭上帝，迄用康年。

命我众人，庤乃钱镈，

奄观铚艾。[2]

[1] 赋也。嗟嗟，重叹以深敕之也。臣工，群臣百官也。公，公家也。厘，赐也。成，成法也。茹，度也。○此戒农官之诗。先言王有成法以赐女，女当来咨度也。

[2] 保介，见《月令》、《吕览》，其说不同，然皆为籍田而言，盖农官之副也。莫春，斗柄建辰，夏正之三月也。畬，二岁田也。於皇，叹美之辞。来牟，麦也。明，上帝之明赐也。言麦将熟也。迄，至也。康年，犹丰年也。众人，甸徒也。庤，具也。钱，铫。镈，锄。皆田器也。铚，获禾短镰也。艾，获也。○此乃言所戒之事。言三月则当治其新畬矣，今如何哉？然麦亦将熟，则可以受上帝之明赐，而此明昭之上帝，又将赐我新畬以丰年也。于是命甸徒具农器，以治其新畬，而又将忽见其收成也。

噫 嘻

《诗序》：《噫嘻》，春夏祈谷于上帝也。

噫嘻成王，既昭假尔。

率时农夫，播厥百谷。

骏发尔私，终三十里。

亦服尔耕，十千维耦。[1]

[1]赋也。噫嘻，亦叹词也。昭，明。假，格也。尔，田官也。时，是。骏，大。发，耕也。私，私田也。三十里，万夫之地，四旁有川，内方三十二里有奇。言三十里，举成数也。耦，二人并耕也。○此连上篇，亦戒农官之词。昭假尔，犹言格汝众庶。盖成王始置田官，而尝戒命之也。尔当率是农夫，播其百谷，使之大发其私田，皆服其耕事，万人为耦而并耕也。盖耕本以二人为耦，今合一川之众为言，故云万人毕出，并力齐心，如合一耦也。此必乡遂之官，司稼之属，其职以万夫为界者。沟洫用贡法，无公田，故皆谓之私。苏氏曰："民曰'雨我公田，遂及我私'，而君曰'骏发尔私，终三十里'。其上下之闲，交相忠爱如此。"

振　鹭

《诗序》:《振鹭》，二王之后来助祭也。

振鹭于飞，于彼西雍。

我客戾止，亦有斯容。[1]

在彼无恶，在此无斁。

庶几夙夜，以永终誉。[2]

[1]赋也。振，群飞貌。鹭，白鸟。雍，泽也。客，谓二王之后。夏之后杞，商之后宋，于周为客。天子有事膰焉，有丧拜焉者也。○此二王之后来助祭之诗。言鹭飞于西雍之水，而我客来助祭者，其容貌修整亦如鹭之洁白也。或曰兴也。

[2] 彼,其国也。在国无恶之者,在此无厌之者,如是则庶几其能夙夜以永终此誉矣。陈氏曰:"在彼不以我革其命,而有恶于我,知天命无常,惟德是与,其心服也。在我不以彼坠其命,而有厌于彼,崇德象贤,统承先王,忠厚之至也。"

丰 年

《诗序》:《丰年》,秋冬报也。

> 丰年多黍多稌。
> 亦有高廪,万亿及秭。
> 为酒为醴,烝畀祖妣,
> 以洽百礼,降福孔皆。[1]

[1] 赋也。稌,稻也。黍宜高燥而寒,稌宜下湿而暑,黍稌皆熟,则百谷无不熟矣。亦,助语辞。数万至万曰亿,数亿至亿曰秭。烝,进。畀,予。洽,备。皆,遍也。此秋冬报赛田事之乐歌。盖祀田祖先农方社之属也。言其收入之多,至于可以供祭祀、备百礼,而神降之福,将甚遍也。

有 瞽

《诗序》:《有瞽》,始作乐而合乎祖也。

> 有瞽有瞽,在周之庭。[1]

设业设虞,崇牙树羽。

应田县鼓,鞉磬柷圉。

既备乃奏,箫管备举。[2]

喤喤厥声,肃雍和鸣,

先祖是听。

我客戾止,永观厥成。[3]

[1] 赋也。瞽,乐官无目者也。○《序》以此为始作乐而合乎祖之诗。两句总序其事也。

[2] 业、虞、崇牙,见《灵台》篇。树羽,置五采之羽于崇牙之上也。应,小鞞。田,大鼓也。郑氏曰:"'田'当作'朄',小鼓也。"县鼓,周制也。夏后氏足鼓,殷楹鼓,周县鼓。鞉,如鼓而小,有柄,两耳,持其柄摇之,则傍耳还自击。磬,石磬也。柷,状如漆桶,以木为之,中有椎连底挏之,令左右击,以起乐者也。圉,亦作敔,状如伏虎,背上有二十七锄铻刻,以木长尺栎之,以止乐者也。箫,编小竹管为之。管,如箎,并两而吹之者也。

[3] 我客,二王后也。观,视也。成,乐阕也,如"箫韶九成"之成。独言二王后者,犹曰"虞宾在位","我有嘉客",盖尤以是为盛耳。

潜

《诗序》:《潜》,季冬荐鱼,春献鲔也。

猗与漆沮,潜有多鱼:

有鳣有鲔,鲦鲿鰋鲤。

以享以祀,以介景福。[1]

[1]赋也。猗与,叹辞。潜,椮也。盖积柴养鱼,使得藏隐避寒,因以薄围取之也。或曰藏之深也。鲦,白鲦也。《月令》:季冬,"命渔师始渔,天子亲往,乃尝鱼,先荐寝庙。"季春,"荐鲔于寝庙"。此其乐歌也。

雍

《诗序》:《雍》,禘大祖也。

> 有来雍雍,至止肃肃。
> 相维辟公,天子穆穆。[1]
> 於荐广牡,相予肆祀。
> 假哉皇考! 绥予孝子。[2]
> 宣哲维人,文武维后。
> 燕及皇天,克昌厥后。[3]
> 绥我眉寿,介以繁祉。
> 既右烈考,亦右文母。[4]

朱熹云:《周礼》:大师及彻,帅学士而歌《彻》,说者以为即此诗。《论语》亦曰"以《雍》彻"。然则此盖彻祭所歌,而亦名为《彻》也。

[1]赋也。雍雍,和也。肃肃,敬也。相,助祭也。辟公,诸侯也。穆穆,天子之容也。○此武王祭文王之诗。言诸侯之来,皆和且敬,以助我之祭事,而天子有穆穆之容也。

[2]於,叹辞也。广牡,大牡也。肆,陈。假,大也。皇考,文王也。绥,安也。孝子,武王自称也。○言此和敬之诸侯,荐大牲以助我之祭事,而大哉之文王,庶其享之,以安我孝子之心也。

[3] 宣,通。哲,知。燕,安也。○此美文王之德。宣哲,则尽人之道。文武,则备君之德。故能安人以及于天,而克昌其后嗣也。苏氏曰:"周人以讳事神。文王名昌,而此诗曰'克昌厥后',何也? 曰:周之所谓讳,不以其名号之耳,不遂废其文也。讳其名而废其文者,周礼之末失也。"

[4] 右,尊也。《周礼》所谓享右祭祀是也。烈考,犹皇考也。文母,大姒也。○言文王昌厥后,而安之以眉寿,助之以多福,使我得以右于烈考文母也。

载 见

《诗序》:《载见》,诸侯始见乎武王庙也。

载见辟王,曰求厥章。
龙旗阳阳,和铃央央。
鞗革有鸧,休有烈光。[1]
率见昭考,以孝以享。[2]
以介眉寿,永言保之,
思皇多祜。
烈文辟公,绥以多福,
俾缉熙于纯嘏。[3]

[1] 赋也。载,则也,发语辞也。章,法度也。交龙曰旗。阳,明也。轼前曰和。旗上曰铃。央央、有鸧,皆声和也。休,美也。○此诸侯助祭于武王庙之诗。先言其来朝,禀受法度,其车服之盛如此。

[2] 昭考,武王也。庙制,太祖居中,左昭右穆。周庙,文王当穆,武

王当昭,故《书》称"穆考文王",而此诗及《访落》皆谓武王为"昭考"。○此乃言王率诸侯以祭武王庙也。

[3]思,语辞。皇,大也,美也。○又言孝享以介眉寿,而受多福,是皆诸侯助祭有以致之,使我得继而明之,以至于纯嘏也。盖归德于诸侯之辞,犹《烈文》之意也。

有 客

《诗序》:《有客》,微子来见祖庙也。

> 有客有客,亦白其马。
> 有萋有且,敦琢其旅。[1]
> 有客宿宿,有客信信。
> 言授之絷,以絷其马。[2]
> 薄言追之,左右绥之。
> 既有淫威,降福孔夷。[3]

[1]赋也。客,微子也。周既灭商,封微子于宋,以祀其先王,而以客礼待之,不敢臣也。亦,语辞也。殷尚白。修其礼物,仍殷之旧也。萋、且,未详。《传》曰:"敬慎貌。"敦琢,选择也。旅,其卿大夫从行者也。○此微子来见祖庙之诗。而此一节言其始至也。

[2]一宿曰宿,再宿曰信。絷其马,爱之不欲其去也。此一节言其将去也。

[3]追之,已去而复还之,爱之无已也。左右绥之,言所以安而留之者无方也。淫威,未详。旧说淫,大也。统承先王,用天子礼乐,所谓淫威也。夷,易也,大也。此一节言其留之也。

武

《诗序》:《武》,奏大武也。

> 於皇武王,无竞维烈。
> 允文文王,克开厥后。
> 嗣武受之,胜殷遏刘,
> 耆定尔功。[1]

朱熹云:《春秋传》以此为《大武》之首章也。《大武》,周公象武王武功之舞,歌此诗以奏之。《礼》曰:"朱干玉戚,冕而舞大武。"然《传》以此诗为武王所作,则篇内已有武王之谥,而其说误矣。

[1] 赋也。於,叹辞。皇,大。遏,止。刘,杀。耆,致也。○周公象武王之功为《大武》之乐。言武王无竞之功,实文王开之。而武王嗣而受之,胜殷止杀,以致定其功也。

闵予小子

《诗序》:《闵予小子》,嗣王朝于庙也。

> 闵予小子,遭家不造,
> 嬛嬛在疚。
> 於乎皇考,永世克孝![1]

念兹皇祖,陟降庭止。

维予小子,夙夜敬止。[2]

於乎皇王,继序思不忘![3]

朱熹云:此成王除丧朝庙所作。疑后世遂以为嗣王朝庙之乐。后三篇放此。

[1]赋也。成王免丧,始朝于先王之庙,而作此诗也。闵,病也。予小子,成王自称也。造,成也。嬛,与"茕"同,无所依怙之意。疚,哀病也。康衡曰:"'茕茕在疚',言成王丧毕思慕,意气未能平也。盖所以就文武之业,崇大化之本也。"皇考,武王也。叹武王之终身能孝也。

[2]皇祖,文王也。承上文,言武王之孝。思念文王,常若见其陟降于庭,犹所谓见尧于墙,见尧于羹也。《楚辞》云"三公揖让,登降堂只",与此文势正相似。而康衡引此句,颜《注》亦云"若神明临其朝庭"是也。

[3]皇王,兼指文武也。承上文,言我之所以夙夜敬止者,思继此序而不忘耳。

访 落

《诗序》:《访落》,嗣王谋于庙也。

访予落止,率时昭考。

於乎悠哉,朕未有艾。

将予就之,继犹判涣。

维予小子,未堪家多难。

绍庭上下,陟降厥家。

休矣皇考,以保明其身。[1]

朱熹云:说同上篇。

[1] 赋也。访,问。落,始。悠,远也。艾,如"夜未艾"之艾。判,分。涣,散。保,安。明,显也。○成王既朝于庙,因作此诗,以道延访群臣之意。言我将谋之于始,以循我昭考武王之道。然而其道远矣,予不能及也。将使予勉强以就之,而所以继之者,犹恐其判涣而不合也。则亦继其上下于庭,陟降于家,庶几赖皇考之休,有以保明吾身而已矣。

敬　之

《诗序》:《敬之》,群臣进戒嗣王也。

敬之敬之,天维显思,
命不易哉!
无曰高高在上,
陟降厥士,日监在兹。[1]
维予小子,不聪敬止。
日就月将,学有缉熙于光明。
佛时仔肩,示我显德行。[2]

[1] 赋也。显,明也。思,语辞也。士,事也。○成王受群臣之戒,而述其言曰:敬之哉,敬之哉,天道甚明,其命不易保也。无谓其高而不吾察,当知其聪明明畏,常若陟降于吾之所为,而无日不临监于此者,不可以不敬也。

[2]将，进也。佛、弼通。仔肩，任也。○此乃自为答之之言。曰：我不聪而未能敬也，然愿学焉。庶几日有所就，月有所进，续而明之，以至于光明。又赖群臣辅助我所负荷之任，而示我以显明之德行，则庶乎其可及尔。

小　毖

《诗序》：《小毖》，嗣王求助也。

予其惩而毖后患，

莫予荓蜂，自求辛螫。

肇允彼桃虫，拼飞维鸟。

未堪家多难，予又集于蓼。[1]

朱熹云：苏氏曰："《小毖》者，谨之于小也。谨之于小，则大患无由至矣。"

[1]赋也。惩，有所伤而知戒也。毖，慎。荓，使也。蜂，小物而有毒。肇，始。允，信也。桃虫，鹪鹩，小鸟也。拼，飞貌。鸟，大鸟也。鹪鹩之雏，化而为雕，故古语曰"鹪鹩生雕"，言始小而终大也。蓼，辛苦之物也。○此亦访落之意。成王自言，予何所惩，而谨后患乎！荓蜂而得辛螫，信桃虫而不知其能为大鸟，此其所当惩者。盖指管蔡之事也。然我方幼冲，未堪多难，而又集于辛苦之地，群臣奈何舍我而弗助哉！

载　芟

《诗序》：《载芟》，春籍田而祈社稷也。

载芟载柞,其耕泽泽;[1]

千耦其耘,徂隰徂畛。[2]

侯主侯伯,侯亚侯旅,

侯强侯以。

有嗿其馌,思媚其妇,

有依其士。

有略其耜,俶载南亩。[3]

播厥百谷,实函斯活。[4]

驿驿其达,有厌其杰。[5]

厌厌其苗,绵绵其麃。[6]

载获济济,有实其积,

万亿及秭。

为酒为醴,烝畀祖妣,

以洽百礼。[7]

有飶其香,邦家之光;

有椒其馨,胡考之宁。[8]

匪且有且,匪今斯今,

振古如兹。[9]

朱熹云:此诗未详所用。然辞意与《丰年》相似,其用应亦不殊。

[1] 赋也。除草曰芟,除木曰柞。《秋官》"柞氏掌攻草木"是也。泽泽,解散也。

[2] 耘,去苗间草也。隰,为田之处也。畛,田畔也。

[3] 主,家长也。伯,长子也。亚,仲叔也。旅,众子弟也。强,民之

有余力而来助者。《遂人》所谓"以强予，任甿"者也。能左右之曰以。《大宰》所谓"闲民，转移执事"者，若今时佣力之人，随主人所左右者也。噰，众饮食声也。媚，顺。依，爱。士，夫也。言饷妇与耕夫相慰劳也。略，利。俶，始。载，事也。

[4] 函，含。活，生也。既播之，其实含气而生也。

[5] 驿驿，苗生貌。达，出土也。厌，受气足也。杰，先长者也。

[6] 绵绵，详密也。麃，耘也。

[7] 济济，人众貌。实，积之实也。积，露积也。

[8] 馝，芬香也，未详何物。胡，寿也。以燕享宾客，则邦家之所以光也。以共养耆老，则胡考之所以安也。

[9] 且，此。振，极也。言非独此处有此稼穑之事，非独今时有今丰年之庆，盖自极古以来已如此矣。犹言自古有年也。

良 耜

《诗序》:《良耜》，秋报社稷也。

　　畟畟良耜，俶载南亩。[1]
　　播厥百谷，实函斯活。
　　或来瞻女，载筐及筥，
　　其饷伊黍。[2]
　　其笠伊纠，其镈斯赵，
　　以薅荼蓼。[3]
　　荼蓼朽止，黍稷茂止。[4]
　　获之挃挃，积之栗栗。
　　其崇如墉，其比如栉，

以开百室。[5]

百室盈止,妇子宁止。[6]

杀时犉牡,有捄其角。

以似以续,续古之人。[7]

朱熹云:或疑《思文》、《臣工》、《噫嘻》、《丰年》、《载芟》、《良耜》等篇
即所谓《豳颂》者,其详见于《豳风》及《大田》篇之末。亦未知其是否也。

[1] 赋也。畟畟,严利也。

[2] 或来瞻女,妇子之来馌者也。筐、筥,饷具也。

[3] 纠然笠之轻举也。赵,刺。薅,去也。茶,陆草。蓼,水草。一
物而有水陆之异也。今南方人犹谓蓼为辣茶,或用以毒溪取鱼,即所谓
茶毒也。

[4] 毒草朽,则土热而苗盛。

[5] 挃挃,获声也。栗栗,积之密也。栉,理发器,言密也。百室,一
族之人也。五家为比,五比为闾,四闾为族。人辈作相助,故同时入
谷也。

[6] 盈,满。宁,安也。

[7] 黄牛黑唇曰犉。捄,曲貌。续,谓续先祖以奉祭祀。

丝 衣

《诗序》:《丝衣》,绎宾尸也。高子曰:"灵星之尸也。"

丝衣其紑,载弁俅俅。

自堂徂基,自羊徂牛;

鼐鼎及鼒，兕觥其觩。

旨酒思柔。

不吴不敖，胡考之休！[1]

朱熹云：此诗或絿、俅、牛、觩、柔、休并叶基韵。或基、鼒并叶絿韵。

[1] 赋也。丝衣，祭服也。絿，洁貌。载，戴也。弁，爵弁也，士祭于王之服。俅俅，恭顺貌。基，门塾之基。鼐，大鼎。鼒，小鼎也。思，语辞。柔，和也。吴，哗也。○此亦祭而饮酒之诗。言此服丝衣爵弁之人，升门堂，视壶濯笾豆之属，降往于基，告濯具。又视牲，从羊至牛，反告充已，乃举鼎幂告洁。礼之次也。又能谨其威仪，不喧哗，不怠敖，故能得寿考之福。

酌

《诗序》：《酌》，告成《大武》也。言能酌先祖之道以养天下也。

於铄王师，遵养时晦。

时纯熙矣，是用大介。

我龙受之，蹻蹻王之造。

载用有嗣，实维尔公允师。[1]

朱熹云：酌，即勺也。《内则》十三“舞《勺》”，即以此诗为节而舞也。然此诗与《赉》、《般》，皆不用诗中字名篇，疑取乐节之名，如曰《武宿夜》云尔。

[1] 赋也。於,叹辞。铄,盛。遵,循,熙,光。介,甲也,所谓一戎衣也。龙,宠也。蹻蹻,武貌。造,为。载,则。公,事。允,信也。○此亦颂武王之诗。言其初有于铄之师而不用,退自循养,与时皆晦。既纯光矣,然后一戎衣而天下大定。后人于是宠而受此蹻蹻然王者之功,其所以嗣之者,亦维武王之事是师尔。

桓

《诗序》:《桓》,讲武类祃也。桓,武志也。

绥万邦,娄丰年。
天命匪解。
桓桓武王,保有厥士。
于以四方,克定厥家。
於昭于天,皇以间之![1]

朱熹云:《春秋传》以此为《大武》之六章,则今之篇次盖已失其旧矣。又篇内已有武王之谥,则其谓武王时作者,亦误矣。《序》以为讲武类祃之诗,岂后世取其义而用之于其事也欤?

[1] 赋也。绥,安也。桓桓,武貌。大军之后必有凶年。而武王克商,则除害以安天下,故屡获丰年之祥。传所谓“周饥克殷而年丰”是也。然天命之于周,久而不厌也,故此桓桓之武王,保有其士而用之于四方,以定其家,其德上昭于天也。“间”字之义未详。传曰:“间,代也。”言君天下以代商也。此亦颂武王之功。

赉

《诗序》:《赉》,大封于庙也。赉,予也,言所以锡予善人也。

> 文王既勤止,我应受之。
> 敷时绎思,我徂维求定。
> 时周之命,於绎思![1]

朱熹云:《春秋传》以此为《大武》之三章。而《序》以为大封于庙之诗。说同上篇。

[1]赋也。应,当也。敷,布。时,是也。绎,寻绎也。於,叹辞。绎思,寻绎而思念也。○此颂文武之功,而言其大封功臣之意也。言文王之勤劳天下至矣,其子孙受而有之,然而不敢专也。布此文王功德之在人而可绎思者,以赉有功,而往求天下之安定。又以为凡此皆周之命,而非复商之旧矣。遂叹美之,而欲诸臣受封赏者绎思文王之德而不忘也。

般

《诗序》:《般》,巡守而祀四岳河海也。

> 於皇时周,陟其高山,
> 嶞山乔岳,允犹翕河。
> 敷天之下,

裒时之对,时周之命。[1]

朱熹云:般,义未详。

[1] 赋也。高山,泛言山耳。嶞,则其狭而长者。乔,高也。岳,则其高而大者。允犹,未详。或曰:允,信也。犹,与由同。翕河,河善泛溢,今得其性,故翕而不为暴也。裒,聚也。对,答也。言美哉此周也,其巡守而登此山以柴望,又道于河以周四岳,凡以敷天之下莫不有望于我,故聚而朝之方岳之下,以答其意耳。

鲁　颂

　　朱熹云：鲁，少皞之墟，在《禹贡》徐州蒙、羽之野，成王以封周公长子伯禽，今袭庆、东平府沂、密、海等州即其地也。成王以周公有大勋劳于天下，故赐伯禽以天子之礼乐。鲁于是乎有《颂》以为庙乐。其后又自作诗，以美其君，亦谓之《颂》。旧说皆以为伯禽十九世孙僖公申之诗，今无所考。独《閟宫》一篇为僖公之诗无疑耳。夫以其诗之僭如此，然夫子犹录之者，盖其体固列国之《风》，而所歌者乃当时之事，则犹未纯于天子之《颂》。若其所歌之事，又皆有先王礼乐教化之遗意焉，则其文疑若犹可予也。况夫子鲁人，亦安得而削之哉？然因其实而着之，而其是非得失，自有不可揜者，亦春秋之法也。或曰：鲁之无《风》何也？先儒以为时王褒周公之后，比于先代，故巡守不陈其诗，而其篇序不列于太师之职，是以宋、鲁无《风》。其或然欤？或谓夫子有所讳而削之，则左氏所记当时列国大夫赋诗，及吴季子观周乐，皆无曰《鲁风》者，其说不得通矣。

駉

　　《诗序》：《駉》，颂僖公也。僖公能遵伯禽之法，俭以足用，宽以爱民，务农重谷，牧于坰野，鲁人尊之。于是季孙行父请命于周，而史克作是颂。

　　　駉駉牡马，在坰之野。
　　　薄言駉者：有驈有皇，
　　　有骊有黄，以车彭彭。

思无疆,思马斯臧。[1]

駉駉牡马,在坰之野。
薄言駉者:有骓有駓,
有骍有骐,以车伓伓。
思无期,思马斯才。[2]

駉駉牡马,在坰之野。
薄言駉者:有驒有骆,
有駠有雒,以车绎绎。
思无斁,思马斯作。[3]

駉駉牡马,在坰之野。
薄言駉者:有骃有騢,
有驔有鱼,以车祛祛。
思无邪,思马斯徂。[4]

[1] 赋也。駉駉,腹幹肥张貌。邑外谓之郊,郊外谓之牧,牧外谓之野,野外谓之林,林外谓之坰。骊,马白跨曰骚,黄白曰皇,纯黑曰骊,黄骍曰黄。彭彭,盛貌。思无疆,言其思之深广无穷也。臧,善也。○此诗言僖公牧马之盛,由其立心之远,故美之曰"思无疆",则"思马斯臧"矣。卫文公"秉心塞渊",而"騋牝三千",亦此意也。

[2] 赋也。仓白杂毛曰骓,黄白杂毛曰駓,青黄曰骍,青黑曰骐。伓伓,有力也。无期,犹"无疆"也。才,材力也。

[3] 赋也。青骊驎曰驒,色有深浅班驳如鱼鳞,今之连钱骢也。白

451

马黑鬣曰骆,赤身黑鬣曰駵,黑身白鬣曰雒。绎绎,不绝貌。斁,厌也。
作,奋起也。

[4] 赋也。阴白杂毛曰骃。阴,浅黑色,今泥骢也。彤白杂毛曰騢。
豪骬曰驔,毫在骬而白也。二目白曰鱼,似鱼目也。祛祛,强健也。徂,
行也。孔子曰:"《诗三百》,一言以蔽之,曰思无邪。"盖《诗》之言美恶不
同,或劝或惩,皆有以使人得其情性之正。然其明白简切,通于上下,未
有若此言者。故特称之,以为可当《三百篇》之义,以其要为不过乎此也。
学者诚能深味其言,而审于念虑之间,必使无所思而不出于正,则日用云
为,莫非天理之流行矣。苏氏曰:"昔之为《诗》者,未必知此也。孔子读
《诗》至此,而有合于其心焉,是以取之,盖断章云尔。"

有 駜

《诗序》:《有駜》,颂僖公君臣之有道也。

> 有駜有駜,駜彼乘黄。
> 夙夜在公,在公明明。
> 振振鹭,鹭于下。
> 鼓咽咽,醉言舞。
> 于胥乐兮。[1]

> 有駜有駜,駜彼乘牡。
> 夙夜在公,在公饮酒。
> 振振鹭,鹭于飞。
> 鼓咽咽,醉言归。
> 于胥乐兮。[2]

有駜有駜,駜彼乘駽。
夙夜在公,在公载燕。
自今以始,岁其有。
君子有穀,诒孙子。
于胥乐兮。[3]

[1]兴也。駜,马肥强貌。明明,辨治也。振振,群飞貌。鹭,鹭羽,舞者所持,或坐或伏,如鹭之下也。咽,与"渊"同,鼓声之深长也。或曰鹭亦兴也。胥,相也,醉而起舞,以相乐也。此燕饮而颂祷之辞也。

[2]兴也。鹭于飞,舞者振作鹭羽如飞也。

[3]兴也。青骊曰駽,今铁骢也。载,则也。有,有年也。穀,善也,或曰禄也。诒,遗也。颂祷之辞也。

泮　水

《诗序》:《泮水》,颂僖公能修泮宫也。

思乐泮水,薄采其芹。
鲁侯戾止,言观其旗。
其旗茷茷,鸾声哕哕。
无小无大,从公于迈。[1]

思乐泮水,薄采其藻。
鲁侯戾止,其马蹻蹻。
其马蹻蹻,其音昭昭。

载色载笑，匪怒伊教。^[2]

思乐泮水，薄采其茆。
鲁侯戾止，在泮饮酒。
既饮旨酒，永锡难老。
顺彼长道，屈此群丑。^[3]

穆穆鲁侯，敬明其德。
敬慎威仪，维民之则。
允文允武，昭假烈祖。
靡有不孝，自求伊祜。^[4]

明明鲁侯，克明其德。
既作泮宫，淮夷攸服。
矫矫虎臣，在泮献馘。
淑问如皋陶，在泮献囚。^[5]

济济多士，克广德心。
桓桓于征，狄彼东南。
烝烝皇皇，不吴不扬。
不告于讻，在泮献功。^[6]

角弓其觩，束矢其搜。
戎车孔博，徒御无斁。

既克淮夷,孔淑不逆。
式固尔犹,淮夷卒获。[7]

翩彼飞鸮,集于泮林。
食我桑黮,怀我好音。
憬彼淮夷,来献其琛。
元龟象齿,大赂南金。[8]

[1] 赋其事以起兴也。思,发语辞也。泮水,泮宫之水也。诸侯之学,乡射之宫,谓之泮宫。其东西南方有水,形如半璧,以其半于辟雍,故曰泮水,而宫亦以名也。芹,水菜也。戾,至也。茷茷,飞扬也。哕哕,和也。此饮于泮宫而颂祷之辞也。

[2] 赋其事以起兴也。蹻蹻,盛貌。色,和颜色也。

[3] 赋其事以起兴也。茆,凫葵也,叶大如手,赤圆而滑,江南人谓之莼菜者也。长道,犹大道也。屈,服。丑,众也。此章以下皆颂祷之辞也。

[4] 赋也。昭,明也。假,与“格”同。烈祖,周公、鲁公也。

[5] 赋也。矫矫,武貌。馘,所格者之左耳也。淑,善也。问,讯囚也。囚,所虏获者。盖古者出兵,受成于学,及其反也,释奠于学,而以讯馘告。故诗人因鲁侯在泮,而愿其有是功也。

[6] 赋也。广,推而大之也。德心,善意也。狄,犹遏也。东南,谓淮夷也。烝烝皇皇,盛也。不吴不扬,肃也。不告于讻,师克而和,不争功也。

[7] 赋也。觩,弓健貌。五十矢为束。或曰百矢也。搜,矢疾声也。博,广大也。无斁,言竞劝也。逆,违命也。盖能审固其谋犹,则淮夷终无不获矣。

[8] 兴也。鸮,恶声之鸟也。黮,桑实也。憬,觉悟也。琛,宝也。

元龟,尺二寸。赂,遗也。南金,荆扬之金也。此章前四句兴,后四句如
《行苇》首章之例。

閟 宫

《诗序》:《閟宫》,颂僖公能复周公之宇也。

閟宫有侐,实实枚枚。
赫赫姜嫄,其德不回。
上帝是依,无灾无害。
弥月不迟,是生后稷。
降之百福:
黍稷重穋,稙稚菽麦。
奄有下国,俾民稼穑。
有稷有黍,有稻有秬。
奄有下土,缵禹之绪。[1]

后稷之孙,实维大王,
居岐之阳,实始翦商。
至于文武,缵大王之绪;
致天之届,于牧之野。
"无贰无虞,上帝临女!"
敦商之旅,克咸厥功。
王曰"叔父,建尔元子,
俾侯于鲁。

大启尔宇，为周室辅"。[2]

乃命鲁公，俾侯于东，
锡之山川，土田附庸。
周公之孙，庄公之子，
龙旗承祀，六辔耳耳，
春秋匪解，享祀不忒。
皇皇后帝，皇祖后稷，
享以骍牺，是飨是宜，
降福既多。
周公皇祖，亦其福女。[3]

秋而载尝，夏而楅衡，
白牡骍刚。
牺尊将将，毛炰胾羹，
笾豆大房。[4]
万舞洋洋，孝孙有庆。
俾尔炽而昌，俾尔寿而臧，
保彼东方，鲁邦是常。
不亏不崩，不震不腾；
三寿作朋，如冈如陵。[5]

公车千乘，朱英绿縢，
二矛重弓。

公徒三万,贝胄朱綅,
烝徒增增。
戎狄是膺,荆舒是惩,
则莫我敢承。
俾尔昌而炽,俾尔寿而富,
黄发台背,寿胥与试。
俾尔昌而大,俾尔耆而艾,
万有千岁,眉寿无有害。[6]

泰山岩岩,鲁邦所詹。
奄有龟蒙,遂荒大东,
至于海邦,淮夷来同。
莫不率从,鲁侯之功。[7]

保有凫绎,遂荒徐宅。
至于海邦,淮夷蛮貊。
及彼南夷,莫不率从。
莫敢不诺,鲁侯是若。[8]

天锡公纯嘏,眉寿保鲁。
居常与许,复周公之宇。
鲁侯燕喜,令妻寿母。
宜大夫庶士,邦国是有。
既多受祉,黄发儿齿。[9]

徂来之松，新甫之柏，

是断是度，是寻是尺。

松桷有舄，路寝孔硕，

新庙奕奕。

奚斯所作，孔曼且硕，

万民是若。[10]

朱熹云：旧说八章，二章章十七句，一章十二句，一章三十八句，二章章八句，二章章十句，多寡不均，杂乱无次。盖不知第四章有脱句而然。今正其误。

[1] 赋也。閟，深闭也。宫，庙也。侐，清静也。实实，巩固也。枚枚，砻密也。时盖修之，故诗人歌咏其事，以为颂祷之词，而推本后稷之生，而下及于僖公耳。回，邪也。依，犹眷顾也。说见《生民》篇。先种曰稙，后种曰稺。奄有下国，封于邰也。绪，业也。禹治洪水既平，后稷乃始播百谷。

[2] 赋也。翦，断也。大王自豳徙居岐阳，四方之民咸归往之，于是而王迹始著，盖有翦商之渐矣。届，极也。犹言穷极也。虞，虑也。无贰无虞，上帝临女，犹《大明》云"上帝临女，无贰尔心"也。敦，治之也。咸，同也。言辅佐之臣同有其功，而周公亦与焉也。王，成王也。叔父，周公也。元子，鲁公伯禽也。启，开。宇，居也。

[3] 赋也。附庸，犹属城也。小国不能自达于天子，而附于大国也。上章既告周公以封伯禽之意，此乃言其命鲁公而封之也。庄公之子，其一闵公，其一僖公。知此是僖公者，闵公在位不久，未有可颂，此必是僖公也。耳耳，柔从也。春秋，错举四时也。忒，过差也。成王以周公有大功于王室，故命鲁公以夏正孟春郊祀上帝，配以后稷，牲用骍牡。皇祖，谓群公。此章以后皆言僖公致敬郊庙，而神降之福，国人称愿之如此也。

[4] 此下当脱一句，如"钟鼓喤喤"之类。

[5] 赋也。尝，秋祭名。楅衡，施于牛角，所以止触也。《周礼封人》云"凡祭，饰其牛牲，设其楅衡"是也。秋将尝，而夏楅衡其牛，言夙戒也。白牡，周公之牲也。骍刚，鲁公之牲也。白牡，殷牲也。周公有王礼，故不敢与文武同。鲁公则无所嫌，故用骍刚。牺尊，画牛于尊腹也。或曰：尊作牛形，凿其背以受酒也。毛炰，《周礼封人》祭祀有"毛炰之豚"，《注》云："爓去其毛而炰之也。"胾，切肉也。羹，大羹、铏羹也。大羹，太古之羹，湆煮肉汁不和，盛之以登，贵其质也。铏羹，肉汁之有菜和者也，盛之铏器，故曰铏羹。大房，半体之俎，足下有跗，如堂房也。《万》，舞名。震，腾，惊动也。三寿，未详。郑氏曰："三卿也。"或曰：愿公寿与冈、陵等而为三也。

[6] 赋也。千乘，大国之赋也。成方十里，出革车一乘，甲士三人，左持弓，右持矛，中人御。步卒七十二人，将重车者二十五人。千乘之地，则三百十六里有奇也。朱英，所以饰矛。绿縢，所以约弓也。二矛，夷矛、酋矛也。重弓，备折坏也。徒，步卒也。三万，举成数也。车千乘，法当用十万人，而为步卒者七万二千人。然大国之赋，适满千乘，苟尽用之，是举国而行也，故其用之，大国三军而已。三军为车三百七十五乘，三万七千五百人，其为步卒不过二万七千人，举其中而以成数言，故曰三万也。贝胄，贝饰胄也。朱綅，所以缀也。增增，众也。戎，西戎。狄，北狄。膺，当也。荆，楚之别号。舒，其与国也。惩，艾。承，御也。僖公尝从齐桓公伐楚，故以此美之，而祝其昌大寿考也。寿胥与试之义未详。王氏曰："寿考者相与为公用也。"苏氏曰："愿其寿而相与试其才力以为用也。"

[7] 赋也。泰山，鲁之望也。詹，与"瞻"同。龟、蒙，二山名。荒，奄也。大东，极东也。海邦，近海之国也。

[8] 赋也。凫绎，二山名。宅，居也。谓徐国也。诺，应辞。若，顺也。○泰山、龟、蒙、凫、绎，鲁之所有。其余则国之东南，势相联属，可以服从之国也。

[9]赋也。常,或作"尝",在薛之旁。许,许田也,鲁朝宿之邑也。皆鲁之故地,见侵于诸侯而未复者。故鲁人以是愿僖公也。令妻,令善之妻,声姜也。寿母,寿考之母,成风也。闵公八岁被弑,必是未娶,其母叔姜亦应未老。此言"令妻寿母",又可见公为僖公无疑也。有,常有也。儿齿,齿落更生细者,亦寿征也。

[10]赋也。徂来、新甫,二山名。八尺曰寻。奕,大貌。路寝,正寝也。新庙,僖公所修之庙。奚斯,公子鱼也。作者,教护属功课章程也。曼,长。硕,大也。万民是若,顺万民之望也。

商　颂

朱熹云：契为舜司徒而封于商，传十四世而汤有天下。其后三宗迭兴，及纣无道，为武王所灭。封其庶兄微子启于宋，修其礼乐，以奉商后。其地在《禹贡》徐州泗滨西，及豫州盟猪之野。其后政衰，商之礼乐日以放失。七世至戴公时，大夫正考甫得《商颂》十二篇于周太师，归以祀其先王。至孔子编《诗》而又亡其七篇，然其存者亦多阙文疑义，今不敢强通也。商都亳，宋都商丘，皆在今应天府亳州界。

那

《诗序》：《那》，祀成汤也。微子至于戴公，其间礼乐废坏。有正考甫者，得《商颂》十二篇于周之大师，以《那》为首。

猗与那与，置我鞉鼓。
奏鼓简简，衎我烈祖。[1]
汤孙奏假，绥我思成。
鞉鼓渊渊，嘒嘒管声。
既和且平，依我磬声。
於赫汤孙，穆穆厥声。[2]
庸鼓有斁，万舞有奕。
我有嘉客，亦不夷怿。[3]

自古在昔,先民有作。

温恭朝夕,执事有恪。[4]

顾予烝尝,汤孙之将。[5]

朱熹云:闵马父曰:正考甫校商之名《颂》,以《那》为首,其辑之乱曰
云云,即此诗也。

[1]赋也。猗,叹辞。那,多。置,陈也。简简,和大也。衎,乐也。
烈祖,汤也。《记》曰"商人尚声,臭味未成,涤荡其声,乐三阕,然后出迎
牲",即此是也。旧说以此为祀成汤之乐也。

[2]汤孙,主祀之时王也。假,与"格"同,言奏乐以格于祖考也。
绥,安也。思成,未详。郑氏曰:"安我以所思而成之人,谓神明来格也。"
《礼记》曰:"齐之日,思其居处,思其笑语,思其志意,思其所乐,思其所
嗜。齐三日乃见其所为齐者。祭之日,入室,僾然必有见乎其位。周旋
出户,肃然必有闻乎其容声。出户而听,忾然必有闻乎其叹息之声。"此
之谓思成。苏氏曰:"其所见闻本非有也,生于思耳。"此二说近是。盖齐
而思之,祭而如有见闻,则必此人矣。郑注颇有脱误,今正之。渊渊,深
远也。嘒嘒,清亮也。磬,玉磬也。堂上升歌之乐,非石磬也。穆穆,
美也。

[3]庸、镛通。斁,斁然盛也。奕,奕然有次序也。盖上文言鞉鼓管
籥作于堂下,其声依堂上之玉磬,无相夺伦者。至于此,则九献之后,钟
鼓交作,《万舞》陈于庭,而祝事毕矣。嘉客,先代之后,来助祭者也。夷,
悦也。亦不夷怿乎? 言皆悦怿也。

[4]恪,敬也。言恭敬之道,古人所行,不可忘也。闵马父曰:"先圣
王之传恭,犹不敢专,称曰'自古',古曰'在昔',昔曰'先民'。"

[5]将,奉也。言汤其尚顾我烝尝哉? 此汤孙之所奉者,致其丁宁
之意,庶几其顾之也。

詩 经

烈 祖

《诗序》:《烈祖》,祀中宗也。

嗟嗟烈祖！有秩斯祜，
申锡无疆，及尔斯所。[1]
既载清酤,赉我思成。
亦有和羹,既戒既平。
鬷[2]假无言,时靡有争。
绥我眉寿,黄耇无疆。[3]
约軧错衡,八鸾鸧鸧。
以假以享,我受命溥将。
自天降康,丰年穰穰。
来假来飨,降福无疆。[4]
顾予烝尝,汤孙之将。[5]

[1] 赋也。烈祖,汤也。秩,常。申,重也。尔,主祭之君,盖自歌者
指之也。斯所,犹言此处也。○此亦祀成汤之乐。言嗟嗟烈祖,有秩秩
无穷之福,可以申锡于无疆,是以及于尔今王之所,而修其祭祀,如下所
云也。

[2]《中庸》作“奏”,今从之。

[3] 酤,酒。赉,与也。思成,义见上篇。和羹,味之调节也。戒,夙
戒也。平,犹和也。仪礼于祭祀燕享之始,每言“羹定”,盖以羹熟为节,
然后行礼。定,即戒平之谓也。鬷,《中庸》作“奏”,正与上篇义同。盖古

声"奏"、"族"相近,族声转平而为鬷耳。无言,无争,肃敬而齐一也。言其载清酤而既与我以思成矣,及进和羹而肃敬之至,则又绥我以眉寿黄耇之福也。

[4] 约軧错衡、八鸾,见《采芑》篇。鸧,见《载见》篇。言助祭之诸侯,乘是车以假以享于祖宗之庙也。溥,广。将,大也。穰穰,多也。○言我受命既广大,而天降以丰年黍稷之多,使得以祭也。假之而祖考来假,享之而祖考来飨,则降福无疆矣。

[5] 说见前篇。

玄 鸟

《诗序》:《玄鸟》,祀高宗也。

> 天命玄鸟,降而生商,
> 宅殷土芒芒。
> 古帝命武汤,正域彼四方。[1]
> 方命厥后,奄有九有。
> 商之先后,受命不殆,
> 在武丁孙子。[2]
> 武丁孙子,武王靡不胜。
> 龙旗十乘,大糦是承。[3]
> 邦畿千里,维民所止,
> 肇域彼四海。[4]
> 四海来假,来假祁祁。
> 景员维河,殷受命咸宜,

百禄是何。[5]

[1]赋也。玄鸟,鳦也。春分玄鸟降。高辛氏之妃,有娀氏女简狄,祈于郊禖,鳦遗卵,简狄吞之而生契,其后世遂为有商氏,以有天下。事见《史记》。宅,居也。殷,地名。芒芒,大貌。古,犹昔也。帝,上帝也。武汤,以其有武德号之也。正,治也。域,封竟也。○此亦祭祀宗庙之乐,而追叙商人之所由生,以及其有天下之初也。

[2]方命厥后,四方诸侯无不受命也。九有,九州也。武丁,高宗也。言商之先后受天命不危殆,故今武丁孙子犹赖其福。

[3]武王,汤号,而其后世亦以自称也。龙旗,诸侯所建交龙之旗也。大糦,黍稷也。承,奉也。○言武丁孙子今袭汤号者,其武无所不胜,于是诸侯无不奉黍稷以来助祭也。

[4]止,居。肇,开也。言王畿之内,民之所止,不过千里。而其封域,则极乎四海之广也。

[5]假,与“格”同。祁祁,众多貌。景员维河之义未详。或曰:景,山名,商所都也。见《殷武》卒章。《春秋传》亦曰“商汤有景亳之命”是也。员,与下篇“幅陨”义同,盖言周也。河,大河也。言景山四周皆大河也。何,任也,《春秋传》作“荷”。

长　发

《诗序》:《长发》,大禘也。

浚哲维商,长发其祥。
洪水芒芒,禹敷下土方。[1]
外大国是疆,幅陨既长。

有娀方将,帝立子生商。[2]
玄王桓拨,受小国是达,
受大国是达。
率履不越,遂视既发。
相土烈烈,海外有截。[3]

帝命不违,至于汤齐。
汤降不迟,圣敬日跻。
昭假迟迟,上帝是祗。
帝命式于九围。[4]

受小球大球,为下国缀旒,
何天之休。
不竞不絿,不刚不柔,
敷政优优,百禄是遒。[5]

受小共大共,为下国骏厖,
何天之龙。
敷奏其勇,不震不动,
不戁不竦,百禄是总。[6]

武王载斾,有虔秉钺,
如火烈烈,则莫我敢曷。
苞有三蘖,莫遂莫达。

九有有截，韦顾既伐，
昆吾夏桀。^[7]

昔在中叶，有震且业。
允也天子，降于卿士。
实维阿衡，实左右商王。^[8]

朱熹云：《序》以此为大禘之诗。盖祭其祖之所出，而以其祖配也。
苏氏曰："大禘之祭，所及者远，故其诗历言商之先君，又及其卿士伊尹，
盖与祭于禘者也。《商书》曰：'兹予大享于先王，尔祖其从与享之。'是礼
也，岂其起于商之世欤？"今按大禘不及群庙之主，此宜为祫祭之诗。然
经无明文，不可考也。

[1] 绝句。《楚辞天问》"禹降省下土方"，盖用此语。

[2] 赋也。浚，深。哲，知。长，久也。方，四方也。外大国，远诸侯
也。幅，犹言边幅也。陨，读作"员"，谓周也。有娀，契之母家也。将，大
也。○言商世世有浚哲之君，其受命之祥，发见也久矣。方禹治洪水，以
外大国为中国之竟，而幅员广大之时，有娀氏始大，故帝立其女之子而造
商室也。盖契于是时始为舜司徒，掌布五教于四方，而商之受命，实基
于此。

[3] 赋也。玄王，契也。玄者，深微之称。或曰以玄鸟降而生也。
王者，追尊之号。桓，武。拨，治。达，通也。受小国大国无所不达，言其
无所不宜也。率，循。履，礼。越，过。发，应也。言契能循礼不过越，遂
视其民，则既发以应之矣。相土，契之孙也。截，整齐也。至是而商益
大，四方诸侯归之，截然整齐矣。其后汤以七十里起，岂尝中衰也与。

[4] 赋也。汤齐之义未详。苏氏曰："至汤而王业成，与天命会也。"
降，犹生也。迟迟，久也。祗，敬。式，法也。九围，九州也。○商之先祖

既有明德,天命未尝去之,以至于汤。汤之生也,应期而降,适当其时,其圣敬又日跻升,以至昭假于天,久而不息,惟上帝是敬。故帝命之,使为法于九州也。

[5] 赋也。小球大球之义未详。或曰:小国大国所赞之玉也。郑氏曰:"小球,镇圭,尺有二寸。大球,大圭,三尺也。皆天子之所执也。"下国,诸侯也。缀,犹结也。旒,旗之垂者也。言为天子而为诸侯所系属,如旗之縿为旒所缀著也。何,荷。竞,强。绿,缓也。优优,宽裕之意。遒,聚也。

[6] 赋也。小共大共、骏厖之义未详。或曰小国大国所共之贡也。郑氏曰:"共,执也。犹小球大球也。"苏氏曰:"共、珙通,合珙之玉也。"《传》曰:"骏,大也。厖,厚也。"董氏曰:"《齐诗》作'骏骁',谓马也。"龙,宠也。敷奏其勇,犹言大进其武功也。戁,竦惧也。

[7] 赋也。武王,汤也。虔,敬也。言恭行天讨也。曷、遏通。或曰:"曷,谁何也。"苞,本也。蘖,旁生萌蘖也。言一本生三蘖也。本则夏桀,蘖则韦也,顾也,昆吾也,皆桀之党也。郑氏曰:"韦,彭姓。顾、昆吾,己姓。"〇言汤既受命,载旆秉钺以征不义。桀与三蘖皆不能遂其恶,而天下截然归商矣。初伐韦,次伐顾,次伐昆吾,乃伐夏桀。当时用师之序如此。

[8] 赋也。叶,世。震,惧。业,危也。承上文而言。昔在,则前乎此矣,岂谓汤之前世中衰时与?允也天子,指汤也。降,言天赐之也。卿士,则伊尹也。言至于汤得伊尹而有天下也。阿衡,伊尹官号也。

殷　武

《诗序》:《殷武》,祀高宗也。

挞彼殷武,奋伐荆楚。

罙入其阻,裒荆之旅,
有截其所,汤孙之绪。[1]

维女荆楚,居国南乡。
昔有成汤,自彼氐羌,
莫敢不来享,莫敢不来王,
曰商是常。[2]

天命多辟,设都于禹之绩。
岁事来辟,勿予祸适,
稼穑匪解。[3]

天命降监,下民有严。
不僭不滥,不敢怠遑。
命于下国,封建厥福。[4]

商邑翼翼,四方之极。
赫赫厥声,濯濯厥灵。
寿考且宁,以保我后生。[5]

陟彼景山,松柏丸丸。
是断是迁,方斫是虔。
松桷有梴,旅楹有闲。
寝成孔安。[6]

[1] 赋也。挞,疾貌。殷武,殷王之武也。罙,冒。裒,聚也。汤孙,谓高宗。○旧说以此为祀高宗之乐。盖自盘庚没而殷道衰,楚人叛之。高宗挞然用武,以伐其国,入其险阻,以致其众,尽平其地,使截然齐一,皆高宗之功也。《易》曰:"高宗伐鬼方,三年克之。"盖谓此欤?

[2] 赋也。氐羌,夷狄国,在西方。享,献也。世见曰王。○苏氏曰:"既克之,则告之曰:尔虽远,亦居吾国之南耳。昔成汤之世,虽氐羌之远,犹莫敢不来朝?曰:此商之常礼也。况汝荆楚,曷敢不至哉!"

[3] 赋也。多辟,诸侯也。来辟,来王也。适、谪通。○言天命诸侯,各建都邑于禹所治之地,而皆以岁事来至于商,以祈王之不谴,曰:我之稼穑不敢解也,庶可以免咎矣。言荆楚既平,而诸侯畏服也。

[4] 赋也。监,视。严,威也。僭,赏之差也。滥,刑之过也。遑,暇。封,大也。○言天命降监,不在乎他,皆在民之视听,则下民亦有严矣。惟赏不僭,刑不滥,而不敢怠遑,则天命之以天下,而大建其福,此高宗所以受命而中兴也。

[5] 赋也。商邑,王都也。翼翼,整敕貌。极,表也。赫赫,显盛也。濯濯,光明也。言高宗中兴之盛如此。寿考且宁云者,盖高宗之享国五十有九年。我后生,谓后嗣子孙也。

[6] 赋也。景,山名,商所都也。丸丸,直也。迁,徙。方,正也。虔,亦截也。梴,长貌。旅,众也。闲,闲然而大也。寝,庙中之寝也。安,所以安高宗之神也。此盖特为百世不迁之庙,不在三昭三穆之数,既成始祔而祭之之诗也。然此章与《閟宫》之卒章文意略同,未详何谓。

《国学典藏》丛书已出书目

周易 [明] 来知德 集注	世说新语 [南朝宋] 刘义庆 著
诗经 [宋] 朱熹 集传	[南朝梁] 刘孝标 注
尚书 曾运乾 注	山海经 [晋] 郭璞 注 [清] 郝懿行 笺疏
仪礼 [汉] 郑玄注 [清] 张尔岐 句读	颜氏家训 [北齐] 颜之推 著
礼记 [元] 陈澔 注	[清] 赵曦明 注 [清] 卢文弨 补注
论语·大学·中庸 [宋] 朱熹 集注	梦溪笔谈 [宋] 沈括 著
孟子 [宋] 朱熹 集注	容斋随笔 [宋] 洪迈 著
左传 [战国] 左丘明 著 [晋] 杜预 注	困学纪闻 [宋] 王应麟 著
孝经 [唐] 李隆基 注 [宋] 邢昺 疏	[清] 阎若璩 等注
尔雅 [晋] 郭璞 注	楚辞 [汉] 刘向 辑
战国策 [汉] 刘向 辑录	[汉] 王逸 注 [宋] 洪兴祖 补注
[宋] 鲍彪 注 [元] 吴师道 校注	玉台新咏 [南朝陈] 徐陵 编
国语 [战国] 左丘明 著	[清] 吴兆宜 注 [清] 程琰 删补
[三国吴] 韦昭 注	乐府诗集 [宋] 郭茂倩 编撰
徐霞客游记 [明] 徐弘祖 著	唐诗三百首 [清] 蘅塘退士 编选
荀子 [战国] 荀况 著 [唐] 杨倞 注	[清] 陈婉俊 补注
近思录 [宋] 朱熹 吕祖谦 编	宋词三百首 [清] 朱祖谋 编选
[宋] 叶采 [清] 茅星来 等注	词综 [清] 朱彝尊 汪森 编
老子 [汉] 河上公 注 [汉] 严遵 指归	陶渊明全集 [晋] 陶渊明 著 [清] 陶澍 集注
[三国魏] 王弼 注	王维诗集 [唐] 王维 著 [清] 赵殿成 笺注
庄子 [清] 王先谦 集解	孟浩然诗集 [唐] 孟浩然 著 [宋] 刘辰翁 评
列子 [晋] 张湛 注 [唐] 卢重玄 解	李商隐诗集 [唐] 李商隐 著 [清] 朱鹤龄 笺注
[唐] 殷敬顺 [宋] 陈景元 释文	杜牧诗集 [唐] 杜牧 著 [清] 冯集梧 注
孙子 [春秋] 孙武 著 [汉] 曹操 等注	李贺诗集 [唐] 李贺 著
墨子 [清] 毕沅 校注	[宋] 吴正子 注 [宋] 刘辰翁 评
韩非子 [清] 王先慎 集解	李煜词集 (附李璟词集、冯延巳词集)
吕氏春秋 [汉] 高诱 注 [清] 毕沅 校	[南唐] 李煜 著
管子 [唐] 房玄龄 注 [明] 刘绩 补注	柳永词集 [宋] 柳永 著
淮南子 [汉] 刘安 著 [汉] 许慎 注	晏殊词集·晏幾道词集
坛经 [唐] 惠能 著 丁福保 笺注	[宋] 晏殊 晏幾道 著
楞伽经 [南朝宋] 求那跋陀罗 译	苏轼词集 [宋] 苏轼 著 [宋] 傅幹 注
[宋] 释正受 集注	

黄庭坚词集·秦观词集　　　　　桃花扇 [清] 孔尚任 著
　　　[宋] 黄庭坚 著 [宋] 秦观 著　　　　　[清] 云亭山人 评点
李清照诗词集 [宋] 李清照 著　　　古文辞类纂 [清] 姚鼐 纂集
辛弃疾词集 [宋] 辛弃疾 著　　　　古文观止 [清] 吴楚材 吴调侯 选注
纳兰性德词集 [清] 纳兰性德 著　　文心雕龙 [南朝梁] 刘勰 著
西厢记 [元] 王实甫 著　　　　　　　　　[清] 黄叔琳 注 纪昀 评
　　　[清] 金圣叹 评点　　　　　　　李详 补注 刘咸炘 阐说
牡丹亭 [明] 汤显祖 著　　　　　诗品 [南朝梁] 钟嵘 著 古直 笺
　　　[清] 陈同 谈则 钱宜 合评　人间词话·王国维词集 王国维 著
长生殿 [清] 洪昇 著 [清] 吴人 评点

部分将出书目
（敬请关注）

周礼	三国志	金刚经
公羊传	水经注	文选
穀梁传	史通	曹植全集
说文解字	孔子家语	李白全集
史记	日知录	杜甫全集
汉书	文史通义	白居易诗集
后汉书	传习录	花间集

上海古籍出版社　　　　　《国学典藏》丛书
官方微信　　　　　　　　　官方公众号